# 그물을 헤치고

**Under the Net**

세계문학전집 178

# 그물을 헤치고

**Under the Net**

## 아이리스 머독

유종호 옮김

민음사

## 차례

그물을 헤치고    9

레몽 크노에게

# 1장

  핀이 한길 모퉁이에서 나를 기다리고 있는 것을 보고,
무엇인가가 잘못되었다는 것을 나는 곧 깨달았다. 핀은 흔
히 침대 속에서나 혹은 눈을 감은 채 문가에 기대서서 나
를 기다리곤 한다. 게다가 나는 철도 파업으로 늦은 터였
다. 어쨌든 영국으로 돌아오는 여행이 나는 싫다. 사랑하는
런던에 머리를 깊숙이 파묻고, 해외로 나가 있었다는 사실
을 잊어버릴 수 있을 때까지 나는 마음이 놓이질 않는다.
따라서 프랑스의 냄새를 아직도 콧구멍 속에 생생히 간직한
채 기차가 다시 움직이기를 기다리며 뉴헤이븐*에서 장시간
지체하지 않으면 안 되었을 때의 내 참담한 심경을 독자들
은 능히 상상할 수가 있으리라. 게다가 이번엔 언제나 몰
래 들여오곤 하던 코냑 술병을 세관에서 압수당하기까지

---

* 영국 남해안의 항구 도시.

했다. 따라서 술집이 파하는 시간이 되었을 때 나는 병적인 자기 응시라는 고통에 스스로를 떠맡기지 않을 수가 없었다. 참다운 명상으로 활기에 찬 객관성을 붙잡는다는 것은 설혹 기차 때문에 걱정하는 일이 없을 때라 하더라도 나와 같은 기질의 위인이 영국의 낯선 고장에서 할 수 있는 일은 못 된다. 가장 기분이 좋은 때라 할지라도 기차란 것은 신경에 좋지 않다. 기차가 생기기 전에 사람들은 대체 어떠한 악몽을 꾸었을 것인가? 이렇게 가지가지를 다 생각해 보면, 핀이 한길에서 나를 기다린다는 것은 이상한 일이었다.

핀을 보자마자 나는 걸음을 멈추고 트렁크를 내려놓았다. 트렁크는 프랑스 원서가 가득 들어 있어 무거웠다. "어이." 하고 소리치자 핀은 서서히 다가왔다. 그는 서두르는 법이 거의 없다. 사람들에게 핀을 설명하기는 어렵다. 정확히 말해서 그는 내 하인은 아니다. 오히려 매니저처럼 보일 때도 있다. 때로는 내가 그를 도와주기도 하고, 그가 나를 도와주기도 한다. 그건 경우에 따라 다르다. 우리가 대등한 입장이 아니라는 것은 어쨌든 명백하다. 그의 이름은 피터 오피다. 그러나 항시 핀이라고 불리고 있으니 그건 아무래도 좋다. 그리고 그는 나의 먼 친척 형제뻘이 된다. 아니, 그렇다고 늘 그가 주장하곤 했다. 나는 그 점을 확인해 보려고 하지 않았다. 하지만 사람들은 그가 나의 하인이란 인상을 받는다. 나도 가끔 그러한 인상을 받지만, 딱히 어떤 경우에 그렇다고 단정하기는 어렵다. 핀이 겸손하고 자기를 내세우지 않기 때문에 습관적으로 종속적인 입장에 서게 되는 거라는 생각이 들 때가 종종 있다. 침대가 모자랄 때 마룻바닥에서 자는 것은 언제나 핀이고, 이것은 아주 자연스러운 일인 것처럼 보인다. 언제나 내가 그에게 명령을 내리는 것은 사실이나, 그것은 어떻게 자기 시간을 처리해야 할지를 그가 잘 모르는 것 같기 때문이다. 내 친구 중에는 그의 머리가 돌았다고 치부하는 이도 있다. 그러나 그렇지는 않다. 자기가 무슨 일을 하고 있는지를 그는 잘 알고 있다.

마침내 핀이 다가오자 나는 들고 갈 트렁크 하나를 손가락으로 가리켰으나 그는 그것을 집어 들지 않았다. 그러기는커녕 그 위에 주저앉으며 우울한 표정으로 나를 바라보았다. 나는 다른 트렁크 위에 궁둥이를 걸쳤다. 우리는 잠시 동안 잠자코 있었다. 나는 피로하였고 핀에게 무얼 묻기도 싫었다. 어쨌든 그가 곧 모든 것을 불어 버릴 테니까. 그는 내 것 남의 것 가리지 않고 걱정거리를 좋아한다. 그가 특히 좋아하는 것은 궂은 소식을 알리는 일이다. 핀은 슬프게도 호리호리한 몸매에 제법 미남이다. 머리카락은 똑바로 처진 데다가, 갈색 기운이 있고 얼굴은 아일랜드인답게 뼈대가 서 있다. 그는 나보다도 머리통 하나만큼은 키가 더 크다.(나는 키가 작다.) 그러나 몸매는 구부정한 편이다. 아주 슬픈 표정으로 나를 바라보았기 때문에 나는 가슴이 철렁하였다.

"무슨 일이야?" 나는 마침내 말을 걸었다.

"그녀가 우리를 내쫓았어." 핀의 대답이었다.

나는 그것을 곧이곧대로 받아들일 수가 없었다. 있을 수 없는 일이었다.

"이것 봐." 나는 다정하게 말하였다. "정말 무슨 일이냐고?"

"그녀가 우리를 내쫓겠다는 거야." 하고 핀은 말했다. "우리 두 사람을 모두, 오늘 당장."

핀은 새매 같은 위인이지만 거짓말을 하는 법은 없다. 허풍을 떨지도 않는다. 그러나 이것은 터무니없는 말이었다.

"왜 그러는 거야?" 나는 물었다. "우리가 어쨌기에?"

"우리가 어쨌대서가 아니라 그녀가 하려는 일 때문이야." 핀이 말했다. "어떤 놈팽이와 결혼을 하려는 거야."

그렇다면 타격이었다. 나는 움찔하면서도 그러지 말란 법이 어디 있느냐고 스스로를 타일렀다. 나는 관대하고 공정한 인간이다. 다음 순간 나는 골똘해졌다. 우리 두 사람은 어디로 간단 말인가?

"하지만 그녀는 내게 아무 말이 없었는데," 하고 나는 말했다.

"아무것도 묻지를 않았잖아." 핀이 말했다.

그건 사실이었다. 작년에 나는 맥덜린의 사생활에 관심을 갖지 않게 되었다. 그녀가 떠나가서 다른 남자와 약혼을 한다면 그것은 나의 자업자득인 셈이었다.

"작자는 대체 누구야?" 하고 나는 물어보았다.

"어떤 마권(馬券) 업자래." 핀이 말했다.

"부잔가?"

"응, 차가 있대." 하고 핀이 말했다. 그것이 핀의 판단 기준이었다. 그러고 보면, 그것은 당시의 나의 판단 기준이기도 했다.

"여자들은 늘 내 심장에 아픔을 줘," 하고 핀이 덧붙였다. 집을 쫓겨났으니 그도 나 못지않게 시뜰었던 것이다.

잠시 동안 그러고 앉아서 나는 막연한 육체적 고통을 느꼈다. 그 고통 속에는 갈 곳이 없다는 심각한 기분과 함께 질투나 상처받은 자존심이 엇갈려 있었다.

이렇듯 우리는 먼지 많고 햇볕이 쨍쨍 내리쬐는 7월의 아침에 얼즈코트 거리*에서 두 개의 트렁크 위에 앉아 있었던 것이다. 이제 우리는 어디로 갈 수 있단 말인가? 이것은 언제나 벌어지는 일이었다. 나는 나의 세계를 정돈하고 그것이 제대로 움직이도록 애써 보았지만 갑자기 모든 게 이전과 같이 엉망이 되곤 했다. 그러면 핀과 나는 다시 분주히 돌아다니는 몸이 되었다. 우리 두 사람의 세계라 하지 않고 나의 세계라고 하는 것은, 핀이 내면생활이란 것을 거의 가지고 있지 않다고 느낄 때가 왕왕 있기 때문이다. 이렇게 말한다고 해서 핀을 업신여기는 것은 아니다. 내면생활을 가지고 있는 사람도 있고, 가지고 있지 않은 사람도 있기 때문이다. 게다가 나는 이것을 그의 정직한 성격과 결부하여 생각하고 있다. 나처럼 예민한 인간은 매사가 너무나 잘 보여서 솔직한 해답을 내릴 수가 없다. 사물의 여러 가지 국면이 늘 나의 두통거리가 되어 왔다. 나는 또한 이것을, 골치가 딱딱 아플 때 비쳐 오는 밝은 햇빛처럼, 전혀 바람직스럽지 못할 때에 객관적인 진술을 하는 그의 성벽과 결부하여 생각하고 있다. 하지만 핀은

---

* 런던 서부에 있는 거리.

자기가 내면생활을 가지고 있지 않다는 것을 아쉬워하는
지도 모른다. 그렇기 때문에 복잡하고 고도로 세분화된 내
면생활을 가지고 있는 나를 쫓아다니는 것인지도 모른다.
어쨌든 나는 핀을 나의 세계의 주민이라고 여기고 있으며,
그에게 나를 포함하는 그 자신의 세계가 있다고는 생각할
수가 없다. 그리고 이러한 타협은 우리 두 사람 모두에게
평안을 안겨다 주는 것 같다.

술집이 문을 열 때까지는 두 시간 남짓 기다려야 했고,
맥덜린을 당장 만나 본다는 것은 거의 생각할 수조차 없는
기분이었다. 그녀는 내가 한바탕 소동을 피우리라고 예상할
것이고, 나로서는, 어떠한 소동을 피울 것인가 전혀 짐작을
못 하겠다는 것을 별도로 치더라도, 소란을 피울 만한 기력
이 없었다. 이것은 얼마간 숙고해 볼 필요가 있을 것 같았
다. 대체 내가 무엇으로부터 내쫓기는 것인가. 그것을 분명
히 말하기 위해서는 실제로 내쫓기는 것처럼 좋은 일이 없
었다. 내게는 내 처지를 반성해 보는 시간이 필요했다.

"라이언즈*에서 커피라도 한 잔 할까?" 하고 그러길 기
대하면서 나는 핀에게 말하였다.

"별로 마음이 내키지 않는걸." 하고 핀이 말하였다. "형
오기를 기다리랴, 빨리 꺼지라는 그녀의 소리를 들으랴,
난 아주 지쳤어. 자, 빨리 가서 그녀를 봅시다." 이렇게 말
하면서 그는 거리를 내려가기 시작하였다. 그는 남의 얘기
를 할 때면 꼭 대명사를 쓰거나, 그렇지 않으면 호격(呼格)

---

* 런던에 있는 연쇄식 간이 식당의 이름.

만을 쓴다. 나는 서서히 그를 따라가면서 내가 누구인가 하는 문제를 풀어 보려 하였다.

맥덜린은 얼즈코트 거리에 있는 저 몸서리나고 묵직한 건물 중 하나에 살고 있었다. 그녀는 그 건물의 위층 절반을 소유하고 있었다. 그리고 그곳에서 나도 18개월 이상을 살았고 핀 역시 매한가지였다. 핀과 나는 다닥다닥 붙어 있는 5층의 고미다락방에 살았고, 맥덜린은 4층에 살았다. 적어도 처음엔 서로 얼굴을 마주치는 일이 적지 않았지만. 나는 그곳을 내 집처럼 느끼기 시작하였다. 때때로 맥덜린은 남자 친구들을 끌어들이기도 했으나 나는 개의치 않았다. 누구냐고 물어보지도 않았다. 그녀가 그렇게 하는 것이 나는 더 좋았다. 그럴 경우 일을 할 시간이, 아니, 내가 이 세상에서 다른 무엇보다도 즐기는, 꿈 같고 소득 없는 사색에 잠길 시간이 더 많아지기 때문이다. 그곳에서 우리는 호두알 속의 호두처럼 편안하게 살았다. 게다가 집세는 내지 않는 거나 진배없었다. 그것도 만만치 않게 좋은 점이었다. 집세를 치르는 것처럼 화딱지 나는 일도 없기 때문이다.

미리 설명해 두어야겠지만, 맥덜린은 시내에서 근무하는 타이피스트다. 아니, 이 얘기의 모두(冒頭)에 나오는 사건이 일어났을 때까지만 해도 타이피스트였다. 그러나 이것만 가지고는 그녀를 전부 설명하지 못한다. 그녀의 본업은 자연스럽게 처신하는 것으로서, 이 일을 위해서 그녀는 굉장한 정열과 수완을 기울였다. 그녀의 노력은 여성 잡지나 영화가 제시해 주는 선을 따르고 있다. 사람들 사이에서 유행으로 통하는 유혹의 수단을 항상 연구 대상으로 삼아 왔음에도 불구하고 자기를 완전히 특색 없는 인간으로 만들 수가 없었던 것은 정히 그녀가 가지고 있는 불멸의 생명력의 발로 때문이다. 그녀는 미인은 아니다. 미인이란 말은 내가 좀체로 쓰지 않는 말이다. 그러나 그녀는 사랑스럽고 또 매력이 있다. 그녀의 사랑스러운 점은 반듯한 이목구비와 깨끗한 살색에 있다. 거기에 복삿빛 화장을 짙게 하여서 얼굴이 온통 대리석처럼 매끄럽고 무표정해진다. 머리는 파마를 하여 가장 어울리는 모양이다. 머리카락은 노랗게 염색을 하였다. 여인들이란 아름다움은 조화된 표준에 접근하는 것이라고 생각하는 법이다. 그들이 판별할 수 없을 정도로 비슷한 용모를 갖추지 못하는 유일한 이유는 돈과 시간과 기술이 부족하기 때문인 것이다. 이것들을 두루 갖추고 있는 영화배우들은 구별할 수 없을 정도로 비슷한 얼굴을 하고 있다. 맥덜린의 매력은 그녀의 눈과 활기에 찬 태도와 표정에 있다. 눈이란 것은 아무리 해도 변모시킬 수가 없는 얼굴의 일부다. 좌우간 지금까지 발명된 그 무엇으로도 바꿀 수가 없다. 눈은 마음의 거울이다. 그 위에 칠을 할 수도 없고 금가루를 뿌릴 수도 없다. 맥덜린의 눈은 큼지막하고 회색이다. 아몬드 모양이고 비에 젖은 조약돌처럼 반짝인다. 이따금씩 그녀는 큰돈을 번다. 타이프를 두드려서가 아니라 사진사의 모델이 되어서 돈을 버는 것이다. 요컨대, 그녀는 누구나가 사랑스러운 여인이라고 생각할 그런 여자였다.

　우리가 집에 당도했을 때 맥덜린은 목욕을 하고 있었다.

우리는 그녀의 거실로 들어섰다. 전기 난로와 나일론 양말, 비단 내의와 분가루 냄새가 아늑한 정경을 이루고 있었다. 핀은 헝클어진 장의자에 털썩 주저앉았다. 그녀가 언제나 그러지 말아 달라고 했는데도 그랬다. 나는 목욕탕 문께로 가서 큰 소리로 "매지!" 하고 불렀다.

물 튀기는 소리가 그치고 그녀가 말했다. "제이크, 당신이에요?" 물 탱크가 굉장한 소음을 내고 있었다.

"응, 물론, 나야. 이게 대체 어떻게 된 셈이오?"

"들리지가 않아요." 하고 맥덜린이 말했다. "조금만 기다려요."

"대체 어떻게 된 거요?" 나는 소리를 질렀다. "마권 업자와 결혼을 하다니, 어떻게 된 셈이오? 내게 상의도 하지 않고 그럴 수가 있소?"

나는 내가 목욕탕 밖에서 쑥쑥한 소란을 피우고 있다고 느꼈다. 판자를 탕 하고 두들기기까지 하였다.

"한마디도 안 들려요." 하고 매지가 말하였다. 이것은 거짓말이었다. 그녀는 지연 작전을 꾀하고 있었다. "저, 제이크. 주전자를 올려놓아요. 커피를 마십시다. 곧 나가겠어요."

내가 막 커피를 끓이는데 후끈하고 향내 나는 탕기(湯氣)를 피우면서 맥덜린이 목욕탕에서 의젓하게 걸어 나왔다. 그러나 몸을 피해 곧장 치장실로 들어가 버렸다. 핀은 급히 장의자에서 일어났다. 우리는 담배에 불을 붙이고 기다렸다. 한참 만에 맥덜린이 화사한 모습으로 나타나서 내 앞에 섰다. 나는 아주 놀라서 그녀를 바라보았다. 뚜렷한 변화가 온통 그녀에게 일어나 있었다. 값비싸고 야단스러운 모양의, 몸에 딱 달라붙는 실크 드레스를 입고 있었고, 또 비싸 보이는 보석을 굉장히 많이 지니고 있었다. 얼굴 표정조차도 변한 것 같았다. 비로소 나는 핀이 내게 말한 것을 이해할 수가 있었다. 거리를 걸어올 때는 너무나 내 생각에 골똘하여, 매지의 계획이 엄청나게 기묘한 점은 미처 생각해 보질 못하였던 것이다. 이제 그 현금 가치가 내 앞에 버티고 있는 셈이었다. 분명 그것은 예상하지 못했던 일이었다. 매지는 늘 따분하나 인정 많은 사업가나, 보헤미안 취미가 있는 공무원, 혹은 최악의 경우엔 나와 같은 삼문문사(三文文士)와 사귀곤 하였다. 그녀로 하여금 이러한 옷차림을 하도록 시사한 사나이, 그런 사나이와 그녀가 접촉을 하게 되다니, 대체 사회의 계층 체계에 어떠한 잘못이 있었단 말인가. 나는 궁금해졌다. 서서히 그녀의 주변을 돌면서 나는 하나도 빼놓지 않고 관찰하였다.

"날 무얼로 보는 거예요. 앨버트 기념비*로 아세요?"

"아니, 그런 눈을 어떻게." 라고 말하면서 나는 반점이 있는 눈 속을 들여다보았다.

그러자 평소에 겪어 보지 못했던 아픔이 내 심신을 휩쓸었다. 나는 외면하지 않을 수 없었다. 나는 이 여인을 좀 더 보살펴 주었어야 옳았다. 이 변신은 오랫동안 준비되어 왔음에 틀림없었다. 그저 내가 너무 아둔해서 눈치 채지 못하였을 뿐이다. 맥덜린과 같은 여인이 하룻밤 사이에 딴

---

* 빅토리아 여왕의 남편인 앨버트 공의 기념비.

사람이 될 리는 없었다. 누군가가 열심히 일을 꾸미고 있었던 것이다.

매지는 궁금한 듯 나를 바라보았다. "왜 그래요?" 하고 그녀는 물었다. "어디 안 좋아요?"

나는 내 생각을 얘기해 주었다. "매지, 난 당신을 좀더 잘 보살펴 주었어야 했어요." "당신은 저를 전혀 돌보아 주지 않았어요." 하고 매지가 말했다. "이제 딴 사람이 돌보아 줄 거예요."

그녀의 웃음소리 속에는 가시가 돋쳐 있었으나 눈에는 걱정스러운 빛이 있었다. 때는 늦었을망정 성급한 청혼이라도 하고 싶은 충동을 나는 느꼈다. 우리의 우정을 회상하게 하는 불가사의한 빛이 갖가지 일들을 새로이 돋보이게 해 주어서 나는 순식간에 그녀를 필요로 한다는 내 기분의 본질을 송두리째 이해하려고 애썼다. 그러나 나는 숨을 크게 한 번 쉬고, 감정이 격해 있는 여인에게는 솔직하게 이야기하지 않는다는 나의 습관을 그대로 따랐다. 솔직하게 얘기해 보았자 아무 소용이 없는 것이다. 남의 책임을 떠맡는다는 것은 내 성질에 맞지 않는다. 내 길을 조심해서 걷는 것만으로도 내게는 벅찬 일이다. 위기가 지나가고 그 징후도 사라졌다. 맥덜린의 눈이 반짝이던 것도 보이지 않게 되었다. 그녀는 커피를 달라고 말하였다. 나는 커피를 주었다.

"저, 제이크." 하고 그녀가 말했다. "사정이 어떻게 되었는지 짐작하시겠죠? 될수록 빨리 짐을 옮겨 주세요. 가능하다면 오늘이라도. 당신 것은 모두 당신 방에 챙겨 넣어 두었어요."

사실 그러했다. 여느 때에 거실을 장식하고 있었던 여러 가지 내 물건들이 보이지 않았다. 벌써 나는 그곳에 살고 있지 않다는 느낌이 들었다.

"사정이 어떻게 되었는지 모르겠는걸," 하고 나는 말하였다. "듣고 싶은데."

"그럼, 들려드리죠. 하나도 빼놓지 않고 짐을 옮겨야겠어요." 맥덜린이 말했다. "마다하지 않으면 택시삯은 내가 치르겠어요." 이제 그녀는 아주 태연했다.

"사정을 좀 보아줘요, 매지," 하고 나는 말하였다. 나는 다시 내 신상을 걱정하기 시작하였다. 그리고 그러는 것이 한결 마음이 편했다. "위층에서 계속 지낼 수 없을까? 방해가 되지는 않을 거요." 그러나 이것이 좋은 생각이 못 된다는 것을 나는 알고 있었다.

"아이, 제이크!" 하고 매지는 말하였다. "당신은 밥통이에요!" 그녀에게서 그전에 들어 보지 못했던 가장 정다운 말이었다. 우리 두 사람은 기분이 누그러졌다.

핀은 그동안 문에 기대서서 멍하니 한가운데를 바라보고 있었다. 귀를 기울이고 있는 것인지 아닌지 분간할 수가 없었다.

"저이를 내쫓아요." 하고 맥덜린이 말했다. "저이를 보면 오싹해져요."

"어디로 보낸단 말이야?" 하고 나는 물었다. "그나 나나 어디로 간단 말이오? 내게 돈이 없다는 것은 알고 있잖소."

엄밀히 말해서, 돈이 없다는 것은 사실이 아니었으나 나는 하나의 방편으로 언제나 돈이 한 푼도 없는 체하고 있다. 그게 당연한 일로 치부되면 언제 어떠한 득을 볼지 모르겠기 때문이다.

"당신들은 성인(成人)이에요," 매지는 말하였다. "적어도 사람들은 그렇게 여기고 있어요. 그런 것쯤은 스스로 결정해야지요."

꿈꾸는 듯한 핀의 눈길과 마주쳤다. "어떻게 할까?" 하고 나는 그에게 물었다.

핀도 때로는 좋은 생각을 가지고 있다. 뭐니 뭐니 해도 그는 나보다 생각할 시간이 많으니까.

"데이브에게로 가지," 하고 그는 말했다.

나로서도 반대할 이유가 없어 "좋아!" 하고 말하고 나서, 그의 뒷모습을 향해 "트렁크는 가지고 가!" 하고 소리쳤다. 그가 화살처럼 뛰쳐나갔기 때문이다. 그는 맥덜린을 싫어한다고 나는 가끔 생각한다. 그는 돌아와 트렁크를 하나 들고 사라졌다.

맥덜린과 나는 제2라운드를 시작한 권투 선수처럼 서로 바라보았다.

"이봐요, 매지." 하고 나는 말하였다. "나를 이렇게 털터리로 내쫓을 수 있소?"

"당신이 그렇게 털터리로 이곳엘 온 거지요." 하고 매지가 말하였다.

그건 사실이었다. 나는 한숨을 쉬었다.

"자, 이리 와요." 하고 말하면서 나는 그녀에게 손을 내밀었다. 그녀는 내게 손을 맡겼으나 그 손은 빵구이 포크처럼 뻣뻣하고 반응이 없어 이내 나는 손을 놓아 버렸다.

"소란일랑 피우지 마세요, 제이크." 하고 매지는 말하였다.

그때는 조그만 소란마저도 피울 수가 없을 것 같았다.

기운이 쏙 빠진 듯하여 나는 장의자에게 벌렁 누워 버렸다.

"허허!" 나는 부드럽게 말하였다. "결국 당신은 나를 몰아내는군. 그것도 타인의 악습에 기대어서 사는 사내를 위해서 말이오."

"우리는 모두 타인의 악습에 기대어 살고 있어요." 하고 매지는 그녀에게는 어울리지 않는 최신식 냉소적 어투로 말하였다. "나도 그렇고 당신도 그래요. 당신은 그이보다 더 나쁜 악습에 기대어 살고 있어요." 이것은 내가 때때로 손대고 있는 번역을 빗대어 하는 말이었다.

"좌우간 그 인물이 누구요?" 나는 그녀에게 물었다.

매지는 효과를 노리면서 나를 빤히 바라보았다.

"그의 이름은요," 하고 그녀는 말하였다. "스타필드예요. 아마 이름을 들어 보았을지도 몰라요."

부끄러움도 없이 의기양양한 빛이 그녀의 눈에 어려 있었다.

나는 내 표정을 굳혀서 무표정하게 만들었다. 결국 그것은 스타필드였다. 새뮤얼 스타필드, 성(Sacred) 새미, 일류 마권 업자였다. 비록 그가 피커딜리 근처에 마권 영업소를 벌이고 있고 또 이름을 날리는 인물이라 하더라도 그를 마권 업자라고 한 것은 핀의 개성을 얼마간 잘 나타내고 있었다. 이제 스타필드는 자기의 기호와 돈이 허용하는 범위에선 손을 대지 않는 것이 없었다.

"알겠어요." 나는 말했다. 나는 매지에게 구경거리가 되고 싶지 않았다. "어디서 그를 만난 거요? 순전히 사회학적인 정신으로 물어보는 거요."

"무슨 말이지 못 알아듣겠는데요. 꼭 알아야겠다면 가르쳐 드리죠. 11번 버스 안에서 만났어요." 이것은 분명히 거짓말이었다. 나는 고개를 저었다.

"당신은 이제 평생 동안 마네킹 노릇을 하려는 거지."라고 나는 말했다. "큰 부자의 심벌(symbol)이 되어서 일생을 보내야 할 거요." 그렇게 말하면서 그런 생활도 그다지 궂은 것은 아닐 거라는 생각이 들었다.

"제이크, 나가 줘요!" 하고 맥덜린이 말했다.

"좌우간 성 샘과 이곳에서 살 셈은 아니겠지요?" 나는 말했다.

"우린 이 아파트가 필요한 거예요." 하고 맥덜린은 말했다. "지금 나가 주어야겠어요."

나는 그녀의 대답이 모호하다고 생각했다. "결혼할 셈이란 말이오?" 나는 물었다. 나는 다시금 책임감을 느끼기 시작하였다. 따지고 보면 그녀에겐 아버지가 없었고 내가 어버이 대신이란 느낌이 들었다. 내게 남은 입장은 그런 정도일 뿐이었다. 막상 생각을 하고 보니까 스타필드가 맥덜린 같은 여인과 결혼한다는 것은 전혀 엉뚱하여 될 법하지도 않은 일이었다. 모피 코트를 걸어 놓기 위해서라면 유행 복장에 보람을 느끼는 어느 여성 못지않게 매지로도 충분하리라. 그러나 그녀는 부자도 아니고 유명하지도 않을뿐더러 외양을 번지르르하게 꾸미는 축도 아니었다. 그녀는 그저 건강하고 세련된 영국 아가씨였고, 큐*의 메이데이처럼 순박하고 사랑스러울 뿐이었다. 그러나 나는 스타필드의 취미가 훨씬 희한하고 또 결혼과는 무연하다고 상상했다.

"그러믄요." 하고 여전히 크림처럼 싱싱하니 매지는 힘주어 말했다. "이제 짐을 꾸리겠어요?" 하지만 그녀는 마음에 걸리는 모양이었다. 내 눈길을 피하는 것으로 알 수가 있었다.

"여기 아마 당신 책이 있을 거예요." 하고 말하면서 그녀는 책장을 만지작거리기 시작하였다. 그리고 『머피』**와 『나의 친구 피에로』***를 빼내었다.

"스타필드 동지에게 자리를 내주는 셈이군." 하고 나는 말했다. "그 친구, 책은 읽을 줄 아나? 그건 그렇고, 내가 있는 줄은 아나?"

"아, 네." 하고 맥덜린은 모호하게 말했다. "하지만 당신이 만나지 말았으면 싶어요. 그러기에 곧 짐을 꾸려야겠어요. 내일부터는 새미가 여기에 많이 있게 될 거예요."

"한 가지만은 분명해." 하고 나는 말했다. "하루에 모든 것을 옮길 수는 없소. 몇 가지는 지금 가지고 가겠지만 내일 또 들러야 할 거요." 서두르는 것이 나는 싫다. "그리고

---

* 런던 서쪽 교외의 주택 지구. 유명한 식물원이 있다.
** 사뮈엘 베케트의 소설.
*** 레몽 크노의 소설.

전축이 내 것이란 걸 잊지 말아요." 나는 다부지게 덧붙여 말하였다. 자꾸만 로이드 은행이 떠올랐다.

"알았어요." 하고 매지는 말했다. "내일이나 그 후 들르게 되거든 먼저 전화를 거세요. 만약에 남자 목소리가 나거든 끊으세요."

"이건 정말 질색인데." 내가 말했다.

"그래요, 택시를 부를까요?" 매지가 말했다.

"그만둬요!" 방을 나오면서 나는 외쳤다.

층계를 오르는 내 뒷덜미를 향해 맥덜린은 소리쳤다.

"새미가 있을 때 여기 들르면 아마 당신 목이 부러질 거예요."

* * *

남아 있는 트렁크를 들고 갈색 포장지에 원고를 싸고 나서 나는 도보로 그곳을 떠났다. 이것저것 궁리할 필요가 있었는데 택시 안에서는 미터기가 마음에 걸려 도시 궁리가 안 되기 때문이었다. 나는 72번 버스를 잡아타고 팅컴 부인 집으로 갔다. 팅컴 부인은 샬럿 거리 근처에서 신문 파는 상점을 내고 있다. 값싼 광고 게시판이 밖에 있는, 먼지 많고 더럽고 누추해 보이는 구멍가게다. 각 나라 말로 된 신문, 여성 잡지, 서부 소설, 과학 소설, 괴기 소설 등속을 팔고 있다. 적어도 팔려고 아무렇게나 쌓아서 늘어놓고는 있다. 그러나 역시 팔려고 내놓은 아이스크림이나 《이브닝 뉴스》*를 제하고는 손님이 팅컴 부인의 상점에서 물건을 사 가는 것을 나는 본 적이 없다. 대부분의 문학책은 몇 해고 계속 점방에 놓여 있어 햇볕에 빛이 바랬고, 팅컴 부인이 책이라도 읽고 싶을 때나 겨우 들먹여질 뿐이다. 때때로 책을 읽고 싶을 때 그녀는 해묵어 누렇게 된 서부 소설을 골라잡지만, 중간쯤 읽고 나서는, 전에 한 번 읽었으나 아주 잊어버렸다고 단언한다. 지금쯤 그녀는 가게의 책을 모두 읽었을 것이다. 수효가 한정되어 있고 좀처럼 불어나지도 않으니 말이다. 프랑스 말을 모른다고 하면서도 프랑스 신문을 들여다보는 것을 나는 몇 번인가 본 적이 있다. 아마 사진을 보고 있었던 것이리라. 아이스크림 상자 곁에는 조그마한 철제 테이블과 의자가 두 개 있다. 그 위쪽 선반 위에는 빨간색 파란색 음료수가 들어 있는 병들이 보인다. 이곳에서 나는 몇 시간이고 평화로운 시간을 보내었다.

팅컴 부인네 가게에서 또 하나 특이한 점은 고양이가 많다는 것이다. 한 마리의 거대한 암고양이 배 속에서 나온 얼룩 고양이 일족이 점점 불어나고 있는데, 그들은 카운터나 빈 시렁 위에 졸린 듯 생각에 잠겨 앉아 있다. 호박색 눈을 양지 쪽에서 가늘게 뜨고 껌벅거리는데, 따뜻한 모피 속에 억지로 생긴 듯한 물기 머금은 실눈이다. 내가 가게로 들어서면 곧잘 한 마리가 뛰어내려 내 무릎에 오른다. 한동안 세상 모르겠다는 듯이 조용히 앉아 있다가는 슬며시 거리로 나가 가게 앞을 서성거린다. 그러나 가게 앞 1미터

---

* 영국의 석간 신문.

이상 떨어진 곳에서 고양이를 본 적은 없다. 가게 한복판에는 주인인 팅컴 부인이 담배를 피우면서 앉아 있다. 내가 알고 있는 사람 가운데서 문자 그대로 줄담배를 피우는 사람은 그녀뿐이다. 그녀는 지금 막 다 피운 담배꽁초로 새 담배에 불을 붙인다. 하루의 첫 담배에 어떻게 불을 붙이는지가 내게는 수수께끼다. 내가 성냥을 달랄 때마다 가게에는 성냥이 없는 것 같으니 말이다. 한번은 가게에 들르니 그녀가 쩔쩔매고 있었다. 피우던 담배가 커피잔 속에 떨어져 새 담배에 불을 붙일 수가 없었기 때문이다. 아마그녀는 밤새도록 담배를 피울 것이다. 그렇지 않다면 그녀의 침실에는 없어지지 않고 영원히 타들어 가는 담배가 있는 것이리라. 발밑에는 꽁초가 넘치도록 가득 들어 있는 에나멜 대야가 있다. 곁의 카운터 위에는 조그마한 라디오가 있다. 들릴락말락하게 늘 틀어져 있어, 담배 연기에 둘러싸여서 고양이들 사이에 팅컴 부인이 앉아 있으면 일종의 속삭이는 듯한 음악이 그녀에게 반주를 넣는 셈이다.

나는 가게로 들어가서는 여느 때처럼 철제 테이블 곁에 앉았다. 그리고 가장 가까이에 있는 시렁에서 고양이 한 마리를 내려서 무릎 위에 올려놓았다. 발동이 걸린 기계처럼 고양이는 가르랑거리기 시작하였다. 나는 팅컴 부인에게 그날 들어 처음인 자연스러운 미소를 보냈다. 핀 말마따나 그녀는 묘한 노인네다. 그러나 그녀는 내게 친절히 군다. 남의 친절에 대해 나는 잊어버리는 일이 없다.

"아이고, 다시 돌아오셨군." 괴기 소설을 제쳐 놓으면서 팅컴 부인은 말하였다. 그리고 라디오의 볼륨을 더 낮추는 바람에 그것은 마치 웅얼거리는 배경음처럼 들렸다.

"네, 불행히도." 하고 나는 말했다. "팅크 부인, 한잔 어떻겠습니까?"

오래전부터의 일이지만 나는 팅컴 부인에게 위스키를 맡겨 두어 왔다. 술집이 파한 시간에 런던의 도심지, 조용한 환경 속에서 보약 삼아 한잔하고 싶은 경우를 위해서다. 내가 들어간 시각에 술집은 열고 있었으나 내게는 팅컴 부인네 가게의 아늑한 평온이 필요했다. 그곳에는 가르랑거리는 고양이와 속삭거리는 라디오와 향연(香煙)에 둘러싸인 대지의 여신 같은 팅컴 부인이 있었다. 처음 이 계획을 마련하였을 때에 나는 술을 마시고 나서 술병에 표시를 하여 두고는 했다. 그러나 그것은 팅컴 부인을 잘 알게 되기 전의 일이다. 믿음직스럽다는 점에 있어 그녀는 자연의 법칙에 맞먹을 만큼 어김이 없다. 그녀는 또한 입이 무겁다. 한번은 무슨 일인가로 그녀를 구슬려 실토케 하려고 하던 수상하게 생긴 한 단골이 이렇게 소리치는 것을 엿들은 적이 있다. "당신은 병적으로 신중해요!" 사실 그녀는 그런 사람이다. 정말이지 팅컴 부인이 성공한 비결이 이 점에 있는 게 아닌가 하고 나는 생각한다. 그녀의 가게는 이른바 '임시 주소' 구실을 하고 있고, 자기들의 신상에 관한 일을 비밀로 해 두려는 사람들에게 밀회 장소가 되었다. 단골 손님의 볼일을 팅컴 부인이 어느 정도 알아차리고 있는지 나는 때때로 궁금해진다. 그녀에게서 떠나 있을 때면 나는 자기의 면전에서 무슨 일이 벌어지고 있는가를 헤아리지 못할 만큼 그녀가 순진할 리는 없다고 거의 확신하게 된다. 그녀와 함께 있을 때면, 그녀가 아주 뚱뚱하니 멍해 보이며, 흡사 자신의 고양이처럼 눈을 껌벅거리기 때문에 나는 의혹에 잠긴다. 곁눈질을 흘끗했을 때, 그녀의 얼굴에서 날카로운 지성의 번뜩임을 본 것같이 생각되는 순간도 있었다. 그러나 아무리 재빠르게 고개를 돌리더라도 달리 어떤 표정을 찾아낼 수가 없다. 그저 온화하고 어머니다운 배려와 다소간 멍한 근심의 표정을 보게 될 뿐이다. 진실이 어떤 것이든 간에 한 가지만은 분명하다. 아무도 그것을 모른다는 것. 팅컴 부인을 신문한다는 것을 경찰은 오래전에 포기하였다. 그것은 시간 낭비였다. 내가 알고 있는 한, 그녀는 많이 알고 있든 적게 알고 있든 간에 그녀 가게를 중심으로 회전하고 있는 소세계(小世界)에 관한 상세한 지식을, 벌이를 위해서나 효과를 위해서나 남에게 나타내 보이는 법이 없었다. 수다를 떨지 않는 여인은 벨벳 천에 박힌 보석이다. 내게는 팅컴 부인이 그만이다.

그녀는 깔때기 모양의 컵에 위스키를 채워 카운터 너머로 건네주었다. 나는 그녀가 어떤 종류의 것이든 술을 마시는 걸 본 적이 없다.

"이번엔 브랜디가 없나요?" 하고 그녀는 물었다.

"제기랄, 세관에서 뺏겼어요," 하고 나는 말하였다. 위스키를 한 모금 벌컥 마시면서 "제기랄 것!" 하고 덧붙여 말하며 몸짓까지 하였다. 그 몸짓은 세관과 매지, 스타필드, 그리고 단골 은행의 지배인을 염두에 둔 것이었다.

"웬일이우? 또 경기가 나쁜가요?" 하고 팅컴 부인은 말하였다. 술을 들여다보면서 나는 그녀의 눈길이 쉴 새 없이 깜박이는 것을 볼 수가 있었다. "세상 사람들이란 귀찮고 골치 아픈 존재들라우. 그러찮우?" 하고 그녀는 덧붙여 말했다. 수많은 고백을 유도(誘導)했음에 틀림이 없는 그러한 어조였다.

사람들이 팅컴 부인에게 굉장히 많은 이야기를 한다고 나는 확신한다. 이따금 가게에 들어서면 그때의 분위기로 나는 이것을 분명히 느낄 수 있었다. 나 자신 그녀에게 얘기를 하였다. 그녀의 단골 손님 중 많은 사람들의 인생에서 아마도 그녀는 신용할 수 있는 유일한 말벗으로 통하리라. 이러한 위치에 있으면 다소나마 돈이 벌리지 않을 수가 없다. 분명 팅컴 부인은 돈을 가지고 있다. 한번은 군소리 없이 내게 10파운드를 빌려 주었으니 말이다. 그러나 이익을 보는 것이 팅컴 부인의 주된 관심사는 아니라고 나는 생각한다. 그녀는 그저 남의 사사(私事)를 알고 싶어 할 뿐이다. 아니 오히려 남의 인생을 알고 싶어 한다고 하는 편이 적절하리라. 왜냐하면 사사란 말이 우리에게 연상시키는 관심이란 그때 내게 강하게 쏠려 있었다고 느낀 아니, 그렇게 느끼고 있다고 내가 상상했던 관심보다는 훨씬 폭이 좁고 인간미가 희박한 것이기 때문이다. 실상 그녀가 순진하냐 순진하지 못하냐 하는 것에 대한 진상은 그 양극의 중간쯤에 자리 잡고 있는 것인지도 모른다. 아마도 그녀는 타인의 인간극(人間劇)이 벌어지고 있는 세계 속에 살고 있으며 그곳에선 이미 사실과 허구를 명백하게 분간하기가 어려운 것이다.

부드럽게 속삭이는 소리가 났다. 그것은 라디오 소리였

는지도 모르고 또 내가 그녀에게 얘기를 하도록 팅컴 부인이 외는 주문이었는지도 몰랐다. 몹시 귀한 물고기가 위태롭게 매달려 있는 가느다란 낚싯줄을 조용히 감는 소리와 같았다. 그러나 나는 이를 악물고 얘기를 하지 않으려 애썼다. 나는 내 얘기를 보다 극적인 방식으로 얘기할 수 있을 때까지 기다리고 싶었다. 가능성이 있는 내용이었지만 채 형태를 갖추지 못한 터였다. 만약 내가 털어놓기를 시작한다면 진실을 토로하고 말 위험성이 있었다. 부지중에 붙잡히고 보면 나는 흔히 진실을 얘기해 버리고 만다. 그보다 더 따분한 일이 어디 있을까? 나는 팅컴 부인과 눈이 마주쳤다. 그녀의 눈은 아무 말도 없었지만 그녀가 나의 속셈을 헤아리고 있음을 나는 알 수 있었다.

"세상 사람들과 돈 말이에요, 팅컴 부인." 하고 나는 말했다. "그런 게 없다면 이 세상은 정말 행복스러운 곳일 텐데."

"그리고 섹스가 없다면." 하고 팅크 부인은 말했다. 우리 두 사람은 한숨을 쉬었다.

"최근에 새끼 고양이가 새로 생기진 않았나요?" 나는 그녀에게 물었다.

"아직 없다우." 하고 팅컴 부인은 말했다. "하지만 매기가 또 새끼를 뱄다우. 곧 너는 귀여운 새끼를 보게 될 거야. 그렇잖니!" 하고 그녀는 카운터 위에 있는 땅딸막한 얼룩 고양이에게 말했다.

"이번엔 제대로 된 것 같아요?" 나는 물었다.

팅컴 부인은 자기가 기르는 얼룩 고양이로 하여금 거리 아래쪽에 사는 멋쟁이 샴 고양이와 홀레를 하도록 언제나 구슬렸다. 그녀의 노력이라고 해 보았자 얼룩 고양이를 문께까지 데리고 가서 소담스러운 수코양이를 손가락질하며 이렇게 말하는 것이 고작이었다. "저 귀여운 고양이를 보려무나!"——그러나 여태껏 아무런 보람이 없었던 것이다. 고양이의 관심을 한곳으로 쏠리게 하려고 한 경험이 있는 이라면 그것이 얼마나 어려운 일인지를 잘 알 것이다. 고양이는 어디에고 눈길을 돌리지만 오직 손으로 가리키는 곳만은 거들떠보지를 않는다.

"전혀 가망이 없다우." 하고 팅컴 부인은 쓰디쓴 어조로 말하였다. "이 녀석들이 모두 말고깃간 집에 있는 흑백 얼룩 톰에게 빠져 있단 말이오. 그렇지? 이 계집애야." 하고 그녀는 새끼 밴 얼룩 고양이에게 말했다. 고양이는 호화로운 발을 뻗쳐 드러내 발톱을 《누벨르 리테레르》* 더미 속에 집어넣었다.

나는 테이블 위에 짐을 풀기 시작하였다. 고양이가 내 무릎에서 뛰어내려 문밖으로 빠져나갔다. 팅컴 부인은 "어머!" 하고 한마디 하고 나서 괴기 소설 쪽으로 손을 뻗쳤다.

나는 황급히 원고를 훑어보았다. 한번은 화가 난 맥덜린이 「이리하여 오펜하임 씨는 이 세상을 이어받으리」란 서사시의 첫머리 60절을 찢어 발긴 일이 있었다. 이것은 내가 이상을 품기 시작한 시절부터 쓰기 시작한 것이었다. 또 그 시절에 나는 현대가 서사시를 쓰는 게 가능한 시대가 아니라는 것을 분명히 깨닫지 못하였다. 누구나 자기가

---

* 프랑스의 주간 문예 신문.

쓰고 싶은 것을 쓰면 되지 않느냐고 그 당시의 나는 참 순진한 생각을 하고 있었다. 그러나 역사적인 원근감처럼 사고를 마비시키는 것은 없다. 특히 문학 문제의 경우가 그렇다. 아마도 어느 지점에서 사고를 멈추어야 하나 보다. 실상 나는 현대가 소설을 쓸 수 있는 시대가 아니라는 것이 조금만 더 가면 확실해지는 시점 바로 못 미친 곳에서 나 자신을 정지시켰던 것이다. 그러나 「오펜하임 씨」얘기로 돌아가기로 하자. 말할 것도 없이 오펜하임 씨는 그저 대기업을 상징할 뿐이었지만, 친구들은 반유태인적 사상이 들어 있다고 그 제목을 비난하였다. 그러나 매지가 그것을 찢은 것은 그 때문이 아니고 화가 났기 때문이었다. 한 여류 작가를 만나기 위해서 내가 그녀와의 점심 약속을 어겼기 때문이었다. 여류 작가는 쓸모가 없어 완전 손해였고 돌아오니 「오펜하임 씨」가 누더기가 되어 있었다. 이건 옛날 얘기다. 그러나 나는 똑같은 행동이 되풀이되지나 않았나 걱정이 되었다. 매지가 나를 내쫓으려고 마음먹었을 때 그녀의 머릿속에 무슨 생각이 떠올랐는지 어떻게 안단 말인가? 격분한 여성은 무슨 짓이라도 할 수 있다. 해코지 않으려야 않을 수 없도록 상대방이 처신하는 게 얼마나 울화통 터지는 일인지는 나 자신 잘 알고 있다. 해서 나는 원고를 면밀히 살펴보았다.

한 가지가 보이지 않는 것을 제외하고는 아무런 이상도 없는 듯하였다. 그것은 『목제(木製) 꾀꼬리』를 번역한 타이프 원고였다. 이 『목제 꾀꼬리』는 장 피에르 브르퇴유의 작품으로 출판 역순(逆順)으로 그의 세 번째 작품이다. 나는 곧장 타이프로 치면서 번역을 하였다. 장 피에르의 작품은 아주 많이 번역했기 때문에 문제는 얼마만큼 빨리 타이프를 칠 수 있느냐에 있다. 나는 먹지 대는 것을 싫어한다. ── 손재주가 없고 또 먹지는 알다시피 번거롭다. ── 따라서 원고는 한 부밖에 없었다. 그러나 나는 걱정이 되지 않았다. 만약 맥덜린이 무엇인가를 찢고 싶었다면 내 작품을 없애지 번역 원고를 없애지는 않았을 것이니까. 나는 다음번에 그것을 가져오리라고 마음속에 새겨 두었다. 그것은 아마도 아래층 책상 속에 있을 것이었다. 『목제 꾀꼬리』는 아마도 베스트셀러가 되리라. 그건 내 호주머니 속에 돈이 들어온다는 것을 의미한다. 이 책은 정신 분석을 받고 나서 자기의 창조적 충동이 없어지고 만 것을 알게 되는 젊은 작곡가를 다루고 있다. 나는 이 책을 재미있게 읽었다. 그러나 그것은 장 피에르의 작품이 모두 그렇듯이 잘 팔리기는 하나 질이 낮은 작품이다.

내가 전문적으로 브르퇴유의 작품을 번역하는 것은 그것이 내가 쓰고 싶으면서도 못 쓰는 그러한 종류의 작품이기 때문이라고 데이브 젤먼은 말한다. 그러나 사실은 그렇지 않다. 쉬운 데다가 어느 나라 말로든 나오기만 하면 날개가 돋친 듯이 잘 팔리기 때문에 브르퇴유를 번역하는 것이다. 괴팍한 애기지만, 또한 나는 번역하는 일이 재미있다. 그것은 흡사 내 입을 벌리고 남의 목소리가 나오는 것을 듣는 것과 같다. 저 지난번 작품인 『사랑의 돌덩이』를 나는 파리에서 읽었지만, 역시 히트를 쳤다. 또 『우리 승리자들(Nous Les Vainqueurs)』이란 최근작이 있었지만 나는 채

읽지 않고 있었다. 나는 출판사 사장을 만나 『목제 꾀꼬리』의 선불금을 받아야겠다고 작정했다. 그리고 내가 파리에서 생각해 내었던 아이디어를 팔아 볼 작정이었다. 그것은 내가 소개와 번역을 담당해 프랑스 단편집을 내는 일이었다. 나의 트렁크들이 꼭 들어찬 것은 그 때문이었다. 그것으로 기아는 면하게 될 셈이었다. 데이브 말마따나, 그러고 보면 창작이 제일 수지가 안 맞는다. 생각해 보니 은행에 70파운드 정도의 예금이 있었다. 그러나 당장 다급한 문제는 들어앉아 일할 값싸고 마음에 드는 거처를 찾아내는 일이었다. 이제 얼즈코트 거리의 문은 내게 닫힌 셈이었으니 말이다.

맥덜린이 그렇듯 체모 없이 나를 내쫓은 것이 매정한 일이라고 생각하는 사람도 있을지 모른다. 또 그것을 그렇듯 조용히 받아들인 내가 얼간이라고 생각할지도 모른다. 그러나 기실 맥덜린은 왈패가 아니다. 그녀는 쾌활하고 관능적인 여인이다. 순박하고 인정 많고 또 자기에게 폐가 되지 않는 한 누구의 청이라도 기꺼이 들어주는 위인이다. 이 이상 더 바랄 게 무엇이란 말인가? 나 자신으로 말한다면 마음에 걸리는 게 있다. 사실상 집세를 내지 않고 산 것이나 다름없다고 좀 전에 나는 말했다. 그건 아주 맞는 말이 아니다. 실은 나는 집세를 전혀 물지 않고 살았던 것이다. 이 생각을 하니 다소 꺼림칙하였다. 여자 등에 얹혀서 산다는 것은 체모가 안 서는 일이다. 게다가 매지가 결혼하고 싶어 한다는 것을 나는 알고 있었다. 그녀는 여러번 내게 내심을 비친 일이 있었다. 그것도 나와 결혼하고 싶어 했다고 나는 생각한다. 그런데 나에게는 그럴 생각이 없었다. 따라서 이 두 가지의 어느 쪽을 생각해도 나에겐 얼즈코트 거리에 대한 권리가 없고 또 매지가 다른 데서 보호를 구한다 하더라도 나로선 자업자득일 뿐이라는 느낌이었다. 하지만 성 새미(Sacred Sammy)가 우승 후보가 못 되고 승산 없는 말이라는 나의 판단은 극히 객관적인 판단이었다고 나는 생각한다.

여기서 나 자신에 대해서 한마디 해야겠다. 내 이름은 제임스 도너휴*다. 그러나 그 점에 개의할 필요는 없다. 더블린에 가 본 것이래야 한 번뿐이니 말이다. 그것도 위스키로 곤드레가 되어 있었기 때문에. 그때도 제정신이 든 것은 두 번뿐이었다. 스토어 거리의 경찰서에서 풀려났을 때와 핀이 홀리헤드**로 가는 배에 나를 태웠을 때였다. 이건 내가 늘 술타령을 하던 때의 일이다. 나는 서른이 조금 넘었고, 재주는 있으나 게으르다. 잡문을 써서 밥을 먹고 있고, 창작에도 손을 대지만 가급적 적게 하고 있다. 거의 언제나 일을 하고 또 시장이 요구하는 것에는 뭐든 손을 댄다면 글을 써서 먹고살 수 있는 시대다. 전에 나는 키가 작다고 말했다. 그러나 호리호리하고 맵시 있는 몸매라고 말하는 편이 더 어울릴 것이다. 머리는 금발이고 이목구비는 꼬마 요정(妖精)처럼 또렷하다. 유도는 꽤 하는 편이지만 권투는 좋아하지 않는다. 지금 이 얘기를 하는

---

* 도너휴는 아일랜드계의 성이다.
** 웨일스 서북 끝에 있는 항구이며 더블린과 마주 보고 있다.

데 더 중요한 것은 내가 신경쇠약이라는 점이다. 그 자초지종을 개의할 필요는 없다. 그건 별개의 얘기고 또 나의 일생을 전부 털어놓으려는 것도 아니니까. 어쨌든 나는 신경쇠약이다. 오랫동안 혼자 있는 것을 배겨 내지 못하는 것은 그 결과의 하나다. 핀이 내게 극히 귀중한 존재인 것은 그 때문이다. 때때로 우리는 한마디 말도 없이 몇 시간이고 함께 앉아 있곤 한다. 아마도 나는 신이라든가, 자유라든가, 불멸 등에 관해서 생각한다. 핀이 무엇을 생각하고 있는지 나는 모른다. 뿐만 아니라 나는 낯선 집에서 사는 걸 싫어한다. 나는 보호받는 것을 좋아한다. 따라서 나는 얹혀사는 위인이다. 그리고 대개 친구네 집에서 지낸다. 이것은 경제적으로도 편리하다. 내 성미가 조용한 편인 데다가 핀이 잡일을 할 수 있기 때문에 눈치꾸러기는 면한다.

이제 어디로 간단 말인가. 이것을 알아내는 것은 정녕 문젯거리였다. 데이브 젤먼이 과연 우리를 받아 줄까? 싹수가 없다고 여기면서도 나는 이 생각을 버리지 못하였다. 데이브는 오래된 친구지만 철학자다. 천궁도(天宮圖)나 그 동물 번호*를 들려주는 따위가 아니고 칸트나 플라톤 같은 진짜 철학자다. 따라서 물론 돈이 없다. 데이브에게 부탁해서는 안 된다는 느낌이 들었다. 게다가 그는 유태인이다. 철두철미한 순종 유태인으로서 단식을 하고, 죄라는 것은 속죄될 수 없다고 믿고 있다. 참으로 귀중한 고약이

---

* 천궁도나 동물 번호는 다 같이 점성술에서 쓰이는 것이다.

들어 있는 설화석고(雪花石膏) 병을 깨뜨린 부인이나, 기타 신약성서에 나오는 많은 얘기를 접하고 깜짝 놀란다. 내 마음에 걸리는 것은 이런 점이 아니고 삼위일체라든가, 감정이 중요하지 않다든가, 자애(慈愛)의 개념에 관해서 그가 핀과 끊임없이 토론한다는 점이다. 자애의 개념처럼 데이브가 싫어하는 것은 없다. 그에게 자애란 정신적 기만과 진배가 없는 것 같다. 데이브의 말을 따르면, 자선이란 부정을 조장하고 아무거나 닥치는 대로 빼돌려도 좋다는 생각을 강조한다는 것이다. 인간이란 모름지기 명백한 실제적 규칙에 따라서 살아야 하고 온갖 종류의 방종을 용서하는 것처럼 보이는 고상한 개념이 가지고 있는 막연한 불빛을 좇아서는 안 된다는 것이 그의 지론이다. 데이브는 핀이 장시간 함께 담소하는 얼마 안 되는 사람 중의 한 사람이다. 설명해 두지만, 핀은 탈선한 카톨릭 교도이나 기질상으로는 감리교신자다. 아니, 적어도 대개는 그렇게 생각된다. 그리고 그는 데이브에게 열을 내어 자기 생각을 표명한다. 진정으로 종교를 가지고 있는 나라로 가기 위해서 아일랜드로 돌아가겠노라고 핀은 늘 말하고 있지만 정작 떠나지는 않는다. 따라서 나는 데이브에게로 가 보았자 안정을 얻지 못할지도 모른다고 생각했다. 핀이 수다만 피우지 않는다면 나는 그곳이 좋다. 이러는 나도 그전에 추상적인 문제에 관해 데이브와 얘기를 많이 하였다. 처음 그를 알게 되었을 때 철학자란 말을 듣고 나는 기뻐했다. 무엇인가 중요한 진리를 내게 들려주려니 하고 생각하였다. 잘 이해하지는 못했음을 고백해 두지만, 그때는 나 역시 헤겔과 스피노자를 읽었다. 그리고 데이브와 그들에 관해서 토론할 수 있게 되기를 바랐다. 그러나 어떻게 된 셈인지 우리는 보람 있는 결론엔 이르지를 못하였다. 내가 무슨 말을 하면, 데이브는 무슨 소린지 모르겠다는 것이었고, 내가 다시 설명을 하면 그편에서 성을 내는 것이 고작 우리 대화의 거의 전부였던 것이다. 데이브가 무슨 소린지 모르겠다고 했을 때, 그의 진의가 다름 아니라 내 말이 난센스라는 뜻이라는 것을 나는 얼마 후에야 깨닫게 되었다. 헤겔은 '진리'란 위대한 말이며 사물은 더욱 위대하다고 했다. 데이브와 함께 얘기하면 우리는 말에서 헤어나지 못할 것 같았다. 그래서 나는 마침내 단념하고 말았다. 그러나 나는 데이브를 아주 좋아한다. 그리고 달리 얘기할 것도 많기 때문에 나는 그의 거처에서 지낸다는 생각을 버리지 않았다. 달리 좋은 생각도 나지 않았다. 마침내 이러한 결론을 내리게 되었을 때 나는 책 몇 권을 풀어 원고 뭉치와 함께 팅컴 부인네 카운터 아래에 넣어 두었다. 그리고 가게를 나와서 라이온즈로 갔다.

# 2장

　런던의 지역 가운데는 필연적으로 존재하는 구역도 있
고 우연에 의존하고 있는 구역도 있다. 강을 따라 나 있
는 몇몇 구역을 제하고선 얼즈코트 서쪽은 온통 우연히
생겨난 곳이다. 나는 우연을 싫어한다. 내 생애의 모든
것이 모두 충분한 이유를 갖길 나는 바란다. 데이브는
얼즈코트 서쪽에 살고 있다. 이 점은 내가 그에게 품고
있는 불만의 하나다. 골드호크 거리에서 얼마간 떨어진,
저 검붉은 건물들 중 하나에 그는 살고 있고, 그 건물은
어찌어찌해서 맨션*이라고 불린다. 이러한 맥락 속에서,
런던에서 보낸 어두웠던 어린 시절 나는 처음으로 맨션이
란 말을 알게 되었다. 그 때문에 성서의 대목을 포함해서
이 말이 나오는 수많은 산문이 내게는 좋지 않게 비쳤

---

　* 영주의 대저택이란 뜻이 있고 아파트란 뜻도 있다.

다. 데이브는 자기의 주위 환경에 대해 별로 신경을 쓰지 않는다고 나는 생각한다. 철학자이기 때문에 그가 직업적 관심을 가지고 있는 것은 존재의 중심부에 있는 매듭(내가 이런 말을 쓰는 것은 싫어할 테지만)이지, 우리 대부분이 매 만져야 할 느슨한 끝동은 아니다. 또 유태인이기 때문에 이렇다 할 노력을 하지 않고서도 자기가 대문자로 된 '역사'의 일부라고 느낄 수가 있다. 나는 그의 그러한 점을 선망한다. 나 자신으로 말하면 '역사'와 화목하기 위해선 해마다 더욱 열심히 일해야 할 판이다. 그러니까 데이브에 겐 우연한 주소를 가져도 좋을 만한 여유가 있다. 나로서는 그럴 만한 자신이 없다.

데이브의 맨션은 높다랗지만, 바로 이웃에는 흰 벽의 현대식 병원이 더욱 높게 솟아 있다. 단순하고도 정돈된 곳이어서 그곳을 지나갈 때면 전율을 느낀다. 어두운 색 유리가 박혀 있는 층계를 올라서 데이브의 아파트에 당도하였을 때 여러 사람들의 목소리가 들려왔다. 나는 기분이 언짢았다. 데이브에게는 아는 사람이 너무나 많다. 그의 생활이란 이를테면 끊임없이 친교를 맺는 재주놀음이다. 나보고 말하라면 한꺼번에 네 사람 이상과 절친한 사이가 되는 것은 온당치 못한 일이다. 그러나 데이브에게는 절친한 사이가 100명도 넘는 것 같다. 예술가와 지식인 중에 절친한 사람들이 많고, 좌익 정치인도 많이 알고 있다. 그 가운데는 '신독립사회당'의 지도자인 레프티 토드와 같은 괴짜나 그보다 더 괴팍한 사람도 있다. 게다가 그의 제자들이 있고 제자의 친구들도 있다. 옛 제자의 수효는 점점 불어 가고 있다. 데이브에게 배운 사람치고 그와의 접촉을 끊는 사람은 없는 것 같다. 나는 이 점이 잘 이해가 안 된다. 왜냐하면 앞서 말한 바와 마찬가지로 우리가 철학 얘기를 했을 때 그는 내게 아무것도 전달하지 못했기 때문이다. 그러나 그가 언젠가 감탄조로 말했듯이 아마 나는 버릇을 고치지 못하는 예술가인지도 모른다. 그러고 보니 생각나지만, 데이브는 나의 생활 방식을 탐탁하게 여기지 않는다. 그리고 일정한 직업을 가지라고 항상 내게 독촉했다.

데이브는 대학의 공개 강좌를 맡고 있다. 그리고 진리에 대해서 틈틈이 흥미를 가지는 젊은이들을 자기 주변에 많이 모아 놓고 있다. 데이브의 제자들은 그에 대해 탄복하고 있지만 그와 그의 제자 사이엔 끊임없이 승부 다툼이 벌어진다. 그들의 포부는 해바라기의 그것과 같다. 그들은 모두 타고난 형이상학자다. 아니 그렇다고 데이브는 메스껍다는 듯이 말한다. 내가 보기에는 굉장한 일인 것 같은데 데이브에게는 반감을 일으키는 모양이다. 데이브의 제자들에게는 이 세상이 하나의 신비다. 그리고 그 열쇠를 찾아내는 것이 의당 가능한 그러한 신비다. 그 열쇠란 800쪽 정도의 책 속에 포함될 수 있는 종류의 것이리라. 그 열쇠를 찾아내는 것은 반드시 쉬운 일은 아니리라. 그러나 데이브의 제자들은 대학의 방학을 제외하고 일주일에 네 시간 내지는 열 시간만 바치면 능히 찾아낼 수 있다고 생각한다. 그 문제가 그보다 간단하거나 혹은 훨씬 복잡할 수 있다는 것은 생각해 보지도 않는다. 그들 대부분은 데이브를 찾아왔을 때 접신론자*였지만 떠나갈 때는 비판적 실재론자나 브래들리**파가 되어 떠난다. 데이브의 비판이 순수한 촉매 반응을 일으키는 듯한데 그것이 그렇듯 빈번하다는 것은 참으로 놀랄 만한 일이다. 그는 태양같이 파괴적인 위력을 가지고 제자들을 비춰 준다. 그러나 그들의 형이상학적인 자부심을 위축시키는 법 없이 그저 하나의 풍요한 단계에서 다른 단계로의 변모를 성취시켜 줄 뿐이다. 이런 기묘한 사실로 미루어 보아 데이브는 뭐니 뭐니 해도 훌륭한 교사인 것 같다. 때때로 특히 감수성이 예민한 청년들을 자기 유의 언어분석파로 전향시키는 데 성공을 거두기도 한다. 그 후엔 그 청년이 철학에 대한 관심을 전적으로 잃어버리게 되는 사례가 흔히 있다. 데이브가 이런 청년들에게 영향을 끼치는 것을 보는 것은 마치 장미나무의 가지치기를 하는 것을 보는 것 같다. 떨어져 내리는 것은 가장 튼튼하고 가장 무성한 가지들이다. 어쨌든 뒷날 꽃은 피리라. 그러나 철학의 꽃이 아니기를 데이브는 기대한다. 그의 커다란 목적은 청년들에게 철학을 버리도록 권장하는 것이다. 그는 언제나 철학을 버리라고 내게 진지하게 충고한다.

나는 문 앞에서 망설였다. 사람들이 꽉 차 있는 방에 들어가서 뭇 얼굴들이 온통 내게 쏠리는 것이 싫다. 나는 도로 나가고 싶은 심정이었다. 그러나 마침내 마음속에서 초

* 명상에 의해서 직감적으로 영지를 얻으려는 신앙.
** 영국의 철학자.

연을 가장하고 들어갔다. 방 안은 젊은이들로 꽉 차 있었는데, 그들은 모두 얘기하며 차를 마시고 있었다. 데이브를 제외하고는 아무도 내가 들어서는 데 주의를 기울이지 않았으니 내게 쏠릴 뭇 얼굴을 걱정한 것은 기우에 지나지 않았다. 데이브는 그 떠들썩한 현장에서 조금 떨어진 구석께에 앉아 있었다. 나를 보더니 예기하고 있던 어떤 징조가 나타나는 것을 반기는 장로(長老)처럼 위엄 있게 손을 쳐들었다. 남 보기에 데이브가 유태인 장로처럼 보인다는 것은 아니다. 그는 뚱뚱하고 대머리인 데다 눈은 서글서글하며 갈색이다. 손은 살이 통통하고 쉰 목소리에 영어는 유창하지 못하다. 핀은 등을 벽 쪽으로 돌린 채 그의 곁 마룻바닥 위에 사고라도 당한 사람처럼 다리를 뻗고 앉아 있었다.

아직 수염이 나지 않은 몇 사람의 청년 곁을 지나 핀을 타 넘어가서 나는 데이브와 악수를 하였다. 그리고 핀을 한 번 정답게 발길로 찬 후에 테이블 끝자리에 걸터앉았다. 한 젊은이가 기계적으로 내게 찻잔을 건네주었는데, 그러면서도 일변 어깨 너머로 얘기를 하는 것이었다. 의무란 종내에는 사람을 존재로까지 데려다 준다. 그렇다. 그러나 어떤 종류의 존재란 말인가?

"여전하군," 하고 나는 말했다.

"타고난 인간 활동이지." 하고 다소 상을 찡그리면서 데이브는 말했다. 그리고 나서 상냥하게 나를 바라보았다.

"골치 아픈 일을 겪고 있다지," 소음보다 얼마쯤 언성을 높여서 그는 말했다.

"그렇게 말할 만하지," 하고 조심스레 말하며 나는 차를 한 모금 마셨다. 나는 데이브에게 걱정거릴 과장해서 말하지 않는다. 그는 때로 빈정대기도 하고 또 냉담한 태도를 취하기 때문이다.

"만약 내가 자네 처지라면 적당한 일자리를 갖겠네," 라고 데이브가 말하였다. 그는 유리창 밖에 아주 가까이 솟아 있는 병원의 흰 벽을 손으로 가리켰다.

"저기선 언제나 원무원을 구한다네," 하고 그는 말했다. "간호인 노릇이라도 할 수 있을걸. 그렇지 않으면 시간제로 일할 수도 있어."

데이브는 한결같이 이러한 제안을 하였다. 왜 그러는지 모르겠다. 왜냐하면 언뜻 듣기만 하고서도 내가 그처럼 따르고 싶은 마음이 없어지는 충고도 없겠기 때문이다. 어쩌면 나를 속상하게 만들기 위해서 그러는 거겠지, 하고 나는 생각한다. 어떤 때엔 보호 관찰관이나, 공장 감독이나, 초등학교 교사가 되는 것도 좋을 텐데, 하고 성가시게 군다.

나는 병원의 벽을 바라보았다.

"내 영혼을 구하기 위해서 말이지," 하고 나는 말하였다.

"그런 게 아니야," 하고 비웃듯이 데이브는 말하였다.

"언제나 자넨 자네 영혼 생각만 한단 말이야. 꼬집어서 말하자면 자네 영혼을 생각해서가 아니라 타인을 생각해서란 말이야."

이렇게 말할 적엔 무슨 까닭이 있다는 것을 짐작할 수 있었다. 그러나 데이브가 그것을 지적해 주지 않아도 좋았고, 또 그 때문에 무슨 일을 해야 한다고도 생각되지 않았다. 핀이 내게 담배 한 대를 던져 주었다. 눈에 띄지 않게 그는 언제고 나를 데이브에게서 지켜 주려고 하였다. 당장 문제 되는 것은 마음에 드는 거처를 찾아내는 일이었다. 이것이 결정될 때까지 딴것은 아무래도 좋았다. 빚지지 않고 입에 풀칠을 하려면 무언가를 끄적거려야 할 판인데 의지가지가 없으면 눌러앉아 일을 할 수가 없다.

차를 다 마시고 나서 나는 데이브의 아파트를 조용히 둘러보았다. 거실이 있고, 데이브의 침실이 있고, 빈방, 목욕탕, 그리고 부엌이 있었다. 나는 빈방을 주의 깊게 살펴보았다. 그 방도 또한 병원의 벽을 향하고 있는데, 거기서 보니 병원이 한결 가깝게 보였다. 그 방은 정떨어지는 황갈색 칠이 되어 있었고, 설비는 간소하였다. 내가 들여다보았을 때는 핀의 짐짝이 널려 있었다. 더 엉망이라도 상관없었다. 양복장을 훑어보고 있는데 데이브가 들어왔다. 내가 무슨 마음을 먹고 있는지 그는 잘 알고 있었다.

"안 돼, 제이크." 하고 그는 말하였다. "결단코 안 되네."

"어째서 안 되나?"

"우리 둘 다 신경쇠약인 주제에 같이 살아선 안 되지."

"예끼!" 하고 나는 말했다. 데이브는 신경쇠약이 아니다. 그렇기는커녕 오래된 가죽 장화처럼 질기고 튼튼하다. 하지만 타협은 하지 않았다. 여호와나 삼위일체 얘기를 들을 생각을 하니 내 편에서 마음이 내키질 않았다. "나를 내쫓을 셈이니 그 대신 건설적인 제안을 해 줄 의무가 있지 않나." 하고 나는 말했다.

"살지도 않았는데 내쫓아? 그러나 생각은 해 보지." 하고 데이브는 말하였다. 데이브는 내가 뭘 필요로 하는지 알고 있다. 우리가 딴 방으로 되돌아가자 소음이 다시 엄습해왔다.

"여자들한테 가 보지 그래. 안 되나?"

"안 돼." 하고 나는 말했다. "여자들은 벌써 겪어 본걸."

"때때로 자네에겐 질리게 되네, 제이크."

"난 나의 심리를 어쩔 수 없네. 결국 자유란 하나의 관념일 뿐이지."

"그건 『비판』* 제3권에 나오는 말일세." 하고 데이브는 방 건너편에 있는 누군가에게 소리쳤다.

"그렇다면 어떤 여자를 찾아가야 할까?" 나는 물었다.

"자네가 알고 있는 여인을 내가 어떻게 알아." 하고 데이브가 말했다. "하지만 몇 군데 찾아보면 묘안이 생길걸."

내가 딴 곳에 자리를 잡으면 데이브가 좀더 반갑게 나를 대해 줄 것이라는 느낌이 들었다. 테이블 밑에 머리를 처박고 누워 있던 핀이 갑작스레 말하였다. "애너 퀜틴한테 가 보지." 핀은 아주 비상한 직관력을 가질 때가 더러 있다.

이 이름은 화살처럼 내 가슴에 들어와 박혔다. "어떻게 그럴 수 있어?" 이렇게 말하고서 나는 덧붙였다. "그건 말도 안 돼"

"아, 아직도 자넨 그렇군." 하고 데이브는 말했다.

"전혀 그렇지 않아." 나는 말했다. "그러나저러나 지금 그녀가 어디 있는지도 모르는걸." 그러고 나서 두 사람을 외면하고 창가를 바라보았다. 딴 사람들이 내 표정을 살피

---

* 칸트의 저서를 말한다.

는 게 나는 싫다.

"저 친구 도망쳤었군!" 데이브는 말했다. 그는 나를 잘 알고 있는 처지다.

"달리 묘안을 말해 보게." 하고 내가 말하였다.

"그렇다면 말해 주지만, 자넨 벽창호야." 하고 데이브는 말했다. "사회가 자네 멱살을 잡고 온통 뒤흔들어서 마땅한 일자리를 갖도록 해야 해. 그렇게만 되면 밤에 훌륭한 책을 쓸 가능성도 생길 것이란 말이야."

가끔 그렇듯이 데이브가 지금 저기압이라는 것을 나는 알 수가 있었다. 소음이 떠들썩하니 높아졌다. 나는 핀 곁에 있는 테이블 밑으로 내 트렁크를 발로 밀어 넣었다.

"여기 놓아두어도 괜찮겠지?"

자네의 참다운 자아가 어떤 것인지 어떻게 알 수 있단 말인가 하고 누군가가 질문을 하고 있었다.

"둘 다 두어도 좋아." 하고 데이브가 말했다.

"나중에 전화를 걸지." 나는 말하였다. 그리고 그곳을 떠났다.

* * *

핀이 발설한 이름 때문에 나는 그때까지 고통을 느끼고 있었다. 그러나 그 고통 한가운데를 야릇한 멜로디가 흐르기 시작하고 있었다. 조그만 피리가 소리를 내면서 내게 떠나가라고 속삭이는 것이었다. 애너를 찾고 싶은 의도는 추호도 없었고, 그저 그녀 생각을 하면서 혼자 있고 싶었다. 나는 여성에 관해서 신비론자는 아니다. 아주 꽃 같고 "성실하고, 속이 깊고, 자신에 차 있으며 남을 믿어 의심치 않는다."라고 묘사되어 있는, 저 제임스나 콘래드의 소설 속에 나오는 여인들이 나는 좋다. '속이 깊다'는 것은 참 좋다. 흰 손을 너울거리면서 바다처럼 깊은 것. 그러나 실생활에서 그런 여인을 만나 본 적은 없다. 나는 그런 여인들에 관한 것을 읽기 좋아한다. 그도 그럴 것이 페가수스나 크리사오르* 얘기를 읽기 좋아하니 말이다. 내가 아는 여인들은 때때로 세상 모르는 풋내기고 분명하게 말하지 못하고 남의 말을 잘 곧이듣고 또 단순하다. 그러나 남성을 두고 자기 일에만 몰두하는 성품이라고 하는 경우의 품성을 그 여성들이 보여 준다고 해서 그들의 속이 깊다고 할 수는 없을 것 같다. 설혹 그들이 앙큼하다고 하더라도 그들은 남자와 똑같은 방식으로 자기나 남을 속인다. 이건 우리 모두가 연루된 것과 똑같은 기만이다. 다른 점이 있다면 그들이 맡은 역할 때문에 여자들이 다소 불안정하다는 것뿐이다. 오래 신으면 내장(內臟)의 위치에 변화를 일으킨다는 하이힐과도 같다. 이러한 외관상의 깊이처럼 나를 역겹게 하는 것은 또 없다.

그러나 애녀는 깊이가 있다는 것을 나는 알았다. 그녀가 신비롭다고 말해도 좋은 것이 대체 그녀의 어떤 점에서 유래하는 것인지를 나는 모르지만, 그러나 그녀는 내게 있어 그 깊이를 헤아릴 수 없는 존재였다. 어떤 사람이 무진장

---

* 모두 그리스 신화에 등장한다.

속이 깊다는 사실을 깨닫는 것이야말로 사랑의 정의라고 언젠가 데이브는 내게 말하였다. 그렇다면 아마 나는 애너를 사랑했던 것이리라. 그녀는 쉰 목소리에다 상냥한 얼굴을 하고 있는데 내부의 진지한 정열이 환하게 빛나고 있다. 동경에 가득 차 있으나 아무런 불만의 티도 없이 균형이 잡혀 있는 얼굴이다. 수북한 갈색 머리를 꼬불꼬불 구식으로 말아 올렸다. 아니 정확하게 말하면 내가 처음으로 그녀를 알게 되었을 때에는 그랬다. 이건 모두 오래전의 일이다. 애너는 나보다 여섯 살 위다. 처음 만났을 때 그녀는 동생 새디와 함께 노래 공연을 하고 있었다. 애너는 목소리를 제공하였고, 새디는 번쩍임을 제공했다. 애너의 목소리는 알토, 라디오로 들어도 가슴이 뻐근해진다. 노래를 하면서 가벼운 제스처를 해 보이는데, 마주 보고 있으면 참으로 매혹적이다. 그녀는 듣는 사람의 가슴속에 노래를 내쏘는 것 같다. 적어도 내가 처음으로 그녀의 노래를 들었을 때는 그러했다. 나는 그것을 잊을 수가 없었다.

애너와 그녀의 동생을 견주어 본다는 것은, 고운 목소리의 지빠귀와 다소 무시무시한 열대어를 비겨 보는 것과 같다. 얼마 뒤에 둘이는 함께 출연하는 것을 그만두어 버렸다. 서로 뜻이 안 맞았거나 포부가 달랐기 때문이라고 나는 생각한다. 기억하는 이도 있겠지만 당시 영국 영화는 위태로운 고비를 지나고 있었다. 바운티 벨파운더 사(社)는 갓 설립을 본 채였고, 오래된 판타지필름 사는 새 주인에게로 넘어간 참이었다. 낯익고 충실한 기성 배우가 있기는 하였지만 어느 회사도 새 스타를 발굴해 내지는 못하는 것 같았다. 애송이들이 판에 박은 듯한 신문의 갈채를 받다가는 단 한 번 영화에 얼굴을 내밀고 불꽃처럼 짤막한 소음을 내고는 스러져 가는 것이 예사였다. 판타지필름 사는 사람이 나오는 영화로는 크게 손님을 끌 수가 없다고 생각하고 일련의 동물 영화를 만들기 시작하였다. 그리고 동물계에서 한둘 발굴해 낸 것이 사실이다. 그 두드러진 예가 두말할 것도 없이 바로 (독일산 셰퍼드인) 미스터 마즈(Mars)다. 이 개의 감상적인 현실 도피 때문에 아마도 회사는 파산을 모면하였을 것이다. 바운티 벨파운더 사는 처음부터 훨씬 큰 성공을 거두었고, 새디가 이내 자기의 재능을 팔기 시작한 것도 거기에서였다. 그리고 알다시피 새디는 스타가 되었다.

스타란 것은 묘한 현상이다. 그것은 유능한 여배우와 같은 것이 결코 아니다. 매력이나 미의 문제도 아니다. 스타를 만드는 것은 혹종의 외양과 '광채'인 것이다. 새디에게는 그 광채가 있었다. 아니 일반 대중들이 그렇게 생각했다. 나 개인으로는 '번쩍임'이란 말이 더 마음에 들지만 내가 새디에게 열을 내고 있지 않다는 것을 독자들은 이미 알아차렸을 것이다. 새디는 윤기 있고 휘황하다. 애녀보다 나이가 아래고 용모는 애녀를 닮았다. 조금 더 작고 더 단단해 보이긴 하지만. 누군가가 그녀의 머리를 오그리려 했으나 손만 대다가 만 것 같다. 목소리도 애녀를 안 닮은 것은 아니나 쉰 목소리가 훨씬 더 금속적으로 울린다. 밤껍질이 아니라 녹슨 쇠 같은 쉰 소리다. 이것을 매력적이라고 생각하는 사람들도 있다. 노래는 못한다.

애너는 영화 쪽으로 나가려고 하지 않았다. 이유는 모르겠다. 새디보다는 그녀 쪽이 훨씬 가능성을 많이 가지고 있다고 나는 생각했다. 하지만 그녀의 외모는 얼핏 보아 또렷한 점이 부족한 것이었으리라. 영화계에 들어가려면 이물이 날카로운 배라야 하는 법이다. 새디와 갈라진 후에 애너는 보다 본격적인 가곡(歌曲)을 얼마쯤 불러 보았다. 그러나 세상에서 크게 성공하는 데 필요한 훈련이 그녀에겐 결여되어 있었다. 내가 마지막으로 그녀 소식을 들었을 때 그녀는 나이트클럽에서 민요를 부르고 있었다. 그러한 조합은 참으로 그녀의 사람됨을 잘 나타내었다.

그전에 애너는 베이스워터 거리*에서 조금 떨어진 조그마하고 식사가 제공되는 아파트에 살고 있었다. 주위의 집으로부터 온통 내려다보이는 곳이었는데, 나는 곧잘 그곳으로 놀러 다니고는 하였다. 나는 그녀에게 흠뻑 빠져 있었지만 그녀의 성격이 바람직하지 못하다는 것은 이미 알고 있었다. 애너는 사랑한다는 말을 들으면 거절을 못 하는 여인 중의 한 사람이다. 그 때문에 우쭐해진다는 것이 아니다. 그녀에게는 사람들과 친교를 맺는 재능이 있고, 시인이 청중을 갈망하듯이 사랑을 갈망한다. 수고를 아끼지 않고 그녀에게 집착하는 사람이면 누구에게나 그녀는 헌신적이고 아낌 없고 상상력이 풍부하고 또 변덕이 조금도 섞이지 않은 주의를 기울인다. 동시에 그것은 자기 방기를 치밀하게 피하는 것이기도 하다. 이것도 틀림없이 그

---

* 런던 서부의 대로.

녀가 영화계에 들어가지 않은 이유 중 하나일 것이다. 자기의 사생활이 줄곧 활기에 차 있지 않으면 못 배기는 것이다. 이것은 또한 그녀의 존재가 하나의 긴 배반 행위라는 슬픈 결과를 빚어낸다. 나를 알게 되었을 무렵, 그녀는 항시 비밀과 거짓말에 휩싸여 있었다. 그녀의 친구에게 자기가 여러 딴 친구들과 밀접한 관계를 맺고 있다는 것을 숨기기 위해서였다. 때때로 그녀는 사소하나 줄기찬 충격으로 질투의 감정을 무디게 하여서 급기야는 희생자로 하여금 그녀의 애정이 광범위한 것은 어쩔 수 없는 일이라고 체념케 하고, 그러면서도 여전히 그녀에게 예속시키는 수법을 사용했다. 그런 짓은 내 마음에 들지 않는다. 그리고 나는 이내 그녀의 속을 간파해 버리고 말았다. 그러나 내가 그녀를 이렇게 해석했다고 해서 그녀의 신비로움이 가시는 것은 아니었다. 그녀가 아무에게나 정을 준다고 해서 반감이 생기는 것도 아니었다. 아마도 이것은, 가고 싶은 섬으로부터 불어와 선원에게 꽃과 과일의 향기를 안겨다 주는 미풍처럼, 나에 대한 그녀의 사랑의 힘과 진실성을 내가 언제나 느낄 수 있었기 때문이었다. 그녀가 모든 팬들을 한꺼번에 묶어 둘 수가 있었던 것은 바로 이러한 매력 때문이라는 것을 나는 알고 있었다. 그러나 그것은 아무래도 좋은 일이었다.

내가 애너와의 결혼을 생각해 본 적이 있는가 하는 점이 궁금할지도 모른다. 사실 나는 그것을 생각해 보았다. 그러나 결혼이란 내게 '이성(理性) 개념'이다. 즉 나의 생활을 조절할 수 있을지는 몰라도 형성할 수는 없는 개념인

것이다. 여성에 관해서 생각할 경우 나는 결혼의 가능성을
한 계시적인 가설로 삼지 않을 수가 없다. 본시 가설이란
진지한 의미에서 현실을 푸는 수단은 못 되는 것이다. 그
러나 애너의 일로는 이 문제를 진지하게까지 생각하게 되
었었다. 그녀가 승낙하지 않으리라는 것을 확신하기도 했
지만 종내에 내가 그녀에게서 떠나 버린 것은 아마도 그
때문이었다. 나는 고독을 싫어한다. 그러나 친밀한 사이가
되는 것은 두렵다. 나의 생활의 본질은 자기 스스로와 사
사로이 이야기를 주고받는 것이고, 그것을 다른 누군가와
의 문답 형식으로 바꾼다는 것은 자살 행위와 진배없을 것
이다. 내게 필요한 친구는 술집이나 카페에 가면 어울릴
수 있는 그러한 친구다. 영혼의 교류를 바란 적이 나는 없
다. 자기 스스로에게 진실을 얘기한다는 것만으로도 벅찬
일이다. 그러나 영혼의 교류야말로 이를테면 애너의 특기
과목이었다. 게다가 애너는 비극에 취미가 있어 내 신경을
건드렸다. 그녀는 심각한 극에 언제나 눈길을 주었다. 삶
을 강렬하고 어렵게 대하였다. 인생을 그런 투로 대한다는
것은 어리석은 일이라고 나는 생각한다. 그건 위험한 동물
을 자극하여 종내에는 자기 뼈다귀가 박살이 나고 마는 셈
밖에 안 된다. 그래 프랑스의 나이트클럽에서 프랑스 민요
를 부르기 위하여 애너가 프랑스로 건너갈 때, 그녀가 돌
아오면 찾아가겠다고 나는 막연히 그녀에게 말하였다. 그
러나 내가 찾아가지 않으리라는 것을 그녀는 알고 있었고,
그녀가 알고 있다는 것을 나 또한 알고 있었다. 그건 모두
여러 해 전의 일이다. 그후 나는 특히 얼즈코트 거리에서

줄곧 태평하게 지내고 있었다.

　데이브의 거처에서 나와 나는 셰퍼즈 부시*까지 걸어갔다. 다음에 88번 버스를 타고 2층 앞쪽에 자리를 잡았다. 앞서 적은 바와 같은 생각들이 더러 내 마음을 스쳐 갔다. 런던에서, 몇 해 동안 잊고 있었던 사람을 찾아내기란 쉬운 일이 아니다. 애너와 같은 환경 속에 있는 여인은 특히 그러하다. 그러나 분명한 것은 우선 전화번호부를 뒤져 봐야 한다는 것이다. 그리하여 옥스퍼드 광장**에서 버스를 내려 지하철로 들어갔다. 골드호크 거리를 떠났을 때 내겐 애너를 찾아보려는 의도가 전혀 없었다. 그러나 본드 거리***를 통과할 때쯤 되어서는 그 이외에 달리 할 만한 가치가 있는 일이 이 세상에는 없는 것 같았다. 그녀 없이도 내가 그렇게 오랫동안 살아올 수 있었다는 것이 정말이지 알다가도 모를 일이었다. 그러나 나는 그런 인간이다. 오랫동안 눌러앉아 있고 보면 1미터쯤 되는 곳에 떨어져 있는 1기니****짜리 금화도 주우려고 하지 않는다. 일단 자리를 잡으면 꼼짝하지 않는다. 그러나 자리를 잡지 못했을 땐 온통 들떠 있게 된다. 하지만 폭죽이나 하이베르크의 전자(電子)처럼 이곳에서 저곳으로 마구 날아다니다가도 다른 안전한 곳에 다시 눌러앉는 성미다. 게다가 나는 핀의 직관력에 대해서 묘한

* 런던의 서쪽 끝 지역.
** 런던 중심부에 있는 광장.
*** 골드호크 거리에서 버스로 옥스퍼드 광장 바로 못 미처에 있는 정류소.
**** 21실링에 상당함.

신뢰를 품고 있다. 핀이 뜻밖의 제안을 해서 그것을 따르고 보면 아주 십상인 경우가 여러 번 있었다. 얼즈코트 거리에서의 나의 인생은 끝이 나고 그곳에서의 마음의 평화도 영영 가 버렸다는 것을 나는 알 수 있었다. 매지가 나를 위기에 빠뜨렸다. 좋다, 그것을 탐색해 보리라. 아니, 이용해 보리라. 언제 새 시대가 시작될지 누가 안단 말인가? 나는 L에서 R까지 나온 런던 전화번호부를 집어 들었다.

전화번호부에서는 아무것도 알아낼 수가 없었다. 나는 놀라지 않았다. 극장 사무실 두 군데로 전화를 걸었으나 그들도 애너의 주소를 알지 못했다. B.B.C.에다 걸었더니 알고 있으면서도 알려 주려고 하지 않았다. 벨파운더 사의 스튜디오에서 새디를 붙잡아 볼까 하고도 생각해 보았으나 내가 애너를 찾고 있다는 것을 새디에게 알리고 싶지가 않았다. 한때 새디가 내게 마음이 있었던 게 아닌가 하고 나는 생각하였다. 모든 남성들을 자기의 사유물로 여기는 여성들이 있다는 것을 모르는 바 아니지만, 어쨌든 이전에 내가 애너를 좋아한다는 것을 새디는 언짢아하고 있었다. 따라서 설혹 새디가 애너의 거처를 알고 있다 하더라도 나에게 일러 주지 않을 수도 있으리라는 생각이 들었다. 어쨌든 새디가 저렇게 유명해진 뒤로 그녀를 만나 본 일이 없었다. 내 편에서 옛 교분을 되살리려 하는 것을 그녀가 반길 것 같지는 않았다. 짐작이긴 하지만, 나에 대한 그녀의 감정을 내가 알고 있었다는 것을 그녀가 알았다면 더욱 더 그럴 것이었다. 이제 술집이 문을 열 시간이 되었다. 그맘때 나이트클럽에 전화를 건다는 것은 부질없는 일이었다. 소호*를 뒤져 보는 수밖에 없었다. 소호에는 언제나 알아내고 싶은 것을 알려 줄 만한 사람이 있다. 문제는 그 사람을 찾아내는 일이었다. 게다가 애너 자신과 마주칠 가능성도 언제나 있었다. 내 운명이라고나 할까. 일단 내가 한 가지 일에 관심을 갖게 되면 그와 아주 관련이 깊은 일들이 우연히도 많이 벌어지고는 한다. 그러나 뭇 사람이 주시하는 곳에서 애너를 만나게 되지 않기를 나는 바랐다. 내 마음은 이미 이 상봉에 대한 생각으로 아주 골똘해 있었기 때문이다.

흔히 나는 소호엘 잘 가지 않는다. 신경에 거슬리기도 하고 또 돈이 많이 들기 때문이기도 하다. 돈이 많이 드는 것은 신경의 긴장 때문에 술을 계속 마시기 때문이기보다는 들어와서 돈을 채 가는 사람이 있기 때문이다. 나는 돈을 달라는 사람에게 좀처럼 거절을 하지 못한다. 내가 남보다 현금을 더 많이 가지고 있다면 적어도 내 수중에 있는 액수 중에서 얼마쯤을 주어야 할 것 같고, 주지 않아도 된다는 이유를 찾아내기가 어렵다. 화는 나지만 주저하지 않고 난 주어 버린다. 브루어 거리, 올드 콤프튼 거리를 지나 그리크 거리로 올라가 '필러즈 오브 허큘리스'에 당도했을 땐 내 수중에 있던 돈이 거의 전부 여러 아는 사람들에게 빼앗기고 없었다. 그때쯤에는 아주 안절부절못했는데 소호 때문만이 아니라 술집에 들어설 때마다 애너를 보게 되리라고 상상했기 때문이기도 했다. 지난 몇 해 동안

---

* 이탈리아 사람을 위시하여 외국인이 경영하는 식당이 많다.

에 헤아릴 수 없으리만큼 여러 차례 이들 술집에 들렀으나 이런 생각이 떠오른 적은 없었다. 그러나 이제 홀연히 런던 전체가 텅 빈 액자가 돼 버린 것 같았다. 어디에도 그녀는 없었고, 또 모든 곳이 그녀를 기다리고 있었다. 나는 술을 마시기 시작했다.

돈이 부족하다는 것을 깨닫고 나는 수표를 바꾸기 위해 거리를 가로질러서 낮술을 마시러 다니는 단골 클럽엘 들렀다. 그곳은 아주 가까이에 있었다. 그리고 마침내 나는 단서를 찾아내었다. 요즈음 애너를 어디쯤에서 볼 수 있는지 아느냐고 나는 바텐더에게 물어보았다. 그는 알고 있다고 대답하고 해머스미스*에서 소극장을 운영하고 있을 거라고 말하였다. 카운터 밑을 뒤지더니 그는 카드 한 장을 끄집어내었다. 거기엔 '강변 극장'이란 글자와 해머스미스 몰의 주소가 적혀 있었다. 그녀가 아직껏 그곳에 있는지는 모르겠으나 몇 달 전엔 그곳에 있었다고 바텐더는 일러 주었다. 애너는 카드를 맡기면서 어떤 신사에게 전해 달라고 하였으나 그 사람은 나타나지를 않았다는 것이었다. 내가 가져도 좋다고 바텐더가 말했다. 그것을 집어 들고 두근거리는 가슴을 안은 채 거리로 나갔다. 호주머니 사정을 곰곰이 생각해 본 후에 해머스미스까지 택시를 타지 않고 가기로 하였다. 대신 레스터 스퀘어 역**까지 줄곧 달려갔다.

---

* 런던 서부의 템스 강 북쪽 기슭의 지역.
** 소호 근처의 지하철역.

# 3장

내가 받은 주소는 맬 거리의 구역으로 '다브즈'와 '블랙 라이온' 사이에 자리 잡고 있었다. 치스윅 몰에선 집들이 강을 향해 나 있으나 내 얘기와 관련이 있는 해머스미스 몰께에선 집들이 강을 등지고 서 있고, 언뜻 보아 여느 거리와 다를 바가 없다. 치스윅 몰은 집들과 푸른 나무들이 아무렇게나 얽힌 채 꿈꾸듯이 강물을 내려다보고 있다. 해머스미스 몰 쪽은 수도 설비와 세탁소가 이리저리 얽혀 있고, 사이사이에 술집과 조지 왕조 시대의 집들이 서 있는데, 어떤 집은 강 쪽으로 향해 있고 어떤 집은 강을 등지고 서 있다. 내가 건네받은 번지수에는 얼마쯤 외따로 떨어진 집이 있었는데, 강을 등지고 조용한 거리 쪽으로 향해 있었다. 옆으로 난 통로로 몇 발짝 내려서면 강물이었다.

그때쯤에 나는 그다지 서두르지 않았다. 나는 의심 섞인 호기심을 가지고 집을 바라보았다. 그쪽에서도 나를 노려

보는 것 같았다. 자기 본위로 골똘한 생각에 잠겨 있는 듯
한 집이었는데, 앞쪽엔 초라한 정원과 어깨쯤 차는 담이
있었다. 네모반듯한 집으로 높다란 창이 줄지어 있고 우아
한 옛 모습을 간직하고 있었다. 나는 담에 나 있는 창문으
로 가까이 갔다. 문 저쪽 편에 붙어 있는 포스터에 눈이
간 것은 그때였다. 그것은 손으로 만든 포스터로 색들이
약간 번져 있었다. 그 때문에 다소 처량해 보였다. 나는
그것을 판독하였다. 거기엔 이렇게 적혀 있었다.

강변 무언극 극장
8월 1일에 이반 라젬니코프의 광대극 「마리스카」와 함께
재개관. 기상천외한 대호화 판. 회원에게만 개방. 관객 여
러분은 폭소나 갈채는 사양해 주시압.

나는 한동안 이것을 꼼꼼히 들여다보았다. 딱히 왜 그랬
는지 그 이유는 모르겠으나 어쩐지 기묘한 인상을 받았다.
가슴 언저리에서 서서히 감정이 강해지자 마침내 나는 문
을 열었다. 문은 녹이 조금 슬어 있었다. 안채로 걸어갔
다. 창문들이 흡사 검은 색안경을 끼고 있는 눈처럼 시꺼
멓게 번쩍이고 있었다. 문은 새로 칠을 한 모양이었다. 초
인종을 찾아보지도 않고 나는 곧 손잡이를 틀어 보았다.
소리 없이 문이 열려, 나는 까치발로 현관에 들어섰다. 가
슴을 짓누르는 듯한 정적이 구름처럼 밀려왔다. 나는 문을
닫아 강 쪽에서 들려오는 희미한 소음을 죽였다. 정적만이
있었다.

숨소리가 제자리로 돌아설 때까지 한동안 꼼짝 않고 서 있었다. 이윽고 깜깜한 현관 속에서 내 갈 길이 짐작되었다. 그러는 동안 내가 왜 이렇게 이상한 행동을 하는 것일까 하고 사뭇 자문하였으나 애너가 바로 가까이에 있을지도 모른다는 생각에 어리둥절하여 아무런 생각도 할 수가 없었다. 그저 머리에 떠오르는 일련의 동작을 할 뿐이었는데 그것이 어쩔 수 없는 일이라는 느낌이었다. 소리를 빨아들이는 길고 검은 양탄자에 조심스럽게 발을 디디면서 나는 천천히 현관을 걸어갔다. 층계에 이르러 나는 미끄러지듯이 올라갔다. 발이 층계에 닿았을 테지만 아무런 소리도 나지 않았다.

정신을 차려 보니 층계참에 서 있었다. 뒤쪽엔 곡선 모양의 목제 난간이 있었고 앞쪽엔 몇 개의 문이 보였다. 모든 것이 말쑥하게 잘 설비되어 있는 것 같았다. 양탄자는 두둑하고 목공 부분은 사과처럼 깨끗하였다. 나는 주위를 두리번거렸다. 애너가 어딘가 가까이에 있다는 것을 의심하고 싶은 마음은 생기지 않았지만, 그녀의 이름을 부른다든가 딴 소리를 내고 싶은 생각도 없었다. 그러자 머리끝에서 발끝까지 쭈뼛해지는 충격을 받았다.

일곱이나 여덟 사람의 응시하는 눈길을 나는 똑바로 보고 있는 셈이었다. 그 눈들은 내 얼굴에서 불과 1~2미터 밖에 떨어져 있지 않았다. 나는 급히 뒷걸음질 쳤다. 문이 덜컥 소리를 내며 제물에 닫혔다. 크지 않은 그 소리는 내가 그 집 안에 들어서서 처음으로 들어 보는 소리였다. 나는 영문을 모른 채 잠시 동안 꼼짝 않고 서 있었다. 머리

가 따끔따끔 쑤셨다. 손잡이를 꽉 잡고 문을 다시 열고서
는 아까처럼 발을 내디뎠다. 얼굴들이 움직였으나 여전히
내 쪽을 향한 채였다. 그러자 홀연히 나는 깨달았다. 나는
극장의 관람석으로 들어선 것이었다. 관람석은 비탈이 지
고 길이가 짧은데 곧장 무대로 이어져 있었다. 무대 위에
는 많은 배우들이 말없이 이리저리 움직이고 있었다. 그들
은 가면을 쓰고 있었는데 가면은 관중석을 향하고 있었다.
가면은 사람의 얼굴 크기보다 더 컸다. 그러고 보면 내가
처음으로 문을 열었을 때 받은, 무언가 나를 향해 다가오
는 듯한 이상한 인상은 그 때문이었다. 나의 지각의 장(場)
이 조절되어 나는 매혹된 듯 흥미를 느끼며 또 놀라움을
금치 못하면서 그 생소한 장면을 바라보았다.

　가면은 얼굴에 딱 붙인 것이 아니라 막대기 위에 올려
놓은 것이었다. 배우가 그 막대기를 오른손에 들고 각광(脚
光)과 평행이 되도록 교묘하게 유지하여 배우의 얼굴은 조
금도 엿볼 수가 없었다. 대개의 가면은 정면을 향한 얼굴
모양이었으나 두 개만은 옆모습을 보여 주고 있었다. 무대
에 선 두 여인만 그것을 쓰고 있었다. 가면의 얼굴은 그로
테스크하고 양식화된 것이었으나 신기할 만큼 아름다웠다.
특히 두 개의 여성 가면이 눈에 띄었다. 하나는 관능적이
면서 안온한 모습이었고, 또 하나는 신경질적이고 조심스
럽고, 또 위선적인 모습이었다. 이 두 가면에는 눈이 그려
져 있었지만 남성의 가면엔 뚫려 있어 그 사이로 배우들의
눈이 이상스레 반짝거렸다. 모두 흰옷을 걸치고 있었는데
남자들은 농민들이 입는 셔츠와 잠방이를 입었고 여자들은

허리께를 동이고 발목까지 오는 드레스를 입고 있었다. 이 것이 라젬니코프의 호화판 광대극인 「마리스카」인가 하고 나는 생각했다.

배우들은 그동안 괴이한 정적 속에서 연기를 계속하고 있었다. 괴이한 정적이 집 안을 온통 흘려 놓는 것 같았 다. 그들이 발에 딱 맞는 부드러운 슬리퍼를 신고 있고 무 대에도 양탄자가 깔려 있다는 것을 나는 알았다. 그들은 가면 쓴 얼굴을 좌우로 돌리면서 미끄러지듯 혹은 흉측스 러운 동작으로 무대 위에서 움직였다. 거기엔 인도 춤을 추는 사람이 본때 있게 보여 주는 바와 같은 목과 어깨의 묘하고 풍부한 표현이 엿보였다. 그들의 왼손은 단순하고 상투적인 손짓을 가지가지로 보여 주었다. 나는 이와 같은 무언극을 그 전에 본 일이 없었다. 그 효과는 최면술과 같 았다. 무엇이 진행되고 있는지 나는 분명히 알지 못했으나 아마도 보잘것없는 사랑의 어리석음을 나타내는, 가면을 쓰고 몸집이 크며 뚱뚱한 중심인물이 다른 사람들에게 조 롱당하는 장면인 모양이었다. 나는 유심히 살펴보았다. 그 러나 어느 쪽도 애너가 아니라고 확신하였다. 애너라면 단 박에 알아보았을 것이다. 그러자 그 뚱뚱한 얼간이에게 주 의가 쏠렸다. 한동안 그 가면을 골똘히 바라보았다. 그로 테스크한 무감동을 나타내는 가면으로 뒤에선 눈이 반짝이 고 있었다. 일종의 박력이 그 눈에서 발사되어 부드러운 충격으로 내 마음속을 후비는 것 같았다. 나는 뚫어지게 바라보고 또 바라보았다. 그 맵시 없는 몰골에 무엇인가 막연하게 낯익은 것이 있었다.

그 순간 어느 한 동작으로 무대가 삐걱거리더니 무대 뒤에 쳐 놓은 막이 보일 듯 말 듯 흔들렸다. 이 소리로 나는 제정신이 들었다. 그와 함께 배우들이 내 얼굴을 볼 수 있다는 것을 놀라움과 함께 홀연 깨달았다. 까치발로 층계참을 향해 되돌아가 문을 닫았다. 큼직한 종처럼 정적이 내 위를 덮었다. 그러자 그곳이 온통 소리 없는 동계(動悸)로 진동하였는데 한참 후에야 나는 그것이 내 심장의 고동임을 알았다. 나는 몸을 돌려 다른 쪽 문을 보았다. 층계참 맨 끝에 있는 문에는 조그만 표지가 붙어 있었다. 큰 글자로 '소도구실'이라 씌어 있고 그 밑에 조그만 글자로 '미스 퀜틴'이라 적혀 있는 것이 보였다. 나는 잠시 눈을 감고 숨소릴 낮추었다. 그러고 나서 노크를 하였다. 노크 소리가 이상스레 메아리쳤다. 그러자 쉰 목소리가 들려왔다. "들어오세요."

나는 방으로 들어섰다. 강 쪽으로 큼지막한 창들이 나 있는 길고 좁다란 방이었다. 가지각색의 물건들이 넘쳐흐를 만큼 가득 들어 있어 처음엔 뭐가 뭔지 분간할 수가 없었다. 이 소용돌이의 한가운데 등을 내 편으로 돌리고 애너가 책상에 앉아서 무얼 적고 있었다. 내가 문을 닫자 그녀는 천천히 몸을 돌렸다. 우리는 한동안 말없이 서로를 지켜보았다. 술잔이 채워지듯이 내 영혼이 눈 속으로 스며드는 듯한 느낌이었다. 이 상봉의 팽팽한 균형 상태 속에서 우리 두 사람은 명상의 일순과 비슷한 것을 경험하였다. 애너는 일어나 "제이크!" 하고 말했다. 나는 그녀를 보았다. 그녀는 전보다 살이 오르고 시간의 흐름을 감추지 못하고 있었다. 무어랄까 풀이 죽은 듯한 인상이어서 무한히 애처로워 보였다. 살구처럼 부드럽고 둥글다고 내가 알고 있었던 그녀의 얼굴은 이제 얼마쯤 뻣뻣하니 일그러져 있었다. 그녀의 목도 나이를 말해 주고 있었다. 그전에 그렇게 상냥스럽게 세상을 향해 열리곤 하였던 큼지막한 갈색 눈도 오그라든 듯하였다. 눈가에서 위쪽으로 아이라인을 긋곤 하던 곳에는 세월이 몇 개의 주름을 그려 놓고 있었다. 관 모양의 머리 장식에서 빠져나온 머리카락이 목께에서 곱슬곱슬 굽이치고 있었는데, 듬성듬성 백발이 보였다. 오래전에 잘 알고 있었던 그 얼굴을 나는 바라보았다. 그 아름다움이 결코 영원할 수가 없다는 것을 처음으로 깨달은 이제, 나는 그 어느 때보다도 내가 그것을 사랑한다는 느낌이 들었다. 애너는 내 눈짓을 이해하였다. 그리고 본능적으로 두 손으로 얼굴을 가렸다.

"어떻게 여길 다 왔어요?" 하고 애너는 말했다.

주문(呪文)이 풀렸다. "보고 싶었어요." 하고 나는 대꾸하였다. 이제 그녀에게서 눈길을 돌리고 정신을 차리려고 급급하였다. 나는 방 안을 둘러보았다. 놀랄 만큼 가지각색의 물건들이 쌓여 있었는데, 어떤 것은 천장에까지 닿아 있었다. 방 안에 있는 물건들은 일종의 응집력과 균일성을 가지고 있어서 반쯤 비어 있는 잼병의 잼처럼 벽에 달라붙은 것처럼 보였다. 하지만 여기에는 모든 종류의 물건이 있었다. 커다란 장난감 상점이 폭격을 받은 것만 같았다. 프렌치 호른, 흔들 목마, 붉은 줄이 있는 양철 트럼펫 한 세트, 중국식 명주옷 몇 벌, 소총 한 쌍, 페이즐리*제의

숄, 장난감 곰, 유리구슬과 목걸이 등의 보석류, 볼록 거
울, 박제 뱀, 헤아릴 수 없이 많은 장난감 동물, 다채로운
색깔의 의상이 삐져나와 있는 숱한 양철 트렁크 등이 우선
첫눈에 띄었다. 정교하고 값비싼 장난감이 크리스마스 크
래커에 들어 있는 싸구려 장난감과 어울려 있었다. 가장
가까운 자리에 앉았더니 우연히 흔들 목마의 등이었다. 나
는 그 광경을 둘러보았다.

 "이 묘한 장소는 뭐요? 애너, 요즈음은 무얼 하고 있어
요?" 하고 나는 물었다.

 "그저, 이것저것." 하고 애너는 말하였다. 내게 얘기하
고 싶지 않은 것이 있으면 애너는 늘 이렇게 말하는 버릇
이 있었다. 그녀가 안절부절못하고 있음을 알 수 있었다.
얘기를 하면서 줄곧 손을 놀리며 리본이라든가 공이라든가
긴 브뤼셀 레이스의 띠를 집어 들곤 하였다.

 "어떻게 여길 찾았어요?" 하고 그녀가 물었다. 나는 말
해 주었다.

 "어째 오셨어요?"

 나는 판에 박은 일문일답을 하고 싶지가 않았다. 내가 온
이유가 무슨 상관이란 말인가? 나 자신도 모르는데.

 "살고 있던 데서 쫓겨났어요."

 이것은 그리 명료하지 않았지만 달리 생각이 안 나 사실
을 얘기할 수밖에 없었다.

 "저런!" 하고 애너가 말했다. 그러고 나서 그녀는 물었

---

* 스코틀랜드에 있는 소도시.

다. "그동안 무얼 하셨어요?"

나는 무엇인가 인상적인 것을 애기하고 싶었으나 다시 사실을 애기하는 수밖에 없엇다. 달리 생각이 안 났던 것이다. "번역 좀 하고 방송을 좀 했지." 나는 말하였다. "그럭저럭 꾸려 왔어요."

그러나 내 대답에 애너가 진정으로 귀를 기울이고 있지 않다는 것을 나는 알았다. 그녀는 붉은색 장갑을 집어 들고 한 짝을 끼어 보더니 장갑의 손가락을 펴 보고 하면서 나를 외면하고 있었다.

"요즈음 누구 옛날 친구는 만나 보셨어요?" 그녀가 물었다.

이 말에는 정말로 대답할 수가 없을 것 같았다. "옛날 친구가 뭐 대순가요." 하고 나는 말했다.

오랜만에 다시 만나는 것처럼 난감한 일이 또 있을까. 모든 낱말들은 죽은 듯이 땅으로 떨어지고 거기에 생기를 불어넣어야 할 영혼은 육체를 떠나 허공에 떠돌고 있을 뿐이다. 우리 두 사람은 바로 그것을 느꼈다.

"조금도 변하지 않았어요, 제이크." 하고 애너가 말하였다. 사실이었다. 나는 아직껏 스물네 살 때와 마찬가지였다.

"나도 그래 보았으면!" 애너는 덧붙여 말했다.

"당신은 아름다워요." 나는 말했다.

애너는 웃었다. 그리고 조화 다발을 집어 들었다. "방이 아주 엉망이에요!" 하고 애너는 말했다. "치운다고 늘 생각하면서도."

"이 방도 멋있는걸요." 나는 말했다.

"이 방이 멋있다니요!" 애너는 말하였다.

그동안 애너는 사뭇 내 눈길을 피하고 있었다. 이내 우리는 두 고우(故友)처럼 진중하게 얘기하게 될 것이다. 나는 그러고 싶지가 않았다. 나는 그녀를 바라보았다. 거의 허리께까지 닿을 듯한 비단옷과 짐승과 황당한 물건 들의 매혹적인 혼돈 속에 자리 잡고 있는 그녀는 찬란한 빛깔의 바다에서 올라온 지혜로운 인어같이 보였다. 그러나 곧 그녀는 내게서 도망갈 것이다. 이상야릇한 하루였다는 감정이 무슨 충격이라도 받은 듯 내게 밀려왔다. 그러자 곧 한 생각이 떠올랐다. 그전 베이스워터에 있었던 애너의 아파트는 거실이 옆집 창문에 둘러싸여 있어서 들여다보이지 않는 곳이라고는 방 한 구석 바로 바닥께뿐이었다. 따라서 애너에게 키스를 하고 싶을 때 그럴 수 있는 곳은 거기뿐이었다. 게다가 그 당시 나는 전혀 속셈이 없다고는 할 수 없게 애너에게 유도를 가르쳐 주고 있었다. 내가 방에 들어섰을 때 그녀를 붙들고 이 구석에 쓰러뜨려 키스를 하는 것이 우리의 버릇 중 하나였다. 그때의 기억이 마치 영감처럼 내 마음속에 떠올라 나는 그녀에게 다가섰다. 손목을 잡았다. 순간 그녀의 눈이 바로 내 눈앞에서 놀라움으로 커다래지는 것을 보았다. 순식간에 나는 그녀를 방구석 벨벳 옷더미 위에 조심스럽게 쓰러뜨렸다. 무릎이 그녀 곁의 벨벳 속으로 빠져 들어갔다. 그리고 이내 목도리, 레이스, 양철 트럼펫, 털로 짠 장난감 개, 별난 무늬의 모자, 기타 등속이 우리 머리 위로 폭포처럼 쏟아져 내려와 몸의 절반이 파묻혔다. 나는 애너에게 키스를 했다.

눈을 크게 뜨고 입을 벌린 채 그녀는 커다란 인형처럼

몸을 빳빳이 하고서 잠시 내 팔에 안겨 주었다. 그러더니 그녀는 웃기 시작하였다. 나도 웃었다. 우리는 기쁨과 안도감으로 크게 웃어 젖혔다. 나는 그녀가 한숨을 쉬고 또 몸의 긴장을 푸는 것을 감촉하였다. 그녀의 몸이 동그랗게 유연해졌다. 우리는 서로의 얼굴을 들여다보았다. 그리고 흉허물 없이 서로를 이해하는 미소를 오랫동안 지었다.

"사랑해요. 애너." 하고 나는 말하였다. "도대체 어떻게 당신 없이 지내 왔는지!"

나는 수놓인 비단 조각을 끌어당겨 그녀의 머리 밑에 베개 삼아 놓아 주었다. 그녀는 그것을 베고 나를 바라보며 힘 있게 끌어안았다.

"모든 것을 다 얘기하고 싶어요. 제이크." 애너가 말하였다. "그러나 정말 얘기가 될지 모르겠어요. 당신을 만나서 정말 기뻐요. 그건 알아차리셨겠지요?" 그녀는 내 눈을 들여다보았다. 옛날의 훈훈하고 향긋한 미풍이 불어오는 듯한 느낌이었다. 물론 나는 그것을 믿어 의심치 않았다.

"예끼, 이 깍쟁이 같으니라고!" 하고 나는 말했다.

애너는 그전에 늘 그랬듯이 나를 비웃었다. "그래 어떤 여자한테 쫓겨났단 말이죠!" 하고 애너는 말했다. 그녀는 언제나 반격을 가하는 것이었다.

"당신이 원하기만 했다면 나와 영원히 함께 있을 수가 있었다는 것은 잘 알고 있을 테지." 하고 나는 말했다. 그녀가 그 점에서 성공하도록 할 심산은 아니었으나 내가 한 말은 따지고 보면 다소간은 사실이었다.

"당신을 사랑했어요." 하고 나는 덧붙였다.

"그놈의 사랑!" 하고 애너는 말하였다. "난 정말 사랑이란 말엔 질렸어요. 내게 사랑이란 남의 집 층계가 삐거덕거리는 폭밖에 안 되었어요. 남자들이 내게 억지로 떠맡겼던 사랑이 무슨 소용이 있겠어요. 사랑이란 시달림받는 거예요. 내가 바라는 것은 간섭받지 않고 스스로 사랑을 해보는 것이에요."

그녀의 머리를 껴안은 채 나는 냉랭하게 그녀를 바라보았다. "남의 사랑을 정말로 받아 보지 못했다면 그렇게 태연할 수가 없을걸." 나는 말했다.

이제 그녀는 나의 눈을 마주 보았다. 그녀의 눈엔 그전에 볼 수 없었던 무엇인가 초연하고 사색적인 것이 깃들여 있었다.

"그렇지 않아요, 제이크." 하고 그녀는 말했다. "이렇게 사랑을 논해 보았자 별 뜻이 없어요. 사랑은 감정이 아녜요. 시험할 수가 없어요. 사랑은 행동이고, 침묵이에요. 소유하기 위해서 감정을 긴장시키고 책략을 꾸미는 게 아녜요. 당신은 그전에 그렇게 생각했지만."

이런 얘기는 아주 어이없게 느껴졌다. "그러나 사랑이란 소유와 관련되어 있어요." 하고 나는 말했다. "충족되지 못한 사랑을 조금이라도 안다면 그건 이해가 될 텐데."

"그렇지 않아요." 하고 애너는 서름서름하게 말하였다. "충족되지 못한 사랑은 이해와 관련이 있어요. 온통 이해를 한다면 충족되지 못한 경우에도 사랑은 사랑이거든요."

나는 이 심각한 이야기에 귀를 기울이고 있지 않았다. '침묵'이란 말에 온통 주의가 쏠렸기 때문이다.

“애너, 여긴 무엇하는 곳이요?” 나는 물었다.

“설명하기가 너무 어려운데요, 제이크.” 하고 애너는 말하였다. 내 허리께에서 그녀의 두 손이 서로 더듬고 있음을 감촉할 수가 있었다. 그녀는 나를 끌어당기고 나서 말하였다. “조그만 실험을 하고 있지요.”

내게는 거슬리는 말이었다. 전혀 애너의 목소리 같지가 않았다. 딴 목소리가 끼어 있었다. 조심해야겠다고 나는 생각했다.

“노래는 어떻게 됐어요?” 나는 물었다.

“집어치웠어요.” 하고 애너는 말하였다. “앞으로는 안 할 작정이에요.”

눈길을 내 어깨 너머로 외면하면서 그녀는 손을 움츠렸다.

“대관절 이유가 뭐요?”

“그저.” 하고 애너는 말했다. 그녀의 말투엔 이상하게도 꾸민 듯한 것이 느껴졌다. “그렇게 해서 밥을 먹기가 싫어요. 내가 하는 것 같은 노래는 아주,”——여기서 그녀는 그다음 말을 물색하였다. ——“남의 이목을 끄는 겉치레예요. 진실성이 없어요. 사람들을 끌기 위해서 자기 매력을 그저 미끼로 삼는 것뿐이에요.”

나는 어깨를 잡고 그녀의 몸을 흔들었다. “정색하고 말하는 건 아니겠지!” 나는 소리쳤다.

“정말로 그렇게 생각하고 있어요, 제이크.” 거의 애원하듯이 애너는 나를 올려다보았다.

“극장은 어때요?” 나는 물었다. “무슨 보람이 있어요?”

“이건 순수한 예술이에요. 아주 단순하고 순수해요.”

"애너, 요새는 누구하고 줄을 대고 있는 거요?" 나는 물었다.

"제이크." 하고 애너는 말했다. "당신은 언제나 그런 투예요. 당신을 놀랠 만한 얘기를 하기만 하면 누구하고 줄을 대고 있느냐고 했어요."

우리 대화의 마지막 부분에서 그녀는 내 어깨 위에 손을 얹어 손목시계가 눈에 보이도록 하고 있었다. 그녀의 눈길이 때때로 그쪽으로 언뜻 쏠리곤 하는 것을 나는 볼 수 있었다. 나는 미칠 듯이 화가 났다.

"시계 좀 보지 말아요!" 나는 말했다. "몇 해 만인데 시간 좀 내면 어때!"

곧 우리의 밀회가 중단되리라는 것을 애너가 염두에 두고 있다고 나는 짐작하였다. 우리의 면담에는 애너가 계속 의식하고 있는 스케줄이 있었다. 애너의 생활은 스케줄에 의해서 움직이고 있었다. 흡사 수녀처럼 시계가 없다면 어찌할 바를 모르게 되리라. 나는 시계를 찬 손을 잡고 그녀에게서 씩씩거리는 소리가 들릴 때까지 비틀어 주었다. 그녀는 나를 마주 바라보았다. 그러는 그녀에게서는 어떤 열기와 활발하나 말 없는 도전의 낌새가 있었는데, 그것을 나는 잊지 않고 있었고 또 오래전부터 좋아하고 있었다. 우리는 잠시 동안 그렇게 서로를 바라보고 있었다. 우리는 피차 서로를 잘 알고 있었다. 나는 계속 그녀를 꼼짝 못하도록 붙들고 있었으나 키스를 할 수 있도록 압력을 늦추었다. 그녀의 몸은 견고한 미사일이 되었고 우리는 꽉 달라붙은 채 소리를 내며 공중을 나는 것 같았다. 나는 그녀의 굳은 목과 어깨에 키스를 하였다.

"제이크, 아파요." 하고 애너가 말했다. 나는 그녀를 놓아주고, 완전히 늘어진 채 그녀의 젖가슴을 향해 무겁게 덮쳤다. 그녀는 내 머리카락을 쓰다듬었다. 우리는 오랫동안 그렇게 조용히 누워 있었다. 우주는 커다란 새처럼 정지하였다.

"내가 가야 한다고 말할 참이겠지요?" 나는 말하였다.

"당신은 가야 돼요." 하고 애너는 말했다. "그보다 내가 가야 하겠지요. 자, 이제 일어나요."

나는 몸을 일으켰다. 자다가 일어나는 듯한 느낌이었다. 나는 애너를 내려다보았다. 동화 속의 공주가 옥좌에서 굴러 떨어진 듯이 그녀는 알록달록한 잡동사니 속에 누워 있었다. 비단 옷가지가 허리와 젖가슴께에 붙어 있었다. 머릿단은 헝클어졌다. 내 눈길을 받으며 그녀는 한동안 꼼짝 않고 누워 있었다. 내 눈길을 의식하고, 발은 꼬부린 채.

"당신 관은 어디 갔어요?" 내가 물었다.

애너는 잡동사니 속을 뒤져 금박을 입힌 관 모양의 머리 장식을 끄집어냈다. 우리는 서로 웃었다. 나는 그녀를 일으켜 세웠다. 둘이서 그녀 옷에 묻은 금실 조각이나 금가루, 번쩍이는 금속 조각을 털어 내었다.

애너가 머리 매무새를 고치는 동안에 나는 방 안을 돌아다니며 샅샅이 훑어보았다. 갑작스레 이제 안심이 되었다. 다시 애너를 만나게 되리라는 것을 나는 알고 있었다.

"이곳 얘기를 들려주어야지요." 나는 말했다. "연기하는 사람들은 누구요?"

"주로 아마추어들이죠." 하고 애너는 말하였다. "친구들이에요. 하지만 전문적인 테크닉이 필요해요."

"그건 그렇더군요." 나는 말했다.

애너는 내 쪽으로 고개를 돌렸다. "그럼 극장 안에 들어갔었어요?"

"응, 그저 잠깐 동안이었어요. 뭐 걸리는 일이라도 있어요? 썩 인상적이던데." 하고 나는 말했다. "인도 것인가요?"

"인도와 관련이 있지요." 애너는 말했다. "그러나 실제로는 독자적인 거예요." 그녀가 무엇인가 다른 것을 생각하고 있다는 것을 나는 눈치 챌 수 있었다.

"저건 별로 소용이 닿지 않는 소도구 같은데요." 하고 뇌명판(雷鳴板)을 가리키며 나는 말했다.

모를 사람이 있을 것 같아 얘기해 두지만, 뇌명판이란 2미터 정도의 네모진 얇은 금속판으로서 흔들면 우르르 하고 천둥소리 비슷한 신비로운 소리가 난다. 나는 그쪽으로 다가갔다.

"만지지 마세요!" 애너가 말했다. "그래요, 우린 그것을 팔아 버릴 작정이에요."

"애너, 아까 가수 생활에 관해 얘기한 것은 진담이었어요?" 나는 물었다.

"그럼요," 애너는 말했다. "그건 부정(不淨)해요." 나는 이론에 얽매인 사람을 보는 듯한 묘한 감정을 다시금 느꼈다.

"거짓이 없는 것은 아주 단순한 것뿐이라고 할 수 있을 것 같아요," 하고 그녀는 덧붙였다.

"그 극장에서 구경한 것은 간단하지가 않던걸요." 나는 그녀에게 말하였다.

그녀는 손바닥을 펼쳤다. 그리고 물었다. "뭣 때문에 나를 찾으셨지요?"

이 물음이 나를 현실로 돌아오게 하였다. 나는 조심스럽게 말하였다.

"당신을 보고 싶었소. 그건 알고 있잖아요? 그러나 어디에 거처를 정해야 할까 하는 문제가 또 있어요. 내게 조언을 해 줄 수 있겠지. 여기서 어떻게 지낼 순 없을까요?" 하고 나는 물었다. "어디 고미다락에서라도."

애너는 몸을 떨면서 "안 돼요." 하고 말했다. "그럴 순 없어요."

우리는 서로 얼굴을 바라보았다. 둘 다 재빨리 속셈하는 바가 있었다.

"언제쯤 다시 만날 수 있을까요?" 나는 물었다.

애너의 표정이 굳어지며 움츠러들었다. "제이크," 하고 그녀는 말했다. "한동안 좀 가만히 두어 주세요. 이것저것 생각할 게 많아요."

"그건 나도 그래요." 나는 말했다. "둘이서 함께 생각해 볼 수가 있을 거요."

그녀는 보일 듯 말 듯 미소 지었다. "당신이 필요하게 되면 들르겠어요," 하고 그녀는 말하였다. "그리고 아마 당신이 필요할지도 모르겠어요."

"그랬으면 좋겠는데," 이렇게 말하고 나서, 종이에 데이브의 주소를 적어 주었다. "미리 알려 두지만, 오랜 시간이 지나도 나를 필요로 하지 않는다면 필요하든 않든 내가 다시 이곳에 들르겠어요."

애너는 다시 시계를 보고 있었다.

"편지를 보내도 되겠어요?" 나는 물었다. 내 경험으로 미루어 보아 남자를 손아귀에 넣어 두는 데 관심이 있는 여인이라면 이것을 거절하는 법이 없다. 딴 경우에도 대개 그렇지만 이 문제에 대해 내가 생각하는 바를 알고 있었던 애너는 내 얼굴을 빤히 올려다보았다. 우리 둘이는 미소를 지었다.

"상관없어요." 하고 그녀는 말했다. "극장으로 부치면 내 앞으로 들어와요."

그녀가 골똘히 생각하고 있는 것은, 어떻게 하면 남의 눈에 뜨이지 않게 나를 건물 밖으로 내보낼 수 있느냐, 하는 문제일 것이란 생각이 들었다.

"나는 오늘 밤 잘 데가 없소." 그녀에게 한 이 말은 나의 첫 번째 거짓말이었다. "여기서 묵어도 괜찮을까?"

애너는 내가 자기의 생각을 얼마나 알고 있는 것일까 궁금히 여기면서 나를 다시 빤히 쳐다보았다. 그녀는 숙고하였다.

"좋아요." 하고 그녀는 말했다. "여기서 묵으세요. 하지만 지금 나와 같이 내려가진 마세요. 여기저기 기웃거리지 말 것과 내일 아침 일찍이 떠나 줄 것은 약속해 주어야겠어요." 나는 약속하였다.

"어디에다가 거처를 정하면 좋을까, 묘안을 좀 얘기해 봐요, 애너." 나는 말하였다.

오늘 저녁을 묵도록 승낙해 주었을 때는 고미다락쯤은 봐 줄지도 모른다는 생각이 들었다. 애너는 책상을 정돈하고 서랍을 잠갔다.

"저," 하고 그녀가 말했다. "새디에게 한번 연락해 보세요. 미국에 갈 예정이기 때문에 자기 아파트를 돌봐 줄 관리인이 필요해요. 당신에게 맞을지도 몰라요." 그녀는 주소를 적었다.

나는 수줍어하며 주소를 받아 들었다. "새디와는 요즈음 잘 지내고 있나요?" 나는 물었다.

애너는 약간 성마른 듯이 웃었다. "새디는 내 동생이에요. 서로 참고 견디는 처지죠. 어쨌든 가서 만나 보세요. 잘될 것도 같아요." 그러고 나서 그녀는 나를 의심쩍게 바라보았다.

"내일 만나서 이 문제를 좀더 상의해 보기로 하지요." 하고 내가 튕겨 보았다.

이 말이 애너의 마음을 결정케 하였다. "안 돼요. 가서 직접 새디를 만나 보세요. 그리고 내가 부르지 않는 한 여기로 올 것은 없어요."

그 자리를 뜨려고 애너는 몸을 돌렸다. 나는 그녀의 손을 잡고 무한한 사랑을 느끼며 껴안았다. 그녀도 포옹으로 응답해 주었다. 우리는 헤어졌다.

문이 닫힌 후엔 아무 소리도 들리지 않았다. 한참 동안 나는 방 한가운데서 홀린 사람처럼 서 있었다. 애너와 얘기하는 동안에 방 안은 꽤 어두워져 있었다. 그러나 바깥은 아직도 감색이 도는 여름의 늦저녁이어서 나무나 강물이 파랗게 흔들리고 있었다. 잠시 후 자동차 떠나는 소리가 들렸다. 창가로 가서 상체를 내미니 도로의 한 부분이 내려다보였다. 내다보니 호화로운 검정색의 앨비스*가 모퉁이에서 우르릉 소리를 내면서 한길 쪽으로 미끄러져 갔다. 애너가 타고 있는 것일까 하고 생각하였다. 그때 내겐 아무런 동요도 없었다. 애매한 태도로 나를 내쫓은 것으로 말하면 사실 나는 그런 일에 익숙해져 있었다. 내가 알고 있는 여성들은 대개 이렇게 처신한다. 그리고 아무런 질문도 하지 않고 질문할 생각도 않는 것이 내 버릇이 되어 버렸다. 우리는 모두 남의 인생의 틈바구니에서 살고 있으며, 모든 것을 다 볼 수 있다면 누구나가 놀라게 되리라. 거기 어딘가에 한 사내가 있다는 것을 나는 알고 있었다. 애너가 관련된 곳이면 어디에서고 늘 그랬다. 그러나 그런 추측은 두고 보아야 할 것이었다.

혼자 있게 된 것이 나는 기뻤다. 그날은 내게 있어 견딜 수 없을 만큼 파란만장한 하루였다. ——이제 나는 오랫동안 창턱에 기대어서 해머스미스 다리 쪽을 내려다보았다. 수런거리는 소리를 내며 강물이 흘러가고 있었다. 한낮 햇볕의 마지막 조각들을 데리고 가서 마침내 움직임이 보이지 않는 캄캄한 구렁으로 변했다. 나는 애너와의 해후를 돌이켜보았다. 그녀는 내게 묘한 얘기를 몇 가지 하였다. 그러나 내가 곰곰이 생각한 것은 그게 아니었다. 그녀가 손을 움직이는 모습, 공이나 목걸이를 만지작거리는 신경질적인

---

* 수작업으로 제작하는 영국제 고급 자동차.

손짓, 바닥에 누워 있을 때의 허벅지의 곡선, 흰머리가 섞인 머리채, 그리고 목에 엿보이던 권태감을 나는 떠올리고 있었다. 이러한 모든 것이 불러 모은 것은 새로운 사랑이라고 나는 생각했다. 옛날의 사랑보다 몇백 배나 더 깊은 사랑이었다. 나는 깊이 감동하였다. 그러나 동시에 나는 그것을 곧이곧대로 받아들이지 않았다. 과거에도 여러 번 감동한 적이 있으나 별다른 결과가 생기지는 않았기 때문이다. 한 가지 분명한 것은 그전에 우리 두 사람 사이에 있었던 그 무엇인가가 아직 그대로 남아 있다는 사실이었다. 그리고 시간의 흐름이 이 남아 있는 무엇을 훨씬 소중한 것으로 만들 수밖에 없었던 것이다. 나는 어떤 만족감을 느끼면서 우리의 만남을, 그리고 얼마나 멋지게 애녀가 옛날의 신호에 따라서 호응하였는가를 생각했다.

그새 다리 위에는 이제 가로등이 켜져 있었다. 또 저 멀리 캄캄한 강물은 금이 간 듯 반짝거리는 불빛 속으로 흘러 들어갔다. 나는 방 안쪽을 향해 문께까지 비틀거리며 나갔다. 전기 스위치를 넣었더니 어딘가 구석지에서 램프불이 켜졌다. 여러 겹으로 된 박사(薄紗) 갓이 씌워져 있었다. 기웃거리지 말라고 애녀는 내게 당부했었다. 그러나 그것은 막연한 금령(禁令)이었기에 조금은 기웃거려도 괜찮겠거니 생각했다. 나는 다시 한 번 그 소극장 안에 들어가 보고 싶은 큰 충동을 느꼈다. 실상 이곳에 묵게 해 달라고 얼떨결에 애녀에게 부탁한 것은 주로 그 때문이었다. 흐릿한 불빛에 의지하여 층계 위의 스위치를 찾아 소도구실의 문을 닫고 나는 극장 문께로 갔다. 그곳 어둠 속에서 무언극이 진행되고 있었다 하더라도 나는 놀라지 않았으리라. 문을 건드려 보았으나 잠겨 있었다. 층계 위에 있는 다른 문과 아래층 낭하 쪽으로 난 문에도 계속 손을 써 보았다. 분통 터지게 모두 잠겨 있었다. 그러자 이번엔 그곳의 정적이 흡사 안개처럼 내 숨통을 조여 오기 시작했다. 되돌아가 보면 소도구실의 문도 혹시 잠겨 있는 게 아닐까 하는 갑작스러운 공포에 휩싸였다. 나는 소리를 내지 않고 층계를 뛰어 올라가 방 안으로 뛰어 들어갔다. 램프불은 여전히 흐릿하게 비추고 있었고, 모든 것이 아까와 다름없었다. 나는 밖으로 나가 도로에서부터 극장으로 들어가 볼까 생각했으나, 집 밖으로 나가지 말라고 보이지 않는 그 무엇이 나에게 고하는 것이었다. 두서너 겹의 박사를 램프에서 떼고 방 안을 둘러보았다. 흐릿한 불빛을 받고 방은 전보다도 더욱 괴괴해 보였다. 애너가 매만졌던 물건들을 집어 올리곤 하며 나는 한동안 방 안을 거닐었다. 눈길이 자꾸만 뇌명판 쪽으로 갔다. 뛰어가서 그것을 후려치고 싶은 초조한 충동을 느꼈다. 그 뇌명판 속에 잠들어 있는 장엄한 음향을 생각하고, 그것으로 집 안을 온통 뒤흔들리게 할까도 생각해 보았다. 그것을 상상하니 안절부절못해 진땀이 날 지경이었다. 그러나 무엇인가 내게 정숙을 강요하는 게 있어 나는 까치발로 걷기까지 했다.

얼마 후에 나는 감시받고 있다는 불안감을 느끼기 시작하였다. 나는 감시에 대해서 몹시 예민하다. 그래서 사람 앞에서뿐 아니라 조그만 짐승 앞에서도 그런 느낌을 갖게 될 때가 있다. 한번은 그 근원을 더듬어 보았더니, 신비스러운 눈으로 나를 보고 있는 커다란 거미에게로 귀착된 일조차 있었다. 내 경험으로 미루어 보아 이편에서 그 시선을 감지할 수 있는 가장 작은 동물이 거미다. 나를 보고 있는 것이 무엇인가를 알아내기 위해서 나는 주위를 둘러보기 시작하였다. 생물은 찾아내지 못했으나 마침내 한 세트의 가면과 마주쳤다. 무대에서 보았던 것과 비슷한 것으로 그 비스듬한 눈들이 슬픔에 잠긴 듯이 내 편을 보고 있었다. 방 안을 거닐면서 무의식적으로 거기에 눈이 갔던 것임에 틀림없었다. 나는 이제 주의를 하여 그것들을 살펴보았다. 그리고 넋을 잃게 하는 그 디자인의 아름다움과 보기 흉한 가면에까지 나타나 있는 평온함에 감명을 받았다. 그것들은 가벼운 나무로 만들어졌고 약간 색칠이 되어 있었는데, 어떤 것은 정면을 보고 있었고 어떤 것은 옆모습이었다. 감정에 있어서는 얼마쯤 동양적인 것, 비스듬한 눈으로보다도 미묘하게 굽은 입으로 더욱 많은 것을 나타내고 있는 무엇인가가 있었다. 가면 중의 한두 개는 내가 그전에 구경했던 인도의 불상을 넌지시 상기시켜 주었다. 그것들은 모두 사람의 얼굴보다는 약간씩 컸다. 그야말로 사람을 놀라게 하는 물건들이어서 잠시 후 소심하게 내려놓았다. 손을 놓자 둔중한 소리가 나서 나는 깜짝 놀라고 그곳의 정적을 새삼스레 감지하였다. 그러고 나서 방 안이 온통 눈으로 꽉 차 있음을 깨닫기 시작하였다. 흔들 목마의 큼직하고 멍청한 눈, 장난감 곰의 빛나는 동그란 눈, 박제된 뱀의 붉은 눈, 그리고 인형과 꼭두각시와 괴물 인형의 눈……. 나는 몹시 불안해지기 시작하였다. 램프에 아직껏 남아 있는 박사를 모조리 벗겼다. 그러나 여전히 얼마 밝아지지 않았다. 제일 구석지에 있는 것은 조용히 주저앉아 있었다. 나는 방바닥 한가운데 책상다리를 하고 앉아서 무엇인가 현실적인 것을 생각해 보려고 노력했다. 호주머니에서 아까 애너가 건네준 종잇조각을 끄집어내었다. 웰벡 거리*에 있는 주소가 적혀 있었다. 나는 그것을 들여다보았다. 그리고 의도를 정하기보다도 예언을 하는 것 같은 기분으로 내가 새디네 집에 과연 얼굴을 내밀어야 될 것인가 하고 혼자 생각해 보았다. 앞서 밝힌 바와 같은 이유 때문에 선뜻 내키지가 않았다. 그러나 한편으로는 새디를 만나는 게 어떠냐고 제의한 것이 애너였기 때문에 문제는 아주 달라 보였다. 만약 애너와 새디가 가깝게 지낸다면 새디와 교섭을 갖는다는 것은 애너와의 접촉을 유지하는 하나의 방편인 셈이었다. 뿐만 아니라 그 문제를 곰곰히 생각해 보니 어떻게 새디가 나를 맞아 줄 것인가 하는 점이 궁금하였다. 결국 다른 것은 다 같다 하더라도 높이 3.6미터의 포스터로 런던 도처에 얼굴이 걸려 있는 사람과 친하다는 것을 기분 좋게 생각지 않을 만큼 속세의 허영에 물들어 있지 않은 사람도 거의 없는 법이다. 이어 새디가 정말 외유(外遊)를 하고 런던의 중심부에 있는 호화로운 아파트를 무료로 내게 맡겨 준다면 얼마나 멋있을까 하는 생각이 떠올랐다. 몹시도 바람직한 일이었기 때문에 거절당할 각오를 하고서도 해 볼 만한 가치가 있었다. 내가

---

\* 런던 중심부의 거리.

적어도 웰벡 거리의 상황을 답사해 보는 것은 어쩔 수 없는 일인 것처럼 생각되기 시작하였다.

장차의 나의 행동에 관해서 이렇듯 순수하게 귀납적인 결론에 다다르자 나는 마음이 한결 놓이고 또 이내 졸음이 오기 시작했다. 바닥은 여러 가지 물건으로 어수선하였기 때문에 치우고 누울 자리를 마련하지 않으면 안 되었다. 얼룩이 진 흰 양탄자가 길쭉하게 드러났다. 이어 모포 대신 덮을 것은 없을까 둘러보았다. 직물은 부족함이 없었다. 결국 콧등에서 발톱까지 그대로 남아 있는 곰가죽을 골라냈다. 불은 끄지 않은 채 램프에 다시 박사를 갓 삼아 씌워 흐릿한 불빛만 남도록 했다. 뒤에 잠에서 깨어났을 때 이런 방의 어둠 속에서 혼자인 경우를 당하고 싶지 않았기 때문이다. 그러고 나서 내 손발을 곰의 사지에 집어넣고, 으르렁거리는 듯한 커다란 콧등을 이마 위에 얹었다. 침구로서는 십상이었다. 마지막으로 몸을 웅크리기 전에 나는 애너 생각을 더 하였다. 그리고 도대체 그녀가 무엇을 하려고 하는 것일까 생각하였다. 이 극장이 애너의 작품이란 것을 나는 믿을 수 있었다. 그러나 정녕 거기엔 누군가 딴 사람이 작용을 하고 있었고 애너가 말한 것 가운데 어떤 것은 분명히 그녀의 생각이 아니었다. 돈은 어디에서 났을까 하는 생각도 났다. 드디어 나는 하품을 하고 네 활개를 폈다. 동양풍의 숄로 베개를 삼았다. 부드러운 물건들이 발등으로 떨어졌다. 이어 정적이 찾아왔다. 잠을 청하고 나면 잠이 안 오거나 오랫동안 기다려야 하는 법이 내게는 없다. 거의 즉시 나는 잠이 들었다.

# 4장

그 이튿날 10시쯤 해서 나는 웰벡 거리를 걷고 있었다. 기분이 언짢았다. 한낮의 햇볕을 받고 보니 계획 전체가 아주 매력이 없어 보였다. 영화 스타에게 푸대접을 받고 나면 몇 달 동안 기분을 잡치게 될 것이라는 느낌이 들었다. 그러나 나는 그 문제를 이미 결정은 보았고 다만 실천만이 남아 있는 일로 여겼다. 곤란한 일을 결정할 때 나는 흔히 이러한 방법을 썼다. 1단계에서 생각한 것을 이제는 돌이킬 수 없는 확고한 결정이라고 간주하는 것이다. 결단성이 부족한 이들에게 나는 이러한 수법을 권장한다. 애너를 다시 만나 볼 수 있을까를 알아보기 위해서 극장으로 되돌아가고 싶은 유혹을 느꼈다. 그러나 그녀의 비위를 상하게 할까 봐 두려웠다. 그래서 새디와의 만남을 끝내는 일밖에는 달리 할 일이 없었다.

새디의 아파트 방은 4층이었다. 가 보니 문이 열려 있었다. 수더분하게 생긴 청소부가 나오더니 미스 퀜틴은 부재 중이라고 내게 일러 주었다. 그러고 나서 미스 퀜틴은 미장원에 갔다고 알려 주고 메이페어*에 있는 호사스러운 미장원의 이름을 댔다. 내가 미리 예방책을 써서 미스 퀜틴의 사촌 오빠 되는 사람이라고 말했던 것이다. 나는 그녀에게 고맙단 말을 하고 다시 옥스퍼드 거리 쪽으로 발걸음을 옮겼다. 나는 그전에도 미장원으로 여자를 찾아간 일이 여러 번 있었다. 따라서 그것은 조금도 겁날 게 없었다. 사실 내가 알기로는 미장원으로 찾아가면 여성들은 특히 너그러워지고 반가워한다. 아마도 다른 여인들이 남성을 가까이에 거느리고 있을 만큼 재주가 좋지 못할 때 자기는 한 남성을 사로잡고 있다는 것을 뽐내고 싶어 하기 때문일 것이다. 이러한 소임을 맡기 위해서는 그러나 외양이 단정해야 한다. 해서 나는 곧장 이발소로 들어가 말끔히 면도를 했다. 그다음엔 옥스퍼드 거리에 있는 상점에 들어가서 새 넥타이를 샀다. 매고 있던 것은 팽개쳐 버렸다. 새디가 다니는 미장원의, 향수 냄새가 물씬하는 층계를 올라가 거울에 비친 내 얼굴을 흘낏 보았을 때 나도 풍채가 제법이라는 생각이 들었다.

미장원이라고 하는 것은 어떤 막연한 자연법칙을 따르게 마련인데, 다른 부문과는 정반대로 요금이 비싼 곳일수록 고객들의 프라이버시는 보장이 되지 않는다. 퍼트니**에

---

* 런던 도심에 있는 지명.
** 런던의 남서쪽 교외.

있는 여점원들은 커튼이 드리워진 칸막이 방에서 따로 미용을 받을 수 있으나 메이페어의 부유층 여성들은 얼굴을 드러내고 줄지어 앉아서 서로 변모하는 모양을 보게 마련이다. 우아한 머리들이 여러 가지 조립 단계에 놓여 있는 커다란 방으로 들어섰다. 잘 차려입은 여인의 등들이 열을 지어 내 눈앞에 나타났다. 새디를 찾느라고 위아래를 훑어보고 있을 때, 나는 장미 빛깔이 도는 열 개 남짓한 거울 속에서 감시를 받고 있음을 느꼈다. 어디에도 그녀 얼굴은 보이지 않았다. 줄을 따라서 소리 없이 나아가며 거울 속을 들여다보았다. 앳된 얼굴도 보이고 늙은 얼굴도 보이는데 곱슬곱슬 지지고 기름을 바른 머리채 밑에서 나를 바라보고 있었다. 눈알이 한 쌍씩 캐어 묻는 듯한 눈길로 내눈과 마주치는 것이어서 마침내 나는 동화 속의 왕자가 된 것 같은 느낌이 들기 시작하였다. 새 넥타이를 사기를 잘했다고 나는 생각하였다. 줄 끝에는 윙윙 소리가 나는 전기 드라이어를 머리에 쓰고 있는 몇 사람이 있었다. 그곳 거울 속에서 새디의 것임이 틀림없는 한 쌍의 눈과 마침내 마주쳤다.

나는 걸음을 멈추고 그녀의 의자 등받이에 손을 얹었다. 한동안 선 채로 그 눈을 위엄 있게 들여다보았다. 그 눈의 임자는 처음엔 예사롭게, 다음엔 적의를 품고, 마지막엔 알아보았다는 듯이 내 쪽을 바라보았다.

새디는 약간 목청을 높여 "제이크!" 하고 소리쳤다.

딴 사람들이 우리 쪽을 보고 있다는 것을 느꼈다. 나는 잘 왔다는 생각이 들기 시작했다.

"어, 새디!" 하고 나는 말했다. 억지웃음을 지을 필요가 없었다.

"어머, 정말 오래간만이군요! 반가워요! 나를 찾은 건가요?" 새디가 말했다.

나는 그렇다고 말하고 의자를 가져와 바로 그녀 어깨 뒤에 앉았다. 우리는 거울 속에서 서로 씽긋 웃었다. 외모가 깨끗한 한 쌍이라고 나는 생각하였다. 머리에 그물을 씌웠지만 새디는 아주 아름다웠다. 그리고 전보다 더 젊어 보였다. 장밋빛 거울을 참작한다 하더라도 혈색은 절묘하였고 갈색 눈은 발랄한 생기로 반짝이고 있었다. 무심코 나는 그녀의 어깨 위에 손을 얹었다.

"멋쟁이 양반! 요샌 무슨 재미있는 일을 꾸미고 있어요? 다 털어놓아 봐요!" 새디는 말하였다.

그녀의 목소리와 태도에는 꾸밈새가 있었다. 그전에는 겪어 보지 못했던 것이었다. 게다가 묘하게 크게 울리는 어조여서 그녀가 한 애기는 메아리치며 온 방 안에서 다 들렸다. 그러나 이내 그 까닭을 알 수가 있었다. 드라이어가 윙윙거리는 바람에 귀가 먹먹하여 자기가 얼마나 큰 소리로 애기하는가를 깨닫지 못하였던 것이다. 나도 목청을 높여서 대답했다.

"그저 여전히 글쓰기 놀음이지. 자나 깨나 책, 책이야. 지금 한꺼번에 세 권이나 손 대고 있어요. 출판사들로부터 줄기차게 독촉을 받고 있지."

"당신은 그전부터 항시 똘똘이였지요, 제이크." 새디는 탄복하듯이 소리쳤다. 조수들 몇 사람의 속삭이는 소리를 제하고는 미장원의 나머지 부분을 침묵이 지배하고 있었다. 모든 귀가 우리 쪽으로 쭝긋하고 있음을 감지할 수 있었다. 방 안에 새디를 모르는 사람이 있을 리 없다고 나는 생각했다. 나는 눌러앉아서 대화를 즐겼다.

"요즈음 사는 재미가 어때요?" 하고 나는 물어보았다.

"지루하기 짝이 없어요," 하고 새디는 말하였다. "일 때문에 아주 녹초가 되어 있어요. 새벽부터 저녁때까지 세트에서 지내요. 한가히 머리나 하려고 가까스로 도망쳐 나온 참이지요. 스튜디오에 있는 미용사와 싸움을 했어요. 아주 지쳐서 요새는 아무하고나 싸움질이에요." 그녀는 매혹적인 미소를 내게 던졌다.

"새디, 언제쯤 나와 식사를 해 주겠어요?" 하고 나는 물었다.

"어마나. 나는 연일 계속 묶여 있어요. 곧 누가 이리로 와서 나를 끌어낼지도 몰라요. 언제 한 번 아파트에 들르세요. 한잔해야지요."

나는 재빨리 계산을 해 보았다. 새디의 하루하루는 아마도 힘에 겹도록 저당 잡혀 있을 것이었다. 따라서 이때가 그녀와 얼마 동안 얘기할 수 있는 유일한 기회인지도 몰랐다. 그러니 그 까다로운 문제를 내놓는 것이 좋을 것 같았다.

"새디, 내 말을 들어 봐요." 하고 목소리를 낮추면서 나는 말하였다.

"무슨 얘기예요?" 하고 드라이어 밑에서 새디가 소리쳤다.

"내 말을 들어 봐요!" 하고 나도 소리쳤다. "외유하는 동안 아파트를 세놓는다고 알고 있는데."

이렇게 듣고 있는 사람이 많은 데서 그 문제를 그 이상 더 노골적으로 밝힐 수는 없었다. 나는 새디가 요령 있게 그것을 받아 주었으면 싶었다.

새디의 대답은 내가 기대했던 것보다는 훨씬 귀염성이 있었다. "이봐요, 세놓는 게 아녜요. 내겐 관리인이 필요해요. 실상은 경호원이 필요한 거지요. ── 원하면 지금부터라도 맡아 주세요."

"그렇게 된다면 좋겠어요. 지금 들어 있는 곳은 계약 기간이 끝났고, 거리를 헤맬 판국이라서요." 나는 말하였다.

"그렇다면 당장 오세요." 하고 새디는 큰 소리로 말했다. "그저 집 안에 있어 주기만 해도 굉장한 도움이 돼요. 아주 질색인 남자에게 시달리고 있거든요."

재미있을 것 같았다. 방 안의 귀들이 온통 우리 쪽으로 쫑긋하는 것을 감지할 수 있었다. 나는 사나이답게 웃었다. "나도 꽤 튼튼한 편일걸." 하고 나는 말했다. "내 일거리도 한편으로 좀 할 수 있다면야 감시인 노릇 하는 것도 괜찮아요." 이미 나는 얼즈코트 거리보다 훨씬 좋은 정경을 마음에 떠올리고 있었다.

"이봐요, 굉장히 큰 아파트예요." 하고 새디는 말했다. "방은 얼마든 써도 돼요. 내가 떠날 때까지 묵으러 오신다면 퍽 안심이 되겠어요. 그 작자가 내게 아주 미쳐 있어요. 밤낮 찾아와선 들어오려고 해요. 찾아오지 않을 땐 전화질이지요. 난 아주 신경쇠약에 걸렸어요."

"나를 무서워하게 되지는 않을까?" 이렇게 말하고 나서 나는 거울 속의 그녀에게 곁눈질을 하였다.

새디는 갑자기 큰 소리로 웃어 대었다. "제이크, 당신이 그럴 리가. 당신은 아주 천진난만한걸요!"

대화가 이렇게 돌아가는 것이 별로 마음에 들지 않았다. 곁눈질을 해 보니 우아한 옷차림을 한 부인 몇 사람이 내 얼굴을 보려고 두루미처럼 목을 길게 빼는 게 보였다. 화제를 돌리는 게 좋겠다고 생각하였다.

"그 견딜 수 없는 작자란 누구요?" 나는 물어 보았다.

"글쎄, 그게 우리 두목예요. 벨파운더요." 하고 새디는 말하였다. "그러니 얼마나 거북한지 짐작이 가겠지요. 아주 미칠 지경이에요."

이 이름을 듣고 나는 거의 의자에서 굴러 떨어질 뻔하였다. 방 안이 빙글빙글 돌고 안개 속에서 새디를 보는 듯한 느낌이었다. 사정이 일변하였다. 굉장히 힘을 들여 겨우 태연한 표정을 유지할 수가 있었다. 그러나 속에서는 내장이 온통 곤두서는 듯한 느낌이었다. 어서 그곳을 빠져나가 이 놀라운 소식에 대해 생각해 보는 것밖에는 하고 싶은 일이 없었다.

"틀림없소?" 하고 나는 새디에게 말했다.

"그럼, 우리 두목을 모르겠어요?" 하고 새디가 말하였다.

"내 말은 그가 당신을 사랑한다는 걸 확신하느냔 말이요."

"그는 내게 완전히 미쳤어요." 하고 새디는 말했다. "그건 그렇고, 내가 관리인을 필요로 한다는 건 어떻게 알았어요?"

"애너에게서 들었소." 하고 나는 말하였다. 이제 조심할 것도 없었다.

새디의 눈이 거울 속에서 반짝거렸다. "그렇다면 다시 애너와 만나고 있군요." 새디가 말했다.

그런 말투가 나는 싫다. "애너와 내가 오랜 친구라는 것은 알고 있지 않소?" 하고 나는 말했다.

"그건 그래요. 하지만 당신은 오랫동안 애너를 만나지 않았잖아요?" 여전히 목청을 높인 채 새디는 말했다.

나는 정말이지 이런 대화가 싫어지기 시작하였다. 나는 그저 빠져나가고 싶었다.

"난 꽤 오랫동안 프랑스에 가 있었어요." 하고 나는 말했다.

새디가 애너의 행동을 소상하게 알고 있다는 것은 상상해 보지 못한 일이었다. 새디의 얼굴이 한곳으로 집중되더니 지적인 증오의 얼굴로 변하였다. 그녀는 아름다운 뱀처럼 보였다. 만약 거울에 비친 얼굴이 아니고 드라이어 밑에 있는 그녀의 본색을 본다면 거기엔 무서운 마귀 할멈이 있을 것이라는 기묘한 환상이 떠올랐다.

"그럼 요번 화요일에 내게 들르세요, 일찍이." 하고 새디가 말했다. "당신을 임명하겠어요. 경호원 건 말이에요."

"그거 그만인데." 하고 나는 무의식적으로 말하였다. "꼭 가겠어요." 그리고 나는 일어섰다.

"난 출판사 사장을 만나야 돼요." 하고 나는 설명하였다.

우리 두 사람은 미소를 건네었다. 그리고 나는 큰 걸음으로 그곳을 떠났다. 홀린 듯한 여자들의 수많은 눈이 내 뒤를 따랐다.

* * *

좀더 일찍이 애기할 것을 빼먹었지만, 나는 벨파운더와 잘 아는 처지다. 휴고와의 교제가 이 책의 줏대 되는 주제이기 때문에 미리 애기를 했다손 치더라도 하긴 별것은 없었을 것이다. 이 문제에 대해선 이 다음 페이지에서 실컷 듣게 되리라. 먼저 휴고 자신의 일을 설명하는 것이 좋겠다. 그다음에 내가 그를 처음으로 만나게 된 사정이나 우정을 맺었던 초기의 일들을 애기하련다. 휴고의 본이름은 벨파운더가 아니었다. 그의 부모는 독일 사람이었다. 부친이 영국으로 건너와 살게 되었을 때 벨파운더란 이름을 골라잡은 것이다. 생각건대 그는 코츠월드* 묘지의 묘비에서 그 이름을 발견하고, 장사를 하는 데 안성맞춤이라고 생각한 것이리라.** 사실 그랬다. 얼마 후 당연한 순서를 밟아 휴고는 번창 일로에 있는 군수 공장과 벨파운더 배어맨 소형 무기 회사를 상속받았으니 말이다. 회사로서는 불행한 일이었지만 휴고는 그 당시에 열렬한 평화주의자였다. 여러 가지의 변동이 있었고, 그동안 배어맨파(派)가 떨어져 나가 결국 조그마한 회사가 휴고의 수중에 남게 되었다. 이 회사는 '벨파운더즈 라이트 앤드 로켓 회사'라고 불리게 되었다. 그가 어엿한 군수 공장을 폭죽 공장으로 바꾼 것이었다. 이곳에서 몇 해 동안 그는 화전(火箭)이라든가,

---

\* 영국 남서쪽의 구릉 지대.
\*\* 벨파운더(belfounder)는 '종 만드는 사람'이란 말과 소리가 같다.

베리식 신호광*이라든가, 시판용 소형 다이너마이트 혹은 온갖 종류의 폭죽 제조에 관여하였다.

말해 두지만, 처음엔 조그마한 회사로 출발했었다. 그러나 돈이 언제나 휴고를 뒤따라 다녔다. 그는 그저 돈을 벌 수밖에 없었다. 얼마 가지 않아서 그는 굉장한 부자가 되었다. 옛날의 아버지와 거의 맞먹을 정도였다. '아무도 군수 공장 주인만큼 부자가 될 수는 없다.' 그러나 그는 언제나 검소한 생활을 하였다. 내가 처음으로 그를 알게 되었을 때 그는 불규칙적이긴 했지만 자기 공장의 기술자로 일하고 있었다. 그의 전문은 특수 폭죽이었다. 아는 사람은 알겠지만, 특수 폭죽 제조는 고도의 기술을 필요로 한다. 손재주도 있어야 하고 창조적인 재능도 필요하다. 각 부분의 방아쇠 같은 관계, 폭음과 색채가 빚어내는 대조적인 매력, 여러 가지 폭죽 형태의 배합, 섬광과 지속성을 결합시키는 방법, 영원한 문제인 종결부, 폭죽 특유의 이와 같은 문제들이 휴고를 기쁘게 하고 또 그에게 감명을 주었다. 휴고는 폭죽을 마치 교향곡처럼 생각하였다. 한편 그는 구상(具象) 예술품을 천하다고 경멸하였다. "폭죽이란 독특한 거요."라고 한번은 내게 말하였다. "그것을 딴 예술에 비유하려면 음악에 비유해야 되지요."

폭죽에는 휴고를 완전히 매혹하는 무엇인가가 있었다. 가장 그의 마음에 들었던 것은 아마도 폭죽의 덧없음이었다고 나는 생각한다. 폭죽은 얼마나 거짓이 없는 것인가,

---

* 특수한 피스톨로 내쏘는 색채 섬광. 이것을 짝 맞추면 암호가 된다.

하고 언젠가 내게 열변을 토하던 것을 나는 기억한다. 그 것은 명백히 순간적으로 뿜어 나오는 아름다움이어서 이내 자취도 없이 사라지고 만다는 것이었다. "이것이야말로 진 정 모든 예술의 본질이오." 하고 휴고는 말하였다. "그저 우리가 그것을 시인하지 않으려고 할 뿐이지요. 레오나르 도는 이 점을 이해하였죠. 그는 일부러 「최후의 만찬」을 망가지기 쉽게 만든 거요." 꽃불을 재미있게 구경하는 것 이 그대로 모든 세속적인 영광을 즐기는 것에 대한 도야(陶 冶)가 되어야 한다는 것이 휴고의 의견이었다. "각자 자기 돈을 치르고." 하고 휴고는 말하였다. "그리고 각자 돼먹 지 않은 군소리 없이 완전히 순각적인 쾌락을 맛보거든요. 꽃불에 대해서 공염불을 하는 사람은 없어요." 불행히도 그의 말은 맞지 않았다. 그리고 그의 이론은 기술자로서의 그의 파멸의 원인이 되었다. 휴고의 꽃불의 수요는 어마어 마하였다. 근사한 하우스 파티*나 공적인 잔치치고 불꽃놀 이 없이 끝나는 법은 없었다. 미국으로 수출까지 되었다. 그러자 신문에서 화제에 올려 폭죽을 예술 작품이라고 얘 기하고 또 여러 가지 형태로 분류하기 시작하였다. 이것이 휴고에게 역정을 일으키고 또 그의 일을 마비시켰다. 얼마 후 그는 폭죽에 대해서 맹렬한 혐오감을 갖게 되었고 다시 얼마 후엔 폭죽 제조를 팽개치고 말았다.

내가 휴고를 처음으로 만난 것은 보통감기** 때문이었

---

* 시골 저택에 손님을 초대하여 며칠씩 계속되는 접대회.
** 인플루엔자가 아닌 감기를 말한다.

다. 유난히 돈이 없어서 쩔쩔매었던 시기로, 그때 내 형편은 말이 아니게 되어 가고 있었다. 그러다가 곧이들리지가 않을 정도로 후한 타협을 보게 되었는데 그것은 감기 치료 실험의 실험용 쥐가 되는 대신에 무료로 침식을 제공받는 것이었다. 실험은 아늑한 시골 저택에서 진행되고 또 그곳에서 무한정 묵을 수가 있으며, 여러 가지 감기에 걸렸다가 치료를 위한 접종(接種)을 받을 수 있는 것이었다. 감기에 걸리는 게 참 나는 싫다. 게다가 내게 투약을 해 보아도 치료법은 듣지가 않는 것 같았다. 그러나 한편으로 생각해 보면 침식이 무료였고, 감기에 걸린 채 일하는 것도 상당히 익숙해졌으며, 그건 또 일상생활에는 좋은 습관이었다. 나는 많은 원고를 끝낼 수가 있었다. 적어도 휴고가 나타날 때까지는 그러했다.

이 후한 계획의 관리자 측에서는 실험 대상자들에게 두 사람씩 짝을 지어 기거하도록 늘 권고하고는 하였다. 설립 취지서에 적혀 있는 바와 마찬가지로 완전한 고독을 견뎌 낼 수 있는 사람은 극소수라는 것이었다. 알다시피 나 자신은 고독을 좋아하지 않는다. 그러나 몇 번 겪어 본 후에는 수다스러운 바보들과 함께 지내는 것이 그보다 더 싫어졌다. 따라서 두 번째로 이 기특한 장소엘 찾아갔을 때는 혼자 기거하게 해 달라고 당부하였다. 이러한 시설이 제공하는, 한정되었으나 보호된 고독이 사실 내게는 제격인 것이다. 그것은 허용되었다. 나는 열심히 일을 하였고 한편으로는 유난히 지독한 감기와 씨름을 하였다. 그때 수용 시설 관계로 부득이 내가 한 사람을 받아들여야 되겠다는 통고를 받았다. 나는 동의를 하는 수밖에 없었다. 그리고 휘청거리며 들어오는 덩치가 크고 텁수룩한 사나이를 퉁명스럽게 바라보았다. 그는 짐을 침대 위에 내려놓더니 책상 저쪽 끝에 가서 앉았다. 나는 무뚝뚝한 인사말을 중얼거리고 내가 수다쟁이에게 알맞은 짝이 아니라는 것을 명백히 하기 위해서 하던 일을 계속하였다. 게다가 분통이 터지는 것은 내게는 감기만을 부여했지만 그에게는 감기와 치료법을 동시에 시험한다는 것이었다. 따라서 내가 숨이 막히고 재채기가 나고 한 다발의 휴지를 다 써 버리는 동안에도 그는 인간의 위엄을 제대로 간직한 채 건강체의 표본처럼 보였다. 어떠한 원칙 하에 접종을 분배하는 것인지 나는 분명히 알 수가 없었다. 그러나 내게는 늘 의당 받아야 할 몫 이상의 감기를 접종하는 것 같았다.

그가 수다를 떨지 않을까 나는 걱정하였으나 그럴 위험성이 없다는 것이 이내 명백해졌다. 말 한마디 서로 건네지 않은 채 이틀이 지나갔다. 사실 그는 나의 존재를 전혀 의식하지 않는 것처럼 보였다. 그는 책을 읽는 것도 아니고 무얼 끼적거리는 것도 아니고 그저 책상에 앉아서 저택을 둘러싸고 있는 수목이 선 풀밭을 유리창으로 내다볼 뿐이었다. 때때로 혼자서 중얼거리기도 하고 조그만 소리로 혼잣말을 하기도 하였다. 별나게 손톱을 깨물고 어떤 때는 창칼을 꺼내어 멍하니 가구에다 구멍을 내는 바람에 시중드는 사람이 그 칼을 빼앗은 적도 있었다. 처음엔 아마 머리가 좀 모자라는 사람이려니 생각하였다. 이틀째 되던 날에는 신경에 거슬리기 시작하였다. 살집도 있는 데다가 키도 커서 그는 굉장히 덩치가 컸다. 어깨도 딱 벌어지고 두 손도 큼지막하였다. 그의 거대한 머리는 언제나 양 어깨 사이로 나지막하게 드리워져 있었고, 생각에 잠긴 듯한 눈길은 주위나 시골 풍경을 훑어본 뒤에 시야에 있는 여느 물체로는 암시되지 않는 한 선을 뒤쫓고 있었다. 새까만 머리는 엉클어져 있었고, 크고 본때 없는 입이 이따금 열려서 똑똑치 않은 소리를 내는 것이었다. 한두 번 콧노래를 하기 시작한 적이 있었지만 그때마다 갑작스레 멈췄다. ──내가 옆에 있다는 것을 그가 인정했다면 이게 고작이었다.

　이틀째 되던 날 저녁이 되었을 때 나는 전혀 일을 계속할 수가 없었다. 곤두서는 신경과 호기심이 뒤범벅이 되어 정신을 빼앗긴 채 나도 또한 앉아서 창밖을 내다보았다. 그리고 코를 풀고 하면서 이제는 절대적으로 필요해진 인간과의 접촉을 어떻게 시도할 것인가 생각하였다. 결국은 내가 당돌하게 단도직입적으로 그의 이름을 묻는 결과가 되었다. 그가 당도했을 때 소개를 받았지만 그때는 전혀 주의를 하지 않았다. 그는 아주 상냥한 검은 두 눈을 내게 돌리더니 자기 이름을 대었다. 휴고 벨파운더라는 것이었다. 그는 한마디 덧붙였다. "당신은 얘기를 하고 싶어 하지 않는다고 생각했지요." 내가 결코 얘기하는 것을 싫어하지 않는다는 것, 그가 당도하였을 때 나는 어떤 일에 열중하고 있었다는 것, 내가 무뚝뚝하게 대했다면 사과한다는 것을 나는 그에게 일러 주었다. 말하는 품으로 미루어 보아 머리가 모자라기는커녕 아주 똑똑한 사람이라고 생각되었다. 그리고 나는 거의 무의식적으로 원고 뭉치를 챙기기 시작하였다. 이제부터는 일을 더 계속하지 못하리란 걸 나는 알고 있었다. 함께 갇혀 있는 사람은 극히 매력 있는 인물이었던 것이다.

그 순간부터 줄곧 휴고와 나는 이제까지 내가 겪어 보지 못했던 대화를 하게 되었다. 우리는 당장 신상 얘기를 서로 주고받았다. 적어도 내 편에선 전례 없이 솔직하게 털어놓았던 것이다. 우리는 이어서 예술, 정치, 문학, 종교, 역사, 과학, 사회, 그리고 성(性)에 관한 의견을 교환하였다. 하루 종일 끊임없이 얘기를 하였고 때때로 밤이 이슥해지도록까지 계속하였다. 때로는 너무나 크게 웃고 고함을 질러서 당국자의 견책을 받는가 하면 두 사람을 떼어 놓겠다는 협박을 받은 적도 있었다. 한참 그러고 있을 때 진행 중이던 실험 기간이 끝났다. 그러나 즉시 우리는 다음에 있을 연속 실험에 등록하였다. 마침내 우리는 눌러앉아서 토론을 한바탕 벌였는데, 그 토론의 성격은 지금 내가 하고 있는 이 얘기와 어느 정도 밀접한 관련을 가지고 있다.

휴고는 흔히 이상론자라는 칭호를 받아 왔다. 그러나 나는 그를 이론가라고 부르고 싶다. 조금 별난 이론가이긴 하지만, 그에게는 실제 문제에 대한 관심이 결여되어 있었고, 또 흔히 이상론자라고 불리는 사람들에게 특유한, 자의식 강한 도덕적 진지함이 결여되어 있었다. 그는 내가 그전에 만나 본 적이 없었던 순수하게 객관적이고 초연한 인물이었다. 그에게 있어 초연하다는 것은 미덕이기라기보다 타고난 재능인 듯, 본인은 전혀 그것을 깨닫지 못하고 있었다. 그것은 그의 목소리나 태도에도 나타나 있었다. 의자에 앉은 채 몸을 앞으로 굽히고 성급한 나의 말을 포착하면서 주먹 마디뼈를 깨물고 있는 그의 모습은 당시의 대화 중에 흔히 목격하였던 것이나 지금도 나는 그 모습을 떠올릴 수 있다. 토론은 천천히 하는 쪽이었다. 서서히 입을 벌렸다가 다물고 다시 벌려서는 마침내 의견을 토로하는 것이었다. '노형 말은 결국……' 하고 입을 열면서 내가 얘기한 것을 아주 구체적이고 간결하게 다른 말로 바꾸어 말하는 것이었다. 그의 이러한 부연 설명은 내 말의 뜻을 명석하게 해명해 주는 경우도 있었고, 형편없는 난센스로 만드는 경우도 있었다. 그가 언제나 옳았다는 것은 아니다. 내 말을 완전히 이해하지 못하는 경우도 흔히 있었다. 우리가 토론하였던 대개의 문제에 대해서 내가 그보다 더 폭 넓은 지식을 가지고 있다는 것을 나는 오래지 않아 알게 되었다. 그러나 그는 그의 관점에서 우리의 토론이 더 이상 나아갈 수 없으리만큼 막다른 골목에 다다랐을 때를 재빨리 깨닫곤 했다. 그럴 때면, "그 점에 대해선 아무것도 얘기할 수 없는데요, 전혀."라든가 "이 점에 관해서 노형 얘기를 이해하지 못하겠는걸요, 전혀." 하고 화제를 단호히 매듭짓게 만들었다. 처음부터 끝까지 대화를 이끌어 간 것은 내가 아니라 휴고였다.

그는 매사에 관심이 있었고 또 모든 것의 이론에도 관심을 가지고 있었다. 그러나 그 방식은 독특한 바가 있었다. 매사에 이론이 있었으나 완전히 지배적인 이론은 없었다. 형이상학이라든가 일반적 세계관이라고 불리는 것에 대해서 휴고처럼 조예가 없는 사람을 나는 만나 본 적이 없다. 아마도 그가 그 본질을 알고 싶어 했던 것은 자기가 마주치는 개개 사물이었으리라. ──그리고 그는 그때마다 전혀 새로운 태도를 가지고 이 문제에 접근해 갔다. 그 결과는 때때로 놀라운 바가 있었다. 번역에 관해서 우리가 주고받았던 대화를 나는 지금도 기억하고 있다. 휴고는 번역에 관해서 아무것도 모르고 있었다. 그러나 내가 번역가라는 것을 알았을 때 그는 번역이 어떤 것인가를 알고 싶어 하였다. 계속 말을 이으면서 이러한 질문을 퍼붓던 것을 기억한다. 프랑스 말로 의미를 생각한다고 말하였는데 그것은 무슨 뜻인가? 프랑스 말로 생각한다는 것을 어떻게 아는가? 마음속에서 한 이미지를 볼 때 그것이 프랑스 말로 된 이미지란 것을 어떻게 알 수 있는가? 그렇지 않으면 프랑스 말을 혼자서 말해 본다는 말인가? 번역이 빈틈없이 정확하다는 것을 알았을 때 거기서 보는 것이 무엇인가? 처음으로 그것을 보았을 때 다른 사람들이 생각하게 될 것을 상상한단 말인가? 그것은 일종의 감정인가? 어떤 종류의 감정인가? 그것을 더 정확하게 말해 줄 수는 없는가? 그리고 기타 여러 가지를 괴이하도록 끈기 있게 물어 대는 것이었다. 어떤 때는 아주 화가 날 지경이었다. 내게는 지극히 단순한 것으로 여겨졌던 말조차도 이렇게 연속적으로 휴고의 "노형 말은 결국……" 하는 질문을 받고 보면 나도 이젠 그 의미를 알 수 없는 캄캄하고 모호한 말이 되어 버리는 것이었다. 이 세상에서 가장 쉬운 일로 알고 있었던 번역 활동도 지극히 복잡하고 엄청난 일이 되어 인간이 번역을 한다는 게 도시 영문 모를 일처럼 여겨졌다. 그러나 동시에 휴고의 질문은 그가 관심을 나타내는 모든 것에 굉장한 빛을 던져 주는 것이었다. 휴고에게는 개개의 사물이 놀랍고 즐겁고 복잡하고 또 신비스러웠다. 우리가 대화를 나누는 동안에 나는 세계 전체를 새로운 눈으로 보기 시작하였다.

휴고와 토론을 하게 된 초기에 나는 그를 '자리 매김 하려고' 노력하였다. 한두 번 이러저러한 일반론을 지지하느냐고 직접적으로 물어본 적이 있었다. ──그러나 그는 품위 없는 인간에게 모욕을 당한 것 같은 태도로 아무것도 지지하지 않는다고 번번이 말하였다. 사실 휴고에게 그러한 질문을 하는 것은 그의 독자적인 지적 정신적 자질에 대해서 별나게 둔감하다는 것을 보여 주는 것이라고, 나도 얼마 뒤에는 생각하게 되었다. 휴고는 어떠한 일반론도 가지고 있지 않다는 것을 얼마 후에 나는 깨달았다. 과연 이론이라고 할 수 있을지는 의문이지만 어쨌든 그의 이론은 특수성을 지향한 것이었다. 그러나 내가 응분의 노력을 한다면 어쨌든 그의 사상의 중심을 알게 될 것이라는 느낌이 여전히 내게는 있었다. 얼마 후 나는 휴고와 정열적으로 토론을 하게 되었는데, 정치나 예술이나 성보다도, 정치나 예술이나 성에 대한 휴고의 접근법에 있어서 독특한 점을 토론하였던 것이다. 우리의 대화는 휴고의 사상의 중심이 되는 것을 다룬 것 같은 느낌이 들었다. 중심이라고 하는 비유에 해당하는 것이 휴고의 사상 속에 있었다면 말이다. 휴고 자신은 아마도 그것을 부정했으리라. 아니, 그보다는 사상에 위치나 방향이 있다는 것이 무슨 뜻인가를 그는 알지 못하였으리라. 우리는 프루스트에 관한 토론을 통해서 이 문제점에 도달하였다. 프루스트를 얘기하다가 우리는 감정이나 심리 상태를 서술한다는 것이 무슨 뜻인가를 논하기에 이르렀다. 그에겐 사실 모든 것이 영문 모를 수수께끼 같아 보였지만 특히 이 부문이 그러하였다.

"인간의 감정을 서술하는 것에는 무엇인가 수상쩍고 믿지 못할 게 있어요." 하고 휴고는 말하였다. "이런 서술은 모두 극적이거든요."

"그래 어디가 잘못되었단 말인가요?" 나는 물었다.

"처음부터 모든 것이 왜곡된다는 말입니다. 내가 후에 이러이러한 느낌을 가지고 있었다고 말한다고 칩시다. 가령 '우려되는' 느낌을 가졌었다고 말한다 칩시다. 아무래도 이건 진실이 못 되거든요."

"무슨 뜻이지요?" 나는 물었다.

"나는 이렇게 느끼지를 않았던 것입니다." 하고 휴고는 말했다. "나는 당시에는 그런 걸 전혀 느끼지 않았습니다. 그건 결국 내가 뒤에 그렇게 이야기하는 것일 뿐이지요."

"그러나 가령 정확하게 얘기하려고 노력한다면 어떻게 될까요?" 하고 나는 물었다.

"그렇게 할 수가 없는걸요." 하고 휴고는 말하였다.

"우리가 바랄 수 있는 유일한 것은 그것을 말하지 않는 것뿐이죠. 서술하기 시작하자마자 잡치는 겁니다. 뭐라도 좋으니 서술하려고 해 보세요. 가령 우리의 대화라고 칩시다. 완전히 본능적으로……."

“마무리를 한단 말인가요?” 하고 나는 비쳤다.

“그 이상으로 심각하지요.” 하고 휴고는 말했다. “언어란 인간에게 사실 그대로 진술하는 것을 허용치 않거든요.”

“그럼 당장에 서술한다면 어떻겠습니까?” 하고 나는 말하였다.

“그건,” 하고 휴고는 말하였다. “그저 표기하는 셈밖에 안 되죠. 당장에 서술하고서도 거짓이라는 것을 깨닫지 못할 리가 있나요. 당장에 말할 수 있는 것이라고는 아마 자기의 심장이 뛰고 있다는 정도일 겁니다. 그러나 만약 자기가 우려를 하고 있다고 말한다면 그건 상대방에게 어떤 인상을 주기 위한 것일 뿐이지요. ──그것은 효과를 노린 것이고 따라서 거짓말인 셈이지요.”

나 자신 이 말에는 곤혹을 느꼈다. 휴고의 말에는 무엇인가 틀린 것이 있다는 느낌이 들었으나 그 틀린 것이 무엇인지는 분명치가 않았다. 우리는 이 문제를 조금 더 토론하였다. 그리고 그때 나는 말했다. “그러나 사정이 그렇다면 사람이 말하는 것은 모두 일종의 거짓말이 되는 셈이지요. ‘마멀레이드 좀 건네주게’라든가 ‘지붕 위에 고양이 한 마리가 있다’는 등속의 말을 제외하고서 말이오.”

휴고는 이 점을 묵묵히 생각하였다. “그렇다고 생각합니다.” 하고 그는 진지하게 말하였다.

“그렇다면 사람은 얘기를 하지 말아야지요.” 하고 내가 말하였다.

“사람은 얘기를 하지 말아야 한다고 생각합니다.” 이렇게 말하고 나서의 휴고는 아주 엄숙하였다. 이어 그와 눈이 마주쳤다. 며칠 동안 계속적으로 토론 이외에는 아무것도 하지 않았다는 것을 떠올리고 우리는 한바탕 크게 웃었다.

"이거 멋진데!" 휴고가 말하였다. "물론 사람은 이야기를 하지요. 그러나," 하고 그는 다시 엄숙해졌다. "그러나 전달의 필요성을 위해 지나치게 많은 양보를 하지요."

"무슨 뜻이지요?"

"내가 노형에게 얘기를 할 때면 늘, 바로 지금만 하더라도 내가 생각하는 것, 바로 그것을 얘기하는 게 아니라 노형에게 어떤 인상을 주고 또 반응을 일으킬 만한 것을 얘기하고 있는 것입니다. 우리 두 사람 사이에서조차 그렇습니다. 그러니 속임수를 쓰려는 동기가 더욱 강한 경우엔 그게 얼마나 심하겠습니까. 사실 사람은 이런 일이 너무나 예사가 되어서 그것을 모르고 있는 거지요. 언어 전체가 거짓말을 하기 위한 연장이지요."

"사람이 만약 진실을 얘기한다면 어떻게 될까요?" 나는 물었다. "그게 가능한 일일까요?"

"내 경험으로는 내가 정말로 진실을 얘기하면 말이 아주 송장이 되어서 입 밖으로 나옵디다. 그리고 내 말을 들은 사람은 표정이 완전히 멍해지더군요."

"그렇다면 참다운 의사소통을 우리는 못 하고 있는 셈인가요?"

"저," 하고 그는 말하였다. "행동은 거짓말을 안 한다고 생각합니다."

이 무렵 우리는 감기와 치료의 실험 기간을 이미 대여섯 번이나 넘기고 있었다. 그때쯤 우리는 번갈아 가며 감기에 걸리기로 타협을 보았다. 따라서 감기로 인한 지적 능력의 감퇴를 두 사람이 균등하게 겪는 셈이었다. 휴고 편에서 그것을 고집하였다. 휴고를 감싸 주고 싶은 마음이 일어났기 때문이기도 하고, 또 휴고가 감기에 걸리면 정말 요란스러운 소리를 냈기 때문이기도 하다. 토론을 계속하기 위해서 반드시 감기 치료 실험 기관에 머무를 필요는 없었던 것인데, 좀더 일찍이 그러한 생각을 하지 못했던 까닭을 나는 모르겠다. 아마도 지속 상태를 깨뜨리기를 우리가 두려워한 탓이었으리라. 그대로 갔다면 자의로 그곳을 떠날 생각은 하지 못하였으리라. 그러나 결국 당국자에게 내쫓긴 셈이 되었다. 우리가 계속 감기에 걸린다면 만성적인 건강 장애를 일으키지 않을까 하고 그쪽에서 염려했던 것이다.

그때쯤 나는 휴고의 매력에 완전히 홀려 있었다. 휴고 자신은 내게 얼마나 감명을 주었는가 하는 것을 눈치 채지 못한 것처럼 보였다. 대화 중에는 상대를 눌러서 이기려는 욕구가 전혀 없었고, 때로 내 입을 막은 적도 있기는 하였으나 본인은 그렇게 한 것을 깨닫지 못하는 것 같았다. 내가 언제나 그의 얘기에 동의한 것은 아니다. 그가 혹종의 관념을 파악하지 못할 때면 나는 난처하기 짝이 없었다. 그것은 마치 나의 세계상(世界像)이 일반론에 의해서 얼마나 형편없이 모호하게 흐려져 있는가를 그의 존재 방식 바로 그것에 의해서 깨닫게 되는 것 같았다. 꽃이란 대개가 비슷하게 생겨 먹은 것이라고 막연히 생각을 하고 있었던 사람이 식물학자와 산책을 나간 것 같은 느낌이었다. 그러나 따지고 보면 이러한 비유도 휴고에게 딱 들어맞지는 않는다. 식물학자란 세부(細部)에 주의할 뿐만 아니라 분류도 하기 때문이다. 휴고는 그저 세부에 주의할 뿐이었다. 그는 분류하는 법이 없었다. 마치 그의 투시력이 극도로 세련되어 분류조차 불가능한 것 같았다. 왜냐하면 개개의 사물이 절대적으로 독자적으로 보였기 때문이다. 이제 처음으로 거의 완전하게 성실한 사람을 만나 보게 되었다는 느낌이 들었다. 그리고 그 경험은 적절하게 충격적인 것으로 드러나고 있었다. 휴고에게서 어떤 정신적인 가치를 인정하려는 나의 생각은 그 자신 그런 생각을 전혀 하지 않았기 때문에 더욱더 굳어 가는 것이었다.

우리가 감기 치료 실험 기관에서 쫓겨났을 때 내게는 거처할 곳이 없었다. 휴고는 자기 집에 가서 지내는 게 어떠냐고 내게 말해 주었지만 나의 독립 본능이 그것을 허용하지 않았다. 휴고의 개성이 쉽사리 나의 개성을 집어삼킬 것 같은 느낌이 들었다. 그에게 몹시 탄복한 것은 사실이나 그런 일이 벌어지는 것은 내가 원하는 바가 아니었다. 그래서 그의 제의를 사양하였다. 그러나저러나 그때 나는 장 피에르를 만나 보기 위해 프랑스에 가야 했었다. 어떤 번역 건 때문에 그가 소동을 피웠기 때문이다. 해서 우리의 대화는 한동안 중단되었다. 그 공백 기간에 휴고는 폭죽 공장 일로 되돌아가 폭죽 기술 면에서 재치를 발휘하기 시작했다. 그리고 대체로 런던 생활의 양식을 다시 계속하였다. 이 양식에서 벗어나려는 그의 기도는 언제나 별난 형태를 취하였다. 그는 남들처럼 편안하고 호화로운 휴가를 즐기지 못했는데 그것은 내가 그에게서 발견한 것 가운데, 신경증에 가장 가까운 특색이었다. 파리에서 돌아오자 나는 배터시*의 값싼 방에 들었다. 그리고 휴고와 나는 우리의 얘기를 다시 계속하였다. 휴고의 하루 일이 끝난 뒤에 우리는 첼시 다리**에서 만나, 첼시 제방을 거닐거나 킹즈 거리의 술집을 한 바퀴 돌면서 기진할 때까지 얘기를 계속하였다.

그러나 이보다 앞서 나는 한 가지 수를 썼는데, 그것은 치명적인 결과를 빚어내었다. 앞서 몇몇 대목을 발췌해 적어 놓은 바 있는 대화는 내게 아주 흥미를 일으켜서 스스로에게 일깨우기 위한 목적으로 몇 가지 메모를 해 둔 바 있었다. 얼마 후 이 메모를 훑어보니 아주 단편적이고 불완전해서 몇 가지를 더 첨가해 두었다. 그저 생각이 좀더 잘 나도록 하기 위해서였다. 다시 얼마 뒤에 훑어보았더니 거기 적혀 있는 대로라면 그 논의는 의미가 닿지 않는다는 생각이 들었다. 좀더 의미가 통하도록 기억을 더듬어서 얼마를 더 추가하였다. 그러고 나서 그것을 통독해 보니 제법 쓸 만하다는 생각이 들었다. 그 비슷한 것을 전에는 본 적이 없었다. 다시 한 번 훑어보고 격조 있게 손질을 하였다. 뭐니 뭐니 해도 나는 천생으로 작가다. 이왕 써 놓은 바에는 좀더 의젓해야 할 게 아니냐는 마음이 들었다. 그래서 많은 추고를 하고 거기다가 서두의 대화까지도 채워

---

* 런던 남서부 템스 강 남쪽 기슭 지역.
** 런던 남서부로 템스 강 북쪽 기슭에 있는 구역이 첼시로, 첼시 다리는 첼시와 배터시를 연결한다.

넣었다. 그러나 그전 기억이 잘 나지 않아 재구성을 할 때
는 다른 장면을 많이 이용하였다.

　물론 휴고에겐 이것을 말하지 않았다. 나 자신을 위한
사사롭고 개인적인 기록으로 적은 것이기 때문에 그에게
얘기할 필요가 없었던 것이다. 사실상 이 기록의 작성이,
휴고에게서 배웠다고 여긴 모든 것을 누설하는 셈이라는
걸 나는 마음속으로 알고 있었다. 그러나 그렇다고 해서
그만둘 생각은 나지 않았다. 정말이지 그 일은 내게 은밀
한 죄와 같은 매력을 풍기기 시작했다. 나는 그 일을 계속
진행하였다. 아주 폭을 넓혀서 우리의 대화를 굉장히 많이
적어 넣었다. 그것을 적는 데는 기억나는 대로 사실을 적
은 것이 아니라 전체 계획에 부합되도록 하였다. 그랬더니
제법 두둑한 책이 되는 것이었다. 나는 그것을 '타마러스'
와 '애넌다인'이란 두 인물이 주고받는 대화 형식으로 적
었다. 묘한 것은 이 작품이 처음부터 끝까지 휴고의 태도
를 객관적으로 옹호한 셈인 것이 분명해졌다는 점이었다.
다시 말하면 그것은 우리의 대화를 왜곡한 희작(戱作)이었
다. 본래의 대화와 견주어 보면 점잔을 뺀 거짓말이었다.
비록 나 자신을 위해서 쓴 것이지만 효과와 인상을 남기기
위해서 씌었다는 것이 분명하였다. 우리가 주고받은 대화
가운데 가장 계시적인 어떤 부분은 막상 기록을 해 놓고
보면 아주 진부하게 들릴 그러한 종류의 것이었다. 그러나
그러한 부분을 사실 그대로 적어 놓을 수는 없었다. 나는
본래의 대화에는 없었던 약간의 형태를 부여하고 관련된
암시를 끊임없이 보충하였다. 나는 그것을 솔직히 희작이

라고 여겼지만, 그렇다고 해서 애착이 줄어드는 것은 아니었다.

그러던 어느 날 나는 그것을 데이브 젤먼에게 보여 주고 싶은 유혹을 이겨 낼 수가 없었다. 그에게 감명을 줄지도 모른다고 나는 생각했다. 과연 그랬다. 즉각 그는 나와 그것을 토론하고 싶어 했다. 그러나 별 성과는 없었다. 데이브와 함께 휴고의 사상을 토론할 능력이 내게는 없었기 때문이다. 그 사상에 크게 감동을 받은 것은 사실이나, 휴고 아닌 다른 사람과 얘기로 그것을 재현할 수는 전혀 없었다. 휴고의 어떤 견해를 설명해 보려 들면 그것은 단조롭고 철없거나 혹은 아주 미친 소리처럼 들려 나는 이내 그짓을 팽개쳤다. 그런 뒤로 데이브는 그 책에 대해서 흥미를 잃어버렸다. 구두(口頭) 토론으로 주장할 수 없는 것은 데이브에게 있어 진실한 것도 중요한 것도 아니었기 때문이다. 그러나 그는 그동안에 내 지시를 어기고 그 책을 한두 사람에게 보여 주었다. 마저 다 읽어 버리기 위해서 자기 집으로 가지고 갔던 것인데 그것을 본 다른 사람들도 깊은 감명을 받았다.

내가 손댄 일 전체를 휴고가 얼마나 싫어할지 알고 있었기 때문에 나는 그의 신원을 숨겨 두어야겠다고 느꼈다. 데이브에게 보여 줄 때도 그것이 희곡의 습작으로 여러 사람들과 나눈 대화를 간접적인 토대로 삼고 있다고 나는 말하였다. 그러나 얼마 뒤에 깨닫고 보니, 어떤 부류의 사람들은 나를 일종의 철인(哲人)으로 치부하는 것이었다. 내 친구 중에는 그 원고를 보여 달라고 채근하는 사람이 많았다. 결국은 그 원고를 몇몇 사람들에게 더 보여 주었고, 그게 얼마쯤 회람되는 것도 당연하다는 생각에 익숙해져 버렸다. 그동안에도 나는 줄곧 원고에 손을 대고 있었고 휴고와 나눈 근래의 대화에서 덧붙일 사항을 골라잡고 있었다. 휴고와의 친교를 다른 친구들에게는 계속 비밀로 해 두고 있었다. 처음엔 나의 놀랄 만한 발견을 혼자서만 알아 두자는 시샘의 욕망에서 그랬으나 나중엔 휴고가 나의 배반 행위를 알게 될까 두려워졌기 때문에 그랬다.

사람들은 이제 그 원고를 출판하라고 나에게 끊임없이 말했다. 그러나 나는 그것을 일소(一笑)에 붙였다. 그러나 그 생각만은 내가 보기에도 여전히 매력이 있었다. 처음엔 자기가 결코 그런 일을 하지 않으리라고 알고 있던 사람이 어떤 일에 끌리듯이 그렇게 매력이 있었다. 출판이란 절대로 가당치 않은 일이지만 그저 공상만 해 본다는 것은 극히 안전한 일이라고 나는 느꼈다. 만약 출판한다면 얼마나 뛰어난 책이 될 것인가, 얼마나 독창적이고 충격적이고 또 휘황할 것인가, 나는 생각하였다. 제목을 궁리하는 것도 재미있었다. 원고를 손에 들고 앉아서 그것이 1,000부로 불어나는 것을 공상하고는 하였다. 당시 나는 그 원고를 잃어버릴지도 모른다는 두려움에 줄곧 시달렸다. 타이프로 두서너 벌 복사를 해 두었지만, 어찌어찌해서 그것이 모두 없어져서 그 원고를 영원히 잃어버리고 마는 일이 있을 성싶었다. ──그렇게 되면 매우 애석할 거라는 생각을 금할 수가 없었다. 그러자 어느 날 출판사 주인이 곧장 찾아와서 출판을 제의하였다.

나는 깜짝 놀랐다. 출판사 측에서 자진해서 나를 찾아온 일이 그전에는 없었다. 그렇게 정중한 태도를 접하고 나는 기분이 으쓱해졌다. 만약 이 책이 성공을 거둔다면——나는 그것을 의심하지 않았다.——문학계에서의 내 길을 자못 평탄하게 해 줄지도 모른다는 생각이 들었다. 무명작가일 때 천재적인 작품을 팔아먹기보다 유명해진 후에 형편없는 태작을 팔아먹기가 쉬운 법이다.

이렇게 해서 명성을 얻을 수 있다면 작가로서의 출세는 보장되는 셈이다. 나는 이 생각을 떨쳐 버리고 도무지 안 될 일이라고 스스로에게 타일렀다. 휴고의 사상을 내 것이라고 속일 순 없었다. 무엇보다 휴고와의 친교에서 얻은 재료를 사용해서 휴고 자신에게 혐오감과 반감을 일으킬 작품을 일반에게 공개할 수가 없었다. 그러나 그전에 키워 둔 출판의 허튼 꿈이 이제는 진정한 의지로 본색을 드러내었다. 나는 출판을 해야겠다는 생각에 사로잡혔다. 일종의 운명이 나를 그 방향으로 몰고 갔다. 과거의 모든 행위가 불가피하게 이 목적으로 통해 있는 것같이 생각되었다. 이 대화가 출판되는 과정의 모든 단계를 스스로 겪어 보는 공상을 하였던, 술에 취한 저녁때 일을 나는 상기하였다. 그 때쯤 그 생각은 상상 속에서 절실한 현실이 되어 버렸기 때문에 오래지 않아 그것은 실현되었다. 나는 출판사 사장 집으로 전화를 걸었다.

내 마음이 선뜻 내키지 않는 것을 알았기 때문에 그는 이튿날 계약서를 가지고 일찌감치 찾아왔다. 나는 될 대로 되라는 심정으로 계약서에 서명을 하였다. 골치가 딱딱 아팠다. 그가 돌아간 뒤에 원고를 끄집어내어 체면을 손상케 한 여자를 바라보듯이 그것을 바라보았다. '말문을 막는 것(The Silencer)'이란 제목을 붙이고 서문을 붙였다. 그 책에 나타나 있는 사상 가운데서 많은 부분은 이름을 밝히지 않는 게 좋은 한 사람의 친구에게 빚진 것이라는 것, 그러나 그 책과 같은 형태로 그 사상을 나타내는 것을 그 친구가 달갑게 생각한다고 믿어야 할 이유가 없다는 취지의 서문이었다. 그러고 나서 그 원고를 보내고 나머지는 운명에 맡겨 버렸다.

이렇게 위기가 증대해 가는 동안 휴고는 영화에 돈을 쏟기 시작했다. 그가 그러기 시작한 것은 일종의 막연한 선심으로 영국 영화 산업의 타개를 돕기 위해서였다. 그러나 이내 그가 흥미를 갖게 되어 바운티 벨파운더 사를 설립했을 때는 영화계의 사정에 통달하게 됐다. 사실 그는 비범한 실업가였다. 누구에게나 신뢰감을 불어넣고 또 대담하였다. 바운티 벨파운더 사는 요원의 불길처럼 번창하였다. 기억하는 이도 있겠지만, 이 회사는 실험적 단계를 겪었다. 주로 휴고 자신의 착상이었다고 생각되지만, 그때 이른바 '표현주의'라고 호칭된 무성영화를 많이 제작했다. 그러나 이내 극히 평범한 영화를 제작하기에 이르렀고, 실험적인 영화는 이따금 한 번씩 내 보는 정도였다. 그간 우리는 빈번히 만나는 처지였지만, 자기의 영화 사업에 대해서 휴고는 내게 별 얘기가 없었다. 그렇게 성공한 것을 얼마쯤 부끄럽게 여겼던 것이라고 나는 생각한다. 그러나 도리어 내 편에선 그의 재능의 폭이 넓은 것을 자랑스럽게 여겼다. 그리고 영화 구경을 가서 크레디트 타이틀이 나타나기 전에 「런던 탑」의 낯익은 장면을 바라보며 '시내의 종'이 점차로 큰 소리를 내는 동안에 '제작 벨파운더'란 글씨가 스크린 위에 장엄하게 퍼지는 걸 보는 게 특히 즐거웠다.

처음엔 나의 은밀한 행위가 휴고와의 우정에는 아무런 영향도 끼치지 않는 듯하였다. 그전처럼 신선하고 또 자연스럽게 우리의 이야기는 계속되었고, 우리의 화제는 무진장이었다. 그러나 책이 커지고 힘을 얻게 됨에 따라서 그 밖의 관심사에 대한 나의 정열이 식어 가는 듯했다. 책이 경쟁자로 등장한 것이었다. 처음에는 무구한 사실 은폐로 보이던 것이 독성이 강한 허위의 암시가 되기 시작하였다. 휴고를 속이고 있다는 의식 때문에 이 특정한 기만 행위와 관련이 없는 분야에 있어서조차 나는 그에게 솔직하게 응답하지를 못하였다. 휴고는 아무것도 눈치 채지 못하는 것 같았고 나는 여전히 그와 어울리는 게 즐거웠다. 그러나 마침내 계약서에 서명을 하고 원고가 출판사로 넘어가자 이제는 휴고의 얼굴을 볼 수가 없다는 느낌이 들었다. 하루 이틀 지나니 그러한 여건 아래에서도 그를 만나는 게 예사처럼 되었지만 우리의 교제에는 심한 침울감이 감돌기 시작하였다. 이제 우리의 우정이 끝장났음을 나는 알았다.

비록 그러한 단계까지 이르렀지만 용기를 내어 휴고에게 사실을 토로해 볼까 하는 생각을 해 보았다. 한두 번 거의 실토할 뻔한 적이 있었다. 그러나 그때마다 나는 주춤하고 물러섰다. 그의 비웃음과 노기를 대할 수가 없었던 것이다. 하지만 그 무엇보다도 나를 주춤하게 한 것은 결국 출판이 완전히 돌이킬 수가 없는 것은 아니라는 감정이었다. 아직 출판사로 가서 계약을 취소하고 싶다고 요청할 수가 있었다. 아직도 얼마간의 손해 배상을 치르겠다고 제의함으로써 완전히 발을 뺄 수는 있었다. 그러나 그럴 생각을 하니 가슴이 철렁 내려앉았다. 나의 유일한 위안은 무서운 숙명론 속에 놓여 있었다. ──내가 아직도 자유로운 행위자이며 범죄는 지금이라도 회피할 수가 있다는 생각은 너무나 고통스러워 감히 품어 볼 수가 없었다. 휴고가 내게 출판 계획을 철회하라고 요구하지 않을까, 생각만 해도 가슴이 뻐근해져서 나의 소행을 그에게 실토한다는 것을 차분하게 생각해 보지도 못했다. 이것은 책이 되어 나오는 것을 보고 싶은 욕구를 여전히 품고 있어서가 아니었다. 그러한 감미로운 전망도 휴고를 잃게 된다는 삭막감 때문에 사라진 지 오래였다. 주사위는 이미 던져졌다는, 날이 갈수록 힘껏 내가 껴안았던 무서운 확실성을 빼고서는 스스로를 위로할 건덕지가 내게는 아무것도 없었기 때문이다.

휴고와는 변함없이 자주 만나는 처지였지만 그동안에 나는 심한 우울증에 빠져 그에게 얘기를 건네기가 아주 어려워졌다. 때로는 그와 함께 몇 시간 동안이나 앉아 있었지만 그가 얘기를 계속하는 데 필요한 짤막한 대답을 건네는 것 이외에는 잠자코 있었다. 휴고는 이내 내가 저기압임을 눈치 채고 웬일이냐고 물었다. 나는 어디가 아픈 체하였다. 휴고가 나의 건강 상태를 걱정하고 우려하면 할수록 나의 괴로움은 커졌다. 그는 과일과 서적, 포도당이나 철분 함유 강장제 통을 내게 선물로 보내기 시작하였다. 그리고 병원에 가 보라고 간청했다. 사실상 나는 그 무렵 정말로 건강을 해치고 있었던 것이다.

　책이 나오기로 한 날에는 내 정신이 아니었다. 그날 저녁 나는 여느 때와 마찬가지로 다리 위에서 휴고를 만나기로 되어 있었다. 점심나절에는 나의 배반 행위의 증거품이 런던의 모든 서점에 진열돼 있을 것이 틀림없다는 느낌이 들었다. 휴고는 아직 그 책을 보지 못했으리라고 나는 생각하였다. 그러나 그가 그 책을 보게 되는 것은 시간문제일 뿐이었다. 그는 서점에 자주 들렀으니까. 우리의 약속 시각은 5시 30분이었다. 나는 브랜디를 마시며 오후를 보냈다. ──그리고 5시쯤 되어 배터시 공원으로 들어갔다. 그날이고 훗날이고 간에 휴고를 만나서는 안 된다는 것을 알고 있었기 때문에 마음은 태평해졌다. 황홀한 비장감에 끌리어 나는 강가로 갔다. 거기서 다리를 볼 수 있었다. 휴고는 딱 제시간에 나타나서 기다렸다. 나는 의자에 걸터앉아 담배 두 개비를 피웠다. 휴고는 왔다 갔다 했다. 얼마가 지나자 그는 다리를 건너 남쪽 제방으로 갔다. 나는 그가 내 하숙으로 간다는 것을 알았다. 나는 다시 담배에 불을 붙였다. 30분 후에 그가 돌아와서 다리를 건너 사라져 가는 게 보였다.

　이어 나는 내 방으로 돌아가 하숙을 옮기겠다는 뜻을 알리고 짐을 싸 가지고는 곧장 택시로 그곳을 떠났다. 일주일쯤 지나서 휴고에게서 온 편지가 내게로 전송되어 왔다. 편지는 내게 무슨 일이 일어났는지를 묻고 곧 연락을 취해 달라는 사연이었다. 나는 답장을 내지 않았다. 휴고는 편지를 잘 쓰는 편이 못 되고 도대체가 종이 위에 자기 생각을 나타낸다는 것이 극히 어려운 편이다. 나는 편지를 더 받아 보지 못하였다. 그동안 『말문을 막는 것』은 두서너 개의 미적지근한 비평을 받고 있었다. 무어라고 얘기할 것을 떠맡은 평론가들에게 그것은 전혀 판독할 수가 없는 것이었다. 그중의 한 사람은 '허식이 많고 반계몽주의적'이란 딱지를 붙였다. 그러나 대체로 보아서 크게 주의하는 사람은 아무도 없었다. 그것은 전혀 실패작이었다. 문단에서 명성을 떨칠 출세의 길을 열어 주기는커녕 나의 평판을 자못 해쳤을 뿐이었다. 그리하여 나는 독자를 즐겁게 해 줄 능력이 없는 점잔 빼는 고급 지식인이라고 낙인찍히게 되었다. 그것도 전혀 다른 종류의 인상을 주기 위해 내가 상당히 노력하였던 사람들 사이에서 그런 취급을 받게 된 것이다.

그러나 이런 것에 별로 개의하지를 않았다. 나는 그저 이 모든 것을 잊고 싶었다. 그리고 휴고와의 관계에서 송두리째 벗어난 채 살고 싶었다. 『말문을 막는 것』은 초판이 나왔을 뿐이었다. 그것도 채링크로스 거리*에서 남의 이목을 끌 정도로 헐값으로 팔리다가는 다행히도 시장에서 자취를 감추었다. 나 자신 한 권도 간직하지 않았다. 그리고 그 저주스러운 책이 전혀 없었던 것처럼 만사가 귀결된다면 얼마나 좋을까 하고 진정으로 바랐다. 나는 영화 구

---

* 런던 시내의 번화가.

경 가는 것을 끊고 휴고의 활동을 특종 취급하는 선정적인 신문도 보기를 꺼렸다. 핀이 나타나서 나를 따르기 시작한 것은 그 무렵이었다. 나의 생활은 점차 새로운 양식으로 고정되어 갔고 휴고의 강력한 이미지도 희미해지기 시작하였다. 이 희미해지는 과정을 가로막는 것은 아무것도 없었다. 그러다가 새디가 미장원에서 불쑥 휴고의 이름을 입 밖에 낸 것이었다.

# 5장

   얼빠진 듯 나는 거리를 걸었다. 담배 한 갑을 사고는 여러 가지를 곰곰이 생각해 보기 위해 밀크 바*로 들어갔다. 휴고의 이름을 듣는 것만으로도 나는 심한 혼란 상태에 빠졌다. 한동안 몹시 고통스러워 그 문제를 마음속에서 똑바로 생각할 수 없을 지경이었다. 내가 처해 있는 입장에 관한 한 휴고가 이 사건에 얽혀 있기 때문에 새디의 제의를 받아들이거나 새디와 그 이상 관련을 갖는다는 것은 전혀 생각해 볼 수가 없다는 것이 드러났다. 그저 도망해 버리고 싶은 즉각적인 충동을 느꼈다. 얼마를 지나서 진정을 하고 보니 그래도 마주친 사태가 흥미롭게 생각되었다. 그러고 나서 그것을 곰곰이 생각하면 할수록 새디가 진실을 얘기했을 리가 없다는 것이 분명해졌다. 그전부터 나는 새

---

 * 흔히 옥석을 시설하고 밀크, 샌드위치 따위를 파는 곳.

디가 소문난 거짓말쟁이라는 것을 알고 있었다. 그리고 일시적인 이득을 보기 위해서 어떠한 거짓말이라도 한다는 것을 알고 있었다. 게다가 잘 생각을 해 보니 휴고가 새디를 사랑한다는 것은 전혀 있을 법한 일이 못 되었다. 휴고는 여성에게 적극적으로 접근하는 법이 없었고 조용한 가정주부형을 좋아하였다. 새디가 얘기를 한 대로 굴었다는 것은 상상할 수가 없었다. 어떤 책략이 꾸며지고 휴고가 말려 들어갔다는 것은 있을 법한 일이었다. 그러나 새디가 무슨 직업상의 일로 경솔하게 날뛰고 있고 휴고가 그것을 방해하고 있다는 것이 더 그럴듯한 설명일 것 같았다. 나는 영화계에 관해서는 아무것도 아는 바가 없었다. 그러나 끊임없이 개인적인 음모가 들끓고 있다고 상상하였다. 새디가 휴고를 사랑하고 있다는 것조차 있음직한 일이었다. 이런 생각이 떠오르자 제일 그럴 법한 가설로 생각되었다. 나를 대한 거동으로 미루어 보아서 그녀가 지성인이라고 생각한 남성에게 쉽사리 마음이 동한다는 것을 나는 알고 있었다. 휴고는 새디를 사랑할 사람이 결코 아니었지만 새디는 휴고에게 반해 버릴 바로 그런 여성이었다.

이러한 결론이 내려지자 나는 기분이 훨씬 좋아졌다. 휴고가 새디에게 주책없이 군다는 생각은 아무래도 나에게는 몹시 역겨웠던 것이다. 결론을 내렸다고는 하나 그렇다고 해서 내가 앞으로 취할 행동이 분명해지는 것은 아니었다. 어떻게 해야 한단 말인가? 새디의 제의를 받아들인다면 그릇된 편에 서서 휴고와 영문 모를 싸움을 벌이는 것처럼 보이리라. 가능하다면 휴고를 도와주고 새디의 뒤통수를

치자는 속셈을 가지고 그 제의를 받아들인다면 그건 아무
래도 표리가 부동할 것만 같았다. 아주 발을 빼 버리자는
생각도 간절하였다. 휴고와 마주치게 된다는 무서운 필연
성이 생겨날 경우, 대관절 어떤 얼굴을 하고 그를 만나야
할 것인가에 대하여서는 생각해 볼 기력조차 나지 않았다.
한편으로는 이미 말려든 몸이라는 느낌도 들었다. 그러고
는 일이 벌어지게 된 경위에 매혹됨을 금치 못하면서 다음
에 무슨 일이 일어날 것인가를 생각하였다. 내가 쉽사리
부정하려 들지 않았던 어떤 운명이 나를 또다시 휴고에게
로 인도하고 있었던 것이다.

　이리저리 여러모로 그 일을 궁리하여 보았다. 그러나 아
무런 결정을 내리지 못한 채 오전이 지났다. 갈피를 잡지
못해서, 온통 기진맥진해졌다. 해서, 좀이 쑤시는 흥분 상
태로 미루어 보아 글을 쓴다는 것은 도저히 가망이 없기
때문에 얼즈코트 거리로 가서 전축을 가져옴으로써 보람
있는 오후를 보내야겠다고 결심을 했다. 그러고 나서 나는
웰벡 거리로 가면 휴고에게 모가지가 부러질 것 같고 얼즈
코트 거리로 가면 성 새미에게 모가지가 부러질 것 같다
고, 맥없이 생각하였다. 나는 전화통을 찾아갔다.

　매지의 전화번호를 돌리니 대답이 없었다. 만사 안전이
라 판단하고 나는 출발하였다. 나는 아직도 아파트의 열쇠
를 가지고 있었다. 전축은 어디에다가 두는 것이 제일 좋
을까, 데이브에게 맡길까, 팅컴 부인에게 맡길까 생각하면
서 나는 안으로 들어섰다. 거실로 들어가 문 안쪽으로 쓱
들어섰을 때 한 사나이가 손에 술병을 들고 방 건너편에

서 있는 게 보였다. 흘끗 한 번 쳐다보고서 성 새미임을 곧 알 수 있었다. 그는 트위드*로 된 옷을 입고 있었고, 바깥 생활을 좋아하는 사람이 지나치게 전등불 밑에서 지낸 듯한 얼굴이었다. 불그스름하고 둔중한 얼굴에 코가 힘차게 뻗어 있었다. 머리칼에는 간혹 백발이 섞여 있었다. 머리를 꼿꼿이 세우고 술병의 아가리께를 들고 있었다. 그는 침착하고 온화했으나 험상궂은 표정으로 나를 바라보았다. 내가 누군지를 알고 있다는 것은 분명하였다. 나는 주춤하였다. 지금 새미는 이름을 날리고 있지만 그전엔 경마장의 마권 업자였다. 그가 만만치 않은 상대라는 건 의심할 여지가 없었다. 그와 나 사이의 거리를 재 보고 나는 한 발짝 뒤로 물러섰다. 그리고 내 혁대를 끌렀다. 튼튼한 놋쇠 버클이 달려 있는 꽤 묵직한 가죽 혁대였다. 이것은 그저 견제 작전이었다. 근위병들이 격투를 하기 전에 그렇게 하는 것을 본 적이 있고, 사실 그것은 인상적인 동작이다. 혁대를 무기로 사용할 의도는 없었다. 그러나 예방이란 싸움보다 나은 것이다. 그리고 내가 유도의 명수라는 것을 아마 모르고 있을 새미는 무슨 일을 벌일 심산이었을지도 몰랐다. 만약 그가 내게 달려든다면 구식 엎어치기로 동댕이칠 작정이었다.

이러한 계책을 짜고 있는 동안, 새미의 얼굴이 풀려서 전혀 무슨 영문인지를 모르겠다는 표정이 되는 것을 보았다.

"대체 무얼 하려는 거요?" 새미가 물었다.

---

* 스코치 나사의 일종.

이렇게 나올 줄은 전혀 생각지 못했기 때문에 맥이 좀 빠졌다.

"한번 겨루어 볼 테요?" 나는 화를 내며 대답하였다.

새미는 나를 뚫어지게 바라보더니 갑자기 큰 소리로 웃어 대었다. "원, 원!" 하고 그는 말했다. "대관절 무엇 때문에 그런 생각이 들었단 말이오. 당신 도너휴지요? 자, 한잔 드시오." 그러더니 눈 깜짝할 사이에 아무것도 들고 있지 않은 쪽 손에 위스키 잔을 쥐여 주었다. 한 손에 위스키, 또 한 손엔 혁대를 들고. 내가 얼마나 바보가 된 것 같은 느낌이었을까는 족히 상상할 수가 있으리라.

다시 정신을 가다듬고 나는 소심하게 들리지 않기를 바라면서 말했다. "당신 스타필드지요?" 어찌할 바를 모르겠는 느낌이었다. 한번 겨루어 보느냐 마느냐 하는 것은 의당 내게 달려 있다는 생각이 들었다. 겨루어 보고 싶지는 않았으나 틀림없이 새미에게 선수를 빼앗겼다. 그것도 딱 싫었다.

"그렇소." 하고 새미가 말하였다. "그리고 당신으로 말하면 젊은 도너휴지요. 툭 하면 대거리군!" 그러더니 다시 한바탕 큰 소리로 웃어 댔다. 나는 위스키를 벌컥 들이켜고 혁대를 매었다. 그리고 보기와는 딴판으로 내가 그 상황을 좌우하는 사람인 듯한 표정을 꾸미려고 애를 썼다. 영화를 보면 이러한 종류의 상투적인 수단이 많이 나온다.

나는 꼼꼼히 새미를 아래위로 훑어보았다. 앞서 얘기한 몸매에 제법 잘생긴 얼굴이었다. 그에게는 야성적인 힘이 있었다. 나는 매지의 눈에 비친 대로의 새미를 보려고 애를 썼다. 그것은 어려운 일이 아니었다. 그의 눈은 익살기가 있었고, 푸른빛 바탕에 세모꼴이었다. 캐는 듯한 내 시선을 재미있다는 듯이 포착하더니 엄숙한 척 시선을 마주 보냈다.

"아주 젊으신 분이군!" 하고 새미가 말하였다. "매지에게선 당신 얘기를 많이 듣질 못하였지." 그는 내 잔을 다시 채워 주었다.

"이제 쫓겨나는 일에 진력이 났겠지요." 부아를 나게 하는 티가 전혀 없는 어조로 그는 덧붙였다.

"이봐요, 스타필드." 하고 나는 말했다. "신사의 체면으로도 조용히 따질 수 없는 일이 있는 법이오. 한번 겨루어 보겠다면, 해 봅시다. 그렇지 않다면 닥쳐요. 당신과 얘기를 하러 온 게 아니고 내 짐을 가지러 온 거요." 그가 무섭다는 느낌은 들지 않아 기분이 좋았다. 그도 그것을 깨닫기를 바랐다. 그러나 그의 위스키를 마시지 않았더라면 내 얘기가 더욱 그럴듯하게 들렸으리라는 것을 나는 알고 있었다. 게다가 그때 내가 전축의 임자라는 사실에 새미가 토를 달지도 모른다는 생각이 번쩍 들었다.

"성마른 양반이군." 하고 새미가 말하였다. "그렇게 서두르지 마시오. 당신을 좀 보고 싶소. 라디오에 나와서 얘기하는 문인을 매일 만나 볼 수 있는 건 아니니 말이오."

조롱하는 것인지도 모른다는 생각이 들었다. 그러나 그가 나를 낭만적인 인물로 여길지도 모른다는 생각만으로도 아주 재미가 나서 나는 웃었다. 그러자 그도 호응해서 웃었다. 그는 내가 자기를 좋아하기를 바라는 눈치였다. 나는 두 잔째 위스키를 마시고 있었고, 필경은 새미가 호인일지도 모른다는 생각이 들기 시작했다.

"매지는 어디서 만난 거요?" 나는 물었다. 그로 하여금 줄곧 선수를 치도록 허용하고 싶지가 않았다.

"어디서 만났다고 그럽디까?" 새미가 되받아 물었다.

"11번 버스 안이라던데요."

새미는 요란한 웃음을 터뜨렸다. "설마!" 하고 그는 말하였다. "내가 버스를 타요! 천만에, 영화 관계 인사들이 연 파티에서 만난 거요."

나는 놀라서 눈썹을 치켜세웠다.

"그렇지, 그녀가 막 알려지기 시작할 무렵이었소." 새미는 내게다 대고 손가락을 흔들었다. "여자들이란 늘 지켜보아야만 하는 거요, 그게 유일한 묘수지!"

승리감과 배려가 뒤섞인 이 말에 나는 구역질이 났다.

"맥덜린은 누구에게 매인 몸이 아니오." 하고 나는 냉랭하게 말하였다.

"이젠 그렇지가 못하지!" 새미가 말하였다.

나는 그를 바라보았다. 갑작스레 혐오감이 치밀었다.

"이봐요." 하고 나는 말하였다. "정말 매지와 결혼할 셈이오?"

새미는 이 말을, 호의를 보여 주는 사람의 입에서 나온 우호적인 의혹의 표현이라고 받아들였다. "그럼 어때?" 하고 그는 말하였다. "얼굴도 그만하면 되지 않소? 또 횡재가 아니오? 다리도 그만하면 쓸 만한 편이고." 이렇게 말하면서 내 옆구리를 아주 심하게 찔렀기 때문에 위스키가 양탄자 위로 튀었다.

"그런 뜻이 아니오." 하고 나는 말하였다. "정말 그녀와 결혼할 의향이냔 말이오."

"아, 내 결혼 의사를 묻고 있군요." 하고 새미는 말하였다. "아무 데나 막 치는군! 그렇다면 엽총을 가져왔어야지!"* 그는 다시 요란한 웃음을 터뜨렸다. "자, 이 병을 비웁시다." 그는 말하였다.

그때쯤엔 제법 술기운이 돌아 나는 이것저것을 가리지 않았다.

"그건 당신 문제요." 하고 나는 말했다.

"아무렴요. 정말 그래." 하고 새미가 말했다. 우리는 그쯤에서 그 얘기를 그만두었다.

이제 새미는 호주머니를 뒤지기 시작하였다. "자, 줄 게 있소." 하고 그는 말했다. 나는 수상쩍어하며 바라보았다. 그는 보란 듯이 수표책을 꺼내더니 만년필 뚜껑을 열었다.

"자, 100파운드로 할까요, 200파운드로 할까요?" 그는 말하였다.

나는 어안이 벙벙하였다. "대관절 무엇 때문에?" 나는 물었다.

"저, 이사 비용이라고 해 둡시다." 이렇게 말하고 새미는 눈을 찡긋하였다.

한동안 나는 어찌할 바를 몰랐다. 그러자 내가 돈에 매

---

* 미혼 남녀가 넘을 수 없는 선을 넘었을 때 여자의 부모들이 남자에게 엽총을 들이대고 결혼을 강요한 강제 엽총 결혼을 염두에 두고 하는 말.

수되어 쫓겨난다는 생각이 떠올랐다. 어떻게 해서 새미의 머릿속에 이런 생각이 떠올랐단 말인가? 맥덜린의 소행임에 틀림없다는 결론을 단박에 내렸다. 맥덜린의 마음이 온통 꼬부라져 있다는 증거를 다시 본 듯하여 나는 아연하였다. 어떻게 하면 내게 선심을 쓸 수 있을까 하고 그녀 딴에는 궁리한 것이 이렇게 기묘한 생각을 짜 낸 것임에 틀림이 없었다. 심한 모욕감을 느낀 동시에 몹시 감동되었다. 나는 얼마간 상냥하게 새미에게 미소를 건네었다.

"치워요." 하고 나는 말하였다. "돈은 아무래도 받을 수가 없소."

"어째서요?" 그는 물었다.

"우선 나는 매지에게 아무런 권리도 없기 때문이오." 하고 나는 말하였다. 그가 이 점을 쉽사리 이해해 줄 것이라고 생각했기 때문에 먼저 그 말을 꺼내었다. "둘째로 나는 이러한 경우에 돈을 받는 계층에 속하지는 않기 때문이오."

영리한 말씨름꾼을 살피듯이 그는 나를 살펴보았다.

"먼저는 돈을 주고받을 처지가 아니라더니, 다음엔 당신이 돈을 받을 처지는 아니라는 얘기군요. 피차간에 어른답게 굽시다. 세상의 관습이라면 나도 당신 못지않게 훤해요. 당신 같은 사람들이 뭘 그렇게 자기 계층에 대해서 머리를 쓴단 말이오? 당신 같은 사람들은 언제나 돈이 궁한 법이오. 만약 현금을 받아 두지 않으면 내일 후회하게 될 거요." 이렇게 말하고 나서 그는 수표에 액수를 적기 시작하였다.

그의 '만약' 운운하며 가정법으로 하는 얘기가 사실이라는 것을 알고 있었기 때문에 나는 더욱 열을 내어 소리쳤다.

"치워요! 받지 않겠소. 필요 없어요!"

새미는 내게 관심을 가지고 있다는 표정으로 나를 바라보았다. "그러나 나는 당신에게 손해를 끼쳤소." 하고 그는 설명조로 말하였다. "만약 당신이 돈을 받지 않는다면 아무래도 마음에 걸릴 거요."

그는 정말로 내 걱정을 하는 것 같았다. 대체 매지가 그에게 어떤 식으로 나를 소개한 것인가 하는 생각이 들기 시작하였다.

"내게 손해를 끼쳤다는 건 무얼로 그렇게 자신을 갖는 거요?" 나는 물었다.

"당신이 매지와 결혼할 것을 작정하고 있었으니 말이오." 하고 새미는 말하였다.

나는 숨을 크게 쉬었다. 은근히 걱정이 되었다. 매지와 결혼한다는 생각처럼 내 마음에서 동떨어져 있는 것은 없다고 단언하는 것은 그녀에 대한 배신처럼 생각되었다. —— 내가 자기와 결혼하는 것을 간절히 바라고 있다고 말함으로써 그녀가 새미의 결심을 재촉하는 수단으로 삼았을지도 모른다는 생각이 든 지금에 있어선 더욱 그러했다. 어쨌든 내가 그렇지 않다고 부정한다 하더라도 새미가 곧이듣지 않을 것만은 분명하였다.

"아마 손해를 입었달 수 있겠죠." 하고 나는 마지못해 말하였다.

"당신은 참 속이 트인 친구야!" 하고 새미는 기뻐하며 소리쳤다. "자, 그럼, 200파운드로 합시다."

어떻게 하면 좋을까 하고 나는 생각하였다. 새미의 묘한 도덕률은 화해를 요구하는 듯싶었다. 나는 돈이 필요하였다. 피차간에 득이 되는 이 거래의 끝막음을 가로막는 것은 무엇인가? 그건 나의 절조(節操)이다. 분명 빠져나갈 구멍이 있을 것이다. 비슷한 난경에 빠져 있었을 때 빠져나갈 길을 찾아내지 못한 적은 여태껏 없었다.

"가만. 스타필드." 하고 나는 말하였다. "지금 생각하는 중이오." 그러자 좋은 생각이 떠올랐다.

《이브닝 스탠더드》의 정오판(正午版)이 우리가 서 있는 바닥에 뒹굴고 있었다. 나는 뒤 페이지를 넘기고 내 시계를 보았다. 2시 35분이었다. 그날 경마가 있는 곳은 솔즈베리와 노팅엄이었다.

"이렇게 하면 어떻겠소?" 하고 나는 말하였다. "내게 3시 경주 때 이길 말을 가르쳐 주시오. 그리고 전화를 걸어 내 몫으로 판돈을 걸어 주시오. 당신 사무소라도 좋고 당신의 내기 장부가 있는 곳이라면 어디라도 좋소. 만약에 잃게 되면 3시 30분 경주에는 판돈을 늘려서 오후의 나머지 경주를 계속합시다. 50파운드 따는 것을 목표로 하고 만약 잃게 되면 당신이 손해를 보는 것으로 합시다."

새미는 기뻐서 어쩔 줄을 몰랐다. "좋소!" 하고 그는 말했다. "멋있는 투전꾼인데! 그러나 목표액은 50파운드 이상으로 합시다. 오늘의 출마표라면 아주 환해요. 멋진데."

우리는 양탄자 위에 신문을 펼쳐 놓았다.

"솔즈베리 3시 30분 경주의 퀸즈 룩과 겹쳐서 힘을 내게 해 봅시다."

나는 조심스러워지기 시작하였다. 벌써 새미가 내 돈으로 도박을 하고 있다는 느낌이 들었다.

"그러나 퀸즈 룩이 이기지 못하면 어쩐단 말이오? 내가 바라는 것은 재미가 아니라 현금이오. 리틀 그레인지 쪽에만 겁시다."

"무슨 소리!" 하고 새미는 말하였다. "뻔한 것을 두고 조심은 해서 뭘 한단 말이오? 잠자코 있어요. 그동안에 사무소에 전화를 걸리다. 여보세요, 여보세요! 앤디인가? 나 새미야."

"판돈을 내려요, 판돈을 내려요." 하고 나는 그에게 말하고 있었다.

"내 개인 장부요." 하고 새미는 말하고 있었다. "그야 물론이지. 난 도박엔 찬성하지 않아."하고 앤디의 재담에 그는 대꾸하였다. "이건 신세 진 친구를 위해서 하는 거야."

그는 세모진 눈을 내게 찡긋해 보였다. 순식간에 그는 40파운드를 리틀 그레인지와 퀸즈 룩에 복식*으로 걸었다. 그게 진행되는 동안 우리는 노팅엄 경마자의 출마표에 주의를 돌렸다. 노팅엄의 3시 경주는 매각 경마**였다.

"이건 재미없는걸." 하고 새미는 말하였다. "이건 다리 셋 달린 말들의 경주요. 이런 것은 상대하지 맙시다. 그러나 오늘 나머지 것은 멋져요. 아주 신나게 트레블***로 겁

---

* 두 경주의 우승마에 한꺼번에 거는 것.
** 경주 직후 이긴 말을 미리 정해 둔 값으로 파는 경주.
*** 세 경주의 우승마에 거는 것.

시다. 오후 1시 30분의 세인트 크로스, 4시의 핼 어데어, 그리고 4시 30분의 피터 오브 앨릭스로 말이오. 솔즈베리의 4시 30분 경주가 남는데 그건 대그냄 아니면 일레인즈 초이스가 이길 거요."

"제발 복식으로 걸어요." 하고 나는 말하였다.

나는 독한 술을 또 한 잔 따랐다. 나는 천생 투전꾼이 못 된다.

새미는 전화로 노팅엄 쪽에다 20파운드를 걸고 있었다. 이어서 솔즈베리 3시 경주의 우승마를 묻고 있었다. 나는 바닥에 주저앉았다. 새미는 내가 은행에 예금한 금액 이상의 액수를 잃을 듯한 형세였다. 나의 신경은 하프의 줄처럼 떨리고 있었다. 애당초에 이러한 이야기를 끄집어내지 않았더라면 좋았을걸 하고 나는 생각했다.

"질린 표정일랑 걷어치워요." 하고 새미가 말했다. "잃어 보았자 결국 돈뿐인걸! 3시 경주에서 어느 말이 이겼는가 맞추어 봐요. 2대 1로 리틀 그레인지요!"

그러나 마음은 더 뒤숭숭하였다. "그러나 복식 아니오?" 나는 말하였다. "복식은 소용없어요. 어차피 판돈보다 많은 액수를 잃게 마련인걸."

"시끄러워요." 하고 새미가 말했다. "걱정은 내게 맡겨 둬요. 정 안절부절못하겠거든 층계참에 가서 앉아 있구려."

돈을 얼마나 따게 될까. 그는 종이 위에 계산을 하고 있었다. "퀸즈 룩이 지지는 않을걸. 그러나 어쨌든 4시 30분 경주로 벌충이 되지. 두 마리에 복식으로 25파운드, 그저 당신이 마음을 놓게 하기 위해서요. 이제 당신도 안전이오! 그저 돈 놓고 돈 먹기지!"

　우리가 얼마나 잃게 될까를 나는 계산하고 있었다. 이것은 훨씬 간단해서 암산으로도 할 수가 있었다. 내 계산으로 160파운드가 되었다. 나는 도망쳐 나가 그것을 새미에게 떠맡기고 싶은 유혹을 받았다. 그러나 결국 나 자신이 꾀한 일을 그에게 팽개쳐 놓고 도망친다는 것은 체면이 용서하질 않았다. 뿐만 아니라 도망친다는 것도 공상에 지나지 않았다. 빈 속에 위스키를 너무 들이켰기 때문에 나는 이제 꼼짝할 수도 없었던 것이다. 다리 속에 지푸라기를 가득 채워 놓은 듯한 느낌이었다. 나는 앓는 소리를 하였다. 새미는 다음번 경주 건으로 전화를 걸고 있었다. 퀸즈 룩은 머리 하나 차로 졌으나 노팅엄에서는 세인트 크로스가 우승하였다.

　마음이 더욱 달았다. "제기랄!" 하고 나는 말하였다. "리틀 그레인지 건은 왜 내 말대로 하지 않았소? 이제 40파운드 잃었고 세인트 크로스 쪽으로는 아직 한 푼도 따지 못했소."

　"그러니까 재미있는 놀이요." 하고 새미는 말했다. "정말이오. 오늘은 당신 운이 트인 날이오. 오늘이 무슨 요일이지요? 수요일? 그래, 수요일은 당신에게 재수 있는 날이오. 정말 몇 해 만에 진짜 도박을 해 보는 셈인걸." 하고 새미는 말했다. "이 아슬아슬한 기분을 아주 잊어버렸었지요!" 굉장히 열을 내며 그는 손바닥을 문질렀다.

　"때때로 당신 같은 사람을 만나 본다는 것은 참 내게 도움이 되오. 돈의 값어치를 깨닫게 해 주니 말이오!" 그는 말했다.

노팅엄의 4시 경주에서 헬 어데어가 승리를 거두었을 때는 식은땀이 온통 내 등과 옆구리로 흘러내렸다. 재수 좋은 날이라는 느낌은 들지 않았다. 새미조차도 긴장의 낌새를 보이고 있었다. 그는 남아 있던 위스키를 모두 들이켜고, 이런 일을 바른 정신으로 대하지 않는 것이 나의 폐단이라고 말했다.

"돈을 번다는 것은 사자를 길들이는 깃과 마찬가지요." 하고 새미는 말했다. "걱정하는 빛을 절대로 보여선 안 돼."

내 머리는 부드러운 원을 그린 후에 양탄자 위로 내려앉았다. 나머지 몸뚱이도 그 뒤를 따랐다. 나는 소파 밑으로 얼굴을 돌렸다. "부정 이득! 부정 이득!" 하고 자기가 망쳐 버린 여인을 저주하는 사나이와 같은 소리로 새미가 소리치는 것이 들렸다. 4시 30분이 가까워 오자 전기가 통한 듯한 분위기가 되었다. 경주가 시작되기도 전에 새미는 전화를 붙들고 있었다. 그러나 내게는 아무 소리도 들리지 않았다. 그에게 갚을 돈을 어떻게 마련할 것인가 하는 생각에 너무나 골똘하였기 때문이다. 그에게 전축을 주어 버리면 거의 피장파장이 되리라고 단정하였다.

새미가 말하는 소리가 들려 왔다. "자, 앤디, 정신 차려. 이곳 친구는 소파를 물어뜯을 지경이야."

그러자 새미가 욕을 퍼붓는 소리가 들렸다. "어떻게 된 거요?" 하고 나는 맥없이 물었다.

"일레인즈 초이스는 기권을 했고 대그넘은 4등이라오." 새미가 말하였다.

132

"노팅엄 쪽은 어떻게 됐었죠?" 나는 흥미를 잃은 채 물었다.

"잠깐." 이렇게 말한 새미는 다시 전화통에 들러붙어 있었다. 나는 소파 밑에서 천천히 돌아누웠다.

그러자 그가 외치는 소리가 들렸다. "히야, 맞혔다! 내가 뭐랬어요? 재수 있게 생겼다고 하지 않았소!" 나는 누웠던 자리에서 일어나 상반신을 꼿꼿이 세웠다.

"피터 오브 앨릭스가 9대 2요!" 하고 새미는 소리쳤다. "빨리 술병을 하나 더 따요!"

우리 두 사람은 술병을 들고 안간힘을 쓰다가 술잔을 하나 깨뜨렸다. 그리고 바닥에 앉아 미친 듯이 웃으며 함께 축배를 들었다. 방이 내 둘레에서 물결치기 시작했다. 무슨 일이 일어나고 있는지 알 자신이 없었다. 새미는 소리치고 있었다. "놈들 참 잘했어!" "내가 맞히고말고, 내가 맞히고말고!" 그리고 총계를 따져 보았다.

"자, 봐요." 하고 그는 말하였다. "세인트 크로스가 7대 2니 90파운드, 거기 걸린 헬 어데어가 2대 1이니 135파운드, 거기 걸린 피터 오브 앨릭스가 9대 2니 722파운드 10실링이오. 경마치고는 상당한 비율이오. 내가 뭐랬소? 윈고 놀음보다 낫지요. 뭐라고요?" 새미는 술병을 쳐들고 휘둘렀다.

"잠깐만." 하고 나는 말하였다. "퀸즈 룩에 걸어서 잃은 게 40파운드고 솔즈베리 쪽의 복식이 있지 않소."

"그건 잊어버려요!" 하고 새미는 말하였다. "마권 업자는 매일처럼 따는 법이오. 그러니까 내가 이걸 즐겼던 거요."

"안 돼요, 계약은 절대로 지켜야지!" 나는 소리쳤다. 얼마 남아 있지 않은 체면조차 망가질 판국이었다.

얼마를 더 소리 지른 후에 새미는 손액을 공제하는 데 동의하였다. "좋아요, 도너휴." 하고 그는 말하였다. "그럼 632파운드 10실링이오. 수표에 액수를 적겠소. 이 액수가 내 장부에 치부되는 셈이오." 그는 수표책을 다시 꺼냈다.

이 때문에 술이 아주 깨었다. 처음으로 되돌아간 듯한 묘한 느낌이 들었다. 처음과 다른 점은 새미가 내게 주겠다는 액수가 세 곱이 된다는 점뿐이다. 흥분이 지나가고 보니 전화통에다 대고 몇 마디 지껄임으로써 그렇게 많은 현금을 벌었다는 것이 어쩐지 거짓말 같았다.

새미에게 이 말을 했더니 그는 나를 비웃었다. "당신의 폐단은," 하며 그는 말하였다. "피땀을 흘려서 돈을 벌어 왔다는 점이오. 그러나 그건 돈 버는 방법이 아니오. 그저 누워서 휘파람이나 불어요. 그러면 제 편에서 돈이 굴러 오지." 결국 딴 돈이 적힌 계산서를 받은 연후에 그가 내게 수표를 보내 주기로 결정을 하였다. 그렇게 해야만 계약이 엄정하다는 확신을 내가 가질 수 있게 될 것이다. 내가 자기를 믿어 주는 것은 참 훌륭한 일이라고 그는 몇 번이고 감탄하였다. 나는 데이브의 주소를 그에게 적어 주고 비틀비틀 일어서서 나가려 하였다. 새미는 나를 위해 택시를 불렀다. 내가 전축 임자라는 사실에 전혀 토를 달지 않았기 때문에 내가 아파트 전체를 가져간다고 해도 층계 밑으로 나르는 것을 그가 도와주었으리라는 생각이 든다. 우리는 택시 운전수 옆에 전축을 놓고 우호적인 인사를 연발하면서 작별하였다. "멋있는 놀이였소!" 하고 새미는 말하였다. "언제 또 한 번 해 봅시다!"

택시는 나를 골드호크 거리로 데려다 주었다. 그리고 운전수는 전축과 나를 층계 위로 옮겨다 주었다. 미치광이처럼 웃으면서 나는 데이브와 핀에게로 뛰어갔다. 무엇이 그리 우습냐고 그들이 물었을 때 나는 새디의 경호원 직책을 맡으련다고 일러 주었다. ——막상 설명을 하고 보니까 이건 정말 우스워 보였다. 휴고와 새미에 관해선 아무 말도 하지 않았다. 데이브는 빈정대면서, 핀은 어떻게 될까 흥미롭게 여기며, 내 계획을 들었다. 핀에게 나는 끊임없이 흥을 돋우는 원천이 된다고 나는 생각한다. 그 후 잠자리에 들어, 취한 채 나는 잠이 들어 버렸다.

# 6장

　내가 웰벡 거리에 당도한 것은 약속한 날 아침 9시 15분 경이었다. 원고 뭉치를 가지러 먼저 팅컴 부인네 가게엘 들러야 했기 때문이다. 가 보니 문은 열려 있고 새디가 현관께서 온통 노발대발하고 있었다.

　"세상에," 하고 그녀는 말했다. "잘 오셨어요. 내가 새벽부터 저녁때까지라고 하면 에누리 없이 새벽부터 저녁때까지인 거예요. 당신 때문에 아주 늦었어요. 걱정할 건 없어요. 그런 얼굴은 하지 마세요. 자, 들어오세요. 쓸 종이를 1년분은 가져오셨군요. 좋아요. 오늘하고 내일만은 진종일 있어 주어야겠어요. 괜찮겠죠? 누군가가 줄곧 이곳에 있다는 걸 알면 훨씬 내 마음이 놓이겠어요. 술은 얼마든지 있고, 냉장고에는 연어나 나무딸기 등속이 가득 들어 있어요. 하지만 친구를 부르진 마세요. 꼭 그래 줘요. 벨파운더나 누가 전화를 걸거든 엄격한 남자 목소리로 말해

쥐요. 내가 출타 중이고 언제 돌아올지 모른다고. 참 착하기도 하셔라. 이제 막 뛰어가야겠어요."

"언제쯤 돌아와요?" 하고 물었다. 이러한 지시에 나는 적이 압도당하고 있었다.

"저, 오늘밤엔 좀 늦겠어요." 하고 새디는 말했다. "앉아서 기다릴 거 없어요. 빈방을 하나 골라잡으세요. 잠자리는 다 마련되어 있어요." 그러더니 제법 열을 내어 내게 키스를 하고 나가 버렸다.

문이 닫히고, 먼 거리의 소음이 들릴 뿐 양지바른 커다란 아파트가 조용해졌을 때, 나는 호사스럽게 팔을 벌리고 이 판도를 둘러보기 시작하였다. 카자흐스탄, 아프가니스탄, 혹은 코카서스 지방의 모피가 조각나무 세공(細工)을 한 마루 위에 깔려 있어 발을 디디면 부드럽게 옮아 갔다. 로즈우드, 새틴우드, 마호가니 표면이 혹은 곡선을 이루고 혹은 비탈지고 혹은 끝이 뾰족한 채 주의 깊고 기품 있게 노려보고 있었다. 벽로 선반 위에는 조그마한 비취 제품들이 놓여 있었다. 다마스크 비단 커튼이 여름의 산들바람을 받고 부드럽게 하늘거렸다. 퀜틴 자매의 가수 시절과 비해 본다면 새디는 참 많이도 변하였다. 짐승 모양을 본뜬 도자기나 프랑스제 서진(書鎭) 밑에는 여기저기 편지나 신문 오려 놓은 것 혹은 1,000프랑짜리 지폐가 차곡차곡 쌓여 있었다. 혼자 휘파람을 불면서 나는 조용히 기웃거려 보았다. 모가지께에 에나멜 레테르를 두른 조지 왕조 풍의 컷 글래스 포도주병 몇 개가 나지막한 탁자 위에 서 있었다. 찬장에는 셰리, 포트와인, 베르무트, 페르노, 진, 위스키,

브랜디 등이 반쯤 들어 있는 병이 굉장히 많았다. 부엌에는 한 찬장 속에 백포도주와 적포도주가 수두룩하고 식품 저장고에는 각종 고기파이, 소형 소시지, 게 통조림, 젤리를 넣은 닭고기 통조림이 가득 들어 있었다. 비스킷은 열두어 종류나 되었지만, 빵은 그림자도 보이지 않았다. 냉장고에는 연어, 나무딸기 그리고 버터, 밀크, 치즈가 상당량 있었다.

나는 거실로 되돌아가 이탈리아산 베르무트와 소다수를 잔에 따르고 거기에 냉장고의 얼음을 조금 넣었다. 다리에 도금이 되어 있는 조그만 세블* 자기 상자에서 나는 담배 한 대를 끄집어내었다. 이어 깊숙한 안락의자에 살며시 몸을 파묻고 나의 시간 감각을 진정시켰더니 그것은 길고 규칙적인 파동이 되어 마치 한숨처럼 내 몸을 스쳐 가는 듯하였다. 무더운 날이었다. 창문을 열자 멀리 런던의 수런거리는 소리가 끊일락 이을락 들려왔다. 머릿속은 텅 비고 사지는 만족감으로 나른하였다. 오랜 시간이 지난 뒤 손을 뻗어 원고를 얼마 꺼내어 가려내기 시작했다. 원고를 들여다보고 있으니 새디의 생각이나 최근의 소동 일체가 아주 멀어져 갔다. 그것은 바늘 끝처럼 작아지더니 아주 자취를 감추어 버렸다. 나는 다리를 내려 뻗고 절묘한 황금색과 암청색 무늬가 있는 카자흐 융단을 발밑에 구겨서 주름지게 하였다. 만약 그때 잠이 왔다면 그것은 피로 회복과 평

---

* 프랑스 센 강가의 도시로서 여기서 구워 내는 도자기는 세블 도자기로 유명하다.

화를 안겨다 주는 깊은 폭포와 같았으리라. 그러나 나는 깨어 있었고 이내 갈겨 쓴 자국이 있는 타이프 원고를 젖혀 보기를 그쳤다. 나는 그것을 마룻바닥에 떨어뜨렸다.

얼마가 지난 뒤였다. 방 건너편에 있는 나지막한 흰 빛깔의 책장을 내 눈이 더듬고 있었다. 책장 위에는 사이를 두고 띄엄띄엄 우스터*와 드레스덴**제의 조상(彫像)이 놓여 있었다. 이것들을 훑어보다가 나의 눈길은 서서히 다시 꼭대기의 책꽂이로 되돌아갔다. 그러던 나는 갑자기 칼에 찔린 것처럼 쭈뼛해지면서 벌떡 일어섰다. 그 통에 대판(大版) 타이프지를 온통 좌우로 흐트러뜨렸다. 걸음을 크게 떼어 놓으며 책장으로 갔다. 바로 한가운데 『말문을 막는 것』한 권이 있었다. 지난 몇 해 동안 본 적이 없었다. 혐오감과 매력을 한꺼번에 느끼면서 나는 그 책을 바라보았다. 이 하잘것없는 작품을 다시 보고 그렇게 감동하다니 얼마나 바보 같은가 하고 스스로에게 타이르면서 나는 그 책을 뽑았다. 그것을 손에 들자 홀연 혐오감은 사라지고 그것에 대해 사랑스럽고 감싸 주고 싶은 느낌이 들기 시작하였다. 그게 또 묘하게 느껴졌다. 나는 책장 옆 마룻바닥에 책상다리를 하고 앉아서 책을 폈다.

일정 기간이 지난 후에 자기 작품을 다시 읽어 본다는 것은 언제나 기묘한 경험이 된다. 거의 틀림없이 감명을 받게 마련인 것이다. 이 기묘한 일기의 페이지를 넘기니

---

* 18세기 중엽부터 도자기 산지로 유명한 영국의 지역.
** 동부 독일 엘베 강가에 있는 도시. 이 근처의 마이센이 유명한 도자기 산지이다.

그것을 창작했을 때와 지금의 나를 떼어 놓은 세월 때문에 그것이 묘한 독립성을 얻고 있다는 느낌이 들었다. 오래전 어린 시절에 알았던 사람을 어른이 된 뒤에 만나 보는 것과 흡사하였다. 그 책을 내가 더 좋아하게 되었다는 게 아니라 그 책이 이제 얼마쯤 제 힘으로 자기를 가누고 있다는 얘기다. 이제 드디어 그것과 화해를 하는 것이 가능할지도 모른다는 생각이 얼핏 들었다. 나는 잡히는 대로 읽기 시작했다.

타마러스 그러나 관념이란 돈과 같은 것이오. 유통되는 공인된 화폐가 있어야 해요. 전달을 위해서 사용된 개념은 전달상의 성공을 거두어야만 옳다는 것이 밝혀지는 거요.

애넌다인 그건, 많은 사람들이 어떤 얘기를 곧이들어야 그 얘기가 진실이라고 말하는 거나 진배없지요.

타마러스 물론, 그런 뜻으로 얘기하는 건 아니오. 가령, 내가 어떤 유추를 사용하거나 한 개념을 만들어 낸다면, 그 성공 여부를 입증할 때 검증해야 할 것 가운데는, 과연 이러한 수단으로 내가 이 세계에 있는 진짜 사물로 주의를 돌리게 할 수 있는가 하는 점이 포함되어 있는 것이오. 어떠한 개념도 그릇 사용될 수가 있는 법이오. 어떠한 문장이라도 거짓을 진술할 수가 있는 법이오. 그러나 말 그 자체는 거짓말을 하지 않소. 하나의 개념에는 한계가 있을지 모르나, 그것을 사용할 때 그 한계를 드러내 보인다면 오해를 일으키지 않을 거요.

애넌다인 그렇소. 그거야말로 거창하게 거짓말을 하는 거요. 최고급의, 반쪽만의 진리를 적어 두고, 그것을 거짓말이라고 불러 보시오. 그러나 그대로 내버려 두어 보시오. 자기가 붙인 제한을 자기가 잊어버리고 난 연후에도 그것은 살아 남아 있을 거요.

타마러스 그러나 인생은 살아야 하고, 살기 위해서는 인생을 이해하지 않으면 안 되오. 이 과정을 우리는 문명이라 부르고 있소. 당신 얘기는 우리의 본성과 상극이 되오. 이론을 만들어 내는 동물이란 의미에서 우리는 이성적인 동물이오.

애넌다인 당신이 인생에 아주 열중해 있고, 자기가 인간이라는 것을 절실하게 느끼게 되었을 때, 대체 이론이 당신에게 도움이 되어 주었나요? 벌거숭이의 사물 그 자체와 마주치게 되는 것은 그런 경우가 아닐까요? 어떻게 해야 좋을지 모를 때에 이론이 당신에게 도움이 된 적이 있었나요? 그런 때야말로 갖가지 이론이 그저 망설이기만 하는 고지식한 순간이지 않소? 더욱이 그러한 순간에 이것을 분명히 깨닫게 되는 게 아닐까요?

타마러스 나의 대답은 두 가지가 되겠소. 첫째, 내가 여러 가지 이론을 생각하고 있는 것이 아니라 의연히 하나의 이론을 말하고 있다는 것. 둘째, 세상에는 여러 가지 이론이 퍼져 있고, 예컨대, 여러 정치 이론이 있다는 것, 따라서 우리는 머릿속에서 그것들을 처리해야 되고 더욱이 결단의 순간에도 그래야 한다는 것.

애넌다인 하나의 이론을 말하고 있다는 지금의 당신 말이, 당신이 하는 일에 대해서 타인도 이론을 만들 수가 있다는 뜻이라면, 물론 그건 사실이고 또 아무래도 좋은 일이오. 내가 말하고 있는 것은 우리가 경험하는 바 참다운 결단이오. 여기선 이론과 일반론에서 멀어지려는 운동이 곧 진리에 가까워지는 운동이오. 이론을 구성한다는 것은 모두 도피요. 우리는 상황 그 자체에 의해서 지배되어야 하고 상황은 말로 표현할 수 없을 만큼 특수하고 개별적인 것이오. 이를테면 그물을 헤치고 빠져나가려는 것처럼 아무리 기를 써도 이만하면 됐다는 정도로는 결코 근접할 수가 없는 것이오.

타마러스 그럴지도 모르지요. 내가 말한 또 한쪽은 어떻소?

애년다인 갖가지 이론이, 사람이 이겨 내야 할 상황의 일부가 되어 있는 경우도 있다는 것은 사실이오. 그러나 그렇다 치더라도 온갖 종류의 명백한 거짓말이나 망상도 이러한 상황의 일부일지 모르는 거요. 그렇다면 거짓말에 능숙해야 할 것이 아니라, 거짓말을 알아차리고 거짓말을 피하는 데 능숙해야 한다고 당신은 말하겠지요.

타마러스 그렇다면 당신은 아주 간단한 것을 제외하고선 모든 얘기를 인간 생활로부터 끊어 내 버리게 되는 거죠. 그렇게 되면 우리 자신을 이해하고 또 인생을 견딜 만한 것이게 하는 모든 수단을 잃어버리게 되는 거지요.

애년다인 인생을 견딜 만한 것으로 만들 필요가 대체 어디 있어요? 얘기를 빼놓고는 위안이 되고 정당화를 주장하는 것이 아무것도 없다는 것은 나도 잘 알고 있소. ──그렇다고 해서 모든 얘기가 거짓말인 것을 멈추게 하는 건 아니오. 최고의 위인들만이 말을 하되 거짓이 없는 법이오. 예술가라면 누구나 이것을 막연히 터득하고 있소. 이론은 죽음과 같고 모든 표현에는 이론의 중압(重壓)이 얽혀 있다는 것을 예술가는 알고 있소. 가장 굳센 사람들만이 이 중압에 저항할 수가 있는 것이오. 우리 대부분, 우리 거의 전부는, 설령 진리에 이를 수 있다손 치더라도, 오직 침묵 속에서만 이를 수가 있는 거요. 인간의 마음이 신(神)에 도달하는 것은 침묵 속에서인 것이오. 이 점은 고대인들이 이해하고 있었소. 프시케*는 자기가 임신했다는 것을 얘기하면 그 어린애는 인간으로 태어나고 만약 침묵을 지키면 신이 된다는 경고를 받았던 것이오.

심사숙고하면서 나는 이것을 읽었다. 이렇듯 훌륭하게 휴고의 상대역을 해낼 수 있었다는 것을 나는 까마득히 잊어버리고 있었다. 이제 보니 휴고의 논의는 전처럼 인상적이지 않았다. 타마러스의 입장을 강화할 수 있음 직한 여러 가지 논법이 곧 머릿속에 떠오르는 것이었다. 이 대화록을 써 낸 당시에는 분명히 휴고에게 지나칠 만큼 넋을 빼앗겼던 것이다. 당장 내 몫으로 그 책을 압수하고 세심하게 통독하고 나서, 내 견해를 수정하기로 결심하였다. 속편을 쓴다는 가능성조차도 머릿속에 떠올랐다. 애넌다인이 휴고의 이지러진 회화(戲畵)라는 사실에는 변함이 없다. '이론'이라든가 '일반론'과 같은 말을 휴고는 쓰지도 않았

* 에로스에게 사랑받은, 나비 날개를 가진 아름다운 소녀.

다. 내가 기껏 해 놓은 것은 휴고의 견해를 아주 모호하게 표현한 것에 지나지 않았다.

이러한 생각을 하는 동안에 내 마음 한구석으로 조그만 시냇물이 부드럽게 흘러가고 있었다. 회상의 시냇물이었다. 대체 그건 무엇인가? 자기를 기억해 달라고 무엇인가가 부탁하고 있었다. 나는 책을 부드럽게 손에 쥐었다. 그리고 서두르는 법 없이 몽상의 뒤를 따르면서 추억이 제 모습을 스스로 드러내기를 기다렸다. 어째서 새디가 이 책을 가지고 있는 것일까 하고 나는 부질없이 생각하였다. 아무리 생각해도 그녀의 흥미를 끌 만한 물건이 아니었다. 나는 처음으로 돌아가 표지 안쪽을 보았다. 그곳에 적혀 있는 이름은 새디의 이름이 아니라 애너의 이름이었다. 그대로 부드럽게 책을 손에 든 채 나는 잠시 그 이름을 바라보았다. 그러자 내가 찾고 있던 추억이 태풍과 같이 맹렬하게 나의 의식 전체를 사로잡았다.

이 대화의 단편이 내게 상기시키려고 애썼던 것은 애너가 무언극 극장에서 지껄인 말이었다. 그녀 자신의 말이 아니라는 느낌이 들었던 그 말이었다. 그건 애너의 말이 아니었다. 휴고의 말이었다. 그건 휴고의 흉내였고 패러디였다. 마치 내 말이 휴고의 흉내요 패러디였던 것처럼. 애너가 그 얘기를 하는 걸 들었을 적엔 그녀가 한 말과 현실의 휴고를 연결해 볼 생각은 떠오르지 않았었다. 그리고 휴고에 대해 생각하였을 적에도 애너 생각은 나지 않았던 것이다. 그전에 애너가 자신이 얘기한 바 있던 주의 주장을 이끌어 냈음에 틀림이 없는 그 근원을, 내게 홀연 깨달게 한 것은 휴고의 태도를 본뜬 나의 졸렬한 흉내였다. 따지고 보면 극장 자체도 그 주의 주장의 한 표현이었다. 애너가 내 책을 보고서 그런 생각을 하게 되었다는 생각은 들지 않았다. 그 책은 애너처럼 단순하고, 사색적인 바탕이 없는 사람의 마음을 움직이게 할 만큼 그처럼 강력한 도구도 못 되고 또 순수한 도구도 못 되었다. 그 점은 의심할 여지가 없었다. 애너의 관심은 그저 질이 저하된 매체로 휴고를 표현한 것에 지나지 않았다. 마치 나의 관념 자체가 또 다른 매체로 휴고를 표현한 셈인 것과 마찬가지로. 그리고 기묘하게도 이 두 가지 표현은 본래의 실물을 닮았다기보다도 오히려 둘 사이에 현저한 유사점을 갖고 있었다.

나는 머리가 핑핑 돌았다. 책을 도로 꽂아 놓고 책장에 기댔다. 모든 것이 자리를 잡고선 내가 전에 본 적이 없는 모양을 만드는 듯한 느낌이 들었다. 결국 휴고는 애너와 아는 사이였다. 그래서는 안 된다는 법은 없다. 그는 새디와 아는 처지니까. 그러나 휴고가 애너를 알고 있다는 생각은 처음 드는 것이었고 마음이 몹시 산란하였다. 나의 생활 가운데서 휴고와 연관되어 있는 부분을 격리시키려고 나는 노상 무던히도 애를 썼다. 내가 처음으로 애너를 만난 것은 휴고와 헤어지기 전의 일이었지만 그녀와 친해진 것은 그 후의 일이었다. 나는 그녀에게 벨파운더 얘기를 막연하게나마 하였다. 그가 명사가 되기 전에 조금 아는 처지였다는 투로 말이다. 아마 그녀에게는 그가 나를 버렸다는 인상을 주었을 것이다. 그 책으로 말하면 그녀에게 보여 준 적도 없었다. 그리고 소년 시절의 작품이고 전혀 흥미 밖의 것이라는 말밖에는 한 적이 없었다. 얘기가 나왔을 적엔 이미 여러 해 전에 출판되어 완전히 파묻히고 잊힌 책인 듯이 말했던 것이다.

갖가지 의문이 내 곁에서 붕붕대었다. 언제 애너가 그 책을 구했단 말인가? 휴고에 대한 나의 배신 행위를 그녀가 어느 정도 알고 있단 말인가? 무언극 극장에는 어떤 의미가 있는 것일까? 휴고와 애너는 어떠한 사이인가? 두 사람이 나를 두고 무슨 얘긴들 안 했을 것인가? 앞에 펼쳐지는 엄청난 갖가지 가능성을 접하고 나는 입을 막았다. 홀연 새디의 처신도 이해가 되었다. ──순간 휴고가 사랑하고 있는 것이 새디가 아니라 애너라는 것도 분명해졌다. 애너에게는 상대방이 온통 열을 내도록 하기에 충분한 정도로 근소한 아량과 온건한 애정을 보여 주는 버릇이 있었는데, 휴고도 바로 그러한 상대자의 한 사람이 된 것이었다. 물론 애너 쪽이 훨씬 휴고가 사랑함 직한 종류의 여인이었다. 이것이 새디를 펄펄 뛰는 질투로 몰아넣고 아마도 예의 적의(敵意)를 불어넣어 주고 있는 상황이었다. 휴고는 이 적의에 반격을 가하고 있고 내가 고용된 것은 은밀히 그 적의를 조장토록 하기 위해서인 것이었다. 그렇지 않으면 휴고가 웰벡 거리에 관심을 가지고 있는 것은 그저 그 곳에서 애너를 찾아내려고 생각한 때문인지도 몰랐다. 이 것도 그럴싸하고 저것도 그럴싸하고, 있음 직한 일은 얼마든지 있었다.

이것은 또한 무언극 극장을 설명해 주기도 하였다. 이 것은 틀림없이 휴고의 기발한 생각이고, 그것을 실현하기

146

위해 아마도 본인의 의사에 반(反)해서 애너를 가입시킨 것이었다. 그 과정에 그녀가 그의 사상을 생경한 형태로 받아들이게 되었다는 것은 놀라운 일이 아니었다. 애너는 감화에 예민한 편이고 휴고는 강한 인상을 주는 사람이었다. 아마도 극장은 애너의 흥미와 주의를 끌기 위한 것이었고 필경은 그녀를 가두어 둘 황금의 새장으로 계획된 것이었다. 나는 휴고의 초기 영화가 노린 무성(無聲)의 표현주의를 상기하였다. 무언극이 가지고 있는 무언의 순수성이 휴고에게 진짜 고정관념이 된 것인지도 몰랐다. 그러나 아름다운 극장 그 자체가 애너에게는 집이었다. 휴고가 지어 주고 그 안에서 애너가 여왕이 되는 그러한 집이었다. 불안한 여왕. 극장에서 만났을 때, 초조해하고 안절부절못하던 그녀의 모습을 나는 떠올렸다. 휴고가 자기를 위해 만들어 준 소임을 분명 그녀는 편안히 감당하지를 못하고 있었다. 그러자 또 하나 깨닫게 되는 바가 있었다. 그 소극장의 무대에서 보았던 가면을 쓴 덩치 큰 인물. 순간적으로 별나게도 낯익은 듯한 느낌이 들었던 그 사람의 모습이 아주 생생하게 내 머릿속에 떠올랐다. 그가 다름 아닌 휴고 자신이라는 게 한 점의 의혹도 없이 내게 분명해졌다.

바로 그 순간에 전화가 울렸다. 심장이 뛰어오르더니 유리창에 부딪힌 새처럼 나가떨어졌다. 나는 벌떡 일어섰다. 전화를 건 사람이 휴고라는 것을 나는 추호도 의심하지 않았다. 방울뱀이라도 보듯이 전화통을 보았다. 수화기를 들고 꾸민 목소리로 "여보세요!" 하였다. 그러는 내 목소리는 쉰 소리에 떨리고 있었다.

전화선 저쪽에서는 멈칫멈칫하며 휴고가 말하였다. "미안합니다. 지금 계시다면, 미스 퀜틴을 대 주실 수 없을까요?"

무슨 말을 해야 할지 생각도 못 하고 마비된 채 나는 서 있었다. 그러다가 말하였다. "이봐요, 휴고, 나 제이크 도너휴요. 썩 중요한 일로 될 수 있는 대로 빨리 만나 보고 싶소." 죽은 듯이 기척이 없었다. 해서 내가 말하였다. "이쪽 새디 집으로 들러 줄 수 없을까요? 난 지금 혼자요. 그렇지 않으면 내가 그쪽으로 들르도록 할까요?" 말을 채 끝내기도 전에 휴고는 수화기를 놓아 버렸다.

이에 나는 완전히 광란 상태가 되었다. 나는 전화통에다 대고 소리를 지르고는 수화기를 팽개쳤다. 머리를 쥐어뜯으며 힘껏 목청을 높여 욕설을 퍼부었다. 발을 구르며 방 안을 왔다 갔다 하였다. 융단이 좌우로 흐트러졌다. 10분이 실히 된 후에야 비로소 마음을 가라앉히고, 내가 무엇 때문에 이렇게 들떠 있는가 하고 생각하기 시작했다. 곧 휴고를 만나 보지 않으면 안 된다는 느낌이었다. 어떤 일이 있더라도, 당장. 가능하다면 한 시간 내로. 휴고를 만나 보기까지는 세계가 정지할 것 같았다. 무엇 때문에 휴고를 만나고 싶어 하는지는 전혀 분명하지가 않았다. 그저 꼭 만나 보아야겠고 또 그것이 전부였다. 그리고 만나 보기까지는 심히 괴로울 것 같았다. 나는 전화번호부를 잡았다. 그전 집에서 휴고가 이사를 했다는 것은 알고 있었다. 그리고 그의 현주소는 일부러 참견을 않으려고 애써 온 참이었다. 나는 떨리는 손가락으로 페이지를 넘겼다. 그의 연락처가 전화번호부에 나와 있었다. 주소는 홀본*에 있었고 '구시가'**의 전화번호였다. 가슴을 두근거리며 번호를 돌렸다. 응답은 없었다.

　이제 어떻게 해야 한담. 생각하면서 나는 조용히 앉아 있었다. 그가 아직도 그곳에 있을지 모르는 것에 대비해서, 무엇보다 전화번호부에 나와 있는 주소로 곧장 가 보기로 결심하였다. 필요하다면 그다음엔 바운티 벨파운더 촬영소에서 찾아볼 작정이었다. 만약 휴고가 새디를 찾고 있었다면 그가 촬영소에 있을 리는 없었다. 촬영소라면 새디가 있는 곳이었으니까. 한편 그가 전화를 대 달라던 미스 퀜틴은 애너였을지도 몰랐다. 따라서 그가 촬영소에 있는지 없는지는 정말 알 도리가 없었다. 좌우간 먼저 홀본으로 가서 그가 그곳에 숨어 있으면서 전화를 받지 않은 것인가 하는 점을 확인해 보는 것이 수였다. 물론 그가 자기 집에서 전화를 걸었다면, 내가 곧 그리로 다시 전화를 걸리라는 것은 단박에 알았을 것이다.

　그러고 나서 나는 상상하기 시작하였다. 내가 신분을 밝힌 후에 그가 얼마 만한 불쾌감과 혐오감을 느끼면서 수화기를 놓았을 것인가 하고. 잠시 동안이나마 내게 얘기 걸기가 싫었던 것이리라. 나는 이러한 생각을 물리쳤다. 너무나 고통스러웠기 때문이다. 나는 융단을 정돈하고 내 짐을 챙기기 시작하였다. 그때, 새디가 내게 하루 종일 아파

---

* 런던 중심부의 자치구.
** 시장 및 시의회가 관할하는 런던의 금융 상업 중심지.

트에 있어 달라고 특별히 부탁한 것이 머리에 떠올랐다. 그러나 나는 이것을 거역하였다. 결국 나는 휴고를 찾으러 나갈 참이었고 내가 그 장소를 방비하기로 되어 있는 것은 휴고의 침입을 막기 위한 것이라는 생각이 들었기 때문이다. 따라서 내가 하려는 일은 방어책이라기보다 공격적 전술이라고 할 수가 있고 목적은 같은 셈이었다. 다시 말하면, 휴고가 웰벡 거리로 오지 못하게 하는 것이었다. 만약 휴고를 찾아내어 내게 붙잡아 놓는다면 그건 새디의 소원을 그저 다른 방식으로 풀어 주는 셈이 된다. 이렇게 생각하며 큰 걸음으로 문께로 갔다. 고별 삼아 아파트를 둘러보고 나서 손잡이를 비틀었다.

아무런 변화도 일어나지 않았다. 나는 또다시 손잡이를 틀어 보았다. 문은 꼼짝도 하지 않았다. 원통식 예일 자물쇠는 제대로 돌아갔으나, 문 아래쪽에 모양새가 다른 자물쇠가 또 있었고 열쇠는 꽂혀 있지 않았다. —분명 이것은 잠겨 있었다. 나는 문을 잡아 흔들고, 있는 힘을 다해서 당겨 보았다. 자물쇠가 잠겨 있고 열쇠가 없어진 것이 확실하였다. 나는 갇힌 셈이었다. 의심할 여지도 없이 이 사실이 명백해지자 나는 부엌으로 가서 부엌문을 열어 보았다. 그것은 화재 비상 층계로 통하고 있었으나 그 문 역시 잠겨 있었다.

이번엔 유리창을 살펴보았다. 내게 얼마쯤 희망을 주는 것이라고는 부엌 창문뿐이었다. 그것은 문에서 1미터쯤 떨어져 있었다. 담이 큰 친구라면 거기서 비상 층계로 뛰어내릴 수가 있었으리라. 나는 거리를 재어 보고 아래쪽 낙하

장소를 내려다보았다. 그러고 나서 내가 담이 큰 위인이 못 된다고 단정하였다. 나는 높은 곳이 질색인 것이다. 그 걸 생각해 보니 집 앞 정면의 배수관도 가망이 없었다. 나는 혹시 열쇠를 찾아낼 수 있을까 하고 서랍과 상자를 뒤지면서 아파트를 수색하기 시작하였다. 그러나 성과를 거두려니 하는 희망은 갖지 않았다. 물론 나는 새디가 일부러 이런 짓을 했다는 것을 확신하였다. 그녀는 자기 나름의 이유 때문에 내가 진종일 보루(堡壘)를 지켜 주기를 바라고 있었다. 그리고 내가 그렇게 하리라는 것을 보증하는 방법은 나를 포로로 잡아 가두는 것이었다. 내가 나의 경계 초소를 버리고 싶어 하리라는 그녀의 예상은 맞았지만 그렇다고 해서 그녀에 대한 노여움이 풀리지는 않았다. 이 사건을 계기로 해서 나와 새디의 관계가 끝장날 것임에 틀림이 없다는 것도 정말이지 똑같이 분명한 일이었다.

열쇠 찾기를 포기하자 마지막 남은 수는 부엌문의 자물쇠를 비틀어서 열어 보는 일이었다. 그것은 간단하나 자물쇠였다. 대체로 나는 자물쇠를 비틀어 여는 데 서투른 편이 아니다. 핀에게서 배운 기술인데, 핀은 그 일에 아주 능숙하다. 그러나 나는 아무런 성과도 거두지 못하였다. 적당한 연장은 탄탄한 철사나 튼튼한 머리핀이다. 그러나 그 어느 것도 아파트 안에서 찾아내지를 못했기 때문에 나는 곧 그 짓을 단념했다. 내가 포로이고 새디가 돌아오기를 기다리는 수밖에 달리 도리가 없다는 것이 피할 수 없으리만큼 분명한 일이었기 때문에 나는 아주 조용하고 침착한 기분이 되었다. 하기는 침울한 기분이 되었다고 하는 게 더 온당한 표현일지도 몰랐다. 나는 짐을 모두 챙겨서 당장 이사를 할 수 있는 태세를 갖추었다. 새디에게는 무뚝뚝하게 대할 작정이었다. 또한 갇힌 몸이 해방되는 즉시로 휴고를 찾아 나설 결심에도 변함이 없었다. 나는 다시 휴고의 전화번호를 돌렸으나 응답이 없었다. 도움을 청하기 위해서 어디 딴 데다 전화를 걸어 볼까도 생각해 보았다. 그러나 곰곰이 생각해 본 다음 나의 난경을 솔직하게 털어놓고 싶은 사람이 아무도 없다고 단정을 내렸다. 나는 술잔에 진을 반쯤 따르고, 앉아서 꽤 많이 웃었다.

그 뒤엔 시장기가 들기 시작하였다. 2시가 넘었다. 나는 부엌으로 건너가서 오랫동안 호화판 식사를 하였다. 푸아그라 요리, 연어, 닭고기 젤리와 통조림, 아스파라거스, 나무딸기, 양젖 치즈, 그리고 오렌지 주스. 새디의 소행은 엄청난 범죄에 가까웠지만 그녀의 포도주는 입에 대지 않기로 했다. 찬장 하나에서 브랜디를 찾아내어 그것을 마시며 오랫동안 앉아 있었다. 그저 새디가 시거를 피우지 않는 것을 유감천만이라고 생각했다. 휴고와 애너 생각에 극도로 마음이 산란해지자 나는 접시를 모두 닦았다. 그런 연후엔 우울해지기 시작하였다. 나는 웰벡 거리 쪽으로 나 있는 정면의 유리창께로 가서 몸을 내밀고 지나가는 차량과 사람들을 바라보았다.

얼마 동안 그곳에 기대 있었다. 혼자서 프랑스 노래를 불러 보았다. 새디가 돌아오면 대관절 어떻게 받아 줄까 하고 우울한 기분으로 생각해 보았다. 바로 그때 거리 맞은편에서 걸어가고 있는 두 사람의 낯익은 모습이 눈에 띄었다. 핀과 데이브였다. 나를 보자 그들은 음모라도 꾸미는 듯한 투로 신호를 하기 시작하였다.

"아무 일도 없어." 하고 나는 소리쳤다. "난 혼자야." 그들은 길을 건너왔다. 데이브가 말하였다. "좋아! 우리는 시바의 여왕이 있는 게 아닌가 걱정했지!"

두 사람은 이를 드러내고 씽긋 웃으면서 나를 올려다 보았다. 그들이 여간 반갑지 않았다.

"그래!" 하고 혼자서 즐거워하며 데이브가 말하였다. "경호원 노릇은 재미있나? 그래 망은 잘 보고 있고?"

늘 그렇듯이 상냥하게 핀은 내게 미소를 올려 보냈다. 그러나 이번 경우에는 그가 데이브 편인 것을 나는 알 수 있었다. 그들에게는 상황이 굉장히 우스운 모양이었다. 나는 그들이 어떻게 여길까 하고 생각하였다.

"조용한 하루였어." 하고 나는 위엄 있게 말하였다. "일도 좀 한걸."

"무슨 일을 했느냐고 물어보기로 할까?" 하고 데이브가 핀에게 건네었다. 이제부터의 30분이 고약하게 생겼다는 것을 나는 알았다.

"자, 하루 일을 끝냈다면. 나와서 한잔하는 것이 어때?" 하고 데이브가 말하였다. "슬슬 술집 문이 열릴 때가 됐어. 우리를 불러들인다면 별문제지만. 혹 동패를 끌어들이지 말라는 분부가 있지 않았나?"

"나갈 수가 없어." 나는 태연히 말하였다. "그리고 들어오랄 수도 없고."

"어째서?" 데이브가 물어 왔다.

"갇혀 있는 몸이니 말일세." 내가 받았다.

핀과 데이브는 서로 얼굴을 마주 보더니 형편없이 맥 빠져 했다. 데이브는 숨이 막힐 듯이 웃으면서 포도(鋪道) 옆의 돌 위에 주저앉고 핀은 맥없이 가로등 기둥에다 몸을 기대었다. 그들은 몸을 뒤흔들었다. 나는 태연하게 발작이 멈추기를 기다리며 혼자서 나지막하게 콧노래를 불렀다. 데이브는 마침내 고개를 들더니 몇 번 만에야 가까스로 "더 할 말이 없는데!" 하고 핀에게 말했다. 다시 그들은 허리를 잡고 웃었다.

"이봐," 하고 나는 초조하게 말했다. "그만 웃고 나 좀 빼내 줘."

"저 친구 나오고 싶다네!" 데이브가 소리쳤다. "하지만, 힘도 안 써 봤나? 저 배수관은 뭐야? 아주 쉬울 것 같은데. 그렇지, 핀?" 그들은 다시 웃었다.

"할 짓은 다 해 보았어." 나는 말했다. "자, 그만들 떠들고, 내가 하라는 대로 해. 핀은 부엌문의 자물쇠를 비틀어서 열어 줘. 뒤곁의 비상 층계로 올라오면 돼. 나 혼자라도 할 수 있는데, 새디가 머리핀을 꽂고 다녀야 말이지."

"우리도 머리핀은 꽂고 다니지 않는걸." 하고 데이브가 말하였다. "그러나 좋다면 새디에게 진정서는 갖다 주지."

"핀," 하고 나는 말하였다. "나를 여기서 빼내 주지 않겠나?"

"그러고말고." 하고 핀이 말했다. "하지만 몸에 지닌 게 아무것도 없는걸."

"그럼, 무얼 찾아 와 봐!" 나는 큰 소리를 질렀다.

그때쯤엔 우리의 자못 괴이한 대화가 거리에서 이목을 끌었기 때문에 나는 얘기를 더 계속하고 싶지가 않았다. 결국 머리핀을 구할 때까지 핀이 근처의 거리를 다녀 보다가 돌아와서 문을 열기로 의견의 일치를 보았다. 요즈음에도, 우연히 머리핀을 찾으려는 경우에는 런던의 거리를 얼마 걷지 않아서 이내 찾아내게 되는 법이다. 한 가지 걱정은 자기가 하기로 되어 있는 일을 잊어버리고 핀이 술집으로 들어가지나 않을까 하는 것이었다. 포도를 내려다보면서 걷는 것처럼 최면술에 걸리기 쉬운 게 다시 없다는 것은 나 자신도 잘 알고 있다.

결정이 나자 나는 유리창을 꽉 닫았다. 데이브와 더 얘기를 계속해 보았자 당장에 아무런 소득도 없으리라는 느낌이 들었다. 그러나 불과 몇 분 후에 그가 부엌문 두드리는 소리가 들려왔다. 그저 조용히 하도록 하기 위해서 부엌 유리창으로 건너가 말을 건네지 않으면 안 되었다. 그 뒤 약 15분 동안 그는 약을 올리며 야유를 퍼부어 대었다. 다소간 황당한 얘기로, 내게 조금이라도 기백이 있다면 벽에서 튀어나온 선반으로 기어 나온다든가 지붕으로 기어 올라간다든가, 시트를 얽어맨다든가 해서 도망칠 수 있지 않느냐는 등속의 얘기였는데, 나는 거기에 퉁명스러운 대꾸를 해 주었다. 드디어 핀이 비상 층계를 뛰어 올라오는 소리가 들렸다. 그는 맵시 있는 머리핀을 찾아낸 것이었다. 그가 자물쇠를 여는 데는 30초 밖에 걸리지 않았다. 데이브와 나는 탄복하면서 그를 바라보았다. 문이 열리자 데이브와 핀은 들어와서 구경을 하고 싶어 하였으나 나는 재빨리 그들을 아래로 내몰았다. 새디와 면담을 못 하게 된 것은 조금도 섭섭하지가 않았다. 이렇게 수선을 피우고 있을 때, 돌아오는 그녀와 마주치고 싶지 않았다. 떠나기 전에 나는 호주머니에 비스킷을 잔뜩 집어넣었다. 불법 감금을 범한 여인에게서 푸아그라 통조림 두 개를 슬쩍 실례하는, 그러한 사회 계층에 과연 내가 속해 있는 것일까 하고 나는 자문해 보았다. 그리고 바로 그렇다고 단정했다. 아프가니스탄이나 카자흐스탄 보료를 섭섭한 마음에 마지막으로 둘러보고 나서 짐을 들고 나섰다.

함께 거리로 나가자 나는 곧 택시를 불렀다. 핀과 데이브는 모두 최고의 기분을 내고 있었고 나와 헤어질 속셈은 전혀 아니었다. 내게 매달려 있으면 유쾌한 저녁을 보내게 되리라고 그들은 생각하고 있었고 또 그런 재미를 빼앗기고 싶어 하지 않을 거라고 나는 생각했다. 내 편에서는 앞으로 무슨 일을 해야 할지 전혀 작정이 되어 있지 않았고, 여느 때처럼 정신적인 지지가 필요했기 때문에 두 사람이 뒤따라 택시로 밀려드는 것을 내버려 두었다. 우리는 먼저 팅컴 부인네 가게에 들렀다. 나는 트렁크와 원고 뭉치를 거기에 맡겨 두었다.

"자, 이제 어디로 간담?" 소풍을 앞둔 어린 소년처럼 둥그런 얼굴에 희색이 만면한 채 데이브가 물었다.

"벨파운더를 찾으러 가는 거야." 하고 나는 말했다.

"영화업자 말인가? 옛날에 자네가 알고 지내던 친구 말이야?" 핀이 말하였다.

"응, 그 친구야." 하고 말을 받아 주었으나 그 이상은 말하지 않았다. 따라서 차를 타고 가는 나머지 동안에는 다소 모욕적인 억측을 멋대로 섞어 가며 데이브가 핀의 흥을 돋우어 주지 않으면 안 되었다.

나는 그들의 얘기에 귀를 기울이지 않았다. 앞으로 휴고를 만나야 할 일이 마치 빙산(氷山)처럼 불안하게 다가왔기 때문에 나는 몹시 초조해지기 시작했다. 휴고에게 하고 싶은 얘기가 무엇인지 전혀 짐작도 가지 않았다. 딱히 애너에 대한 그의 감정을 알아낼 필요가 있는 것도 아니었다. 그의 감정에 대해선 정확한 진단을 내린 바 있다고 확신하였고, 그것은 무언극 극장의 무대에 서 있던 얼간이가 휴고였으며 그 뒤 애너를 검정색 대형 앨비스에 태워서 몰고 간 것도 휴고라는 것을 내가 확신하였던 것과 같았다. 물론 나에 대한 휴고의 마음가짐에 대해서 더욱 많은 것을 알고 싶기는 하였다. 이 점에 대해서도 확신을 못 가진 바는 아니었다. 무리도 아닌 혐오감과 모멸감을 가지고 나를 생각할 것임에 틀림없었다. 그러나 노력을 하면 이러한 상태를 바꿀 수 있을지도 몰랐다. 그러나 내가 휴고를 만나고 싶어 한 것은 이것 때문만도 아니었다. 오후를 보내면서, 휴고에게서 배울 것이 아직도 많이 있을지 모른다는 생각이 불쑥 들었다. 우리가 그전에 얘기를 주고받던 시절에 비하면 사물을 보는 나의 눈이 변하였기 때문에 더욱 그럴 것이었다. 오랜 시일이 지난 후 대화록의 단편을 재독했을 때 불현듯 나는 그것을 깨달았다. 휴고와 대화를 나누고 싶은 욕망은 무디어지지가 않았다. 아직도 우리 사이에는 주고받을 이야기가 많이 있을지도 몰랐다. 그렇듯 열띠게 성화를 부리며 그를 찾으려 한 것은 그러면 그 때문이었던가? 결국엔 그저 그를 만나 보고 싶었기 때문에 만나려 한 것이라는 느낌이 들었다. 투우장에서 싸우고 있는 투우사는 자기가 무엇 때문에 황소의 화를 돋우려 하는 것인지를 설명하지 못하는 법이다. 휴고는 나의 숙명이었던 것이다.

# 7장

택시가 멎었다. 우리는 내렸다. 데이브가 돈을 치렀다. 휴고는 홀본 육교 바로 위쯤의 어떤 사무실용 빌딩 꼭대기에 있는 아파트에 살고 있는 듯하였다. 문이 돌층계 쪽으로 나 있고 페인트칠을 한 게시판에는 여러 상사(商社) 및 법률 사무소의 이름과 함께 벨파운더의 이름이 보였다. 택시는 떠나 버리고 우리만이 육교 위에 서 있었다. 저녁나절에 런던 구시가*엘 가 보면, 한낮에는 그렇게도 바쁘게 법석대던 거리가 온통 섬뜩한 고독감에 싸여 있다는 것을 알게 된다. 육교는 극적인 전망을 제공해 준다. 홀본이나 뉴게이트 거리뿐만 아니라 바닥이 드러난 강처럼 발밑에 뻗어 있는 패링든 거리를 따라서 저 멀리까지를 바라볼 수 있지만 생물이라고는 전혀 눈에 뜨이지 않았다. 고양이 한 마리, 순경 한 사람도 보이지 않았다. 구름 한 점 없는 따뜻한 저녁이었다. 하늘이 맑게 개어 눈부시게 파란 기운이 감돌았다. 우리가 서 있던 주위엔 기척이 없었다. 차들이 오가는 소음이거나 그렇지 않으면 기울어 가는 태양이 짓는 여름의 한숨 소리였을지도 모르는, 멀리서 수런거리는 소리에 둘러싸인 형국이었다. 우리는 가만히 서 있었다. 핀과 데이브조차도 감명을 받았다.

"여기서들 기다리고 있게. 이삼 분 지나서도 돌아오지 않으면, 먼저들 가 봐." 하고 내가 말하였다.

그러나 그들은 이 말에 불만이었다.

"층계까지 바래다 주지." 하고 데이브가 말하였다. "자네가 원한다면 당장 꺼질 테니까." 그들은 휴고를 한 번 보고 싶어 한 것이라고 나는 생각한다.

그들의 말을 믿어도 좋다고는 전혀 생각하지 않았으나 나는 잠자코 있었다. 우리는 일렬종대로 돌층계를 올라갔다. 알맹이가 없는 결심밖에 느껴지는 바가 없었다. 우리는 터벅터벅 층계를 올라 자물쇠가 잠겨 있는 가운 제조업자나 공증인의 사무소를 지나쳤다. 5층에 다다랐을 무렵에 이상한 소리가 들려오기 시작하였다. 우리는 걸음을 멈추고 서로 얼굴을 바라보았다.

"무슨 소리야?" 한 것은 핀이었다.

아무도 알 수가 없었다. 우리는 까치발로 조금 더 올라갔다. 그 소리는 빌딩 꼭대기에서 들려왔다. 조금 지나고 보니 높은 가락으로 연방 지껄이는 소리라는 게 분명해졌다.

"파티를 열고 있군!" 홀연 깨닫는 바가 있어 나는 말하였다.

"여자들이야!" 하고 데이브가 말하였다. "영화배우겠지.

가 보세!"

우리는 조심스럽게 나아갔다. 층계 한 굽이를 돌아가기만 하면 휴고의 문에 이르는 거리였다. 나는 두 사람을 뒤로 밀고 혼자서 올라갔다. 문은 반쯤 열려 있었다. 소음은 이제 귀를 째는 듯하였다. 어깨를 벌렁 뒤로 젖히고 걸어 들어갔다.

들어가 보니 방은 완전히 비어 있었다. 맞은편으로 문이 또 하나 나 있었다. 나는 재빨리 방을 가로질러 가서 문을 열어 보았다. 이웃방도 역시 비어 있었다. 문간으로 해서 도로 나오다가 나는 데이브와 핀에게 탁 부딪혔다.

"새야." 하고 핀이 말했다. 사실이었다. 휴고의 아파트는 구석에 자리 잡고 있었다. 바깥쪽으로는 높은 난간이 붙어 있었다. 비스듬한 지붕이 유리창 위로 삐죽이 나와 있어 거의 난간에 닿을락 말락 했다. 지붕 밑 깊숙한 구석에 찌르레기가 수백 마리나 있었다. 마치 새장에 갇혀 있기나 한 것처럼 유리창에다 대고 날개를 퍼덕거리며 유리와 난간 사이에서 뛰어올랐다 뛰어내렸다 하는 것이 보였다. 거리에서는 이 소리가 분명 들리지 않았다. 그렇지 않으면 아마 런던 전체의 수런거리는 소리와 혼동을 한 것이리라. 여기선 그 소리가 압도적이었다. 굉장한 당황감과 굉장한 안도감이 들었다. 휴고는 그림자도 비치지 않았다.

데이브는 창가에서 새들을 내쫓으려고 했으나 소용없는 일이었다.

"내버려 두게. 여기서 사는걸," 하고 나는 말하였다.

나는 호기심을 가지고 주위를 둘러보았다. 두 번째 방은 휴고의 침실로서, 내가 알고 있던 휴고답게 가구 설비는 드문드문하고 간소하였다. 철제 침대, 앉을 자리에 골풀을 깐 의자 몇 개, 옷장 한 개, 물 마실 때 쓰는 컵이 놓여 있는 놋쇠 트렁크가 있을 뿐이었다. 보다 넓은 첫 번째 방은 그러나 휴고의 새로운 면을 보여 주고 있었다. 터키 양탄자가 바닥에 골고루 깔려 있고, 거울, 장의자, 무늬 있는 쿠션 등이 한가하고 기품 있는 정경을 이루고 있었다. 벽에는 원화(原畵)가 많이 걸려 있었다. 내가 알아맞힐 수 있는 것으로서는 르누아르의 소품 두 개, 민턴과 미로의 그림이 각기 하나씩 있었다. 그림을 보고 나는 휘파람을 가느다랗게 불었다. 휴고가 그림에 유달리 흥미를 가지고 있었다는 것은 내 기억에 없었다. 책은 겨우 몇 권 있을 정도였다. 이러한 보물창고의 문을 반쯤 열어 둔 채 외출한다는 것은 아주 휴고다운 매력적인 요소라는 생각이 들었다.

핀은 새들을 바라보고 있었다.

귀가 먹먹할 정도의 지저귐 소리를 무시할 수가 있다면, 마치 실내 장치의 일부분이거나 한 것처럼 유리창에 끼인 채 톱니 모양의 날개를 펼치면서 혹은 기어오르고, 혹은 날개를 파닥거리고, 혹은 서로 밀어젖히는 모습은 보기가 좋았다. 새들을 바라보면서, 이곳에 눌러앉아 휴고가 돌아오기를 기다리는 게 좋지 않을까 하고 나는 생각하였다.

그러나 바로 그때, 혼자서 배회하고 있던 데이브가 "이 것 봐!" 하고 큰 소리를 질렀다. 그는 문에 핀으로 꽂혀 있던 쪽지 하나를 가리키고 있었다. 들어올 때 미처 보지 못했던 것이었다. 쪽지에는 '술집에 갔음'이라고 간단히 적혀 있었다.

데이브는 벌써 층계참으로 나가 있었다. "기다릴 게 뭐 있어?" 하고 그가 물었다. 술을 마시고 싶어 하는 표정이었다. 일단 그 생각이 머릿속에 떠오르자 핀 역시 같은 표정이 되었다.

나는 망설였다. "어떤 술집인지 알 수가 있어야지." 나는 말했다.

"아마 제일 가까운 술집일 테지." 하고 데이브는 말했다. "아니면 제일 가까운 술집 중의 하나일 테지. 한 바퀴 돌아 보세."

데이브와 핀은 층계를 내려가고 있었다. 나는 층계참 주위를 재빨리 둘러보았다. 또 하나의 문으로 목욕탕과 부엌이 보였다. 부엌 유리창은 아파트의 지붕 쪽으로 나 있고 그 건너편에는 다른 사무실용 빌딩의 유리창과 채광창이 넘겨다보였다. 이것이 휴고의 영토에 속하는 것 전부였다. 나는 찌르레기를 작별 삼아 쳐다보고, 휴고의 거실 문을 그 전대로 해 두고서 핀과 데이브를 뒤따라 층계를 내려갔다.

우리는 육교 위에 있는 무쇠 사자상 곁에 섰다. 남으로는 세인트 브라이드, 북으로는 세인트 제임스, 서쪽으로는 세인트 앤드루, 동으로는 세인트 세펄커, 세인트 레너드 포스터, 그리고 세인트 메리 르 바우 성당 등의 첨탑이 있었고 종루 위에는 저녁나절의 강렬한 햇살이 내리쬐고 있었다. 저녁 햇빛은 집들과 버림받은 흰 첨탑들을 부드럽게 만들고 있었다. 패링든 거리는 여전히 넓기만 한 채 텅 비어 있었다.

"어느 쪽이야?" 데이브가 물어왔다. 나는 런던 구시가에 밝다. 서쪽으로 가서 '킹 라드'나 플리트 거리*의 술집으로 갈 수도 있고 동쪽으로 가서 골목 많고 성당을 굽어보고 있는, 사람이 훨씬 덜 모이는 런던 구시가의 술집으로 갈 수도 있었다. 나는 휴고의 성격을 상상해 보았다.

"동쪽." 하고 나는 말했다.

"어디가 동쪽이야?" 핀의 물음이었다.

"따라와!" 하고 나는 말하였다.

우리는 큰 걸음으로 세인트 세펄커 성당을 지나 곧장 바이어덕트 술집으로 갔다. 이곳은 뮤** 계통의 술집이다. 카운터를 흘끗 보고서 휴고가 그곳에 없다는 것을 알 수 있었다. 막 나가려는데 핀과 데이브가 딴청을 부리기 시작하였다.

"자네가 한번은 이런 소리 한 게 생각나는군." 하고 데이브가 말하였다. "이름을 모르는 술집에서 술을 마시거나 술도 마시지 않으면서 술집에 들어가는 것은 예법에 어긋난다고 했잖아."

"그러면 재수 없지." 하고 핀이 받았다.

"그건 어쨌건 간에 나는 한잔해야겠는걸." 하고 데이브가 말하였다. "핀, 자넨 뭘 들겠어?"

---

* 신문사가 많이 있는 거리..
** 맥주 이름.

딴 사정 같았다면 나도 역시 한잔하고 싶어 했을 것이다. 무더운 밤이었기 때문에 두 사람이 맥주 한 잔을 드는데에 한몫 끼어 외따로 떨어져서 휴고 생각을 하며 마셨다. 모두가 맥주를 급히 들이마시자 나는 전진하라는 명령을 내렸다. 올드 베일리에서 애써 눈길을 돌리면서 나는 앞장서서 길을 가로질렀다.

맥파이 앤 스텀프란 이름의 맵시 있는 체링턴* 계통의 술집이 있었다. 나는 두 사람을 앞서서 달려가 한눈에 안을 들여다보고는 그들이 문 앞에 당도하기 전에 다시 나왔다. "허탕이야!" 하고 나는 소리 질렀다. "다음 집엘 가 보세." 알코올에 휘말려 '랄렌탄도(점차로 서서히)'의 동작이 되리라는 것을 알고 있었기 때문에 끄떡없이 걸을 수 있는 동안에 될수록 멀리까지 가 보고 싶었다.

핀과 데이브는 달음박질로 나를 따라와선 잽싸게 조지로 들어갔다. 조지는 아늑한 와트니** 계통의 술집으로, 벽은 벗겨지고 카운터는 구식이다. 그 위편은 컷글래스와 마호가니로 만들어져 있어 고해실의 신부처럼 바텐더가 그리로 내다보고 있다. 휴고는 없었다.

"소용없는 짓인데," 하고 세 사람이 각각 술잔을 들었을 때 나는 데이브에게 건네었다. "어디 있는지 알 수가 있나."

"포기하지 말게," 하고 데이브가 말했다. "아파트에야 어느 때고 돌아갈 수 있잖나."

---

* 맥주 이름.
** 맥주 이름.

그건 그랬다. 그러나 어쨌든 나는 견딜 수 없는 초조감에 사로잡혔다. 어차피 휴고가 돌아올 때까지 저녁 시간을 소비해야 한다면 휴고를 찾아다니며 허비하는 것도 다른 수 못지않게 좋은 일이었다. 나는 마음속으로 세인트 폴 대성당 경계의 정경을 펼쳐 보였다. 그러고 나서 한 집씩 건너서만 술을 마시기로 하는 협정을 데이브 및 핀과 맺었다. 마지막으로 그들이 자리를 뜨도록 하는 데 주의를 기울였다. 함께 밖으로 나오자 나는 라드게이트 힐 쪽으로 발걸음을 옮겨 언덕을 돌아 세인트 폴 성당 쪽으로 향했다. 언덕 위에는 영거* 계통의 술집이 있었으나 휴고는 없었다. 다음 술집은 세인트 폴스 처치야드**에 있는 쇼트*** 계통의 술집이었다. 우리는 그곳에서 한잔하였다. 플리트 거리로 돌아가는 게 좋지 않을까 하고 나는 혼자서 궁리하였다. 그러나 일단 동쪽을 택했으니 새삼 포기하고 싶지는 않았다. 뿐만 아니라 플리트 거리에서 휴고와 마주친다는 것은 선뜻 마음이 내키지 않는 일이었다. 우리의 극적인 해후를 술 취한 신문 기자 녀석들 때문에 잡칠 염려가 있었기 때문이다. 나는 길동무들을 이끌고 치프사이드로 내려갔다.

초저녁이 어지간히 기운 뒤였다. 어둠이 내리고 있었으나 분가루처럼 펼쳐져 있어서 희미해지는 색채를 더욱 선명하게 만들고 있었다. 하늘은 짙은 청색이고 지평선은 반짝이는 보라색이었다. 세인트 폴스 처치야드의 어둠과 그

---

* 포도주 이름.
** 라드게이트 거리에 이어 있는 거리의 이름.
*** 포도주 이름.

늘을 벗어나, 휘황한 경기장으로 들어가듯 치프사이드로 접어들었다. 퇴락한 건물의 구멍을 통해서 어슴푸레한 장방형을 차곡차곡 쌓아 놓은 듯한 세인트 니컬러스 콜 성당이, 멀리 남쪽으로 틔어 있는 캐넌 거리 저편에 홀로 서 있는 게 보였다. 그 사이로는 분홍 바늘꽃이 가로의 잔해 위에서 흔들리고 있었다. 이 황량한 지대에도 빛깔 진 집들의 외각이 서 있고, 네모진 바람벽과 창을 돋보여 주고 있었다. 석양이 번쩍거리는 벽돌이나 휘황한 타일 위를 비추고, 이따금씩 보이는 쓰러진 석주를 따뜻하게 해 주고 있었다. 세인트 베대스트 성당을 지날 때는 하늘 꼭대기가 파르르 떨며 더욱 짙은 모색(暮色)이 되었다. 이전에 프리맨즈 코트*였던 곳으로 접어든 후 우리는 헤니키** 계통의 술집으로 들어갔다.

이곳에서 우리의 협정은 깨어졌다. 주로 앞서 얘기한 '점차로 서서히'의 작용 때문이었다. 휴고를 만날 가망은 없었지만 완전히 한 바퀴 돌아 보자는 생각을 그 무렵 하기 시작하였다. 되돌아가 치프사이드를 가로질러 바우 레인***으로 접어들자 가로등이 켜졌다.

흔들리는 골목 램프의 누런 불빛이 흰 벽에 부딪혀 옛적 이름을 드러내 보이고 또 위편은 아주 캄캄하게 만들어서 밤기운을 돋우었다. 별이 두서넛 눈에 띄었다. 아주 오랫동안 그곳에 있었던 별같이 보였다. 우리는 워틀링 거리에

---

* 치프사이드 북쪽의 거리.
** 포도주 이름.
*** 치프사이드 남쪽의 거리.

있는 해묵은 술집으로 들어갔다. 휴고가 좋아함 직한 집이었다. 그러나 그는 없었다. 술을 마시면서 스키너즈 암즈에 들렀다가 라드게이트 광장으로 되돌아가자고 나는 두 사람에게 말했다.

그들은 마다하지 않았다. "그러나 이렇게 유쾌한 시간을 너무 걷기만 하면서 보내는 건 싫은걸," 하고 핀은 말하였다. 나는 그들을 끌어내 함께 스키너즈 암즈로 다가갔다. 이 술집은 캐넌 거리와 퀸 빅토리아 거리가 마주치는 지점, 앨더메리의 세인트 메리 성당 바로 밑이었다. 우리는 몰려 들어갔다.

꽤 안쪽으로 들어가 휴고가 없다는 것을 확인했을 때 데이브가 팔을 붙들더니 말하였다. "소개하고 싶은 사람이 있네."

기다란 목로 끝에는 붉은 나비넥타이를 맨 홀쭉하고 안색이 창백한 사람이 카운터에 몸을 기대고 있었다. 그는 데이브에게 인사를 건네었다. 가까이 다가갔을 때 나는 그의 큰 눈에서 깊은 인상을 받았다. 웜뱃*이나 루오의 그리스도의 눈처럼 둥글고 반짝이는 것이 우리를 슬픈 표정으로 바라보는 것이었다.

"레프티 토드**를 소개하지."라고 데이브는 말하고 나서 내 이름도 대었다.

우리는 악수를 하였다. 물론 나는 이 '신독립사회당'의

---

* 호주에 사는, 곰 비슷한 동물.
** '레프티(lefty)'에는 좌파란 뜻이 있다.

괴짜 영수 얘기를 많이 들었으나 만나 본 적은 없었다. 자 못 흥미를 느끼며 나는 그를 바라보았다.

"여기서 무얼 하고 있는 거야?" 하고 그는 데이브에게 물었다. 빈혈 증세가 있는 듯 맥빠진 그의 얼굴은 당돌하 고 기운 있는 말투와 좋은 대조를 이루고 있었다. 얘기를 하면서, 그는 다소 모호하게 핀을 향해 손짓을 했다. 아는 처지같이 보였다. 핀은 도대체 소개를 받는 법이 없는 위 인이다.

"도너휴한테 물어보게." 데이브가 말하였다.

"여기서 무얼 하고 있소?" 레프티가 내게 물었다.

단도직입적인 질문을 받는 게 나는 싫다. 그런 경우에 나는 흔히 거짓말로 때운다. "《스타》* 신문사에 있는 친구 를 찾고 있는 중이오." 하고 나는 말했다.

"누군데요?" 하고 레프티가 말하였다. "스타 신문사 사 람이라면 모르는 이가 없소."

"히긴즈라고 새로 들어간 사람이오." 나는 말하였다.

래프티는 눈을 동그랗게 뜨고 나를 바라보았다.

"그래요." 하더니 그는 데이브에게로 향하였다. "이쪽으 로는 별로 안 오는 편이지." 하고 그는 말했다.

"자넨 《독립사회주의자》 신문을 잠재우고 있지 않나." 하고 데이브가 말하였다.

"정확하게 말하면 아직 잠자리에 든 것은 아니지," 레프 티가 받았다. "딴 사람들에게 맡긴 거야!"

---

* 런던의 석간 신문.

그는 내게로 고개를 돌리더니 말하였다. "말씀은 많이 들었습니다."

나는 여전히 난감함을 느끼고 있었다. 유명한 인사가 이런 말을 했을 때 "저 역시 말씀 많이 들었습니다."라고 서투른 수작을 하는 법이 내겐 없었다. 도리어 나는 대답해 주었다. "무슨 얘길 들었습니까?"라고. 그러면 흔히 상대방은 어리둥절하게 된다.

레프티는 어리둥절해하지 않았다. 그는 잠시 생각에 잠기더니 말했다. "노형은 재사이지만 너무 게을러서 일을 하지 않고, 좌익 사상을 가지고는 있으나 정치에 적극적으로 참여하지 않는다고요."

솔직하기 짝이 없었다. "잘못 들은 건 아니군요." 하고 나는 그에게 말했다.

"먼저 것에 관해선," 하고 레프티는 말하였다. "난 조금도 개의치 않아요. 그러나 나중 것에 관해선 몇 가지 묻고 싶군요. 지금 틈이 있을까요?" 그는 내게 손목시계를 내보였다.

그의 당돌한 태도나 이미 마신 맥주의 양 탓도 있었지만 먼저 것과 나중 것이란 말투에 적잖이 당황하였다. "내게 정치 얘기를 하고 싶다는 건가요?"

"노형의 정치관에 관해서요."

데이브와 핀은 슬며시 빠져나가 맨 구석에 앉아 있었다.

"그럽시다." 나는 말했다.

# 8장

"자, 그러면 우리의 입장을 분명히 해 봅시다. 어때요?" 하고 레프티가 말하였다. "과거에 어떤 정치 경험을 가졌던가요?"

"이전에 Y. C. L.(청년공산동맹)에 가입한 적이 있습니다." 하고 나는 말하였다. "지금은 노동당에 들어 있지요."

"그럼, 그것이 의미하는 바는 피차 알고 있는 셈이죠. 그럼 적어도 이론적인 면에선 시대에 뒤떨어지지 않으려고 하고 있나요? 정세는 연구하고 있소?" 그는 의사처럼 활달하고 유쾌하게 말을 건네었다.

"거의 하지 않소." 나는 말하였다.

"그럼 어째서 포기했는가를 분명하게 들려줄 수 없겠소?"

나는 손바닥을 폈다. "가망이 없어서……."

"아!" 하고 레프티는 말하였다. "그런 소리만은 해선 안 되지요. 그건 성령에 대한 죄요. 이 세상에 가망 없는 건 없는 법이오. 그렇잖나, 데이브?" 하고 그는 데이브에게 말하였다. 그때 데이브는 카운터에서 또 한 잔의 술값을 치르고 있었다.

"자네 입을 닥치게 하는 것 말고는 사실 그러하이." 하고 데이브가 말하였다.

"노형이 발을 뺀 건 무슨 일이 생기든 관심을 가질 바를 몰라서였던가요?" 레프티가 내게 물었다.

"두 가지가 사실은 관련되는 것이지요," 하고 나는 말하였다. 계속 말할 참이었는데 레프티가 내 말을 가로채었다.

"옳은 말씀이오." 하고 그는 말했다. "나도 바로 그것을 얘기할 참이었소. 그렇다면 관심을 가지고 있다는 건 자인하는 셈인가요?"

"물론이죠." 하고 나는 말하였다. "그러나……."

"그건, 방죽에 난 균열과 같은 거요." 하고 그는 말했다. "관심을 가질 바엔 절대적인 관심을 가져야지요. 지금 세상에 그 이외에 무슨 도의적 문제가 있단 말이오?"

"친구에게 충실하고 여성들에게 점잖게 구는 것." 하고 나는 번개처럼 재빨리 말하였다.

"그건 잘못이오," 레프티가 받았다. "체제 전체가 위기에 처해 있단 말이오. 가라앉아 가는 배를 타고 있는 사람이 비틀거리는 걸 잡아 준댔자 그게 무슨 소용이란 말이오?"

"발목을 삐면 헤엄을 못 치게 될 테니까요." 하고 나는 일러 주었다.

"그러나 그의 생명을 구해 주기 위한 노력을 할 수가 있는

데, 무엇 하러 발목을 삐지 않도록 도와주려 한단 말이오?"

"생명을 구해 주는 방법은 모르지만 발목을 삐지 않게 하는 것은 알고 있기 때문이죠." 나는 다소 퉁명스럽게 말해 주었다.

"자, 우리 생각해 봅시다." 조금도 열의를 잃지 않은 레프티는 말하였다.

그는 가죽 가방을 열고 대량의 팸플릿을 꺼내었다. 그는 빠른 속도로 그것을 넘겼다.

"노형이 꼭 읽어야 할 게 있소."라고 말하면서 그는 마치 거울처럼 그것을 내 면전에 쳐들었다. 표지에는 큰 글씨로 '어찌하여 당신은 정치를 버렸는가?'란 질문이 적혀 있고 그 밑에는 '좌익 정치는 당신을 필요로 한다.'라고 적혀 있었다. 제일 밑에는 '정가 6펜스'라고 씌어 있었다. 나는 호주머니를 뒤지기 시작하였다.

"아니오, 그냥 가지고 가시오. 선물이오." 하고 레프티는 말하였다. "실상 이건 파는 게 아니오. 그러나 정가를 매겨 놓으면 횡재를 만났다고 생각하고 읽게 되지요. 내일이라도 틈이 있으면 훑어보시오." 그리고 그는 그것을 내 상의 속에 집어넣었다.

"그런데, 노형은 사회주의자인가요?"

"그렇소." 하고 나는 말하였다.

"정말?"

"네."

"좋아요. 하지만 우리는 아직껏 이것이 무엇을 뜻하는 것인지를 모르고 있단 말이오. 그러나 우선은 그것으로 족

합니다. 그건 그렇고, 사회주의를 위해서 싸우는 게 가망 없는 일이라고 느끼게 된 것은 현재 상황의 어떤 특징 때문인가요?"

"엄밀히 말해서 가망이 없다고 느끼는 게 아니라⋯⋯." 하고 나는 얘기를 시작하였다.

"이봐요, 병은 이미 자인하지 않았소? 치료법을 얘기합시다." 하고 레프티는 말하였다.

"좋아요." 하고 내가 말하였다. "그건 이렇소. 영국 사회주의는 완벽히 가치가 있소. 그러나 그건 사회주의가 아니오. 그건 복지 자본주의요. 그건 자본주의의 진짜 재앙을 다루지 않소. 다시 말하면 가혹한 노동을 문제 삼지 않는단 말이오."

"좋소, 좋소," 하고 레프티는 말하였다. "이제 그것을 천천히 검토해 봅시다. 마르크스가 한 말 가운데서 가장 심오한 것은 뭐요?"

나는 이 질의응답의 방식이 귀찮아지기 시작하였다. 한 질문에는 정답이 하나뿐이라는 투로 그는 질문을 던졌다. 교리문답 같았다. "어떤 하나가 가장 심오하란 법이 어디 있소?" 하고 나는 물었다.

"노형 얘기가 맞소. 마르크스는 심오한 것을 많이 설파하였소." 내가 귀찮아하는 것도 아랑곳없이 레프티는 말하였다. "예컨대, 의식이 존재의 기초가 되는 것이 아니라 사회적 존재가 바로 의식의 기초라고 그는 말했소."

"이것이 무엇을 뜻하는 것인지 우리는 아직껏 모르고 있단 말이오⋯⋯." 하고 나는 말하였다.

"그거야 알고 있는 거요!" 레프티는 말하였다. "기계적으로 생각하는 마르크스주의자들이 알고 있는 것 같은 의미는 아니지요. 사회가 기계적으로 발전하고 이데올로기는 그저 뒤에서 따라가고 있다는 뜻이 아니오. 혁명적 시대에 가장 중요한 것이 무엇이냐? 말할 것도 없이 의식이오. 의식의 가장 중요한 특징은 무엇이냐? 말할 것도 없이, 단지 정세를 반영할 뿐만 아니라 그것을 심사숙고한다는 점이오. ——다만 적당하게, 적당하게 말이오. 그렇기 때문에 노형 같은 지식인이 중요한 거요. 건 그렇고, NISP(신독립사회당) 같은 단체의 장래를 어떻게 보십니까?"

"다른 정당보다 많은 표를 얻고 노형이 총리가 되겠지요."

"천만에!" 하고 레프티는 의기양양하게 말하였다.

"그럼, 어떻게 되겠소?"

"모르겠소." 하고 레프티는 말하였다.

자기도 해답을 알지 못하는 질문을 느닷없이 던지는 것은 부당하다는 느낌이 들었다.

"그러나 가장 중요한 것은 바로 그거요!" 하고 그는 말을 계속하였다. "사람들은 우리를 보고 무책임하다고 비난하오. 그러나 이런 사람들은 우리의 역할을 이해하지 못하는 거요. 우리가 맡은 역할은 영국의 사회주의 의식을 탐색하는 것이오. 그 책임감을 증진하는 거요. 미구에 새로운 사회 형태가 우리에게 과해질 것이오. 낡은 사회 사상에서 뽑아낸 사회사상만을 벗 삼아, 가만히 앉아서 기다리기만 하라는 법이 어디 있단 말이오?"

"잠깐," 하고 나는 말하였다. "그동안 인민들은 어떻게 되는 거죠? 즉 대중은 말이오. 관념이란 개개인의 머릿속에 떠오르는 거죠. 그게 언제나 인류의 문제점이었소."

"정곡을 찌른 얘기요," 하고 레프티가 말하였다. "이론과 실천의 멋진 일치는 어떻게 되느냐, 이 말이지요?"

"정말이지 영국의 사회주의가 새 입김을 받고 다시 젊어진다면 그보다 더 영국에 도움이 되는 것은 없을 거요. 하지만 인민들을 감동시키지 못할 지식인의 부흥이 무슨 소용이 있단 말이오. 극히 특수한 상황 아래서만 이른바 실천은 일치를 보게 되는 거요."

"예컨대, 언제요?" 레프티가 물어왔다.

"저, 예컨대, 러시아에서 볼셰비키당이 정권을 잡으려고 투쟁했을 때가 그랬죠."

"아," 하고 레프티가 말하였다. "노형 의견을 내세우는데 적절치 못한 예를 골랐소. 자기들이 하고 있는 일에 대해서 그들이 가지고 있었던 것처럼 보이는, 그 굉장한 고도의 의식에 의해서, 어째서 우리가 깊은 감명을 받느냐? 그건 그들이 성공했기 때문이오. 만약 성공하지 못하였다면 그네들은 많지 못한 수효의 미치광이 떼처럼 보였을 거요. 전 과정이 하나의 기계처럼 보이고 또 그들이 그 기계의 작용을 이해하고 있었던 것처럼 보이는 것은 우리가 지나간 일을 되돌아보기 때문인 거요. 이론과 실천의 일치는 시시각각으로 판단할 수가 없는 것이오. 이론과 실천의 괴리라는 원리도 또한 중요한 거요. 노형의 문제점은 '사회주의의 가능성'을 정말로 믿고 있지 않다는 점이오. 노형은 기계론자요. 왜 기계론자냐? 그건 이렇소. 노형은 사회주의자로 자처하고 있소. 하지만 딴 사람들과 마찬가지로 '대영 제국이 사해를 제패한다'*라고 하는 터전에서 자랐소. 노형은 화려한 편에 소속되기를 바라고 있소. 공산주의자가 될 수 없는 것을 유감으로 생각하는 것은 그 때문이오. 그러나 노형은 공산주의자가 될 수는 없소. 또한 상상력이 부족하여 대영 제국의 신화에서 손을 떼지도 못하오. 그렇기 때문에 가망이 없다는 느낌을 갖게 되는 거요. 노형에게 필요한 것은 유연성, 유연성이오!" 레프티는 굉장히 길고 유연한 손가락으로 나를 가리켰다. "유럽의 지도자가 될 기회를 아마 우리가 놓쳐 버린 것일 거요. 그러나 중요한 것은 그러한 기회에 상부하는 존재가 되어야 한다는 점이오. 그러면 아마 또 한 번쯤 기회를 갖게 될 거요."

"그건 그렇고, '변증법'은 어떻게 되는 거요?" 하고 나는 물었다.

"대뜸 그렇게 나오는구려." 하고 레프티는 말하였다. "그것은 이를테면 악마의 눈**이오. 정말로 믿지 않는다 하더라도 사람을 마비시키지요. '변증법'의 신자라 하더라도 미래란 근거 없는 추측이란 것은 알고 있소. 우리가 할 수 있는 일은 우선 숙고하고 다음에 행동하는 거요. 그것이 사람의 일이오. 유럽도 영원히 유지되지는 않을 거요. 영속하는 것은 아무것도 없소."

데이브가 다시 목로 쪽에 와 있었다.

---

* 제임스 톰슨의 「앨프리드」에서 시구를 따온 영국 국민 가요의 일절.
** 이 눈이 한번 흘겨보면 상대방에게 재앙이 온다고 한다.

"유태인들은 예외겠지만," 하고 내가 말하였다.

"옳은 말씀이오. 유태인들은 예외지요." 하고 레프티는 말하였다.

우리 두 사람은 데이브를 바라보았다.

"시간이 다 되었는데요." 하고 여자 바텐더가 말하였다.

"그렇다면, 어떤 종류의 불가해한 일은 인정하는 셈인가요?" 하고 나는 레프티에게 물었다. "그렇소. 경험론자니까요." 하고 그는 대답하였다.

우리는 각자 술잔을 넘겨주었다.

그때쯤엔 알코올이 적지 않이 배 속에 들어갔기 때문에 술을 끝내야 한다는 생각에 절망감을 느낄 지경이었다. 뿐만 아니라 나는 레프티가 마음에 들기 시작하였다.

"여기에서 브랜디를 한 병 살 수 있을까요?" 나는 물었다.

"살 수 있을 거요," 하고 그는 말했다.

"그럼 술을 한 병 사고, 어디서 토론을 계속할까요?" 나는 물었다.

레프티는 망설였다. "좋소," 하고 그는 말했다. "그러나 한 병 가지고는 모자랄 거요. 저 반 병짜리 헤네시를 네 개 주시오." 그는 여급에게 말하였다.

우리는 퀸 빅토리아 거리로 나갔다. 아주 조용하고 무더운 밤이었다. 별들이 반짝이고 달빛이 넘치는 듯하였다. 주정뱅이가 두서넛 갈지자 걸음으로 지나가고, 남아 있는 사람은 우리뿐이었다. 제각기 봉창에 브랜디 병을 지니고 우리는 세인트 폴 성당 쪽을 바라보며 서 있었다.

"어디로 갈까?" 하고 데이브가 말하였다.

"난 정신을 좀 차려야겠는걸," 하고 레프티는 말하였다. "우체국에 가서 편지를 몇 장 부쳐야겠어."

밤이고 낮이고 간에 어느 때나 살 수 있는 유일한 물건이 우표뿐이라는 것은 런던 중심부의 특징이다. 여간한 소식통이 아니고서는 대략 새벽 3시 30분을 지나면 여자조차 구할 수가 없다.

우리는 중앙우체국 쪽으로 걸음을 옮겼다. 킹 에드워드 거리로 접어들었을 때 나는 병째로 술을 벌컥 들이켰다. 그렇게 하는 동안에도 나는 이미 만취가 되었음을 알 수가 있었다.

중앙우체국은 널찍하고, 굴 속 같고, 관료적이고, 엄숙하고 또 어둠침침하였다. 우리는 유쾌하게 시시덕거리며 들어갔다. 그리고 우체국원과, 이맘때쯤이면 으레 나타나 익명의 편지나 자살 유서를 끼적거리고 있는 사람들의 명상을 방해했다. 레프티가 우표를 사고 전보를 치고 하는 사이에 나는 「대포는 주조되었다」의 합창을 지휘하였다. 일단 합창이 시작되자 그것을 그치게 할 만큼 정신을 차리지 못했기 때문에 노래는 계속되었고, 마침내 우리는 직원에게 쫓겨나고 말았다. 바깥에 나와 우리는 괴상한 우체통을 자세히 살펴보았다. 아가리를 딱 벌리고 있어서 부친 편지가 길고 캄캄한 구렁으로 떨어져 내리는 것이 보이고, 마침내는 훨씬 아래편에 있는 불 켜 놓은 방 안의 얕은 상자에 가 닿는 것이었다. 핀과 나는 여기에 매혹되었기 때문에 곧 편지를 써야겠다고 작정했다. 우리는 안으로 되돌아가서 봉함엽서를 두 장 샀다. 데이브는, 이미 자기가 원하는 것보다 많은 수효의 편지를 받은 바 있기 때문에 필요 없는 편지질을 해서 편지를 더 오게 하는 것은 부질없는 일이라고 말했다. 핀은 아일랜드에 있는 사람에게 편지를 쓰겠다고 말했다. 나는 봉함엽서를 중앙우체국 벽에 수직으로 대놓고 애너에게 편지를 쓰기 시작하였다. 그러나 '사랑한다'라는 말 이 외에는 생각나는 것이 없었다. 나는 그 말을 아주 서투른 글씨로 몇 번이나 썼다. 그러고 나서 '당신은 아름답다'라는 말을 덧붙이고 엽서를 봉했다. 나는 그것을 우체통 아가리에 잘 대고 손을 떼었다. 가을날의 나뭇잎처럼 뒹굴면서 그것은 떨어져 내렸다.

"자, 가세!" 하고 레프티가 말하였다.

"어디로?"

"이쪽." 이렇게 말하고 나서 그는 우체국을 옆에 끼고 우리를 인도해 갔다. 머릿속이 멍한데도 레프티가 내 앞의 지면에서 불쑥 올라서는 것이 보였다. 그는 담장 꼭대기에서 내게 손짓을 하였다. 그때 기분의 푼수로는 '퀸 메리' 호의 뱃전이라도 걸어갈 수 있을 것 같은 느낌이었다. 나는 뒤따라갔다. 다른 축들도 나를 따라왔다.

잠시 후 우리는, 둘레는 조그마하나 초목이 우거진 정원 같은 곳에 당도해 있었다. 훤한 여름밤의 어둠 속에서 나는 철문에 비스듬히 기대 있는 무화과나무를 알아볼 수 있었다. 넘어져 있는 흰 돌께로 풀이 무릎까지 닿을 정도로 우거져 있었다. 우리는 앉았다. 이내 우리가 세인트 레너드 포스터 성당의 본당 터에 와 있다는 것을 깨달았다. 나는 깊은 풀숲에 드러누웠다. 별들이 가득 눈으로 들어왔다.

잠시 후 레프티는 내게 말하고 있었다. "지금 노형에게 필요한 것은 휩쓸려 들어가는 일이오. 무슨 일이든지 시작해서 사람들에게 부딪혀 들어가면 곧 그중의 몇 사람을 증오하게 되는 법이오. 추상론을 타파하는 데 증오처럼 효과적인 것은 없소."

"그건 사실이오." 하고 나는 굼뜨게 말하였다. "지금 나는 아무도 미워하지 않고 있소."

우리는 나지막한 목소리로 얘기하였다. 가까이엔 핀과 데이브가 누워서 소곤거리는 소리를 주고받고 있었다.

"그렇다면 마땅히 부끄럽게 여겨야 할 거요." 하고 레프티는 말하였다.

"그러나 내가 할 수 있는 일이 무어란 말이오?" 나는 그에게 물어보았다.

"그건 연구를 해 보아야 할 문제요." 하고 레프티가 말하였다. "우리는 우리 당원을 과학적으로 다루고 있소. 우리는 각자에게 묻고 있소. 그의 요구와 우리의 요구가 마주치는 교차점이 무엇인가? 우리 모두에게 가장 도움이 되면서 동시에 그가 가장 하고 싶은 일이 무엇인가? 물론 어느 정도까지는 아주 간단한 일상적인 일을 요구하기도 하오."

"그건 그렇지요." 하고 나는 말했다. 풀숲을 통해 오리 온 자리가 떠오르는 것을 바라보았다.

"당신 경우에는," 레프티가 말했다. "무엇을 할 것인가 하는 점이 다행히 분명하오."

"그게 뭐요?"

"극작(劇作)이오." 하고 레프티는 말했다.

"못 합니다. 소설은 안 되겠소?" 내가 물었다.

"안 되오," 하고 레프티는 말하였다. "요새 누가 소설을 읽는단 말이오? 극작을 해 보려 한 적은 없소?"

"없소."

"그렇다면 빨리 착수할수록 좋겠소. 물론 웨스트 엔드*를 노려야지요."

"희곡을 써 가지고 웨스트 엔드에서 상연케 한다는 것은 쉬운 일이 아니오." 나는 그에게 일러 주었다.

"천만에!" 하고 레프티는 말하였다. "대중의 취미에 맞토록 판에 박은 약간의 양보를 하기만 하면 되오. 손을 대기 전에 최근에 성공한 몇 편을 과학적으로 분석해 볼 수도 있을 것이오. 노형의 문제점은 힘든 일을 싫어한다는 점이오. 적절한 틀을 잡아 놓은 후에 거기에다 하고 싶은 얘기를 집어넣으면 되는 거요. 내주쯤 내게 한번 들러서 같이 논의해 봅시다. 그러면 언제쯤 들를 수 있겠소?"

레프티는 수첩을 꺼내어 무얼 잔뜩 적어 놓은 페이지들을 넘기기 시작했다. 나는 그것이 불가능한 이유를 생각해 내려고 하였으나 도무지 생각이 나지 않았다. 오리온 성좌에 눈이 부셨다.

"화요일, 수요일, 목요일……," 하고 나는 그에게 말하였다. "그러나 약속은 못하겠소."

"나도 예정이 꽉 차 있는 형편이오," 하고 레프티가 말

---

* 런던의 서부. 부유층의 주택가로 피커딜리를 중심으로 극장가, 대상가, 공원 따위가 있다.

하였다. "금요일 3시 15분쯤이 어떻겠소? 4시까지는 약속이 없고 잘하면 좀더 오래 끌 수도 있소. 독립사회당 사무실로 들르시오."

"네, 네." 하고 나는 대답하였다. 레프티는 창백한 얼굴을 내 쪽으로 돌리고 있었다.

"아마 잊어버리기가 쉬울 거요." 이렇게 말하더니 그는 명함을 끄집어내어 시간과 장소를 적어 넣고는 내 호주머니에 찔러 넣어 주었다.

"자, 그러면," 하고 그는 내게 말하엿다. "아까는 이 언저리에서 무얼 하고 있었는지 좀 들려주시오."

나는 이 물음에 감동을 받았다. 레프티도 인간이라는 것을 처음으로 나타내 준 말이었기 때문이기도 하고 한편으로는 내게 휴고를 상기시켜 주기도 하였기 때문이다. 지난 몇 시간 동안 이상하게도 휴고는 내 염두에서 완전히 사라져 버렸던 것이다. 나는 천천히 일어나 앉았다. 내 머리가 마치 용수철 위에 걸려 있고 누군가가 그것을 떼어 놓으려고 하는 것 같은 느낌이었다. 나는 두 손으로 힘주어 머리를 잡았다.

"벨파운더를 찾고 있었소," 하고 나는 그에게 말하였다.

"휴고 벨파운더 말이오?" 이렇게 묻는 레프티의 목소리는 흥미롭다는 듯한 어조였다.

"그렇소. 그를 아시오?" 내가 물었다.

"누굴 얘기하는 건지는 알고 있소," 하고 레프티는 말하였다.

나는 그에게로 고개를 돌렸다. 창백한 얼굴 가운데서 오

직 그 큼직한 두 눈만이 검은 반점처럼 보였다. "저녁때 그를 보았던가요?" 내가 물었다

"스키너즈엔 들르지 않았소." 레프티의 대답이었다.

나는 레프티에게 몇 가지를 더 물어보고 싶었다. 휴고를 어떻게 생각하는지가 궁금하였다. 자본가로 생각할까? 그러나 당장엔 온 정신이 두통에 쏠리고 있었다.

핀이 헤엄을 치고 싶다고 말한 것은 그로부터 얼마 뒤의 일이었다. 새벽 2시는 지나서였을 것이다. 레프티는 데이브에게 얘기를 하고 있었고 나는 기운을 회복하고 있었다. 밤은 나무랄 데가 없을 만큼 따뜻하였고 또 고요하였다. 핀이 이 말을 꺼내자 데이브만 빼놓고 우리는 모두 매혹되었다. 서펜타인*은 너무나 멀고 리젠트 공원도 그러했다. 세인트 제임스 공원은 언제나 경관들이 까다롭게 군다. 자명한 일은 템스 강에서 헤엄을 치는 것이었다.

"조수(潮水)에 휩쓸려 내려갈걸." 하고 데이브가 말하였다.

"조수가 바뀔 때 들어가면 까딱없어." 하고 핀이 받았다. 좋은 생각이었다. 그러나 조수가 바뀌는 게 어느 때란 말인가?

"수첩을 보면 알 수가 있지." 레프티가 말하였다. 그가 성냥을 켜는 동안 우리는 둘레로 모여 섰다. 런던 다리에서의 만조 시각은 2시 58분이었다. 잠시 후 우리는 담장을 기어오르고 있었다.

---

\* 하이드 파크에 있는 뱀 모양의 연못.

"경관을 조심해." 레프티의 말이었다. "창고를 털러 간다고 생각할 거야. 들키거든 취한 척해."

이건 하지 않아도 좋을 충고였다.

달빛이 교교한 공지를 가로질러 우리는 옛날 파이푸트 레인이었던 곳을 따라갔다. 여기는 런던 구시가의 옛터로서 성당이나 술집이 있던 위치를 많은 게시판들이 을씨년스럽게 알려 주고 있다. 세인트 니컬러스 성당의 외따로 서 있는 종루를 지나 우리는 어퍼 템스 거리로 들어섰다. 아무 소리도 들리지 않았다. 종소리도 인기척도 없었다. 우리는 소리 내지 않고 걸었다. 달빛을 벗어나, 샛길과 속이 결딴난 창고가 뒤얽힌 어두운 골목으로 접어들었다. 창고에는 무엇인지 분간할 수 없는 물건들이 가득 쌓여 있었다. 정지한 밤의 어둠 속에서 꼼짝도 하지 않은 채 신문지 조각이 거리에 흩어져 있었다. 드문드문 서 있는 거리의 램프가 구멍 뚫린 벽돌을 비춰 보이기도 하고, 이따금씩 보이는 고양이에게 그림자를 마련해 주기도 하였다. 우물처럼 깊고 캄캄한 거리가 마침내 돌로 된 방파제에 닿으면서 끝장이 났다. 그 건너편에는 돌층계를 몇 층 내려선 곳에 다시 달이 보였다. 강물 위에서 조각이 난 달이었다. 방파제를 넘어가서 잠시 동안 돌층계 위에 서 있었다. 물결이 발을 적시고 있었다.

양쪽으로 창고의 벽이 툭 삐져나와 우리의 전망을 가로막고 후미를 가려 주고 있었다. 그리고 이곳에서 강은 거품과 둥근 나무토막으로 잔뜩 덮여, 런던의 품 안에서 넘치도록 부풀어 있었다. 채소 썩은 냄새 같은 것이 났다.

핀은 신발을 벗고 있었다. 리피 강*을 구경한 적이 있는 사람은 다른 강의 더러움에 놀라는 법이 없다.

"조심해," 하고 레프티가 말하였다. "돌층계 밑으로 쑥 내려가. 그러면 거리에선 보이지 않을 거야. 큰 소리 지르지 말고, 뛰어들어도 안 돼. 어디엔가 수상 경찰이 있을지도 모르니까." 그는 셔츠를 벗었다.

나는 데이브를 보았다. "자네도 들어오려나?" 하고 나는 그에게 물어보았다.

"물론, 난 안 들어가!" 그는 말했다. "내 생각엔 자네들은 모두 돌았어." 그러고 나서 그는 방파제 쪽으로 등을 돌리고 앉았다.

나의 가슴은 심하게 뛰고 있었다. 나 역시 옷을 벗기 시작하였다. 핀은 벌써 발을 물속에 잠그고 헬쑥하니 벌거숭이로 서 있었다. 발끝으로 떠 내려오는 나무토막들을 제치면서 천천히 층계를 내려가고 있었다. 물이 그의 무릎까지 찼다. 궁둥이까지 찼다. 그러더니 가벼운 철벙 소리를 내면서 그는 기슭에서 멀어져 갔다. 잔물결이 밀려옴에 따라서 나무토막들이 돌에 와 부딪쳤다.

"참 어지간히 소란을 피우네!" 레프티가 말하였다.

배가 시리고 몸은 떨려 왔다. 마지막 옷을 벗었다. 레프티는 이미 벌거숭이가 되어 있었다. 우리는 어둠 속에서 서로 얼굴을 바라보며 미소를 지었다. 그는 강 쪽으로 몸을 돌리고 모양 없이 비슬비슬 나가더니 몸뚱이가 검은 물

---

* 더블린을 지나가는 조그만 강.

속으로 잠기도록 들어갔다. 밤중의 미풍이 내 몸을 스쳤으나 그 감촉은 따뜻하지도 싸늘하지도 않고, 그저 부드럽고 뜻밖의 느낌만이 들었다. 혈액이 살갗 밑에서 심하게 요동하고 있었다. 이어 소리도 없이 레프티가 핀의 뒤를 따라갔다. 물이 내 발목을 차갑게 휘감았다. 내려서면서 곁눈질을 해 보니 데이브가 기념상처럼 내 머리 위로 웅크리고 있는 게 보였다. 이내 물이 목까지 찼다. 나는 탁 트인 강 속으로 뛰어들었다.

하늘은 펼쳐 놓은 기폭처럼 내 머리 위로 널려 있었다. 별이 폭포를 이루고 달빛을 받아 창백했다. 거룻배의 시꺼먼 선체가 배후의 수면을 어둡게 만들고 음침한 종루나 첨탑이 대안(對岸)에 흐릿하게 솟아 있었다. 나는 강심으로 꽤 많이 헤엄쳐 갔다. 굉장히 폭이 넓어 보였다. 상류 쪽과 하류 쪽을 올려다보니 한편으로는 블랙 프라이어 다리 밑의 시꺼먼 구렁이, 또 한편으로는 달빛을 받고 반짝거리는 사우스 워크 다리의 기둥이 보였다. 평평하게 널려 있는 강물은 반짝거리면서 흐르고 있었다. 수은 속에서 헤엄치는 것 같았다. 나는 핀과 레프티를 찾아보았다. 그다지 멀지 않은 곳에서 그들의 머리가 오르락내리락하는 것이 보였다. 그들이 내 쪽으로 다가와서 한동안 우리 세 사람은 함께 헤엄을 쳤다. 참 멋지게도 조수가 바뀌는 때를 잡았기 때문에 물살의 낌새는 전혀 느껴지지 않았다.

세 사람 가운데서 헤엄 솜씨는 내가 단연 으뜸이었다. 핀은 힘을 들이면서 모양이 없게 헤엄을 쳤다. 불필요한 동작에 기운을 낭비하였고 좌우로 몹시 흔들렸다. 레프티의 헤엄 솜씨는 단정하나 활기가 없었다. 그가 곧 지치게 되리라고 나는 추측했다. 나는 몸뚱이를 물에 맡기고 능숙하게 헤엄친다. 힘을 안 들이고 얼마든지 헤엄칠 수 있는 크롤 수영법이다. 수영은 성질상 유도와 비슷한 점이 있다. 이 두 가지 기술은 모두, 똑바로 서 있는 자세에 대한 융통성 없고 신경질적인 집착을 기꺼이 내던지는 심적 자세에 그 묘가 있는 것이다. 둘 다 전신의 근육 운동이다. 또 유달리 광범위한 신체 활동 중에 불필요한 동작을 배제하는 것을 요구하기도 한다. 두 가지가 모두 많은 경로를 통해서 얕은 곳으로 흘러가는 물의 역학 운동을 닮고 있다. 그러나 실제에 있어선 일단 자기 몸을 마음대로 가눌 수 있고, 또 인간의 의식 속에 깊이 뿌리 박혀 있는 낙하에 대한 공포를 극복할 수 있게 되면 대개의 운동 기술이나 매력 있는 몸놀림은 누구나 쉽사리 터득할 수가 있거나 아니면 어느 정도 접근하기가 쉬워지는 법이다. 예컨대, 나는 춤을 잘 추고 또 정구 솜씨도 훌륭한 편이다. 내 키가 작은 것을 위로해 줄 수 있는 것이 있다면 이런 것들이 나의 자위(自慰)감이리라.

이제 다른 두 사람은 돌층계 쪽으로 되돌아갔다. 나는 한 척의 거룻배로 헤엄쳐 가서 한동안 닻줄에 매달려 머리를 누이고 암청색의 하늘과 검정과 은빛이 교차하는 물의 파노라마를 응시하였다. 그리고 몸을 쉬었다. 정적이 세차게 내 몸에 밀려들었다. 이어 닻줄을 타고 기어올라 물 위로 나서서 흰 구더기처럼 줄에 매달렸다. 다음에 발을 떼고 손을 차례로 놀리면서 닻줄을 내려 소리 없이 다시 강물로 들어갔다. 다리가 수면을 흐트러뜨리자 부드럽게 계속해서 끌려가는 듯한 감촉이 느껴졌다. 썰물이 다시 흐르고 있었다. 나는 돌층계를 향해 나아갔다.

핀과 레프티는 신나는 기분을 누르며 옷을 입고 있었다. 나도 한몫 끼었다. 긴장이 풀리고 의식(儀式)도 끝이 났다. 마음껏 소리치고 싸움질을 하고 싶은 느낌이었다. 그러나 잠자코 있어야 했기 때문에 우리의 혈기는 웃음이 되어 나왔다. 옷을 입고 나니 따뜻한 감이 들고 술은 거의 깨었다. 그리고 형편없이 시장기가 들었다. 비옷 호주머니를 뒤져, 새디네 집에서 가지고 온 비스킷과 푸아그라를 찾아내었다. 이것은 소리 없는 환영을 받았다.

우리는 돌층계 위에 걸터앉았다. 썰물 때문에 층계는 점점 늘어나고 있었고, 발밑에는 부서진 바구니라든가 통조림 깡통들이라든가 잡다한 채소 쓰레기가 수북하였다. 내 병은 텅 비었으나 딴 사람들 병에는 브랜디가 얼마쯤 남아 있었다. 그러나 데이브는 실컷 마셨다고 하며 그 권리를 내게 넘겨주었다. 아침나절에 당 사무실을 새 지부(支部)로 옮겨야 하기 때문에 곧 가 보아야겠다고 레프티가 말했다. 그는 자기 병에 남아 있는 술을 핀에게 권하였다. 핀은 사양하지 않았다. 통조림을 손에서 손으로 건네며 우리는 재미있게 먹었다. 브랜디가 신성한 불처럼 목구멍을 넘어가 내 피를 빛의 속도로 순환시켰다.

그 뒤에 어떤 일이 벌어졌는가 하는 것은 별로 분명치가 않다. 그날 밤의 나머지 부분은 아지랑이처럼 아물아물하니 단편적으로 기억될 뿐이다. 우리가 영원한 우정을 서로

맹세한 뒤 레프티는 떠나갔다. 그때 나는 사회주의 탐구 운동에 몸을 바칠 것을 서약하였다. 나는 데이브와 이것저것 감상적인 얘기를 오랫동안 나누었다. 나보다도 훨씬 더 취해 있던 핀은 엉뚱한 곳에 팽개쳐졌다. 발을 물에 빠뜨리게 된 그를 그대로 두고 우리가 떠났던 것이다. 얼마 뒤에 물속에 빠진 것은 발이 아니라 머리일지도 모른다고 데이브가 말하였다. 해서 그를 찾으러 되돌아갔으나 찾아낼 수가 없었다. 희미하게 동터 오는 하늘 밑의 인기척 없는 거리를 걸어가니 묘한 소리가 귓속에서 쟁쟁 울리고 있었다. 세인트 메리 성당, 세인트 레너드 성당, 세인트 베대스트 성당, 세인트 앤 성당, 세인트 니컬러스 성당, 그리고 세인트 존 재커리 성당의 사라져 가는 종소리였으리라. 다가오는 새날이 긴 팔을 밤의 어둠 속으로 들이밀었다. 퍼진 안개처럼 순식간에 햇빛이 나왔다. 세인트 앤드루 바이 더 워드롭 성당을 지나가며, 남은 브랜디를 내가 다 마셨을 때쯤엔 이미 지평선이 산뜻한 초록색으로 무늬져 있었다.

# 9장




　그다음으로 기억나는 것은 우리 두 사람이 코벤트 가든 마켓*에서 커피를 마신 일이다. 짐꾼들의 편의를 위해서 새벽부터 커피를 파는 노점이 있으나 손님이라고는 우리 두 사람뿐이었다. 이젠 아주 환하였다. 날이 밝은 후 한동안이 지났던 것이리라. 주로 꽃을 파는 시장 거리에 우리는 서 있었다. 주위를 훑어보니 굉장히 많은 장미꽃이 눈에 띄어 나는 이내 애너 생각이 났다. 아침나절 당장에 그녀에게 꽃을 가져다주기로 작정하고 나는 데이브에게 그 뜻을 알렸다. 우리는 어슬렁어슬렁 바구니에 담은 화초가 난만한 길로 들어갔다. 근처에는 사람이 별로 보이지 않고 꽃은 너무나 많았기 때문에 슬쩍 실례하는 것도 아주 자연스러운 일인 것처럼 여겨졌다. 아직 밤이슬이 축축한 긴

---

＊ 화초나 과일을 파는 시장 거리.

줄기의 장미꽃이 양쪽으로 담장을 이루고 있는 사이를 지나 나는 백장미와 분홍 장미와 황색 장미를 모았다. 모퉁이를 돌아 서는 곳에서 데이브와 마주쳤다. 망울이 벌어진 곳은 붉은 기를 띠고 있었다. 우리는 제각기 가져온 꽃을 모아서 한아름으로 만들었다. 그것으로 그치고 말 이유가 없을 듯하여 오랑캐꽃과 아네모네가 가득 담긴 나무 상자를 샅샅이 뒤지기도 하고 호주머니에 팬지를 채워 넣기도 했다. 소맷자락이 함빡 젖고 꽃가루 때문에 숨이 막힐 지경이었다. 그러고 나서 꽃다발을 꼭 거머쥔 채 우리는 마켓을 나서서 롱 에이커*에 있는 한 집의 층대 위에 걸터앉았다.

골치가 쿡쿡 쑤시고 술은 아직 깨지 않았다. 데이브의 얘기 소리가 흡사 꿈속에서처럼 들려왔다. "아차, 잊었었군. 이틀 전에 자네에게 편지가 왔었어. 줄곧 호주머니에 넣고만 있었네." 그가 내미는 편지를 나는 맥없이 받아들었다. 곧이어 나는 겉봉의 필적이 애너의 것임을 알았다.

불안과 서투름으로 해서 떨리는 손가락으로 나는 봉투를 뜯었다. 글씨가 내 눈앞에서 이리저리 춤을 추었다. 글씨가 진정이 되었을 때 내가 읽어 낸 것은 다음과 같은 짤막한 사연이었다. '시급히 당신을 만나고 싶어요. 극장으로 들러 주세요.' 나는 두 손으로 머리를 싸매고 신음 소리를 내기 시작했다.

"무슨 일이야?" 하고 데이브가 물어 왔다.

---

\* 코벤트 가든 근처의 거리.

"택시를 하나 잡아 줘." 하고 나는 그에게 신음 소리를 내었다.

"골치가 아프긴 나도 매한가지야." 하고 데이브는 말하였다. "잡으려거든 제기랄 자기가 잡지."

그래서 나는 몸을 일으켜 꽃다발을 들고 그곳을 떠났다. 눈을 감고 문에 몸을 기댄 채 층대 위에 앉아 있는 데이브를 버려둔 채.

스트랜드 거리*에서 택시를 잡고 해머스미스까지 가 달라고 말하였다. 심장이 뛰면서 '너무 늦었다'를 반복하고 있었다. 나는 줄곧 몸을 앞으로 내밀고 앉아 있었다. 꽃줄기가 손아귀에서 으스러지고 있었다. 거의 다 가서야 비로소 나는 장미가시에 심하게 찔렸다는 것을 깨달았다. 셔츠의 소맷자락으로 피를 닦아 내었다. 소맷자락은 지난밤부터 진흙투성이가 되어 있었다. 나는 해머스미스 공회당께서 택시를 내려 강 쪽으로 걸어 내려갔다. 걸음을 옮김에 따라서 나는 비슬비슬 담벼락에 부딪혔다. 가슴이 뻐근하여 숨이 막힐 지경이었다. 극장이 보였다. 그러나 무엇인지 이상한 일이 벌어지고 있었다. 문이 활짝 열려 있었다. 나는 걸음을 재촉했다. 바깥에는 두서너 대의 트럭이 서 있었다. 나는 현관으로 뛰어 들어갔다. 양탄자를 걷어치운 마루가 울렸다. 바닥에 거의 발도 대지 않고 날듯이 층계를 뛰어올라 애너의 방으로 뛰쳐 들어갔다.

방은 완전히 비어 있었다. 그 방이 정말로 전의 그 방이

---

* 코벤트 가든 동남쪽으로 나 있는 거리.

라는 것을 확신하는 데 잠깐 시간이 걸렸다. 가지각색의 혼돈은 온통 간 곳이 없고 금박종이 한 조각, 비단실 한 오라기 남아 있지 않았다. 방 안의 세간이 온통 치워져 있었고 청소가 되어 있었다. 유리창은 강 쪽으로 환히 열린 채였다. 그저 저쪽 한구석에 한 쌍의 간이 테이블이 놓여 있을 뿐이었다. 그 위로 신문지가 쌓여 있었다. 나는 약이 오르도록 놀란 채 서 있었다. 이어 층계참으로 되돌아갔다. 집 전체에 변화가 일어났다는 것은 명백하였다. 집은 웅웅 소리를 내고 삐걱거리고 또 메아리쳤다. 여러 군데의 방에서 사람의 목소리가 들리고, 묵직한 구두가 아무것도 깔지 않은 마루를 쿵쿵거리는 소리도 났다. 문소리가 탕탕 났다. 어느 창을 통해서나 여름 아침의 바쁜 듯한 소음이 밀려 들어왔다. 폭력의 손길이 집을 후려쳐, 집은 폭행을 당한 것이었다. 갑작스러운 충동에 밀려 나는 강당의 문께로 다가갔다. 문을 흔들어 보았으나 여전히 잠긴 상태였다. 그 기묘한 건물의 중심부가 어떠한 비밀을 이곳에 간직하고 있든지 간에 적어도 얼마 동안은 더 그것을 품고 있을 수가 있는 셈이었다. 청바지에 쾌활한 얼굴을 한 소녀가 휘파람을 불면서 층계를 올라왔다. 내가 서 있는 것을 보자 그 소녀는 입을 열었다. "아, 소매업의 계산 일로 오셨나요?"

나는 미치광이처럼 뚫어지게 그 소녀를 바라보았다. 이내 그녀는 말하였다. "미안합니다. 패딩턴 그룹에 속하는 분으로 알았어요."

"극장에 관계하는 사람 하나를 찾고 있었소." 나는 받았다.

"모두 떠나시지 않았나 생각하는데요." 이렇게 말하고 나서 그녀는 애너의 방으로 들어갔다.

한 손으로는 난간을 움켜잡고 다른 손엔 꽃을 한아름 안고 나는 그곳에 가만히 서 있었다. 그때 코르덴 바지를 입은 두 사나이가 커다란 널빤지를 들고 내 곁을 지나갔다. 널빤지에는 NISP(신독립사회당)라는 글씨가 페인트로 씌어 있었다.

정신을 차려 보니 거리로 나와 있었다. 트럭 두 대가 더 와 있었다. 강과 평행으로 나 있는 길을 따라 걷기 시작하였다. 마지막 트럭과 대등한 높이가 되는 곳에 당도했을 때 그 속에 있는 무엇인가가 내 눈을 끌었다. 그 트럭은 내가 아까 이곳에 왔을 때 서 있었던 것 중의 하나였다. 나는 걸음을 멈추고 가까이 다가갔다. 이어 묘한 감정에 휩쓸렸다. 트럭에 실려 있는 것은 애너 방에 들어 있던 물건들이었다. 이 거대한 상자형의 짐칸 안에는 높다란 널빤지가 뒤를 가리고 있을 뿐 내가 기억하는 모든 보물들이 함부로 쌓여 있었다. 나는 재빨리 주위를 돌아보았다. 지켜보고 있는 사람은 아무도 없었다. 다음 순간 뒤편의 널빤지를 타고 올라가 꽃잎을 비처럼 흩날리며 꽃다발과 함께 흐느적거리는 장난감과 직물 더미 속으로 비집고 들어갔다. 나는 주위를 둘러보았다. 눈에 익은 모든 것이 그곳에 있었다. 흔들 목마, 박제된 뱀, 뇌명판, 가면. 그것들을 두루 바라보며 나는 슬픔에 잠겼다. 뙤약볕이 내리쬐고 있었기 때문에 그것들은 때 묻고 깨어진 한낱 쓸모없는 것처럼 보일 뿐이었다. 극장 안의 방 속에서 이런 물건들이 조성한 혼란을 지배하고, 또 애너가 그 한가운데 있음으로 해서 극히 부드럽게 또 자연스럽게 흐르고 있었던, 그 신비스러운 질서는 간 곳이 없었다. 그들은 이제 기다랗게 혹은 비스듬히 서로 어색한 모양새로 놓여 있었다. 그전의 마력(魔力)도 사라지고 없었다.

그것들을 바라보고 있노라니 갑작스레 흔들리며 트럭이 움직였다. 몸이 앞으로 쏠리며 볼따귀를 무엇엔가 세게 부딪혔다. 일변 갖가지 물건들이 폭포처럼 쏟아져 내려 차 속에서 거의 묻힐 지경이었다. 한동안 제자리에 꼼짝 않고 누워서 곁눈질을 하고 있는 가면에 얼굴을 가까이 대고 있었다. 그동안에 양철 나팔의 아가리가 내 등을 들이쑤시고 있었다. 이어 나는 서서히 몸을 움직여 잡동사니 속에서 빠져나왔다. 트럭은 킹 거리를 달리고 있었다. 만약 그대로 타고 있으면 애너에게로 갈 수 있는 게 아닐까 하고 혼자 생각해 보았다. 그러나 곰곰이 생각해 보니 그렇지 못하다는 것을 확신하게 되었다. 그 물건들은 버려진 물건 같아 보였고 어딘가 경매인의 창고로 가고 있다는 게 더 그럴싸해 보였다. 나는 천천히 또 서글프게 물건들을 점검하기 시작하였다. 하나하나 알아보며 인사를 하였다. 그러는 한편 꽃을 부서뜨리며 그 장난감 더미 위에 장미와 작약의 꽃잎을 퍼뜨렸다. 무엇인가 불가사의한 계획이 잠들어 있는 무덤에 꽃을 뿌리는 것 같은 느낌이었다.

발에 감긴 유리 목걸이를 풀려고 몸을 굽히고 있는데 흔들 목마의 목에 있는 어떤 것에 눈길이 갔다. 목마는 그

잡동사니 더미 속에 반쯤 묻힌 채 옆으로 누워 있었다. 고삐에는 봉투 하나가 붙어 있었다. 놀라움과 불안이 뒤섞인 기분으로 더 자세히 살펴보았다. 겉봉에는 J란 글자가 적혀 있었다. 꽂혀 있는 핀을 떼고 숨 막힐 정도로 황급히 그 속에 들어 있는 종잇조각을 펴 보았다. 이렇게 적혀 있었다. '더 기다릴 수 없어 유감입니다. 마음에 들지는 않지만 수락하지 않으면 안 된다는 생각이 드는 제의를 받았어요. 애너.' 나는 이것을 보고 넋이 빠졌다. 참담한 기분으로 온통 가슴이 뻐근하였다. 무슨 뜻이란 말인가? 아, 왜 진작 오지 못하였던가! 이 제의란 대체 무엇인가? 아마도 휴고가……. 나는 감겨 있는 것으로부터 발을 뺐다. 유리구슬이 소나기처럼 흩어지며 후둑후둑 소리를 내고, 흔들리는 산더미의 틈서리와 구멍 속으로 떨어졌다. 비단이야 찢어지든 말든 무릎을 세우고 가까스로 뒤편의 널빤지 쪽으로 나아갔다. 트럭은 막 앨버트 홀을 지나는 참이었다.

나는 마지막으로 애너의 짐을 천천히 둘러보았다. 무늬진 숄에 반쯤 가려진 채 있는 도금한 관 모양의 머리 장식이 보였다. 조용하고 휘황한 영토의 여왕의 표지로 내가 그녀에게 씌워 주었던 것이다. 그 머리 장식의 바퀴에 내 손을 들이밀어 다시 품 속에 잡아당겨 놓고 뛰어내릴 준비를 하였다. 트럭은 교통신호 때문에 나이트 브리지*에서 속력을 늦추고 있었다. 비틀거리면서 일어서자 뇌명판이

---

* 하이드 파크 남쪽으로 나 있는 거리

눈에 들어왔다. 그것은 한구석 잡동사니 더미 속에 틀어박힌 채 본때 없이 가까스로 균형을 유지하고 있었다. 나는 팔을 뻗어 있는 힘을 다해서 그것을 흔들었다. 이어서 나는 뛰어내렸다. 트럭이 다시 속력을 내어 브롬프턴 거리 쪽으로 돌자, 그 으시으시한 소리가 교차로 근처에 메아리쳐서 사람들 모두 걸음을 멈추고 눈을 크게 뜬 채 귀를 기울였다. 그 우르르 하는 소리를 뒤에 간직한 채 나는 하이드 파크로 걸어 들어가 풀밭 위에 나자빠졌다. 거의 곧바로 나는 잠이 들었다.

# 10장

잠에서 깨어났을 때는 며칠이 지나간 것 같은 느낌이 들었다. 실은 11시 30분밖에 안 되었다는 것을 깨달았다. 한참 만에야 나는 어째서 내가 그렇게 참담한 기분이었는가를 기억해 낼 수가 있었다. 나는 몇 분 동안이나 도금이 된 관 모양의 머리 장식을 바라보았다. 자는 동안에도 나는 그것을 손에 쥐고 있었는데, 그것이 무엇인지 또 어떻게 해서 손에 넣게 되었는지를 도무지 생각해 낼 수가 없었다. 보다 가까운 과거의 슬픈 사건을 기억해 내었을 때, 다음엔 무슨 일을 해야 할 것인가 하고 나는 궁리하기 시작하였다. 첫 번째로 할 일은 약국까지 가서 두통에 좋은 것을 먹는 일일 것 같았다. 나는 그렇게 하였다. 다음엔 분수전께로 가서 타는 듯한 갈증을 가라앉혔다. 갈증을 가라앉히는 것은 더할 나위 없는 쾌락이기 때문에 아무리 교묘한 책략으로도 그것을 연장할 수가 없다는 것은 놀랄 만한 일이다. 그다음엔 하이드 파크 코너*의 벤치에 앉아 머리를 문지르며 계획을 세우려 하였다.

　나의 이전의 생활 패턴이 영구히 사라지고 말았다는 것은 이제 명백하였다. 나는 운명의 암시를 예감할 수가 있다. 그러나 이 다음에 어떤 새로운 형태가 나타나게 될 것인가는 알 길이 없었다. 일변 몇 가지 문제가 있어 적어도 어떤 해결을 꾀할 때까지는 내게 휴식을 주지 않으리라는 것은 의심할 여지가 없었다. 당장 홀본 육교로 다시 나가 보고 싶은 충동이 일었다. 그러나 다시 생각해 보고는 휴고를 만나려 하기 전에 정신을 가다듬는 것이 좋겠다고 작정하였다. 여전히 기분은 묘하였다. 좌우간 한낮에 휴고가 집에 있을 성싶지는 않았다. 기분상으로도 촬영소에서 그를 찾아보는 것은 탐탁하지가 않았다. 하루를 조용히 보내고 오후엔 낮잠을 자고, 그러고 나서 다시 휴고를 찾아보는 게 좋을 것 같았다. 할 수만 있다면 애너를 찾아보는 게 더 좋았다. 그러나 당장 어디서부터 찾아야 할지를 몰랐다. 게다가 휴고를 찾아내는 곳에서 애너도 찾아내게 될 것이라는, 생각만 해도 섬뜩한 의혹을 나는 한시바삐 떨어 버리고 싶었다. 이것은 생각해 보는 것조차 감당할 수가 없었기 때문에 나는 그 생각은 하지 않았다.

　이어 나는 지난 며칠 동안의 극적 사건들을 보다 자세하게 숙고하기 시작했다. 그러는 동안에 새디의 아파트를 떠날 때 온통 법석을 피우느라고 『말문을 막는 것』을 가지고

---

* 하이드 파크의 동남쪽 끝.

나오지 못하였다는 것을 생각해 내고 화가 치밀어 올랐다. 사실 나는 그 책을 내 몫으로 압수하기로 결심하였던 것이다. 생각을 하면 할수록 약이 올랐다. 휴고와 다시 대화를 나눌 수가 있느냐 하는 문제는 두고 보아야 할 일이었다. 그러나 좌우간 내가 그 대화록을 재평가하고 그 속에 다시 이용할 수 있는 것이 있느냐의 여부를 결정할 시기가 왔다는 느낌이 들었다. 자신의 과거에 대해서 우리가 그렇듯 관대할 수는 없다는 느낌이 들었다. 그 기묘한 책을 써 낸 위인이 아직도 나의 내부에 살아 있었고 또 다른 책을 써 낼지도 몰랐다. 『말문을 막는 것』이 미완의 작업의 하나라는 것은 분명하였다.

어디서 그 책을 구할 수 있단 말인가? 도서관이나 서점에서 찾아보는 것은 부질없는 일이었다. 새디의 아파트로 돌아가서 가져오는 게 가장 약빠른 일이었다. 새디를 다시 만나고 싶지는 않았다. 그러나 그녀가 집에 있을 성싶지가 않았다. 방에 들어가는 게 문제라면 핀이 들어갔듯이 들어가면 되는 것이다. 이 생각이 났을 때 그건 썩 훌륭한 계획인 듯했다. 중요하고도 신나는 일을 수행하는 셈이 될 것이었다. 그리고 휴고와 애너에 대한 걱정을 없애 주기도 했다. 이렇게 하기로 딱 작정하자 나는 73번 버스로 옥스퍼드 거리까지 가서 옥스퍼드 광장의 수하물 예치소에 애너의 머리관을 맡기고 블랙 커피를 양껏 마신 후 울워스*에서 머리핀을 한 갑 샀다.

---

* 백화점 이름.

나는 5분간 버스를 타고 가기 위해 버스 정류소에서 5분을 기다리느리 차라리 10분을 걷는 축이다. 무엇인가 걱정을 하고 있을 적엔 꼼짝 않고 기다린다는 것이 고문과 진배없는 일이라 할지라도 어떤 실제적인 계획이 진행될라치면, 나는 이내 만족하고 다른 일은 일체 외면해 버리고 만다. 따라서 웰벡 거리를 활보해 가니 나는 무슨 유익한 일을 하고 있다는 느낌이 들었다. 골치도 아프고 가슴도 뻐근했지만 결코 심란하지는 않았다. 나는 거리를 벗어나 비탈진 뒷골목을 따라 올라가 어렵지 않게 새디 아파트의 비상 층계를 찾아냈다. 머리핀을 손으로 더듬으며 나는 터벅터벅 올라갔다. 일이 쉽사리 끝나기를 바랐다.

그러나 새디 방의 문께로 가까이 감에 따라서 사람 목소리가 들렸다. 새디네 부엌에서 들려오는 것임이 분명하였다. 이것은 기대에 어긋난 일이었다. 나는 주춤하고 섰다. 잡역부와 그의 친구가 얘기하는 것인지도 모르고 또 잘 얘기만 한다면 나를 들여보내 줄지도 모른다는 생각이 들었다. 나는 두어 층계를 더 올라갔다. 그때 새디의 말소리가 난 것 같았다. ──그래서 도로 나가려고 하는데 누군가가 휴고의 이름을 입 밖에 내는 것이 들렸다. 이것은 나와 관련이 있다는 예감이 들었다. 조금 더 엿들어도 해될 것은 없으리라 생각했다. 나는 계속 올라가 새디의 방 층계참에서 몇 계단 내려오는 곳에 꼿꼿이 섰다. 내 머리는 문의 우윳빛 유리 바로 밑에 가 있었다. 남자와 여자의 웃음소리가 났다. 이어 새디가 지껄이는 소리가 들렸다. "편지를 쓰지 않는 사람은 편지질을 하는 사람의 손에 걸리면 떡

주물리듯이 되는 거요!" 다시 웃음소리가 나고 유리잔 속에서 얼음 부딪는 것 같은 소리가 났다. 그게 누구 목소리인가를 알고 너무나 큰 충격을 받았기 때문에 무슨 소리를하는지는 미처 알아듣지 못하였다. 그것은 새미의 목소리였다.

나는 오만상을 찌푸리고 층계 위에 걸터앉았다. 그러면새미는 새디의 친구란 말인가? 두 사람이 무엇인가 일을꾀하고 있다는 것을 나는 직관적으로 깨달았다. 가슴이 뻐근하도록 매지가 걱정되었다. 그러나 당장 그것을 생각해내려 한다는 것은 부질없는 일이었다. 골치가 쿡쿡 쑤셔서더욱 그랬다. 조금 더 인상을 기록해 두는 수밖에 없었다.나중에라도 생각할 시간은 있을 것이다. 앉아 있으면 방안의 소리가 잘 들리지를 않았다. 서 있으면 맥이 빠졌다.특히 오래 걸린다면 더욱 그럴 것이다. 그래서 나는 새디의 방 층계참에 이르는 마지막 두서너 층계를 올라가 새디의 방문에 등을 대고 책상다리를 하고 앉았다. 얘기하는사람들로부터 60센티미터밖에 떨어져 있지 않은 거리였다.그러나 그들이 문을 열지 않는 한 들킬 염려는 없었다. 자연 나는 그들이 문을 열지 않기를 바랐다.

새디가 말하고 있었다. "런던에 도착하는 대로 그를 붙잡아야 해요. 그는 기정사실을 보여 주는 걸 좋아하는 축이죠. 선수를 치자는 것 뿐예요."

새미가 대답하였다. "그 친구가 덤벼들 거란 생각이 들어요?"

새디가 받았다. "덤벼들거나 빠지거나 둘 중의 하나겠죠.

그렇지 않더라도 손해될 건 없고. 만약 그렇게 하면…….”

“그러면 일확천금을 바라 봐요!” 하고 새미가 말하였다.

그들은 다시 웃었다. 약간 취한 모양들이었다. 마주 앉아 있는 것이 분명하였다.

그러자 새미가 물었다. “벨파운더가 시끄럽게 굴지 않으리라는 것은 확신하고 있는 것인가요?”

“그건 분명히 얘기해 두지만, 신사 협정인걸요.” 새디는 말하였다.

“하지만 당신은 신사가 아닌걸!” 새미가 받았다. 그는 숨이 막힐 정도로 웃어 젖혔다.

이제 엿듣기를 잘했다는 것은 분명해졌다. 두 사람이 모여 모의를 꾀한다면 새디와 새미를 당할 자는 없다. 그러나 대관절 무슨 모의란 말인가? 런던에서 잡아야 한다는 그자는 누구란 말인가? 조리 있게 풀어 보면 다음과 같이 되었다. 즉 새디는 휴고를 속이려 하고 있으며, 그가 애너를 좋아하는 것을 시새우는 것이 틀림없이 그 이유일 것이었다. 조금 더 엿들어야겠다고 생각하고 나는 눈을 동그랗게 뜨고서 그 자리에 앉았다. 그러나 그러는 중에 화딱지 나는 게 눈에 띄었다. 새디네 집 뒤편은 바로 이웃한 거리 쪽에 있는 집 뒤편과 인접해 있었다. 사실 두 집이 서로 감시를 하고 있다고 해도 무리가 아니었다. 맞은편 집에는 새디네 집의 것과 짝을 이루는 비상 층계가 있고 양쪽 건물의 간격은 5미터밖에 되지 않는다. 따라서 내가 엿듣는 자세는 자연히 그 집의 방 하나를 똑바로 쳐다보지 않으면 안 되는 결과를 빚어내었다. 다시 말하면 내 머리가 다소 그쪽으로 향하게 된 것이다. 하지만 너무나 골똘해 있었기 때문에 맞은편 방에서 여인 두 명이 나를 뚫어지게 바라보고 있다는 것을 깨닫기까지 나는 아무것도 알아차리지를 못하였다. 그중의 한 사람은 붉은 앞치마를 두르고 있었고 다른 한 여인은 모자를 쓰고 있었는데 기운이 세 보였다. 나는 눈을 내리떴다. 이어 내 이름이 나오는 것을 듣고 등 뒤의 대화에 다시 마음이 쏠렸다.

내 이름이 나온 전후의 말을 나는 놓쳐 버렸다. 다음은 새미의 차례로 이렇게 말하였다. "각본으로서 그건 아주 그만이오."

"매지도 제법이야!" 하고 새디가 말했다. "그녀도 우승마를 고를 줄 알아요."

"그 우승마에 매지가 걸지 않았다는 게 유감이오!" 하고 새미가 말하였다. 다시 웃음소리가 났다.

"그가 참견하지 않으리라는 건 틀림없겠소?" 새미가 물었다.

"뚜렷한 형식으로는 못 하지요." 하고 새디가 말했다. "그리고 중요한 건 바로 그 점이에요. 아마 서면으로 남겨 놓은 것은 없을 테고, 있었댔자 잃어버리게 될 테죠."

"하지만 우리에게 사용 허가를 주길 거부할 수 있지 않소?" 하고 새미가 말했다.

"그렇지만 그건 문제가 안 돼요," 하고 새디는 말했다. "그게 우리에게 필요한 것은 그저 H. K.로 하여금 우리가 바라는 대로 서명을 하도록 하기 위해서예요."

모든 게 이루 말할 수 없으리만큼 흥미진진했으나 그게

무슨 뜻인지는 도무지 알 수가 없었다.

　바로 그때 또 주의를 딴 곳으로 돌리게 하는 일이 일어났다. 건너편의 두 여인이 창을 확짝 열고 자못 수상쩍다는 듯이 나를 바라보고 있었다. 5미터밖에 떨어져 있지 않은 곳에서 이쪽과 눈길을 마주치려고 애쓰는 사람의 눈길을 계속 피하기란 어려운 일이다. 특히 근처에 내가 보고 있다고 생각됨 직한 것이 아무것도 없을 때는 더욱 그렇다. 나는 상냥하게 미소를 지어 보였다.

　여인들은 서로 상의를 하였다. 그러더니 모자를 쓴 여인이 "아무 일 없어요?" 하고 큰 소리로 말했다.

　여간 맥 빠지는 일이 아니었다. 일어나서 도망치고 싶은 심정을 억제하는 데는 무쇠처럼 단단한 자제력이 필요했다. 새미와 새디가 듣지 않기를, 하고 나는 속으로 빌었다. 한편 나는 힘차게 고개를 끄덕이고 두 부인 쪽을 향해 태평스러운 미소를 보내었다.

　"틀림없어요?" 하고 그녀가 다시 물어 왔다.

　거의 자포자기가 되어 나는 고개를 끄덕여 보였다. 미소뿐만 아니라 문에 등을 대고 앉아 있는 자세로 할 수 있는 데까지 몸짓을 해서 끄떡없다는 것을 보여 주었다. 악수하듯이 두 손을 잡아 보여 주고, 엄지손가락과 집게손가락으로 알파벳 O자*를 만들어 보이며 더욱 열띠게 웃어 보였다.

　"내 생각엔 미치광이가 도망친 것 같아요." 하고 두 번

---

* OK를 뜻함.

째 여인이 말했다. 그들은 유리창에서 조금 물러났다.

"남편에게 알려야겠어요." 하고 그중의 한 여인이 말하는 소리가 들렸다.

새디와 새미는 여전히 애기를 계속하고 있었다. 이제 내 귀는 머리에서 떨어져 나가 등 뒤의 문에 고정되는 것 같았다.

"무얼 그렇게 애태우는 거예요?" 하고 새디는 말하고 있었다. 이 향기롭지 못한 인물들의 공모에서 누가 누구를 이용하고 있느냐 하는 것은 의심할 여지가 없었다. "스타와 각본과 계약서를 그에게 보여 주어요. 그러면 순조롭게 진행될 거예요. 벨파운더는 우리에게 법률적으로 대응할 게 아무것도 없어요. 만약 그가 고소를 하기로 말한다면 내 편에서도 내게 대한 처신 건으로 얼마든지 맞고소를 할 수가 있어요. 풋내기 도너휴로 말하면 언제든지 매수할 수가 있고요." 이 말에 나는 몹시 화가 치밀어 올라 하마터면 벌떡 일어나 문을 두드릴 뻔했다.

그러나 이내 새미가 대답하였다. "모르겠소. 이 친구들에겐 묘한, 망설이며 삼가는 기질이 있단 말이야."

새미도 제법이군!, 하고 나는 속으로 생각하였다. 이내 소리 내어 웃고 싶은 발작적인 충동에 사로잡혀서 나는 웃음을 막기 위해 한껏 입을 틀어막지 않으면 안되었다.

앞치마를 두른 여인이 자기 집 유리창에 다시 나타났다. 동시에 위층에 살고 있는 게 분명한 모자를 쓴 여인이 남자 한 사람을 데리고 위쪽 유리창에 모습을 보였다.

"저기 있어요!" 하고 내게 손가락질을 하며 그녀가 말하였다. 이어 그들은 비상 층계까지 나왔다.

"아마 귀머거리에 벙어린가 봐요." 하고 앞치마를 두른 여인이 말하였다.

"말을 못하나요?" 하고 비상 층계 위에 있는 남자가 소리쳤다. 일이 난처하게 되어 가고 있었다. 나는 사나이를 노려보고 나서 내 입을 손으로 가리키고 고개를 힘차게 가로 저었다. 고개를 끄덕인 편이 내 뜻을 더욱 분명하게 전달했을 게 아닌가 하는 생각도 들었지만 좌우간 오해의 가능성은 컸기 때문에 어느 쪽이든지 큰 상관은 없을 것 같았다.

"배가 고픈가 봐요." 하고 앞치마를 두른 여인이 말하였다.

"왜 그러고 가만히만 있어요?" 하고 모자를 쓴 여인이 남편에게 말하였다. 여성 특유의 안달하는 투였다. 남자가 안됐다는 느낌이 들었다.

남자는 머리를 긁었다. "가만히 내버려 두면 어때?" 하고 그는 말하였다. "아무런 해도 끼치지 않는걸." 이건 정말 이치에 맞는 말이었기 때문에 나는 그에게 손을 저어 축하와 공감의 정을 표시하지 않을 수가 없었다. 그 인상은 섬뜩한 것이었음에 틀림이 없다. 남자는 뒷걸음질 쳤다.

"저렇게 내버려 둘 수가 없어요," 하고 앞치마를 두른 여인은 말하였다. 그녀도 비상 층계로 나와 있었다. "그는 곧장 우리 방을 들여다보고 있어요. 어린애들이 보면 어떻게 되겠어요?"

"그래요, 분명 어디서 도망쳐 나온 사람이에요!" 하고 위쪽의 여인이 말하였다.

그때 아래층 부엌문께로 분명 잡역부로 보이는 여자가 나왔기 때문에 그녀는 자초지종의 설명을 듣지 않으면 안 되었다. 그동안 이런 소동이 새디와 새미의 귀에 들어가지 않을까 하고 나는 줄곧 식은땀을 흘렸다. 그러나 그들은 아주 만취했거나 그렇지 않으면 모의에 열중해 있었기 때문에 그때까진 아무것도 눈치 채지 못하고 있었다.

"H. K.를 만나기 전에 다시 한 번 봐 두고 싶어요." 하고 새디는 말하고 있었다. "그건 그렇고, 지금 그건 어디에 있어요?"

"내 아파트에 있소." 새미는 말하였다.

"전화를 걸어 지금 곧 가져오도록 할 수 없을까요?" 새디가 물었다.

"아무도 없소. 우리의 새로운 스타가 와 있다는 건 별문제지만. 그렇지만 그런 일은 있을 성싶지 않고." 라고 새미는 말하였다. 그는 웃었다.

"이봐요, 그건 썩 좋지 않은 생각이었어요," 하고 새디가 말했다. "그런 건 구식이에요."

"시샘을 하는군!" 하고 새미가 말하였다. "자, 오늘 저녁에 거기 들러서 그것을 가지고 나오겠소. 그럼 되겠지?"

"좋아요." 하고 새디는 말하였다.

"늦을 거요!" 새미의 말이었다.

"좋다니까요!" 새디가 받았다.

웃음소리와 맞붙어 승강이하는 소리가 났다. 나는 그들이 서로 즐기기를 바랐다. 그러나 무엇보다도 대관절 그들이 무슨 일을 꾸미고 있는지 알고 싶은 심사였다.

"도너휴를 매수하는 건 당신에게 맡기겠소." 하고 새미는 말하였다.

"우리 사인 썩 좋은 편이 못돼요," 하고 새디는 말하였다. "그를 경호원으로 채용하려 했지만 도망쳤다는 얘기를 했던가요?"

"벨파운더가 마구 날뛰니 무장한 호위가 필요할 거요." 새미의 말이었다. "그러나 하필이면 도너휴 같은 멍청이를 쓸 게 무어요? 전혀 상식을 벗어난 짓이지."

"난 그이가 좋아요." 새디는 자연스럽게 말하였다. 이 말엔 나도 깊이 감동되었다.

"그러면 그의 뒷일은 당신이 보구려." 하고 새미가 말하였다.

"걱정하지 말아요," 하고 새디가 받았다. "번역이란 건 이거나 저거나 다 비슷해요. 만약 그가 자기 걸 사용하지 못하게 한다면 밤새에 다른 번역을 구할 수가 있어요. 우리에게 필요한 것은 H. K.에게 그것을 영어로 보여 주는 일이에요. 프랑스 사람들이란 달러를 위해선 자기 할머니라도 팔아먹으려 들 거예요."

이 말을 듣고 나는 머리가 어찔어찔하였다. 내가 막 해답에 도달하려 할 때 새미가 그것을 내게 알려 주었다. "좋은 제목이오! 그렇지 않소?" 하고 그는 말하였다. "목제꾀꼬리." 나는 입을 딱 벌리고 그곳에 앉아 있었다. 그러나 생각할 틈이 없었다. 건너편의 정경이 다시금 내 주의를 빼앗아 갔다. 그쪽의 사태는 급속히 진전하기 시작하고 있었다.

"경찰을 부르는 게 낫겠는데요." 하고 잡역부가 말하였다. "저런 친구들은 경찰이 취급하도록 맡기는 게 좋아요. 난 늘 그렇게 생각해요."

건너편 집은 자갈을 깔아 놓은 널따란 길 한편에 서 있었고, 그 길은 퀸 앤 거리로 통해 있었다. 이 길 모퉁이에 비상 층계 위의 극적 장면에 끌리어 적지 않은 수효의 사람들이 모여드는 게 보였다.

"봐요, 아래를 내려다보고 있군요!" 하고 잡역부가 말하였다. "무슨 일이 벌어지고 있는지 알고 있어요."

"가서 999번*을 불러요." 하고 모자를 쓴 여인이 남편에게 말하였다.

그러자 잠시 동안 보이지 않던 잡역부가 굉장히 긴 빗자루를 들고 다시 나타났다. "빗자루로 찔러서 어떻게 하나 볼까요?" 하고 그녀는 물었다. 그리고 나서 그녀는 이내 비상 층계로 올라가 빗자루를 움직여 내 복사뼈를 아프게 찔렀다.

이건 너무하는 일이었다. 어찌 됐건 이제 나는 엿들을 만큼 엿들은 셈이었다. 문제를 해결하는 데 필요한 모든 재료는 갖추고 있었다. 당장 새디와 새미가 나오지 않을까, 나는 온통 공포에 질려 있었다.

여러 사람들이 홀린 듯 응시하고 있는 가운데 나는 천천히 맵시 있게 다리를 뻗고 처음의 층계 두서 너 개를 배를

---

* 경찰 호출의 비상 번호.

깔고 포복해 내려갔다. 그러고 나서 몸을 일으켜 저린 손발을 문지르고 서두를 것 없이 비상 층계를 걸어 내려갔다.

"내 뭐라고 그랬어요? 미치광이예요!" 하고 앞치마를 두른 부인이 말하였다.

"도망가고 있어요! 무슨 수를 써야지요!" 하고 모자를 쓴 여인은 말하였다.

"가게 내버려 둬요! 불쌍한 놈!" 하고 남편이 말했다.

"빨리!" 잡역부가 말했다. 그들은 모두 반대편 비상 층계를 뛰어 내려가 그 아래 모여 있는 사람들과 뭉치려 하였다. 층계 밑에 당도하자 나는 재빨리 뒤를 돌아보고 혹 새디네 방에서 누가 나오지 않았는지 확인하였다. 나온 사람은 없었다. 나를 못살게 군 사람들은 모두 길가에 모여 있었다. 우리는 말없이 서로의 얼굴을 바라보았다.

"슬쩍 가까이 가 봐요." 하고 잡역부가 말하였다.

"조심해요. 위험할지도 몰라요." 하고 누군가가 말했다.

그들은 멈칫하며 서 있었다. 뒤를 돌아다보니 웰벡 거리로 통한 길 쪽으로는 사람이 보이지 않았다. 쉿! 하고 째지는 듯한 소리를 내며 나는 느닷없이 사람들을 향해 돌진하였다. 그들은 겁에 질려서 흩어졌다. 비상 층계로 도망치는 사람들이 있는가 하면, 길을 따라 도망치는 사람도 있었다. 나는 홱 몸을 돌려 방향을 바꾸어 웰벡 거리로 도망쳤다.

# 11장

앉아서 내 해답의 단편(斷片)들을 연결해 보기 위해 내가 알고 있는 가장 가깝고도 조용한 장소를 향해 나아갔다. 그 곳은 우연히도 월리스 미술관이었다. 프랜스 할스*가 그린 「기사(Cavalier)」의 냉소를 마주 보고 앉아서 나는 그 일에 공을 들였다. 내 머리는 여전히 빨리 돌아가지를 않고 있었다. 매지에게 맡겨 놓았던 브르퇴유의 『목제 꾀꼬리』 번역 원고를 새미에게 도난당한 것이었다. 왜냐? 그것으로 영화를 만들기 위해서. 누가? 프랑스 말을 알지 못하는 H. K.라고 하는 작자가. 아마 미국인일 것이다.

이것으로 새디에게 득이 되는 점은 무엇인가? 새미는 이 계획을 양키에게 팔아먹고 동시에 새디도 파는 것이다. 바운티 벨파운더 사는 어찌 되는 건가? 새디가 거기를 떠난

---

* 17세기 네덜란드의 초상화가.

213

다. 회사 측은 무슨 수를 쓸 수가 있는가? 분명 쓸 수가 없다. 회사 측은 새디와 적당한 계약을 맺지 않았던 것이다. 나는 어찌 되는 거냐? 내가 그 놀음에 끼지 않는다면 일단 이 계획이 H. K.에게 팔려 버리고 난 후에는 아무런 문제도 되지 않는다. 장 피에르는 나를 변호해 줄까? 물론 그럴 리 없다. 그는 돈보따리를 가지고 있는 축과 직접 교섭할 것이다. 어쨌든 내게 권리가 있는 것일까? 없다. 그렇다면 내가 무엇에 관해 불만인 것인가? 나의 타이프 초고를 도난당했다. 도난당했다고? 매지가 그것을 새미에게 보여 주고 새미는 그것을 H. K.에게 보여 준다. 도난당한 것인가? 대체 매지는 무슨 일을 하려는 것일까? 매지는 새미에게 속고 있는 것이다. 그리고 새미는 새디를 위해 매지를 버린다. 새미는 매지를 이용하고 있다. 그리고 새디는 휴고에게 복수도 할 겸, 동시에 달러로 한밑천 잡을 겸 새미를 이용하고 있다. 사건의 전모가 밝혀지기 시작하였다. 그저 울화가 치밀어 오르는 것은 『목제 꾀꼬리』가 사실상 훌륭한 영화가 될 것 같아서였다. 그것은 거의 모든 것을 갖추고 있었다. 돈을 벌도록 나를 설득하는 것이 가능하다고 생각하던 시절에 매지는 밤낮 이 작품 얘기만을 하였었다. 측은한 매지! 그녀는 우승마를 골라내었으나 땡을 잡는 것은 새디와 새미이리라.

"그러게 내버려 두지는 않을걸!" 하고 외치고 나서 나는 출입구로 향하였다.

"재미있는 얘기야." 하고 「기사」는 말했다. "자네 결심에 박수를 보내네."

나의 결심이란 무엇인가? 거기에 두 가지 길은 없었다. 나는 즉각 원고를 도로 찾는 노력을 해야 했다. 이렇게 하는 것은 나 자신의 이익을 옹호하는 것이었고, 휴고의 이익을 옹호하는 것이었고, 가장 중요한 것은 새디와 새미를 때려누이는 것이었다. 그것은 또한 매지에게도 통쾌한 일격이 될 것이었다. 타이프 초고는 어디 있는가? 새미의 아파트다. 새미의 아파트는 어디 있는가? 전에 문의한 적이 있는 정보통은 새미가 첼시*에 살고 있다고 내게 일러 주었다. 서둘러야 한다는 것은 분명하였다. 이 H. K.란 작자가 보기 전에 초고를 내 손에 넣지 않으면 안 된다. 새디가 얘기한 푼수로 보아서 아직 초고의 사본을 만들지는 않은 것 같았다. 저녁때까지는 자기 아파트에 들르지 않겠다는 것을 새미는 암시한 바 있었다. 아마 아무도 없을 것이라고 그는 말하였다. 새미의 번호로 전화를 걸어 보았더니 응답은 없었다. 이어 나는 핀이 꼭 필요하다는 결론을 내렸다.

데이브에게 전화를 걸었다. 얼마 동안 지체한 후 핀이 전화를 받았다. 다소 어리벙벙한 목소리였다. 빠져 죽지 않아서 다행이라고 인사를 한 후에 될 수 있는 대로 빨리 내게로 오라고 말하였다. 내 목소리라는 걸 알자 그는 게일 말**로 한참 욕설을 퍼붓고는, 자고 있던 참이라고 말했다. 잘했다고 인사말을 한 후에 이쪽으로 오는 데 얼마나 걸리겠느냐고 물었다. 한참 투덜거리고 나서 마침내 그

---

* 런던 남서부 템스 강 북쪽 기슭의 고급 주택가.
** 아일랜드의 켈트 말을 뜻함.

는 킹즈 거리로 나를 보러 오겠다고 말했다. 그리고 약 45분
후에 그곳에서 우리는 제대로 만났다. 그때 시간이 3시가 되
기 대략 20분 전이었다.

우리가 '마스터키'라고 부르는 연장을 가지고 나오라고
나는 미리 핀에게 일러 두었다. 그것은 과학적인 원리에 의
거하여 우리가 설계하였던, 모양이 간단한 자물쇠열이 연장
이었다. 나나 핀과 같은 평범하고 법률을 준수하는 양민이
이러한 물건을 준비해 두고 있다는 것을 이상하게 생각할
사람이 있을지도 모른다. 그러나 현재 우리가 살고 있는 바
와 같은 사회에서는 바로 지금의 경우와 마찬가지로 자신의
권리를 지키기 위해서 열쇠를 가지고 있지 않은, 자물쇠가
잠긴 문을 열고 들어가야 할 경우가 굉장히 많다는 것을 우
리는 경험으로 알고 있었다. 뿐만 아니라 정신을 차려 보니
자기 집에서 자물쇠로 갇혀 있는 몸이 된 경우도 없으란 법
은 없고 또 그때마다 소방대를 부를 수도 없는 것이다.

아파트에 사람이 없다는 것을 확인하기 위해서 우리는
다시 전화를 걸어 보았다. 이어 길을 걸어가면서 나는 사
정 얘기를 대충 핀에게 들려주었다. 그는 이것을 몹시 재
미있어했기 때문에 그의 불쾌한 기분은 씻은 듯이 가셨다.
그러나 아직도 그가 술기운에서 완전히 회복되지 못하였다
는 것은 분명하였다. 숙취가 되었을 때 늘 그러하듯이 눈
을 가늘게 뜨고 걸어가면서 고개를 흔들었다. 취했을 때
왜 고개를 흔드느냐고 여러 번 그에게 물어본 적이 있다.
그러면 그는 눈앞에서 어른거리는 반점을 몰아내기 위해서
라고 말한다. 아일랜드*에서 단련을 받았음에도 불구하고

나보다도 핀이 술판에 약한 것은 놀라운 일이다. 이번의 경우는 이렇게 설명할 수 있을지도 모르겠다. 즉 나는 '해마(海馬)'처럼 내 분량껏 마셨지만 핀은 '딱따구리'처럼 제 분량 이상을 마셨던 것이라고. 이유야 어쨌든 간에 그는 컨디션이 좋지 않았고 나는 이제 끄떡도 없었다. 속이 좀 불편하긴 했지만.

새미의 아파트로 들어가는 것이 얼마나 용이할 것이냐 하는 것을 나는 전혀 확신할 수가 없었다. 새미는 특제 자물쇠를 쉽사리 장치해 둘 그러한 위인이었다. 심하면 도난 경보기를 장치해 두었을지도 몰랐다. 뿐만 아니라, 그는 거대한 호텔식 아파트(식사도 제공된다.)에 살고 있었다. 그곳에선 수위나 참견하기를 좋아하는 호사가가 우리가 하는 일을 방해할 가능성도 없지 않았다. 아파트에 당도하자 훼방을 받는 경우에 대비해서 통용구(通用口)가 있나를 알아보기 위해 핀을 뒤쪽으로 보내고 나는 수위들을 눈여겨보며 앞문으로 들어갔다. 우리는 새미네 방문 밖에서 만났다. 그것은 5층에 있었다. 핀은 조용하고 단정한 통용구가 있다고 말하였다. 나는 수위를 한 사람 보았을 뿐이라고 그에게 일러 주었다. 그 수위는 정문 곁에 있는, 유리로 둘린 조그마한 집 안에 앉아 있었고 좀처럼 몸을 움직이지 않을 것같이 보였다. 내가 복도 저쪽을 망보는 동안에 핀은 빠른 동작으로 '마스터키'를 끄집어내었다. 1분인가 2분쯤 지나니 새미의 문이 소리 없이 열렸다. 우리

---

* 위스키의 산지.

두 사람은 안으로 들어갔다.

들어선 곳은 널따란 현관의 홀이었다. 새미가 들어 있는 곳은 건물의 구석지에 있는 커다란 아파트였다. 문을 열어 보니 부엌으로 통하고 있었다.

"거실과 침실을 집중적으로 뒤지기로 하자." 하고 나는 말하였다.

"여기가 침실이야." 핀은 이렇게 말하고 나서 서랍을 열어 보기 시작했다. 삯일하는 직공과 같이 빠르고 솜씨 있게 그는 물건을 들어 올렸다가는 제자리에 놓을 줄을 안다. 자기 말마따나, 그래 보았자 봄바람이 스쳐 간 것 같은 자국밖에 나지 않는다. 물론 우리는 둘 다 장갑을 끼고 있었다. 나는 잠시 동안 그를 지켜보다가 거실이라고 생각되는 쪽으로 나아갔다. 문을 열어 보니 예상한 대로 큼지막한 구석방이 있고 양쪽으로 창이 나 있었다. 그러나 문을 열었을 때 눈에 띈 것이 나를 그 자리에 꼼짝 못하고 서 있게 하였다.

한동안 그걸 바라보고 나서 나는 핀에게 소리를 쳤다. "이리 와서 이걸 봐!"

그는 내게로 와서 "저런!" 하고 말하였다.

방 바로 한복판에는 높이가 1미터, 너비가 1.5미터쯤 되고 반짝이는 알루미늄으로 된 네모진 개집이 하나 있었다. 그 안에서는 검정색과 적갈색의 무늬가 진 커다란 알자스 개*가 조그맣게 짖어 대면서 신경질적인 빛나는 눈으로 우

* 독일산 셰퍼드.

리를 노려보고 있었다.

"나올 수 있을까?" 핀이 말했다.

나는 개집 쪽으로 다가갔다. 그러자 개는 큰 소리로 짖어 대고 동시에 기운차게 꼬리를 흔들어 댔다. 개들은 흔히 이렇듯 모호하게 꼬리를 흔드는 법이다.

개를 좋아하지 않는 핀이 말하였다. "조심해, 덤벼들걸."

나는 개집을 잘 살펴봤다. "못 나와." 하고 나는 말했다.

"잘됐어," 하고 핀은 말하였다. 이 점이 확실해지자 그는 그 이상 이 진품(珍品)엔 흥미가 없는 모양이었다. "골리지 마. 짖어 대면 순경이 나타날걸." 하고 그는 덧붙였다.

나는 그 짐승을 신기해하며 바라보았다. 영리하고 순해 보이는 얼굴인 데다가, 짖기는 하였지만 웃고 있는 것처럼 보였다.

"어이." 하고 말하며 창살 틈으로 손을 들이밀었더니 개는 짖기를 멈추고 마구 핥았다. 나는 그 긴 코를 쓰다듬기 시작했다.

"괜히 개하고 변덕 부리지 마. 하루 종일 지체할 형편도 못 되고." 하고 핀은 말했다.

하루 종일 지체할 형편이 못 된다는 것은 나도 알고 있었다. 핀은 새미의 침실로 돌아가고 나는 거실을 조사하기 시작하였다. 나는 정말 타이프 초고를 찾고 싶어 못 견딜 지경이었다. 초고가 없어졌을 경우에 새미가 얼마나 화딱지가 날 것인가 하는 것을 상상하느라 재미있어서 일손을 멈추고 있었다. 새미의 큰 책상과 장롱을 뒤져 보았다. 층계참에 있는 찬장도 뒤졌다. 트렁크와 서류 가방을 들여다보고 쿠션 밑과 책 뒤를 뒤지고 새미의 모든 상의 호주머니까지 뒤져 보았다. 가지가지 재미있는 물건에 마주쳤으나 타이프 초고는 볼 수 없었다. 그림자조차 보이지 않았다. 핀도 허탕을 쳤다. 우리는 딴 방도 모두 뒤졌으나 큰 기대는 갖지 않았다. 어느 방도 별로 사용하지 않는 것처럼 보였기 때문이다.

"대관절 달리 뒤져 볼 데가 어디 있어?" 하며 핀이 들어왔다.

"반드시 비밀 금고가 있을 거야." 라고 나는 말하였다. 큰 책상이 잠겨 있지 않다는 사실이 그것을 넌지시 말해 주고 있었다. 내가 알고 있는 한, 새미는 숨겨 둘 게 많은 사나이였다.

"그렇다면 찾아보았자 소용이 없어. 그걸 열 수는 없을 테니까 말이야." 하고 핀은 말하였다.

그의 말이 옳을 것 같은 느낌이 들었다. 그러나 우리는 다시 한 번 수색을 하였다. 마룻장을 두들겨 보기도 하고 그림 뒤쪽을 살펴보기도 하였다. 그리고 우리가 손대지 않은 서랍이나 찬장은 없다는 것을 확인하였다.

"가 보세." 하고 핀이 말하였다. "이제는 도망을 쳐야지." 우리는 거기서 거의 45분간이나 지체한 셈이었다.

나는 욕지거리를 하며 거실 안에 서 있었다. "제기랄, 어디 있기는 꼭 있을 거야." 하고 내가 말했다.

"아무렴!" 하고 핀이 받았다. "그리고 거기 계속 남아 있겠지." 그는 자기 시계의 숫자판을 가리켰다.

개는 그동안 줄곧 우리를 지켜보고 있었다. 그 텁수룩한

꼬리로 창살 여기저기를 휩쓸면서. "이 자식, 참 충실한 집지기 개군." 하고 핀이 개를 보고 말하였다.

바닥과 마찬가지로 순 알루미늄으로 된 개집의 지붕은 개가 꼿꼿이 서 있을 만큼 높았으나 일어서서 귀를 쫑긋 세울 만큼 높지는 않았다.

"안됐는걸!" 하고 나는 핀에게 말하였다. "봐, 이런 개가 있다는 건 아무래도 이상해. 개를 이런 우리 속에 가두어 두는 사람은 본 적이 없어. 어때?"

"개치고는 특수한 개가 아닐까." 라고 핀은 말했다. 이어 나는 휘파람 소리를 내 보았다. 그러자 홀연 새미가 새로운 스타에 관해서 한 얘기가 머리에 떠올랐다. 순간 그 개의 정체를 알아낼 수 있었다.

"「레드 고드프리히의 복수」를 구경한 적이 있나?" 하고 나는 핀에게 물어보았다. "그렇지 않으면 「홍수 속의 다섯 사람」이나?"

"아니, 머리가 돌았나?" 하고 핀이 말하였다.

"그렇잖으면 「공상가의 농장」이나 「이슬을 맞으며」는?"

"도대체 무슨 얘기야?" 하고 그는 말하였다.

"이 개는 '미스터 마즈(Mars)'야." 하고 나는 개를 가리키며 소리쳤다. "영화에 나오는 명견 '미스터 마즈'라고. 못 알아보겠어? 새 영화를 제작하려고 새미가 산 것에 틀림없어!" 이 사실을 발견한 것에 아주 열중하여 나는 타이프 초고 건은 송두리째 잊어버리고 말았다. 현실에서 영화 스타를 만나는 것처럼 내 가슴을 두근거리게 하는 것은 다시 없다. 그리고 지난 몇 해 동안 나는 마즈의 팬이었던 것이다.

"이크, 자네는 돌았어," 하고 핀이 말했다. "알자스 개는 모두 비슷해 보이네. 그 녀석이 돌아와 들키기 전에 나가세."

"정말 마즈야!" 나는 소리쳤다. "너 미스터 마즈 아니냐?" 하고 나는 개를 보고 말했다. 개는 뒷발로 일어서더니 전보다 더욱 빠르게 꼬리를 흔들었다. "자, 어때?" 하고 나는 핀을 보고 말하였다.

"그걸로 어떻게 알아?" 하고 핀은 말하였다. "너 '린틴틴' 아냐?" 하고 그가 말하자 개는 더욱 빠르게 꼬리를 흔들었다. "자, 이건 어때.?" 하고 내가 말했다.

개집 꼭대기에는 별로 표 나지 않게 '명견 미스터 마즈'란 글씨가 새겨져 있고, 맞은편에는 '판타지필름 사 소유'라고 새겨져 있었다.

"이쪽은 구식인데." 하고 나는 말하였다.

"난 이제 더 말 않겠어." 하고 핀은 말하였다. "가겠어." 이렇게 덧붙이더니 그는 문께로 갔다.

"기다려!" 하고 내가 몹시 고통스러운 어조로 말을 했기 때문에 그는 멈춰 섰다.

나는 좋은 생각을 떠올리기 시작하고 있었다. 그 생각이 서서히 떠오르는 동안에 나는 두 손을 관자놀이께에 꽉 대고 미스터 마즈를 응시하였다. 개는 내 생각을 짐작이라도 한 것처럼 한두 번 격려하듯이 조용히 짖었다.

"핀," 하고 나는 느릿느릿 말하였다. "굉장히 멋진 생각을 했어."

"무언데?" 하고 핀이 수상쩍다는 듯 물었다.

"이 개를 납치해 가는 거야," 하고 내가 받았다.

핀은 나를 찬찬히 바라봤다. "무엇하러?" 핀이 말했다.

"그걸 몰라서 물어?" 하고 나는 큰 소리로 말했다. 이 멋있고 대담하고 간단한 계획이 분명해짐에 따라서 나는 방 안을 껑충껑충 뛰어다녔다. "이 개를 볼모로 잡아 놓고 타이프 초고와 바꾸는 거야!"

이해할 수 없다는 듯한 핀의 표정이 누그러져 그냥 견뎌 보겠다는 투의 표정이 되었다. 그는 문가에 몸을 기대었다. "그들이 상대해 오지 않을걸," 하고 마치 어린아이나 미치광이에게 얘기하듯 천천히 핀은 말하였다. "그들이 상대해 올 리가 없어. 골칫거리가 생길 뿐이야. 그러나저러나 시간도 이제 없고."

"이곳에서 빈손으로 나가지는 않을래!" 하고 나는 그를 보고 말했다.

시간 문제는 확실히 중대했다. 그러나 나는 이 연극 속에서 배우가 되어 보고 싶다는 간절한 욕망을 느꼈다. 마즈를 앞세우고 모험을 해 볼 만했다. 타이프 초고에 대한 새미의 입장은 모호했기 때문에 그가 강경한 태도로 나오는 것을 막기에는 충분했다. 마즈를 억류함으로써 그를 난처하게 만들거나 혹은 마즈의 신변이 위기에 처해 있다는 것으로 설복시킬 수 있다면 적어도 그는 타이프 초고 건으로 흥정을 하지 않을 수 없는 처지가 될지도 몰랐다. 실상 나의 머릿속에 명확한 계획이 서 있는 것은 전혀 아니었다. 나는 잽싸게 직관적으로 사고하는 축이다. 내가 알고 있었던 것은 교섭점이 가까이에 있고 그것을 이용하지 않는다면 어리석은 일이란 것뿐이었다. 설혹 이 전략이 새미를 괴롭히고 불편하게 할 뿐이라 하더라도 해 볼 만한 가치는 있을 성싶었다. 나는 이 모든 것을 핀에게 설명해 주면서 어떻게 하면 개집을 열 수 있을까 살펴보기 시작했다. 내 결심이 확고한 것을 알고 핀은 어깨를 움찔하더니, 역시 철장을 조사하기 시작했다. 한편 마즈는 자못 만족스러운 듯 나와 핀의 동작을 지켜보면서 안에서 우리를 뒤따라 빙빙 돌았다.

참 불가사의한 철장이었다. 문이 달려 있지 않았다. 자물쇠도 빗장도 나사도 우리 눈에는 보이지 않았다. 지붕과 밑바닥으로 창살이 딱 들어맞아 있었다.

"아마 한쪽이 떨어지겠지." 하고 내가 말하였다. 그러나 특별한 고정 장치는 흔적조차 보이지 않았다. 우리 전체가 차돌처럼 매끄러웠다.

"넣어 놓고 납으로 땜질을 한 거야." 라고 핀이 말했다.

"그럴 리가 없어. 분명 이대로 위층으로 나르지는 않았을 거야." 내가 받았다.

"그럼, 무슨 최신식 눈속임 장치가 되어 있겠지," 하고 핀이 말했다. 이래 가지곤 아무 소용이 없었다. "알맞은 망치가 있고, 두드릴 데를 알기만 한다면……." 하고 그는 말하였다. 그러나 망치는 없었다. 한동안 구둣발로 차 보았으나 꿈쩍도 하지 않았다.

"살을 부숴 버릴 수 없을까?" 하고 내가 제안했다.

"도깨비 이마빼기처럼 단단한걸." 하고 핀이 받았다.

연장을 찾으러 부엌으로 가 보았으나 쇠지레는커녕 드라이버도 보이지 않았다. 쇠부지깽이를 창살 위에 대 보았으나 살은 1밀리미터도 움직이지 않고 부지깽이만 휘었다. 나는 미칠 지경이었다. 시간만 절박하지 않았다면 핀을 시켜 줄을 사 오도록 했을 것이다. 핀은 자기 시계를 보고 있었다. 4시 10분이었다. 그가 도망가고 싶어 안달을 한다는 것을 나는 알고 있었다. 한편 우리가 특수한 일거리에 덤벼들고 있는 이상 내가 바라는 한 그는 내 곁에 있어 주리라는 것도 알고 있었다. 그는 개집 곁에 쪼그리고 앉았다. 핀도 개도 나를 쳐다보고 있었다. 핀은 곤경에 빠졌을 때에나 보이는 유순한 표정을 짓고 있었다.

"층계에서 소리가 날 때마다 심장이 멎는 것 같아." 하고 핀이 말하였다.

그건 나도 마찬가지였다. 그러나 마즈를 버리고 갈 생각은 없었다. 나는 장갑을 벗었다. 사태가 새로운 국면에 들어서고 있다는 느낌이 들었다.

"그럼 우리째 가져가기로 하지." 라고 내가 말했다.

"개집째 들고는 문을 빠져나갈 수가 없을걸!" 하고 핀이 받았다. "그러나저러나 틀림없이 출입구에서 제지를 당할 거야."

"한번 해 보세. 문을 빠져나갈 수 없다면 포기하기로 약속하지." 내가 말하였다.

"그건 해 보나마나 뻔한 거야." 하고 핀은 말했다.

우리가 문을 빠져나갈 수 있다고 나는 확신했다. 그러나 빠져나가도록 하기 위해서는 개집을 옆으로 뉘여 놓지 않으면 안 되었다. 알루미늄으로 된 개집 바닥에는 물 대야가 있었다.

"저걸 보면 알 수 있잖아?" 하고 핀이 말했다. "분명히 여기까지 올려 와서 조립한 거야. 내갈 수가 없을 거야."

나는 꽃병을 들어 살에 바싹 대고서 대야의 물을 꽃병에 따랐다. 그러고 나서 천천히 둘이서 철장을 기울게 만들었다. 우리를 골똘히 지켜보고 있던 마즈가 몹시 흥분하기 시작하였다.

"조심해," 하고 핀은 말하였다. "잘못하면 손바닥을 떼어 갈 거야." 둘이서 철장을 비스듬히 기울여서 완전히 옆으로 자빠뜨려 놓았다. 그러는 동안 마즈는 미끄러져 나가 바닥 쪽의 창살에 가 서 있었다. 개는 성마른 듯 짖어 대기 시작하였다.

"조용히 해," 하고 나는 개를 향해 일렀다. 「홍수 속의 다섯 사람」 때 혼난 생각을 해 봐. 결국은 무사히 넘겼잖아."

"우리를 들어 올릴 때 말야," 하고 핀이 말하였다. "다리가 창살 사이로 빠져나올 테고 발버둥질 치다가 다리를 상하게 될걸."

이것은 그럴 법한 생각이었다. 우리는 선 채로 이 문제를 생각해 보았다. 이제 시간 걱정을 할 단계는 지났다. 두 시간이 걸리는 한이 있더라도 계속 버텨 볼 심산이었다.

"창살 위로 무얼 펼쳐 놓아야겠어." 하고 나는 말하였다. 나는 책상보를 손에 잡고 개집 속에 처넣으면서 마즈의 발 밑에 펼쳐 놓으려고 했다. 그러나 개는 곧 그것을 앞발로 긁으며 물어뜯기 시작하였다.

"어떻게든 그것을 고정해 놓아야 돼," 하고 핀은 말했다. "그렇지 않으면 발로 찢어발길걸."

"끈." 하고 나는 말했다.

"끈은 미끄러져 내릴걸," 하고 핀이 말하였다. "접어서 밑으로 동여맬 수 있는 긴 것이 필요해."

그는 자취를 감추더니 잠시 후에 시트 하나를 가지고 왔다. 우리는 철장 끝에 맞추어 시트 길이를 재어 보았다.

"아래쪽에서 마주칠 만큼 길지가 못한데." 핀의 말이었다.

나는 시트의 가장자리를 창살에 동여매려고 하였으나 풀이 아주 세게 먹여져 있어 동여맨 곳이 이내 풀어지고 말았다. 우리는 기를 쓰고 주위를 둘러보았다.

"저 커튼은 어떨까?" 하고 내가 제안했다.

"그걸 내리려면 높은 발판이 있어야 돼." 핀의 말이었다.

"시간이 없어." 하고 나는 말했다.

급작스레 세게 잡아당겼더니 부속품이 벽에서 빠지고 쇠고리가 크게 울리며 커튼 여러 개가 우리 머리 위로 떨어져 내렸다. 그중의 하나를 빼내었다. 굉장히 긴 놈이었다. 그것을 창살 안으로 펼쳐 놓고 마즈의 발을 올려서 커튼 위로 올라서게 하였다. 양쪽 끝이 삐져나와서, 접으면 우리 아래쪽에서 충분히 이어 놓을 수가 있었다. 그러나 우리 아래쪽으로 접근할 방도가 없었다.

"잭이 필요해." 라고 핀이 말했다.

나는 의자 두 개를 들어서 우리 양쪽 끝에 하나씩 놓아 두었다. "여기다 올려놔." 하고 나는 말했다.

둘이서 철장을 들어 올렸다. 그러나 그렇게 하자, 우리
가 마루에서 떨어지면서 마즈의 발이 살 사이로 삐져나와
커튼을 온통 엉클어 놓고 말았다. 동시에 마즈가 큰 소리
로 짖어 대었다. 둘이서 우리를 다시 내려놓았다.

나는 핀을 바라보았다. 그는 땀을 흘리며 나를 바라보
았다.

"달리 생각나는 게 있어." 하고 그는 조용히 말하였다.

"뭔데?" 나는 물어보았다.

"설사 커튼 양끝을 아래쪽에서 동여맨다고 하더라도 동
여맨 매듭 때문에 커튼이 끌려 창살 안쪽에서 밧줄처럼 되
어 버리고 말지. 그러니까 발밑으로 펼쳐지지가 않는단 말
이야. 알아듣겠어?" 핀의 말이었다.

무슨 소린지 나는 알 수 있었다. 우리는 개집 양쪽 끝으
로 몸을 기댄 채 생각에 잠겼다.

"결국은 삼노끈을 써 보는 게 좋을 것 같아." 하고 핀이
말하였다. "노끈 두 개를 커튼 양끝의 쇠고리로 꿰어 넣고
구멍 두 개를 뚫어서……."

"제기랄 것!" 나는 소리쳤다. "이제 그만 집어치워." 이
렇게 말하고 마즈의 발밑에서 커튼을 끌어당겼다. 개는 한
구석을 물고는 도무지 놓으려 하질 않았다.

"그걸 입에서 빼내!" 나는 핀에게 말했다.

"그건 자네가 맡아." 하고 핀이 말했다. "내가 잡아당길
테니까."

나는 가까스로 마즈의 입을 벌렸다. 우리는 남아난 커튼
을 구해 내었다. 그 뒤 나는 바닥에 앉아 창살에 머리를

기대고 발작적으로 웃기 시작했다.

"또 하나 생각나는 게 있어." 나는 핀을 보고 말하였다.

"무언데?"

"결국은 문은 빠져나가지 못할 거라는 거!"

너무나 크게 웃었기 때문에 거의 말을 제대로 하지 못할 지경이었다. 그러자 핀도 역시 웃기 시작했다. 우리 두 사람은 마룻바닥에 누워서 미치광이처럼 웃어 대었다. 나중에는 신음 소리만 겨우 나올 뿐이었다.

그 뒤 우리는 새미가 위스키를 둔 곳을 찾기 시작하였다. 그것을 찾아내자 독한 것을 한 잔씩 마셨다. 핀은 아주 주저앉아 술을 마실 태세였으나 나는 다시 그를 개 우리로 데리고 갔다.

"자, 이리 와." 나는 핀을 보고 기운차게 말하였다. "발은 제멋대로 하게 내버려 두지!"

우리는 양쪽 끝의 창살을 잡고 엎어 놓은 개집을 들어 올렸다. 처음에 마즈는 슬슬 미끄러지기 시작하였다. 그러나 마즈의 안전을 걱정한 나머지 우리가 개의 지혜를 고려에 넣지 않았다는 게 이내 분명해졌다. 살 이외엔 발 디딜 곳이 없다는 것을 깨닫자마자 마즈는 다리를 옴츠리고 개집 옆면으로 몸을 뉘었다. 약간 불편한 듯하였으나 아주 침착한 표정이었다. 이것을 보자 우리는 다시 폭소가 터져나와 개집을 내려놓지 않을 수가 없었다.

"아무쪼록 순조롭길!" 나는 드디어 입을 열었고 우리는 문 쪽으로 나아갔다.

철장 자체는 썩 가벼웠고 중량의 대부분은 마즈의 무게

였다. 들고 가기는 어렵지가 않았다. 나는 숨을 죽였다. 철장이 출입구에 부딪혔다.

"서두르지 마." 하고 앞장선 핀에게 나는 말했다. 그는 나를 마주 바라보며 뒷걸음질 치고 있었다. 그의 눈이 쟁반처럼 커다라니 둥그레졌다. 우리는 말없이 개집을 밀거니 비스듬히 들거니 하였다. 이어 핀은 뒷걸음질 쳐 현관 홀로 나섰다. 마치 피스톤이 실린더를 통하듯이 우리는 문을 빠져나갔다. 1센티미터 정도의 공간조차도 남지 않을 만큼 아슬아슬하였다.

"빠져나왔네!" 하고 핀이 소리쳤다.

"기다려," 하고 나는 말하였다. "문이 또 하나 있어."

우리는 문을 열고 복도로 나섰다. 마치 바셀린 칠을 한 것처럼 개집은 문을 빠져나갔다. 그것을 밖에다 내려놓고 둘이서 악수를 하였다. 나는 새미의 아파트로 되돌아가서 거실을 마지막으로 한 번 둘러보았다. 싸움터같이 뒤죽박죽이었으나 어떻게 손을 써야 할지 알 수가 없었다.

새미네 앞문을 막 닫으려는데 핀이 입을 열었다. "이봐, 이 건물을 벗어날 수 있다 하더라도 어떻게 이걸 가지고 간단 말이야? 무슨 일을 하고 있느냐고 경찰이 검문을 할 거야."

"택시를 잡아야지." 내가 받았다.

"보통 택시엔 들어가지가 않아. 포장을 접을 수 있는 놈을 잡아야 해." 하고 핀이 말하였다.

"그러면 트럭을 잡는 거야. 상관없어." 하고 나는 그에게 일러 주었다.

"그럼 그동안 어디에 둔담?" 하고 핀이 말했다.

나는 심호흡을 하고 나서 말했다.

"이봐, 물론 자네 말이 옳아. 나가서 젠장할 포장을 접을 수 있는 택시를 찾아봐. 그렇잖으면 트럭이든 무엇이든 마음대로. 단 10분 이내에 붙잡아야 돼. 못 잡으면 돌아와서 이걸 들고 나가. 나중에야 어찌 되든 난 여기서 기다리겠어."

"안에서 기다리는 것이 낫지 않아?" 하고 핀이 말하였다.

우리는 서로의 눈을 뚫어지게 바라보았다. 이어 둘이서 개집을 들고 다시 새미의 아파트로 옮겨 놓았다.

"복도에서 기다리고 있을게." 나는 말하였다. "새미가 나타나면 곧 도망치겠어. 돌아와 보아서 내가 없으면 허탕이라고 알게."

우리는 다시 악수를 했고 핀은 밖으로 나갔다. 주먹의 마디를 깨물고 모든 소리에 바짝 귀를 기울이며 나는 복도에 서 있었다. 여기까지 와서도 마즈를 놓치게 될지 모른다는 생각이 들자 나는 속이 상해 미칠 지경이었다. 가까이 가서 개를 바라보고 창살 너머로 얘기를 걸어 보았다. 이어 새미네 부엌으로 건너가 포크 춥을 두 개 찾아내어 마즈에게 주었다. 그러고 나서 복도의 내 자리로 돌아갔다.

5분쯤 지나서 층계를 올라오는 발소리가 들려왔다. 도망갈 마음을 먹고 있는데, 알고 보니 핀이었다. 그는 놀라울 만큼 침착했다.

"포장이 있는 택시를 잡았어." 핀의 말이었다.

둘이서 개집을 들고 다시 한 번 그것을 복도로 빼내었

다. 내가 새미네 문을 닫았다. 이어 우리는 층계 쪽으로 나아갔다.

"뒷문으로 빠져서 수위를 피하세." 하고 나는 말했다.

"택시는 정문 앞에 있어." 핀의 말이었다.

"좋아, 그럼 건물 바깥쪽으로 돌아서 이놈의 것을 들고 가는 거야!"

그러자 마즈가 포크 춥 한 개를 떨어뜨려 내가 그것을 밟았다. 우리는 하마터면 첫 번째 계단에서 넘어질 뻔하였다. 그러나 이제 그런 것을 개의할 단계는 아니었다. 1층에 당도하자 통용구 쪽으로 잽싸게 돌아 갔다. 핀이 앞장서서 갔다.

통용구에 당도해 보니 문은 잠겨 있었다. 막 그것을 발견한 참인데 "여보쇼." 하는 소리가 뒤에서 났다. 총격이라도 받은 것처럼 우리는 펄쩍 뛰었다. 수위였다. 몸집이 크고 둔하게 생긴 사람으로, 완고한 표정을 하고 있었다.

"그쪽으로는 나갈 수가 없어요." 하고 그는 말하였다.

"어째서요?" 내가 물었다.

"4시 30분엔 닫힙니다." 하고 그는 말하였다.

"좋아요, 그럼 딴 쪽으로 나갈게요." 나는 그를 보고 말하였다. 마즈를 건물 밖으로 내가기 위해선 그의 목이라도 부러뜨리고 싶은 심사였다. "자, 들어!" 하고 나는 핀을 보고 말했다. 우리는 그것을 들어 올렸다.

"이봐요, 그리 서두르지 말아요!" 이렇게 말하며 수위는 우리 앞을 가로막았다. 그는 껌을 씹고 있었다.

"우린 급해요." 나는 그에게 내뱉은 뒤에 다시 핀을 보고 말했다.

"전진!" 우리는 수위를 제치고 정면 입구 쪽으로 나아갔다. 유리문을 통해서 택시가 기다리고 있는 것과 운전수의 모습이 보였다. 약속의 땅을 보는 것 같은 느낌이었다.

수위는 우리를 앞질러 가서 문에 손을 얹었다. "그렇게 서두르지 말라고 했잖았어요." 하고 그는 말하였다.

"급하다고 말하잖았어요." 내가 받았다.

"지금 무엇들을 하고 있는지 난 알아 두어야 해요." 하고 수위는 말하였다. "그리고 누구의 허가를 받은 것인지를."

"우린 이 건물에서 짐승을 내가고 있는 중이에요," 하고 내가 받았다. "스타필드 씨가 허가한 거예요. 무슨 이의가 있나요?"

수위는 생각에 잠겼다. 그러더니 마침내 입을 열었다. "이의가 있느냐고? 천만에요! 스타필드 씨에게 몇 번이나 얘기했는지 몰라요. 이 아파트에 애완동물을 들여놓는 것은 규칙 위반이라고. 그분 얘기는 애완동물이 아니라는 거죠. 재주를 부리는 개라나요. 재주를 부리는 개라! 여기서 재주를 부리지 않는 게 좋다고 말하고, 그렇지 않으면 재산 관리 위원에게 알리겠다고 말했어요. 규칙 위반이라고 말하지 않았소, 하고 대들었죠. 뭣하면 쫓아낼 수가 있다고도 얘기했어요. 내게 돈을 준다 해도 안 된다고요. 일자리를 놓치고 싶지는 않거든요. 그렇지 않아요? 내 임무를 다해야 하거든요. 그렇잖아요? 내 기분으로 그러는 게 아니라고 얘기했어요. 개를 끌어들인다고 해서 내가 무슨 상관이냐고요. 개를 끌어들이든 여자를 끌어들이든 상관없다고요. 그러나 규칙상…….”

이런 상황이 진행되는 사이에 우리는 마즈를 거리로 끌어내었다. 택시의 포장을 이미 낮춰 놓았던 운전수는 개집 들어 올리는 일을 도와주었다. 개집이 택시 뒤쪽을 거의 전부 차지해서, 기울여 놓은 한쪽 끝이 거의 바닥에 닿고 다른 한쪽 끝은 뒤쪽 포장 위로 삐져나왔다. 불쌍하게도 늙은 마즈는 이제 다시 알루미늄 바닥에 몸을 두고 있었으나 그게 45도 각도로 기울어져 있었기 때문에 물 대야와 함께 미끄러져 창살에 부딪혔다. 개집의 놓임새를 고치니 물 대야는 굉장한 소음을 내었다. 남아 있는 포크 촙에 죽어라 하고 매달린 덕분에 다행히 마즈는 짖지 않았다.

“안됐는데!” 하고 운전수가 말하였다. 그는 모든 것을 냉정하게 받아들였다. “펀치가 못하겠는데요. 이쪽으로 놓아 봅시다.” 그러더니 그는 다시 철장을 건드리려 하였다.

“내버려 둬요!” 하고 나는 소리쳤다. “괜찮아요!”

“하지만 두 분이 타실 데가 있어야지요.” 택시 운전수가 말했다.

“자리 많은데요, 뭘.” 나는 그를 보고 말했다. 나는 수위에게 반 크라운*짜리를 집어 주었다. 핀은 운전수 옆의 앞자리로 오르고 나는 개집 꼭대기로 올라가 개집과 운전석 뒤 사이로 난 공간에 쪼그리고 앉았다. “그래 가지고 어디 되겠어요,” 하고 운전수는 말하였다. “몸을 이쪽으로…….”

---

* 화폐 단위. 1크라운은 5실링.

"인제 갑시다요!" 하고 나는 큰 소리로 말했다. 이제 마음에 걸리는 건 택시가 발차를 못하는 경우뿐이었다 그러나 차는 출발하였다. 수위는 손을 저어 작별을 고하고 우리는 킹즈 거리 쪽으로 달려갔다.

핀이 몸을 돌려 나를 보았다. 우리는 서로 쳐다보고 소리 없이 웃었다. 성공에 의기양양한 긴 웃음이었다.

"어디로 가시는지, 말씀이 없으셨어요." 하고 킹즈 거리에서 차를 멈추더니 운전수가 말하였다.

"풀럼* 쪽으로 갑시다," 하고 나는 운전수에게 말했다. "곧 또 알려 드리죠!" 새디네 집에서 차를 타고 돌아오는 새미를 만나고 싶지는 않았다. 우리는 남의 눈을 끌기 쉬운 것이 분명했다. 가는 동안 줄곧 사람들이 고개를 돌려 우리를 바라보는 것이었다.

"이봐," 하고 나는 핀에게 말했다. "우선 줄을 사서 개를 끄집어내야겠어."

"상점 문들이 닫혔어." 하고 핀이 말했다.

"철물점 앞에서 세워 주세요," 하고 나는 운전수에게 일렀다. 그는 여태껏 눈 한 번 깜짝하지 않고 있었다. 런던의 택시 운전수를 놀라게 하는 것은 아무것도 없다. 그는 풀럼 팰리스 거리에 있는 철물점 앞에서 차를 세웠다. 문을 두드리고 한참 승강이를 한 후에 우리는 줄을 하나 샀다.

"자," 하고 나는 운전수에게 말했다. "이 근처 어디의 조용한 장소로 데려다 주시오. 훼방받지 않고 일을 할 수

---

* 런던의 서남부로 첼시의 서쪽 지역.

있는 곳으로 말이오."

런던 지리를 잘 알고 있는 운전수는 해머스미스 다리 근처에 있는, 지금은 사용되지 않는, 재목을 쌓아 두는 곳으로 차를 몰고 가더니, 우리가 짐을 내리는 것을 도와주었다. 그 자리에서 당장 운전수를 떼어 버리고 싶었으나 요금을 치를 만한 돈이 우리에게 없을 성싶었다. 핀은 늘 그렇듯이 3실링 6펜스를 가지고 있었다.

운전수 쪽에서 우리가 하는 일을 어떻게 생각했느냐 하는 것은 알 수가 없었다. 무슨 생각을 했든, 그는 아무 말이 없었다. 우리의 거동이 수상쩍으면 수상쩍을수록 많은 팁을 받게 되리라고 생각한 것인지도 몰랐다.

우리는 교대해 가면서 줄로 개집의 철창을 썰기 시작했다. 있는 힘을 다해서 줄질을 하였으나 미스터 마즈를 해방시키는 데는 30분이 실히 걸렸다. 한쪽 끝이 절단되어도 창살은 좀처럼 굽혀지지가 않았다. 따라서 살 하나하나를 두 군데씩 자르지 않으면 안 되었다. 줄질을 하는 동안 마즈는 킹킹거리면서 우리의 손을 빨았다. 개는 무슨 일이 벌어지고 있는가를 잘 알고 있었다. 마침내 개집 살 세 개를 잘라 냈다. 줄이 마지막 알루미늄 조각을 깎아 먹고 세 번째 살이 기울어지자 벌써 마즈는 틈새로 빠져나오려고 발버둥쳤다. 토실토실하고 윤기 흐르고 거대한 짐승을 내가 두 팔로 끌어안았고 이어 우리는 모두 그의 자유를 축하하며 야단스럽게 그곳을 돌아다녔다. 개는 짖어 대고 우리는 환호성을 질렀다.

"도망가지 않도록 조심해." 하고 핀이 말하였다.

위해서 그토록 오랫동안 수고를 했는데 우리를 버리고 갈 만큼 마즈가 은혜를 모를 것 같지는 않았다. "이리 와." 하는 내 말에 마즈가 순하게 따랐을 때 나는 역시 안도감을 느끼지 않을 수 없었다.

그 뒤 개집을 어떻게 처치할 것인가를 토론했다. 핀은 강에 버릴 것을 제의했으나 나는 반대했다. 강에 물건을 버리는 사람을 보는 것처럼 런던 경찰이 미워하는 것은 또 없다. 필경은 거기에 그대로 두기로 작정하였다. 우리가 한 일의 증거를 정말로 감추려 한 것도 아니었고 또 그게 가능한 것도 아니었다.

우리가 애기를 하는 동안, 택시 운전수는 우리를 찬찬히 바라보고 있었다. "믿을 수 없어요," 하고 그는 말했다. "이런 별난 자물쇠는. 툭하면 고장이 나지요?" 그는 살 사이로 손을 넣어 지붕 아래쪽에 있는 용수철을 눌렀다. 우리 한쪽이 곧 시원스레 활짝 열렸다. 이로써 토론은 끝났다. 핀과 나는 택시 운전수의 얼굴을 살펴보았다. 그 편에서도 무심히 우리의 얼굴을 보았다. 우리는 아무 말도 못할 심사였다.

\* \* \*

"저." 하면서 핀이 말하였다. "난 지쳤어. 어디 가서 쉬면 안 될까?"

나는 편히 쉬고 싶은 마음이 없었다. 그러나 핀을 돌려보내는 게 좋겠다는 생각이 들었다. 나는 핀에게 5실링을 주었다. 그것이 내가 줄 수 있는 돈 전부였다. 그리고 골드호크 거리로 택시를 타고 가서 모자라는 것은 데이브에게서 꾸라고 일렀다. 그는 나와 떨어지는 게 싫은 모양이었다. 한참 만에야 내가 진정으로 그러길 바란다는 것을 그에게 납득시킬 수가 있었다. 마침내 택시는 떠났다. 미스터 마즈와 나는 도보로 해머스미스 거리 쪽으로 향해 갔다.

마즈를 데리고 걸어가니 왕이라도 된 것 같은 기분이었다. 우리는 시종 서로의 얼굴을 마주 보았다. 내가 저에게 만족하듯이, 저도 나에게 만족하고 있다는 느낌을 금할 수 없었다. 나는 마즈의 순종에 감동을 받았다. 다른 짐승이 내 말을 잘 듣는다는 것은 언제나 놀라운 일이다. 그때는 마즈를 옭아낸 것이 내 생애 가장 영감 섞인 행위처럼 느껴졌다. 마즈를 이용해서 무슨 각별한 일을 할 수 있다고 생각한 것도 아니었다. 그때 새디와 새미 생각처럼 내 염두에서 동떨어져 있는 것은 또 없었다. 마즈를 손에 넣으려고 무던히도 애를 썼던 끝이라 그냥 마즈를 데리고 있다는 것이 무척 기뻤다. 머리를 꼿꼿이 쳐들고 우리는 해머스미스 거리에 있는 '데븐셔 암즈'로 함께 들어갔다.

마즈는 많은 이목을 끌었다.

"훌륭한 개를 가지고 계십니다!" 하고 누가 내게 말하였다. 주문을 하면서 나는 카운터 위에 놓여 있는 석간 신문을 집어 들었다. 지금이야말로 H. K.의 정체를 알아내기 위한 단서를 찾아야 할 때라는 생각이 들었다. 그렇게 되면 새디와 새미가 꾸미고 있는 일의 예정표가 분명해질지도 몰랐다. 나는 신문을 훑어보기 시작했다. 구석구석 볼 필요도 없었다. '영화왕 Q. E. 호로 항해 중'이라는 큰 활자로 된 표제가 보였다. 그 아래엔 '할리우드의 실력자, 아이디어 찾아 영국에'라고 적혀 있었다.

머지않아 당지에 기항할 퀸 엘리자베스 호의 초호화판 선실에는, 조용하고 몸집이 작은 한 남자가 코카콜라를 마시며 앉아 있다. 그의 이름은 일반에겐 별로 알려져 있지 않으나 할리우드에서는 매력에 넘치는 이름이다. 영화 산업에 정통해 있는 사람들은 호머 K. 프링즈하임이 많은 권좌의 막후 실력자이며, 영화계 인사의 출세와 몰락을 좌우할 수 있는 인물이라는 것을 알고 있다. 검소한 생활을 하며 세상에 알려지는 것을 피하는 프링즈하임 씨는 뉴욕에서 가진 기자 회견에서 '관광을 주목적으로' 유럽으로 간다고 언명하였다. 그러나 H. K.──이 무서운 인물은 로스앤젤레스에서 이런 애칭으로 불리고 있다.──가 신인 스타와 새 아이디어를 찾으러 온다는 것은 주지의 사실이다. 영국과 미국 영화사 간의 보다 긴밀한 협조를 지원할 것이냐는 질문을 받고 그는 "아마 그럴 것이다."라고 답변하였다.

이것으로 얼마간 사정이 분명해졌다. 어떻게 해서 새디가 H. K.에게 접근할 것이며 또 그로 하여금 무조건 승낙을 하게 하는 데는 얼마 만한 시간이 걸릴 것인가 하고 나는 생각하였다. 자기가 하는 일을 새디가 정확하게 알고 있다는 것은 의심할 바가 없었다. 아마 이전의 방문 시에도 새디는 이 몸집 작은 사나이를 홀리게 한 것이리라. 나는 서둘러 일을 하지 않으면 안 되었다. 엘리자베스 호가 정확히 언제 입항하는가를 알아 둘 일이 남아 있었다.

어딘가에 이것이 보도되어 있지 않나 하고 신문의 나머지 부분을 훑어보다가 한 페이지 하단에 실려 있던 조그마한 기사가 갑자기 눈에 띄었다. 그 내용은 다음과 같았다.

### 애너 퀜틴 할리우드로?

빼어난 블루스 가수이며 다재다능한 가수인 애너 퀜틴의 이름은 가요 애호가들 사이에선 잘 알려져 있다. 그녀가 최근 무대에서 은퇴한 것을 섭섭히 생각하고 있었던 미스 퀜틴의 팬들은, 그녀가 할리우드로 향발한다는 소식을 듣고 착잡한 감회를 갖게 될 것이다. 단기간의 체류를 위해 파리로 떠나는 미스 퀜틴은, 미국에서 일하기 위한 장기 계약에 서명을 했다는 풍문이 있으나, 근일중 리베르테 호로 출항한다는 풍설에 관해서는 긍정도 부정도 하지 않았다. 미스 퀜틴은 유명 영화배우 새디 퀜틴의 언니다.

대략 10분 동안이나 이 기사를 숙독하고 기사에 숨은 뜻을 알아내려고 하였다. 미스 퀜틴의 다른 팬들과 마찬가지로 나도 착잡한 감회를 맛보았다. 대체로는 크나큰 안도감을 느꼈다. 할리우드와의 이 계약을 애너가 별로 내키지 않은 상태로 수락했다는 것은 의심할 여지가 없었다. 그녀는 아마, 휴고의 집요한 요구에 대처하는 유일한 길은 도망가는 길뿐이라고 생각하며 결심했을 것이다. 한편 애너

240

가 유럽을 떠나는 것을 섭섭히 여기리라는 것을 나는 알고 있었다. 나 자신의 심경을 말한다면 애너를 휴고에게 빼앗기기보다는 할리우드에 빼앗기는 게 낫다는 게 당장의 심사였다. 할리우드로부터는 다시 돌아올 수도 있는 일이었기 때문이다. 그러나저러나 애너가 최종적인 결정은 아직 하지 않았을 가능성도 있었다. 내가 알고 있는 한에서는 자기가 심각하게 불안을 느끼는 어떤 일을 하려고 최종적인 결심을 했을 때는 누구나가 그 일을 당장 알기를 바라는 게 애너의 성격이었다.

이러한 것들이 나의 최초의 반응이었다. 그러나 가장 큰 걱정거리가 덜어져 홀가분해진 것도 불과 5분 동안의 일이고, 열병이 치유되니까 이번엔 이가 쑤시는 사람처럼 이내 그것에 대신하는 별개의 사정이 걱정되기 시작했다. 극장에 되돌아가 애너에게 구혼 공세를 하고 싶은, 제어할 수 없는 욕구를 그때 내가 가지고 있지 않았던 것은 사실이다. 그러나 애너가 그곳에 있다는 것을 나는 알고 있었고, 머지않아 애너가 나를 불러들이리라고 확신하고 있었다. 그리고 사실상 그녀는 나를 불렀던 것이다. 그것을 생각할 때 가슴이 아팠다. 그러나 미국에 가 있는 애너란 전혀 딴판으로 생각해 볼 일이었다. 지금 내가 당장 출발한다면 그녀를 파리에서 만날 수가 있고 그녀의 미국행을 번의시킬 수 있을지도 모른다는 생각이 들었다.

이 생각은 잠시 동안 아주 매력 있게 생각되었다. 그것을 곰곰이 명상하고 있는데 마즈가 훼방을 놓았다. 큼지막하고 물기 없는 발을 내 무릎에 올려놓은 것이다. "그래,

내가 널 잊고 있었구나." 하고 나는 마즈에게 말하였다. 물론 나는 언제든지 마즈를 새미에게 돌려줄 수가 있었다. 골난 새미의 찡그린 얼굴을 보고 싶지 않다면, 마즈를 첼시로 데리고 가 문밖에 매어 두기만 하면 되었다. 또 여차한 경우엔 경찰서로 데려다 줄 수도 있었다. 『목제 꾀꼬리』에 대해 정말로 내가 걱정할 것이 무어란 말인가? 그까짓 것 그네들에게 주어 버리지 뭐. 그러고 보니 마즈를 옭아낸 것이 전례 없이 어리석은 짓이었다는 느낌이 들기 시작하였다. 그런 행위로써 스스로 비행을 저지르지 않았더라면 타이프 초고에 관해선 새디와 새미에게 정정당당한 태도를 취하고——새디는 어쨌든 간에 그 일을 꺼림칙하게 생각할 것이다.——많은 금액을 요구할 수가 있었을 것이다. 게다가 나는 이 동물 때문에 곤경에 빠져 있었다. 이녀석만 없다면 모든 성가신 일을 뿌리치고 애너의 뒤를 따를 수 있을 것이었다.

그러나 다시 생각해 보니 당장 떠난다는 것은 참으로 어려운 일이었다. 분명 내가 할 일은 새디의 계획에 관해서 휴고에게 경고를 하는 일이었다. 휴고가 무슨 수를 쓸 수 있대서가 아니라 그가 알기 전까지는 내 마음이 놓이질 않을 것이었다. 새미나 새디와 한판 겨루어 보고 싶은 나의 본능은 충분히 건전한 본능이었다. 적어도 뜻하지 않은 어떤 일이 저 비열한 한 쌍의 남녀에게 밀어닥칠 것이었다. 새미가 매지에게 한 소행을 생각하니 나는 그에게 보다 큰 충격이 될 만한 일을 꾸밀걸, 잘못했구나 하는 느낌이 들었다. 갈취라는 견지에서 보아 마즈에게 얼마 만한 값어치를 부여할 수 있느냐 하는 것은 두고 보아야 할 문제였다. 나는 쇠고기 파이를 한 개 먹었다. 마즈도 하나 먹었다. 그러고 나서 시계를 보았다. 8시가 되기 10분 전이었다. 휴고를 찾아내는 일은 빠르면 빠를수록 좋았다. 사실 곰같이 몸집이 큰 휴고의 모습이 내 머릿속에 떠오르자마자 나는 그가 몹시도 보고 싶어 견딜 수가 없었다. 우리를 떼어 놓으려고 하는 짓궂은 운명의 손길이 있다는 느낌이 들어 그를 만나 보고 싶은 마음은 더욱 간절해지는 것이었다. 휴고를 찾아내는 것은 내게 정신적으로 필요한 일이었다.

이삼 분 후에 나는 로이드 협회*에다 전화를 걸고 있었다. 퀸 엘리자베스 호는 모레 입항한다는 것이었다. 형편이 아주 글러 버린 것은 아니었다. 다음엔 휴고의 홀본 번호에 걸어 보았으나 응답이 없었다. 나는 즉시 바운티 벨파운더 촬영소에 다시 전화를 걸었다. 휴고가 아직 그곳에 있을 수도 있다고 나는 생각하였다. 촬영소 측에서는 사실 전원이 아직 세트 촬영 중이라고 대답해 왔다. 벨파운더 씨가 그곳에 있는지는 확실히 알 수 없고, 초저녁엔 그곳에 있었으나 아마 돌아갔는지도 모른다는 것이었다. 그렇다면 가망이 있었다. 나는 촬영소로 가기로 작정하였다.

---

* 선박 관계의 업무를 보는 협회.

# 12장

바운티 벨파운더 촬영소는 런던 남부의 교외에 자리 잡고 있는데, 이 근처에는 우연의 요소가 구토감을 자아낼 정도로 많다. 수중의 돈이 허용하는 데까지는 택시를 타고 나머지는 버스로 갔다. 이때에 동전 한 푼 남지 않게 되었지만 앞으로의 일은 염두에 없었다. 영화 촬영소에 들어가 본 일이 있는 사람들은 그 장식 가운데 번쩍번쩍하는 것과 케케묵은 것이 얼마나 기묘하게 융합되어 있는가를 잘 알 것이다. 바운티 벨파운더에서는 케케묵은 것이 대우를 받고 있었다. 철도와 큰 거리 사이의 상당한 면적을 낡은 것들이 차지하고, 길가 쪽은 높다란 물결 무늬의 철책으로 둘러싸여 있었다. 일렬로 늘어선 나지막한 임시 막사 한가운데 자리 잡은 정문은 흡사 동물원 입구 같아 보였다. 그 위로는 벨파운더란 이름이 끊임없이 네온으로 반짝이고 있어 매일같이 그곳을 지나 올드 켄트 거리 근방으로 출근하는 소녀들의 한숨을 자아냈다.

마즈와 나는 버스에서 내렸다. 영화 촬영소엘 들어가 보려고 한 사람들은 자기가 '입장이 허용되지 않는 인물'이 될 공산이 매우 크다는 것을 알 것이다. 나와 같은 위인은 일종의 직업적으로 '입장이 허용되지 않는 인물'이다. 영국 인텔리 가운데 나만큼이나 허다한 곳에서 쫓겨난 일이 많은 사람은 없을 거라고 나는 확신하고 있다. 촬영소를 바라보고 서 있으려니까 들어가기가 어려울 것이라는 생각이 들기 시작하였다. 정문은 두 개의 철문으로 돼 있었는데, 닫혀 있을 뿐만 아니라 세 사람이나 지키고 있었다. 그들은 한길이 내려다보이는 조그만 수위실에 버티고 앉아 있었고, 보나 마나 아양을 떨며 저명 인사를 받아들이거나 보잘것없는 위인들을 문 바깥으로 내쫓는 일이 그들의 소임이자 재미일 것이었다. 그들에게 가까이 가서 휴고의 소재를 물어보았자 소용없을 뿐이란 것을 나는 알고 있었다. 그래서 그 집 바깥을 한 바퀴 둘러보고 훨씬 들어가기 좋은 곳이 있나 없나를 알아보는 게 좋겠다고 생각하였다. 이미 나는 세 케르베로스*의 주의를 끌고 있었다. 그들의 눈매로 보아 내가 주위를 배회하고 있음을 알아챈 것 같았다. 게다가 이 상황에선 마즈의 신원이 탄로 날지도 모른다는 생각이 들었다. 핀과 마찬가지로 나는 알자스 개는 서로 비슷해 보인다고 생각하였다. 그러나 부화한 지 하루밖에 안 되는 병아리나 중국 사람을 잘 분간해 낼 수 있는

---

* 그리스 신화에 나오는 지옥문을 지키는 개로, 머리가 셋 달렸다 .

사람들도 있지 않은가. 예사로운 표정을 지으면서 우리는 방향을 바꾸었다.

철책을 따라서 우리는 철로까지 갔다. 철책은 영화의 예고 광고로 가득 차 있었는데, 분명 그 영화는 그때 안에서 제작 중인 것이었다. 그러고 보니 그것에 관해서 무엇인가를 신문에서 본 생각이 났다. 그것은 카틸리나의 음모*를 취급한 영화로서, 많은 논쟁을 자아내고 분명히 잘못 전해진 이 사건을 그려내는 데 굉장히 주의를 했기 때문에 문제작이 될 만한 것이었다. '마침내 밝혀진 카틸리나 사건의 진상!' 하고 당황한 런던 시민에게 포스터는 알리고 있었다. 저명한 고대사 전문가 세 사람의 이름이 그 위에 적혀 있었다. 새디가 연기를 맡은 것은 카틸리나의 아내인 오레스틸라의 역할이었다. 살루스티우스**에 의하면 미인이라는 것을 제하고서는 칭찬할 점이 전혀 없는 여인인데, 키케로는 그녀가 카틸리나의 아내일 뿐만 아니라, 자기의 딸이라고 믿고 있다고 공언한 바 있다. 키케로가 암시한 것에 대해선 아무런 언급이 없지만, 연구의 결과인지 혹은 각본상의 부득이한 조처인지 오레스틸라를 마음씨 좋은 온건한 개혁주의자로 만듦으로써 이 영화는 살루스티우스의 주장을 부정하고 있다.

이 장소는 철통같이 방비되어 있는 것처럼 보였다. 철로 쪽에 들어가는 곳이 있을지도 몰랐다. 그러나 그것은 최후

---

* 키케로가 로마의 집정관이었던 당시 공화제를 타도하려고 한 카틸리나 일파의 음모.
** 기원전 1세기의 로마 역사가로서 카틸리나 음모에 관한 저술을 썼다.

의 수단으로 남겨 놓았다. 왜냐하면 나는 자동차는 별로 무서워하지 않지만 기차엔 소심한 편이기 때문이다. 돌발 사고라도 벌어지지 않는 한 기차는 선로 위를 달리는 법이고 자동차처럼 보도로 들이닥쳐 상점을 치받는 일은 없으니 이것이 이치에 맞지 않는다는 것은 나도 알고 있다. 그러나 이번 경우엔 마즈를 데리고 있었기 때문에 나의 타고난 공포는 더해 갔다. 나는 마즈가 기차에 치이는 것을 생생하게 떠올렸다. 나의 열띤 상상력 속에서 그건 우리가 당돌하게도 선로로 나선 것 때문에 생기는 불가피한 결과처럼 여겨졌다. 그래 다시 정문 쪽으로 돌아갔다.

나를 흉악한 배회자로 간주하였던 세 사람이 가 버리고 남자 하나가 창문 건너편에 앉아 있을 뿐이란 것을 나는 눈치 챘다. 나는 문을 바라보았다. 그러던 중 문 안쪽 촬영소에 커다란 검정색 앨비스가 서 있는 것을 보았다. 지난번 '강변 극장'에서 미끄러져 나가는 것을 목격한 바로 그 차였다. 똑같은 차라는 것에 확신이 갔다. 그것으로 결심이 되었다. 이 문 반대편의 어딘가에 휴고가 있는 것이었다. 아무런 묘안도 없이 나는 창가로 접근해 갔다. 사나이는 수상하다는 듯이 나를 바라보았다. 나는 사나이 쪽으로 몸을 굽혔다.

"난 조지의 친굽니다." 하고 쉰 소리로 말하고 그의 눈을 찬찬히 살펴보았다. 나는 그 이름을 중얼중얼 모호하게 발음해서 존이나 조나 제임스나 잭으로도 들리게 했다. 이 몇 가지 화살 중의 하나가 과녁을 맞혔다. 사나이는 얼마 동안 경멸하는 투로 고개를 끄떡이더니 지렛대에 손을 대었다. 문이 양쪽으로 열렸다.

"마당을 똑바로 질러간 다음 왼편이오." 하고 그는 말했다. 나는 걸어 들어갔다.

마즈의 이름을 불러서 개에게 주의를 쏠리게 하고 싶지는 않았다. 곧 나를 따라 들어올 정도의 분별은 있으려니 기대하였다. 문이 닫히는 소리가 들렸기 때문에 마즈가 어떻게 되었나 하고 뒤를 돌아다보지 않을 수가 없었다. 그러나 만사가 순조로웠다. 그는 신중하게도 내 뒤를 바싹 따라왔을 뿐 아니라 수위실 창 밑을 지날 때엔 꼬리를 낮추기까지 하였다. 다시는 뒤를 돌아보지 않고 마당을 질러 휴고의 차 곁을 지나 건물들이 함부로 뒤섞여 서 있는 곳으로 들어갔다. 왼쪽으로, '엑스트라 대기실'이라 씌어 있는 큰 문이 있었다. 여기야말로 조의 친구가 가고 싶어 했던 목적지였다. 계속 조의 친구 노릇을 해 보는 것이 득이 되지 않을까 하고 나는 잠시 생각하였다. 그러나 휴고를 찾기 위해서 고대 로마인과 같은 복장을 해야 할 필요는 없다고 단정하였다. 그러자면 내 바지를 딴 사람에게 넘겨주어야 했기 때문에 특히 그러했다. 나는 그런 행위에 원시적인 공포를 가지고 있다. 그래서 나는 자꾸만 앞으로 갔다. 한편, 넥타이를 풀어서 그 한쪽 끝은 마즈의 목걸이에 매어 주었다. 무슨 일이 있더라도 겁낼 게 없다는 느낌이었다.

이제 멀리에서 열띤 웅변조로 얘기하는 소리가 들려왔다. 그 소리는 예리한 저녁 공기를 타고 똑똑히 들려왔다. 내가 가고 있는 방향이 그 방향이었다. 왜냐하면 작업의 중심부를 찾아낸다면 휴고를 찾을 수 있을 것이기 때문이었다. 주위엔 아무도 없었고, 달리 들리는 소리도 없었다. 사무원들은 집으로 돌아간 것이 분명하였다. 옆에서 걷고 있는 마즈와 함께 콘크리트 건물 사이에 나 있는 소로로 뛰어가다 다시 또 하나의 길로 갔다. 전방 어딘가에 불빛이 휘황하였다. 이어 모퉁이를 하나 돌았더니 아주 놀랄 만한 광경이 눈앞에 벌어졌다.

배경에는 폭발하는 듯한 색채와 형태 가운데 고대 로마의 한 구역이 솟아 있었다. 벽돌담과 아치, 대리석 받침 다리나 기둥 위로 눈부시게 하얀 아크 램프의 불빛이 비추어 원형보다도 더욱 강렬하게 건물을 돋보이게 하고, 한편 대조적으로 주위의 공기를 어둡게 만들어 안개 낀 박모(薄暮)의 풍경을 조성하고 있었다. 내게 보다 가까운 쪽에는 전선(電線)을 휘감은 목재 발판이 수풀을 이루고 거기에는 거대한 아크 램프가 놓여 있었다. 그 사이로는 무수한 카메라가 온통 눈을 똑바로 뜬 채 혹은 강철로 된 높은 버팀대에 놓여 있기도 하고, 혹은 기중기에 매달려 있기도 하였다. 무엇보다도 기이한 것은 도시 전면의 노천 경기장에 거의 1,000명이나 되는 군중이 문자 그대로 꼼짝도 않고 서 있는 것이었다. 그들은 나를 등지고 서 있었는데, 단 한 사람의 떨리는 목소리에 넋을 잃고 귀를 기울이는 것처럼 보였다. 웅변객은 전차 위에 올라서 있었는데 휘황한 불빛의 초점 속에서 온통 몸을 흔들고 손짓을 하였다.

이것은 틀림없이 카틸리나가 로마의 평민들을 선동하는 장면이었다. 별나게 백열(白熱)적인 불꽃이 내 눈 속에 갖가지 색조를 강렬히 조명하여 나는 고개를 돌리지 않으면 안 되었다. 다른 때 같았으면 매혹된 상태로 눈앞에서 벌어지고 있는 일을 구경했을 것이다. 그러나 그때는 오직 한 가지 생각만이 염두에 있을 뿐이었다. 즉 멀지 않은 곳에 휴고가 있음이 거의 틀림없다는 생각이었다. 마치 폭포 뒤를 걸어가듯이 불빛을 피하면서 발판 뒤를 돌아다니기 시작하였다. 휴고가 먼저 나를 알아보는 것은 내가 원치 않는 바였다. 걸음을 옮기자, 거리와 성당과 기둥이 서 있는 시장의 전경이 무대의 트릭으로 연방 새로 나타나서, 도시가 점점 더 커지는 듯하였다. 원형의 색채 밖에서 한쪽에는 찬연한 불빛이 폭포처럼 쏟아지고 다른 한쪽으로 박명이 펼쳐지는 사이를 나는 멍하니 걸어갔다. 마즈조차도 마술에 걸린 듯 관절로 이어진 다리를 땅에 대지도 않고 이리저리 흔들며 마치 나는 듯했다. 열띤 목소리는 계속되었고, 끊임없이 기고만장한 항의와 호소를 퍼부었다. 그 목소리가 내는 몇 마디는 이제 내 귀에까지 들려왔다. 이렇게 말하고 있었다. "그리고 이것이야말로, 동무들, 자본주의 체제를 제거하는 길인 것입니다. 이것이 유일한 길이라고 말하는 것은 아닙니다. 그러나 최선의 길이라는 것은 분명히 말해 두겠습니다." 나는 걸음을 멈추었다. 아마도 마르크스주의가 고대사의 연구를 급속히 변형시키고 있는 것인지도 몰랐다. 그러나 아무래도 이것은 이상하게 들렸다. 그러자 불현듯 나는 연사가 카틸리나가 아니라 레프티라는 것을 깨달았다.

목소리가 그치고 꼼짝 않던 군중들이 뒤채기 시작하였

다. 수군거리던 소리가 고함 소리로 변하더니 인공 도시의 전면에서 메아리치는 가운데 군중은 옷깃이 스치는 소리를 내고 몸을 흔들며 서로 얼굴을 마주 보면서 박수 갈채를 하였다. 간간이 토가\*를 입은 로마인의 모습도 보였지만 대부분은 분명히 기사나 전문 기술자들이어서 푸른 작업복이나 와이셔츠 차림이었다. 저쪽 맨 끝에서는 사람들이 조금씩 움직이는 데 따라서 그들이 든 두 장대 사이로 펼쳐진 긴 깃발이 선연히 드러나 보였다. 그 위에는 '사회주의의 가능성'이란 커다란 글자가 적혀 있었다. 그리고 바로 그때 휴고가 눈에 띄었다. 그는 군중에게서 얼마쯤 떨어져 혼자 있었으나 휘황한 불빛 한가운데 서 있었다. 그는 도시 변두리에 있는 한 성당의 층계 위에 서서 사람들의 머리 너머로 레프티 쪽을 바라보고 있었다. 여러 각도에서 비치는 불빛 때문에 그는 그림자가 없었고, 흰 불빛 속에서 마치 분필 가루를 뒤집어쓴 것처럼 창백해 보였다. 생각에 잠긴 듯한 동작으로 두 손을 맞잡았다 놓았다 하고 있었는데, 그것은 손뼉을 쳤던 일을 다시 곰곰이 돌이켜 보는 것인지도 몰랐다. 내가 잊지 않고 있었던 독특한 모습으로 그는 서 있었다. 굽은 어깨, 앞으로 불쑥 내민 얼굴, 날카롭게 번득거리는 눈, 입술을 약간 움직이며 구부정한 자세였다. 이어 그는 손톱을 깨물기 시작했다. 나는 제자리에 꼼짝 않고 서 있었다. 레프티가 다시 연설을 시작하였다. 순간 깊은 정적이 그의 목소리를 에워쌌다.

---

\* 옛 로마 시민의 긴 겉옷.

휴고는 내 시선을 감득하고 약간 고개를 돌렸다. 우리 사이의 간격은 불과 15미터밖에 되지 않았다. 나는 그늘을 벗어나서 불빛 속으로 자리를 옮겼다. 그때 그는 나를 보았다. 마치 딴 세상에서 휴고를 바라보는 것 같은 느낌이었다. 엄숙함과 슬픔이 베일처럼 우리 사이에 떨어져 내렸다. 한동안은 그가 나를 볼 수 있다는 느낌이 들지 않았다. 그를 바라보는 데 그만큼 골똘해 있었다. 그러자 휴고는 미소를 지으며 손을 들어 보였다. 마즈가 나를 휴고 쪽으로 잡아당기기 시작하였다. 깊은 고뇌가 나를 압도하였다. 침묵과 부재(不在)의 위엄 뒤에 얘기를 한다는 비속성(卑俗性). 무의식적으로 미소를 짓고 휴고의 얼굴을 살펴보았다. 그의 얼굴이 나타내고 있는 것은 무엇인가? 우정인가, 모멸인가, 무관심인가, 초조인가? 알 수가 없었다. 나는 층계를 올라가 휴고 곁에 섰다.

느리지도 않고 급하지도 않게 휴고는 미소와 인사를 끝내었다. 그러고 나서 천천히 집회 쪽으로 몸을 돌렸다. 몸을 돌리며 그는 레프티를 향해 몸짓을 했는데, 그것은 '자, 이걸 들어 봐!' 하는 뜻인 것처럼 보였다.

"휴고!" 하고 나는 작은 소리로 말하였다.

"쉿!" 하고 휴고가 말하였다.

"휴고," 하고 나는 다시 말하였다. "내 말 좀 들어 봐요. 당장 얘기할 것이 있소. 어디 조용한 곳으로 갈 수 없겠소?"

"쉿!" 하고 휴고는 말하였다. "나중에. 이걸 듣고 싶소. 멋있소." 그는 날카로운 곁눈질로 나를 보더니 애원하듯이 두 손을 저었다. 레프티가 한 소절을 끝내자 소곤소곤 부드럽게 칭찬하는 소리가 군중 위를 휩쓸었다.

"휴고," 하고 나는 억양을 강하게 붙여서 큰 소리로 말했다. "일러 둘 게 있는데……."

다시 조용해졌다. 휴고는 내게 고개를 젓고 손가락을 입에 갖다 대더니 다시 레프티에게로 주의를 돌렸다.

나는 나지막한 소리로 말을 계속하며 내 말을 그의 귓속에 불어넣으려고 애를 썼다. "새디가 노형을 속여 먹으려 하고 있소. 그녀는……."

"그녀는 언제나 그래요." 하고 휴고는 말했다. "가만히 있어요, 제이크. 나중에 얘기할 수 있잖소."

절망감이 나를 압도하였다. 나는 휴고의 발밑 층계에 주저앉았다. 미스터 마즈도 내 곁에 앉았다. 아크 램프의 눈부신 불빛이 내 왼쪽 눈으로 들어왔다. 레프티의 목소리는 칼처럼 내 머리를 꿰뚫었다. "여러분이 정말로 존중하는 것이 무엇인가를 자문해 보시오." 하고 레프티는 말하고 있었다. "여러분도 알고 있는 바와 같이 '네 보물이 있는 곳에 네 마음이 있느니라.'*라고 합니다." 내가 요즈음에 한 모든 일이 무의미하다는 느낌이 불현듯이 들었다. ── 애녀는 도미(渡美) 중이고, 새미와 새디는 하고 싶은 일이면 그것이 무엇이든 가리지 않을 것이고, 그들을 제지할 수 있는 것은 아무것도 없다. 매지는 기만당하고 나는 휴고를 찾아냈으나 그는 내게 얘기도 하지 않으려 한다. 마즈를

---

* 「마태복음」 6장 21절 및 「누가복음」 12장 34절.

홈친 죄로 체포되어 투옥되는 일만이 내게 남아 있었다. 나는 마즈의 목을 한 팔로 끌어안았다. 개는 동정하듯 내 귀 뒤를 핥았다.

레프티는 아직 한 시간은 더 끄떡없을 것 같았다. 그의 연설 솜씨는 아주 비범하였다. 무턱대고 하는 말이었으나 더듬거리는 법이 없었다. 풍부한 내용의 강연이었으나 잘 정돈되어 있었다. 미사여구도 없지 않았으나 박력을 잃지 않고 있었다. 그가 얘기한 것 가운데서 나중에 기억에 남은 것은 인상적인 어구 몇 개뿐이지만 그 당시엔 극히 논리 정연한 얘기를 듣고 있다는 인상을 받았었다. 그는 인기 있는 설교자의 친밀한 어조와 선동가의 연극조, 그리고 선동조를 아울러 지니고 있었다. 성실과 정열이란 깃을 달고 그의 연설은 마치 화살처럼 위로부터 떨어져 내렸다. 멋있고 날카로웠다. 천여 명의 청중이 완전히 홀려 있었다. 그들은 숨을 죽이고 한눈도 팔지 않고 그를 바라보았다. 나는 한동안 그들의 그런 모습을 지켜보았다. 그러자 군중의 한 모퉁이에서 가벼운 동요가 일어났다. 우리 맞은편이자 연사의 뒤편에는 구호를 적은 널빤지가 많이 있었다. 이 널빤지들이 갑자기 연못 위의 코르크처럼 이리저리 흔들리기 시작하였다. 정문 근처에서 한둘 격투가 벌어지고 있는 것을 볼 수 있었다. 그러나 주위를 둘러보는 사람은 거의 없었다. 레프티는 그들을 황홀케 하고 있었다.

나는 휴고를 쳐다보았다. 그는 무아경에 빠져 있는 사람처럼 서 있었다. 나는 몸을 돌려 모임을 등지고 뒤편에 있는 정교한 인공 도시의 거리를 바라봤다. 그것은 과도한 불빛을 받고 과도한 빛깔로 빛나고 있었다. 그 뒤편으로는 모든 게 캄캄해 보였다. 나는 한숨을 쉬었다. 그러고 나서 다시 휴고를 쳐다보았다. 나의 절망감은 격분으로 변하기 시작하였다. 그리고 어떠한 일이 있더라도 우선 행동을 하고 보자는 신경질적인 충동이 엄습해 오는 것을 느꼈다. 그것은 좌절을 맛볼 때면 으레 내게 치밀어 오르는 감정이다. 나는 마즈를 손에서 놓아주었다. 우리 뒤쪽에 두 개의 이중 문*이 열려 있어 사원으로 통하였다. 흘끗 보고 그것이 진짜 문이고, 사원의 내부도 진짜라는 것을 알고 나는 만족감을 느꼈다. 그러고 나서 나는 휴고의 서 있는 자세를 찬찬히 살펴보았다. 이렇게 민첩하게 예비 조사를 하는 것이 유도에서는 썩 중요하다. 어디에 상대편의 체중이 쏠려 있고, 어느 곳을 누르면 가장 용이하게 균형을 깨뜨릴 수 있느냐 하는 것을 주목해 두는 것이다. 머릿속에서 여러 가지 수를 써 보고 나서 이른바 허벅다리치기를 써 보는 게 상책이라고 작정하였다. 이어 나는 천천히 일어섰다.

나는 꼭대기 계단으로 가 그의 옆에 섰다. "휴고!" 하고 나는 빽 소리를 질렀다. 그는 반쯤 내 편으로 몸을 돌렸다. 그러는 사이에 나는 그의 오른팔 팔목과 팔꿈치 중간을 꽉 붙들었다. 그리고 왼편으로 세게 끌어당겨 나와 얼굴을 마주치게 하였다. 동시에 그의 오른쪽 무릎 뒤에 내 오른다리를 걸었다. 단단한 하나의 단위가 되어 내 몸은 왼편 비구관절께서 가볍게 흔들렸고, 그사이에 내 오른손

* 양쪽을 여닫는 문.

은 휴고의 혁대를 붙잡고 밀기와 끌어올리기를 동시에 진행하면서 내 몸 동작의 와중에 그를 끌어넣었다. 그가 넘어지기 시작하자 나는 두서너 발짝 뒷걸음질을 쳤다. 우리는 이중 문 사이로 함께 넘어지면서 사원 안쪽으로 굴러 들어갔다. 문이 닫혔으나 이미 마즈가 먼저 비비고 들어와 망이라도 보듯이 우리 앞에 앉아 있었다.

휴고와 나는 몸을 일으켰다. 휴고는 이동하는 도중에 고통을 당한 부분을 문지르고 있었다. 사원 안은 어두웠고 지붕 밑 좁다란 격자창에서 새어 나오는 불빛만이 겨우 그곳을 비춰 주고 있었다. 나무 상자 하나 덩그렇게 있을 뿐 텅 비어 있었다. 잠시 후 휴고는 상자 위에 걸터앉았다. 나는 문가의 마즈 곁으로 가서 책상다리를 하고 앉았다. 마즈와 나는 휴고를 바라보았다. 마즈는 휴고에게 어떠한 태도를 취해야 할지를 몰라 혹시 무슨 단서라도 찾을까 하고 내 표정을 살폈다. 중대한 공격을 가하지 않은 채 상황을 지배라도 하려는 듯이 마즈는 이따끔 부드럽게 짖었다. 나는 담뱃갑을 꺼내어 담배를 하나 뽑아 물고 불을 붙였다. 나는 휴고가 입을 열기를 기다렸다.

"어째 이런 짓을 했단 말이오, 제이크?" 하고 휴고가 말하였다.

"이야기를 하고 싶다고 하지 않았소?" 하고 내가 받았다.

"그러나 그렇게 거칠게 굴 필요는 없잖소." 하고 휴고는 말하였다. "모가지가 부러질 뻔한걸."

"무슨 말씀." 하고 나는 말하였다. "다 요량이 있어 한 노릇인데."

"내게 얘기하고 싶었다는 게 무어요?" 하고 휴고는 말하였다. 포로가 된 것을 달게 참겠다는 듯했다.

"굉장히 많지만 우선 이런 거요." 하고 나는 말하였다. 그러고 나서 새디의 계획에 관해서 내가 알고 있는 바를 급히 말해 주었다.

"얘기를 들려주어 고맙소." 하고 휴고는 말하였다. 별로 놀라는 기색도 없고 또 별반 흥미도 없는 것 같은 눈치였다.

그러더니 그는 덧붙이는 것이었다. "미스터 마즈를 데리고 있군요." 그는 그 일에도 별로 놀라는 기색이 없었다.

막 대답을 하려는데, 우리 뒤쪽에서 굉장한 소음이 나기 시작하였다.

도망가는 발소리에 고함과 아우성이 섞여 있었다. 땅이 온통 흔들리고 주위의 건물들이 진동하였다.

"무슨 일이오?" 하고 나는 물었다. 마즈가 짖어 대기 시작하였다.

"'국민연맹' 당원들이 대회를 망치겠다고 벼르고 있었소," 하고 휴고는 말하였다. "아마 그 녀석들이 도착한 걸 거요. 다음엔 경찰이 나타날 차례지."

그가 얘기하는 중에 멀리서 호각 부는 소리가 들렸다.

"나가 봅시다." 하고 휴고가 말하였다.

우리는 함께 나갔다. 우리 눈에 뜨인 것은 혼란스러운 장면이었다. 조금 전만 하더라도 질서 정연하던 군중이 엉망으로 갈라져서 격투를 벌이고 있었다. 어디를 보나 싸움이 진행되고 있는 것 같았다. 거대한 럭비의 스크럼처럼 군중 전체가 이리 몰리고 저리 몰리고 하였고, 그 한가운데로 이따금 한 사나이가 발판이나 카메라 크레인으로부터 뛰어내려 동패나 적수를 가리지 않고 흩어지게 만들었다. 주먹질, 발길질, 멱살잡이를 하면서 파동치고 있는 사람들의 떼로부터 끊임없이 아우성 소리가 들려오는데, 거기에는 고통과 분노의 고함 소리가 뒤섞여 있었다. 이 장면 위로 아크 등이 조금도 그 기세가 꺾임이 없이 비추면서, 바운티 벨파운더 사에 상당한 시간당 비용을 물리며 용사들의 분노의 표정을 놀랄 만큼 선명하게 보여 주고 있었다. 멀리에서 우리는 레프티의 모습을 볼 수가 있었다. 아직도 전차 위에 버티고 서서 입을 벌렸다 다물었다 하며 몸짓을 하고 있었다. 한편 그의 주위에서는 마치 헥토르*의 주변에서 그랬던 것처럼 싸움이 특히 맹렬한 기세로 이리저리 벌어지고 있었다. 그 가까이에서 '사회주의의 가능성'이라 적힌 긴 깃발이 사람들의 물결 위로 치솟았다 내려갔다 하고 있었다. 기수가 맹공격을 받고 넘어지자 깃발 한쪽 끝과 다른 쪽 끝이 번갈아 내려가곤 하였으나, 열성적인 손이 다시 그것을 끌어 올려 그 풍부한 사상의 메시지를 인파 위로 펄럭거리게 하였다.

경찰의 호각 소리는 이제 바로 촬영소의 입구에서 울리고 있었다. 꾸물거릴 시간이 없었다. 내가 어느 편인지를 모르는 경우에도 나는 한몫 끼지 않은 채 싸움 구경을 하는 것이 몹시 싫다. 그러나 이번 경우에는 내가 어느 쪽에 동조하느냐 하는 것은 의심할 여지가 없었고, 또 휴고가

---

\* 트로이 전쟁 때의 용장.

어느 쪽에 동조하는지를 물어볼 생각도 없었다. "어디가 어디요?" 하고 나는 휴고에게 물어보았다.

"구별할 방도가 없을 것 같소." 그는 대답하였다.

사태가 그러했기 때문에 신원을 확실히 알 수 있는 한 사람에게로 가서 그를 방어해 주는 게 가장 좋은 수였다. 그리고 그것은 레프티였다. 나는 휴고에게 이렇게 말하고 마즈를 꼭 붙든 채로 발을 내디뎠다. 마즈는 누구든 물어뜯을 듯한 태세를 갖추기 시작하였다. 휴고는 내 뒤를 따랐다. 우리는 전차가 있는 쪽으로 싸움 속을 뚫고 간신히 나아갔다. 소음이 어마어마하였다. 우리의 뒤로는 점점 짙어 가는 밤의 어둠을 배경으로 환하게 빛을 받은 '영원의 도시'*의 윤곽이 뚜렷하게 서 있었다. 1,000명이나 되는 군중의 발길 아래 땅이 진동하자 그 윤곽이 천천히 좌우로 흔들렸다.

한참 만에야 우리는 레프티가 있는 데까지 갈 수 있었다. 우리가 전진할 권리를 지키기 위해 이러한 권리에 토를 다는 개인이나 다수를 폭력으로 다룰 필요가 생길 때가 여러 번 있었다. 그래서 우리가 가하는 타격이 대충 악인들에게 가해지기를 바라면서 맹렬히 돌진하였다. 나는 별로 해를 받지 않은 채 뚫고 나갔지만 휴고는 눈을 한 대 얻어맞고 적지 않이 분개하고 있었다. 우리가 전차에 접근할 즈음, 자기를 끌어 내리려고 하는 적의 기도에 저항을 하던 레프티가 갑자기 고함을 지르며 한 적수의 머리 위로

---

* 로마의 별명.

덮쳐 내렸다. 두 사람은 모두 땅바닥으로 굴러 떨어졌다. 같은 순간에 분명 그 적수의 친구임에 틀림없는 두 불량배가 그들에게로 다가갔다. ── 휴고와 내가 돌진하여 여름에 바다로 뛰어드는 헤엄꾼처럼 거침없이 그 사람 더미 위로 몸을 내던지지 않았던들 레프티는 큰일날 뻔하였다. 그 얼마 전에 내가 손에서 떼어 놓았던 마즈는 그 접전의 외곽을 뛰어다니며 가리지 않고 이 사람 저 사람의 다리를 물었다. 격투를 벌이는 동안 나는 누워메치기 솜씨를 멋지게 발휘할 수가 있었는데, 불과 이삼 분밖에 계속되지 않았다. 레프티는 살쾡이처럼 싸우고 있었고, 한편 휴고는 한결 곰 같은 모습으로 두 발을 크게 벌리고 똑바로 서서 두 팔을 흡사 풍차처럼 휘돌리고 있었다. 나로 말하면 될수록 빨리 적수를 땅바닥에 넘어뜨리는 게 더 좋았다. 적은 도망쳤다. 우리는 레프티를 일으켜 세웠다. 그는 지쳐 보였다.

"고맙소," 하고 레프티는 말했다. "도너휴, 만나서 반갑소. 여기 와 있는 줄은 몰랐소."

"노형이 레프티와 아는 처지라는 것은 몰랐었소." 하고 휴고가 말했다.

"나야말로 노형이 레프티와 아는 처지란 건 몰랐소." 하고 나는 말하였다.

그러나 이러한 흥미로운 발견을 논하고 있을 시간이 없었다. "저것 봐!" 하고 레프티가 말하였다. 우리는 촬영소 입구 쪽을 돌아보았다. 거기선, 아직 쇠하는 기세도 없이 으르렁거리고 있는 싸움판으로 많은 경찰대가 밀어닥치고 있었다. 도보 경찰도 있고 기마 경찰도 있었다.

"제기랄!" 하고 레프티가 말했다. "이렇게 되면 눈에 뜨이는 자는 모조리 체포할 거요. 특히 나를 말이오. 지금 붙잡히면 곤란해지는데. 뒤쪽으로 출구가 있나요?"

우리는 로마의 거리로 퇴각하였다. 거기엔 이미 얼마 안 되는 사람들이 침입해 들어와 격투를 벌이고 있었다. 그러나 그들은 탈출의 가능성보다도 상호 간의 공격과 구타에 골몰하고 있었다. 우리는 벽돌 아치 아래를 지났다.

"빠져나갈 길이 없을 것 같은데," 하고 휴고가 말하였다. "모두 담에 가 닿는걸."

이 도시는 첫눈에 보았을 때의 외관보다 실상 훨씬 작았다. 이미 우리는 도시의 성벽에 이르렀는데, 이것은 가짜 붉은 벽돌로 된 높은 건조물로서, 위에는 군데군데 망루가 놓여 있고 굉장히 두껍다는 인상을 주었다. 그것이 건물 뒤쪽으로 빙 둘러 연속적인 반원(半圓)을 형성하고 있었다. 레프티가 그것을 주먹으로 쳤다.

"소용없어!" 하고 휴고가 말하였다. 그것은 밤알처럼 미끄러운 데다 너무 높아서 올라갈 수가 없었다.

"함정에 들었는데!" 하고 레프티가 말하였다. 경기장의 소음은 새로운 가락을 띠었고, 경찰이 확성기로 지령을 내리는 소리가 들렸다. 우리는 미친 듯이 둘레를 돌아보았다.

"어찌하면 좋겠소?" 하고 나는 휴고에게 말하였다.

그는 눈을 반짝거리며 그곳에 서 있었다. 그는 커다란 머리를 내게로 서서히 돌렸다. 소음은 점점 더 가까이로 다가오고 벌써 경관 한두 명이 아치 아래를 급히 지나는 게 보였다.

"내게 맡겨 둬!" 하고 휴고는 말하였다. 그는 호주머니를 뒤져 조그만 물건을 끄집어내었다.

"벨파운더 사가 제조한 가정용 폭약이오," 하고 그는 말하였다. "나무 뿌리를 처치하거나 토끼집을 처치하는 데 필수품이오."

그 물건은 한쪽 끝이 뾰족하였는데, 휴고는 그것을 담장 밑에 집어넣었다. 이어 그는 성냥갑을 하나 끄집어내었다. 순식간에 쉿쉿 하는 거센 소리가 났다.

"물러서요!" 하고 휴고가 소리쳤다. 날카로운 폭음이 뒤어어 났다. 신기하리만큼 단박에 직경 1.5미터 정도의 구멍이 담장에 생겨났다. 그 구멍을 통하여 저문 지 얼마 안 되는 어둠 속에 엉성한 광장이 보였다. 그곳엔 울퉁불퉁한 철판 오두막이 흩어져 있었고, 나지막한 철책과 보브릴*의 광고가 경계를 이루고 있었다. 그 너머는 철로였다. 내가 이것을 골똘히 보고 있는 동안 레프티는 우리 옆을 지나 굴렁쇠를 통과하는 곡마단의 개처럼 날렵하게 구멍을 빠져나갔다. 이내 그가 철책을 뛰어넘고 반짝거리는 초록 불 빨간 불의 신호등 아래 철로를 가로질러 조그맣게 사라져 가는 것이 보였다.

"빨리!" 하고 휴고가 내게 말하였다. 그러나 무엇인가 다른 일이 일어나고 있었다. 폭발의 충격으로 말미암아 이 도시의 구조에 변화가 일어난 것임에 틀림없었다. 왜냐하면 갑자기 건물 전체가 아주 위태롭게 흔들리며 비틀거리기

---

\* 쇠고기를 농축한 소스의 상표.

시작했으니 말이다. 올려다보니 벽돌이나 대리석의 윤곽이 취한 듯 뒤흔들리는 게 꿈속에서처럼 보이고, 한편 우지끈 부서지고, 빠개지고, 터지는 소리가 점점 커져 갔다.

"제기랄, 부서졌군!" 하고 휴고가 말하였다. "상관없어." 하고 그는 덧붙였다. "플라스틱이랑 에스크 널빤지로 만든 거니까."

우리는 고함치는 경관에게 에워싸여 있는 듯했다. 멀리 두리기둥이 서서히 기울어지는 게 보였다. 개선문이 휜 채로 무너지며 결국 오페라 해트*처럼 주저앉았다. 지진이 일어나는 듯한 무서운 소리가 났다. 순간 나는 망연히 지켜보았다. 그러나 이미 늦었다. 바로 머리 위의 담장이 안쪽으로 기울어지기 시작하였다. 설사 플라스틱과 에스크 널빤지로 만든 것이라는 얘기를 들었다 하더라도 4미터나 되는, 진짜 벽돌로 만든 것처럼 생긴 벽이 머리 위로 떨어지는 것을 목격한다는 것은 진땀 나는 일이었다. 메스꺼워지리만큼 굉장한 소음을 내며 그것이 떨어지기 시작하였다. 마즈를 땅바닥에 엎드리게 하고 나도 땅에 엎드렸다. 한 팔로는 개를 꽉 붙잡고 한 팔로는 내 목덜미를 감쌌다. 다음 순간 천계(天啓)가 내릴 때와 같은 소리를 내며 모든 것이 우리를 향해 덮쳐 왔다.

세상이 캄캄해지고 무엇인가가 내 어깨를 심하게 내리쳤다. 나는 몸이 아주 납작해지도록 엎드렸으므로 거의 땅바닥을 파고 들어갈 지경이었다. 어디에선가 고함 소리와 쪼

---

* 용수철 장치로 납작하게 접게 된 실크해트.

개지는 소리가 계속되었다. 나는 일어나려고 해 봤으나 무엇인가가 나를 짓누르고 있었다. 나는 공포에 질린 채 미친 듯이 뒤척였다. 그 뒤 갖가지 크기로 산산조각이 난 채 주위에 흩어져 있는 담장의 잔해 한가운데에 내가 앉아 있음을 깨달았다. 나는 미친 듯이 마즈를 찾아 주위를 둘러봤다. 곧 마즈가 파편 더미 밑에서 나오는 게 보였다. 개는 진저리를 치더니 태평스럽게 내 쪽으로 다가왔다. 영화를 찍은 이력 때문에 이런 종류의 사고에는 익숙해 있음이 틀림없었다. 우리는 그 장면을 둘러봤다.

모든 게 일변하였다. 이제 로마 시 전체가 평평해지고 그 폐허로부터 굉장한 먼지가 일어나고 있었다. 아크 등의 휘황한 불빛 속에서 그것은 마치 짙은 안개처럼 보였다. 경기장에서는 워털루 싸움터를 그린 상투적인 그림에서처럼 많은 사람들의 거무스레한 모습이 서 있는 게 보였다. 말에 올라탄 사람도 있고 차 꼭대기에 서 있는 사람도 있고 선 채로 정연하게 대오를 짓고 있는 사람도 있었다. 확성기에서는 잘 알아들을 수 없는 목소리가 무엇인가를 지껄이고 있었다. 전경(前景)은 훨씬 더 전투 직후를 연상케 하였다. 바닥에는 다리 없는 동체나 혹은 몸뚱이가 반뿐인 사람들, 혹은 어깨가 떨어져 나간 사람들이 산재해 있었으나, 그들은 모두 본래의 온전한 몸뚱이를 회복하려고 평평히 죄어 오는 무대 장치 밑으로부터 파묻힌 몸뚱이 부분을 열심히들 잡아 빼고 있었다. 그 무대 장치는 한 묶음의 커다란 트럼프처럼 흩어져 있었고 아직껏 벽돌이나 대리석의 모양을 보여 주고 있는 것도 있었으나 어떤 것은 뒤집혀 있어 회사 이름이나 무대 장치를 이동하는 담당들의 지시문을 보여 주고 있었다. 내가 몸을 뒤척이며 벗어나려고 할 때 수면으로 올라오는 고래처럼 휴고가 몸을 일으키는 것이 보였다. 온통 엉망이 된 파편들을 마치 그것이 마분지이기나 한 것처럼 헤치며 딱 벌어진 어깨를 밀쳤다. 그는 조각난 것들을 좌우로 흩뿌리면서 일어섰다. 순간 그의 윤곽이 하늘을 배경으로 선뜻 보이더니 흐릿한 불빛 속에서 놀라 도망치는 물소처럼 철로를 뛰어넘어 멀리로 사라지는 게 보였다.

내가 비틀비틀 일어서서 막 그의 뒤를 따르려는데 불행히도 마즈가 견제 작전을 시작하였다. 우리 주위에서는 마치 쥐며느리 집이라도 쑤셔 놓은 것처럼 도처에서 경관들이 널빤지 조각 밑으로부터 기어 나오고 있었다. 마즈의 단순한 마음속에 이것이 어떤 기억을 불러일으켰는지는 알 수 없으나 어쨌든 무슨 강력한 반사 작용이 시작되었다. 그는 이러한 경우와 같이 난경에 빠져 있는 사람들을 구조하는 데 익숙해 있었기 때문에, 구조 대상자가 이렇게나 많은 것을 보고서 가만히 있을 수가 없었다. 그는 가장 가까이에 있는 경관에게로 달려가 그의 어깨를 물고 힘껏 밖으로 잡아당기기 시작하였다. 이러한 행위는 나 자신도 오해할 수 있는 일이었기 때문에 경관이 나쁘게 받아들였다는 것은 틀림없었다. 그는 마즈가 자기를 공격하고 있다고 생각하고 맹렬하게 반격을 가하였다. 나는 잠시 동안 지켜보고 있었으나 필경에는 마즈가 다치지나 않을까 걱정이 되기 시작했다. 그래 나는 참견을 해서 마즈를 떼어 놓았다. 그러면서 일변 내 생각으로는 마즈의 의도가 경관이 생각하듯 공격에 있지 않고 친절에서 나온 것이라고 말해 주었다. 경관은 무례한 답변을 하였다. ——그래서 토론을 연장하기보다는 몸을 돌려서 아직껏 마즈의 목걸이에 늘어져 있는 내 넥타이를 꽉 붙들고 기차가 오든 말든 휴고의 뒤를 따를 작정이었다.

　이제 나와 철로 사이에는 맨땅 한쪽 끝에서 다른 끝까지 두껍지는 않으나, 정연한 경찰의 비상선이 쳐져 있었다. 이때의 내가 느낀 낭패감을 독자들은 능히 상상할 수가 있으리라. 경찰과 기차 양편의 공격을 받는다는 것은 도저히 내가 견뎌 낼 수 없는 일이었다. 그러나 마즈의 공격을 받았던 경관 옆을 떠나는 것이 당장 급한 일이었기 때문에 나는 마즈와 함께 달리기 시작하였다. 촬영소의 끝을 지나, 경찰이 행동을 개시하기 전에 담장에서 틈이라도 발견할 수 없을까 하고 기대를 가져 보았다. 그러나 그러한 틈새는 없었다. 정신을 차려 보니 촬영소의 정면으로 되돌아가고 있었는데, 그곳에는 조금 전의 투사들이 떼를 지어 얌전하게 서 있었고 많은 제복 경관들이 출구를 차단하고 있었다. "누구를 막론하고 나가는 것을 금합니다."라는 초인적인 목소리가 들렸다. 실상 경찰이 한 사람도 빼놓지 않고 전원을 체포할 수는 없을 것이고, 또 내가 양심에 걸리는 일을 한 것도 아니니 그 장소에서 왔다 갔다 하여 이목을 끌기보다는 퇴거 허가를 조용히 기다리는 것이 낫겠다는 생각이 들었다. 그러고 나서 마즈를 내려다보고 다시 생각해 보니, 지금은 법률 수호자들의 수중에 떨어질 이상적인 시기가 아닌 것같이 생각되었다.

나는 달리기를 멈추고 생각을 시작했다. 생각을 하면서 정문 출입구 쪽으로 계속 걸어 나갔다. 그곳엔 이리저리 얽혀 있는 사무소 건물 옆에 다수의 경관들이 밀집해 있었다.

나는 마즈에게 얘기를 걸었다. "너 때문에 이 지경이 된 거야." 하고 나는 그에게 말하였다. "나를 빼내 주어야지." 나는 마즈를 어떤 건물 옆 그늘진 곳으로 데리고 가서 주위를 둘러보았다. 그곳에선 샛길을 따라 정문 입구의 문이 보였다. 문은 활짝 열려 있었고 일대(一隊)의 기마 경찰이 마당 안으로 들어서고 있었다. 문을 통해서 바깥에서 안을 들여다보고 있는 군중과 신문기자들이 플래시를 터뜨리는 카메라가 보였다. 그 사이로 문 옆에는 일단의 경관들이 서 있었는데 건물에 가려서 싸움 현장은 그들에게 보이지 않았다. 그래서 조금 전의 나의 기행을 그들이 목격하지 못했을 것이라고 나는 추정하였다. 나는 마즈에게 몸을 돌렸다. 결정적인 순간이 도래한 것이었다.

나는 그를 쓰다듬으며 눈을 들여다보고 더할 나위 없이 중대한 사태에 대해서 그의 주의를 환기시키려 하였다. 그는 예기하고 있었다는 듯이 나를 응시하였다.

"죽은 척해." 하고 나는 말하였다. "죽은 거야! 죽은 개 노릇을 하는 거야." 이 말을 마즈가 이해하기를 바랐다. 과연 이해하였다. 순식간에 마즈의 다리가 축 늘어졌고 몸뚱이는 기운이 빠지면서 미끄러져 땅바닥에 떨어졌다. 눈이 뒤집히고 입은 헤벌어진 채 늘어졌다. 굉장히 그럴듯하였다. 나는 아주 당황하였다. 이어 정신을 가다듬고 문 쪽을 약빠르게 살펴보았다. 우리를 본 사람은 아무도 없었다. 나는 무릎을 꿇고 마즈를 땅바닥에서 끌어 올려 어깨에 메었다. 무게가 1톤은 되는 것 같았다. 관성으로 말미암아 그의 몸뚱이가 땅에 들러붙은 것 같았다. 한 손을 벽에 버티고 나는 천천히 일어섰다. 혓바닥을 축 늘어뜨린 채 마즈의 머리가 흔들리며 내 가슴에 닿았고, 그의 엉덩이는 내 허리께를 눌렀다. 나는 움직이기 시작하였다.

정문으로 가까이 감에 따라 문을 지키고 서 있는 경관뿐만 아니라 바깥쪽에 서 있는 군중의 이목을 끌게 되었다. 우리의 모습이 잘 보이게 되자 군중 속에서 동정 어린 속삭임이 들려왔다. "아, 불쌍한 개!" 하고 여인 몇 사람이 얘기하는 게 들렸다. 실제로 마즈의 몰골은 연민을 자아낼 만했다. 나는 있는 힘을 다해서 걸음을 빨리 하였다. 경찰이 내 길을 막았다. 그들은 아무도 내보내지 말라는 지령을 받은 참이었다.

"이봐요!" 하고 경관 하나가 말하였다.

나는 조금도 굴하지 않고 걸음을 크게 내디뎠다. 경찰대에 아주 접근했을 때 나는 다급한 어조로 소리쳤다. "개가 다쳤습니다. 수의에게 보여야 합니다. 바로 길가에 가축병원이 있어요."

혹시 마즈가 이 놀음에 싫증을 내지나 않을까 하고 나는 줄곧 굉장한 공포에 휩싸여 있었다. 내 어깨뼈가 자기 배때기에 박혔으니 그는 몹시 편안치 못했음에 틀림없었다. 그러나 그는 견뎌 내었다. 경관은 주저하였다.

"당장 보여야 해요!" 하고 나는 되풀이해서 말하였다.

군중 속에서 노여운 속삭임 소리가 일어나기 시작하였다. "개를 돌보도록 그 남자를 내보내 줘요!" 하고 누군가가 말했다. 이것은 모두의 감정을 나타내고 있는 것 같았다.

"좋아요. 자, 나가시오!" 하고 경관은 말하였다.

나는 걸어서 문을 나섰다. 군중은 경의와 동정의 말을 뇌면서 길을 비켜 주었다. 사람들을 벗어나서 앞으로 환히 트인 뉴크로스 거리가 보이고, 포위도 없고 경관도 없다는 걸 알자 나는 그 이상 더 견딜 수가 없었다.

"일어나! 다시 살아나!" 하고 나는 마즈에게 말하였다. 내가 무릎을 꿇자 그는 내 어깨에서 뛰어내렸다. 우리는 전속력으로 길을 달려 내려갔다. 등 뒤에선 굉장한 폭소가 일어났고 그것은 이제 멀리 스러져 가고 있었다.

# 13장

　몇 시간이 지난 뒤였다. 아니, 내 발의 감촉으로 보아
그쯤 된 것 같았는데 우린 아직도 올드 켄트 거리를 걷고
있었다. 용하게 도망쳐 나왔다는 승리감은, 이제 돈 한 푼
없이 그저 북쪽을 향해 걸어가는 수밖에 없다는 것을 깨달
았을 때의 낙심으로 변해 버린 지가 오래였다. 택시를 잡
아 타고 가서 데이브에게 요금을 치르도록 할까 생각해 보
기도 했다. 그날 저녁, 이미 데이브는 내가 탄 택시 요금
을 치른 바 있고 따라서 그 이상 현금이 없을지도 모른다
는 생각도 났지만, 택시를 잡을 수만 있었다면 그것은 개
의치도 않았을 것이다. 그러나 이 남부의 쓸쓸한 거리로
택시가 손님을 찾아 달려오는 법은 없다. 그래서 나는 택
시를 잡기란 가망 없는 환상일 뿐이라고 오래전에 물리쳐
버렸다. 전화를 걸어서 도움을 청하고 싶었으나 마지막 잔
돈은 어리석게도 《독립사회주의자》 신문을 사느라고 써 버

린 터였다. 이미 그 이튿날 날짜의 신문이 영화관에서 나오는 사람들에게 팔리고 있었다. 나와 마즈가 정문으로 해서 나오는 극적인 사진에는 '경찰의 잔혹 행위에 희생된 개'라는 설명이 붙어 있었다. 술집들은 문을 닫은 지가 오래고 길가에는 인적이 없었다. 영화 구경을 마치고 돌아간 사람들을 마지막으로, 살아 움직이는 것이라고는 그림자도 없었다. 마즈조차도 기진한 것처럼 보였다. 머리와 꼬리를 축 늘어뜨리고 그저 냄새만으로 내 바로 뒤를 따를 뿐, 눈을 치켜뜨는 법도 없었다. 아마 배가 고픈 것이리라. 나는 확실히 배가 고팠다. 새미네 층계 위에 버리고 온 포크 춥을 서글프게 생각해 보았다. 처세법——호주머니에 넣을 수 있는 먹을 것을 발로 밟지 말라.

터벅터벅 워털루 다리를 건너간 것은 자정이 지난 뒤였다. 굉장히 긴 하루를 보낸 듯했다. 다리 북쪽 끝에 당도했을 때는 그 이상 걸을 수 없다는 것이 분명해졌다. 다시 구름 없는 밤이었고 공기는 따뜻한 우유 같았다. 우리는 잠시 서서 강물을 바라봤다. 그 아름다움을 찬미하기 위해서가 아니라 가만히 서 있을 필요가 있었기 때문이다. 내 발은 흡사 몇 세기 동안의 마찰을 겪어 온 것 같았다. 몸뚱이는 갖가지 아픔이나 쓰림으로만 의식되었고 이 때문에 외부 세계는 거의 보이지가 않을 지경이었다. 이어 마즈와 나는 지친 다리로 층계를 내려갔다.

빅토리아 임뱅크먼트*에서 잠을 청한 일이 있다면 벤치

---

* 템스 강 북쪽 기슭으로 나 있는 거리.

가 한가운데서 양분되어 있는 게 제일 골칫거리라는 것을 알 것이다. 중앙에 있는 철제 팔걸이 때문에 몸을 뻗을 수가 없다. 이것이 우연한 현상이냐, 그렇지 않으면 L.C.C.(런던시의회)의 부랑인 퇴치 운동의 일환이냐 하는 것을 나는 확실히 알지 못한다. 어쨌든 간에 그것은 몹시 불편하다. 그러나 한편 여러 가지 방식이 가능하다. 팔걸이로베개를 대신할 수도 있다. 혹은 그 위에 무릎을 올려 놓고 발끝을 다른 쪽에 놓은 채 누울 수도 있다. 그렇지 않으면 아예 처음부터 의자의 반쪽만을 차지해서 쪼그리고 누울 수도 있다. 나와 같이 몸집이 작은 사람에게도 이것은 퍽이나 갑갑한 자세다. 그러나 내가 바로 그런 경우지만, 쉬 잠이 들지 못하는 사람에게는 아마도 이것이 최선의 방법이다. 그래서 내가 택한 것도 바로 이것이었다. 드러눕기 전에 《독립사회주의자》를 펼쳐서 조심스럽게 다리를 싸고, 떨어지지 않도록 넥타이와 손수건으로 동여매었다. 부랑인은 누구나 잘 알고 있겠지만 신문지는 바람막이로 아주 십상이다. 두 부를 샀으면 좋았을걸 하고 나는 유감으로 여겼다. 이어 나는 드러누웠다. 마즈는 의자의 나머지 반쪽 위로 올라갔다. 우리는 잠이 들었다.

잠에서 깨었다. 아직 밤중이었다. 별자리가 많이 바뀐 것처럼 보였다. 추워서 몸이 빳빳했다. 이내 빅벤*이 3시를 쳤다. 아직 3시밖에 안 되었나? 나는 신음 소리를 내었다. 몸이 저리는 고통 속에서 한동안 누워 있었다. 수족을

---

* 영국 국회의사당 탑에 걸린 큰 시계.

비벼서 따뜻하게 해 보려 하였으나 굉장히 고통스러웠기 때문에 효과를 보았다고 할 수가 없을 정도였다. 나는 아주 참담한 기분이 되어 일어나 앉았다. 그러자 마즈 생각이 났다. 녀석은 여전히 그곳에 있었고 코를 부드럽게 골면서 깊이 잠들어 있었다. 홀로 몸을 떨면서 나는 개를 바라보았다. 한편 높다란 가로등 아래로는 인기척이 없는 보도가 양쪽으로 뻗어 있었다. 플라타너스 나무의 까딱 않는 나뭇잎 속에 가로등은 파리한 초록빛을 발하면서 그 아래에 줄지어 있는 빈 벤치를 보여 주고 있었다. 어느 것이나 우리가 차지한 벤치처럼 편치 않아 보였다. 아무도 발을 디디지 않는 그림 속의 다리처럼 벌거벗은 채 워털루 다리가 강 위에 걸려 있었다. 나는 일어섰다. 혈액이 고통스럽고 진하게 발로 흘러 내려갔다.

마즈의 모습은 바로 '잠'의 이미지 그것이었다. 나는 추워서 잠이 깨었는데, 그는 그처럼 태평스럽게 자는 것을 보고 처음엔 약이 올랐다. 그러자 구명보트를 타고 있던 사람들이 충성스러운 개들이 따뜻하게 감싸 주는 바람에 목숨을 건질 수가 있었다는 얘기가 기억나기 시작했다. 사실 이 생각은 마즈가 출연하는 영화에서 얻은 것인지도 몰랐다. 가까스로 마즈를 깨워서 내가 실히 옆에 누울 수 있도록 이동시켰다. 사실이었다. 그의 몸은 코끝에서 꼬리까지 훈김 있게 따뜻하였다. 한동안 우리는 몸을 뒤척이면서 양편이 모두 편한 자세를 찾아내려고 애썼다. 마침내 자리를 잡고 보니 내 얼굴은 마즈의 부드러운 목덜미 털에 처박혀 있고 그의 뒷다리는 내 배 옆에 쪼그라져 있었다. 마즈는 내 코를 핥았다. 그것은 필시 얼음 덩어리를 핥는 것 같았을 것이다. 나는 되는대로 손을 뻗쳐 마즈의 머리에 대었다. 마즈의 귀라면 비단 지갑을 만드는 것은 그리 어려운 일일 것 같지는 않았다.* 잠이 들면서 나는, 내가 어릴 적에 얼마나 개를 갖고 싶어 했던가, 그러나 손위 사람들이 이 소원이 사치스럽고 어울리지 않는다는 것을 얼마나 철저하게 내 머릿속에 불어넣었던가 하는 것을 상기하였다. 해서 마침내 그 소원은 슬프게도 은밀한 꿈으로 사라지고 아홉 살쯤 되었을 적엔 애스턴 마틴**을 갖고 싶다는, 똑같이 강렬한 소원이 그 자리를 대체하게 되었던 것이다.

오전 6시쯤 우리는 경관으로부터 퇴거 명령을 받았다. 어쩐 셈인지 이 시각은 인간이 법과 질서에 대해 위협이 되는 시간이다. 지금보다도 훨씬 불우했던 시절에 나는 그것을 알게 되었다. 트라팔가 광장도 사람들이 드러누울까 봐 경관들이 경계하는 곳이지만 거기에서 한참을 쉰 후에 마즈와 나는 팅컴 부인네 가게로 갔다. 막 가게를 열고 있을 때였다. 그곳에서 등을 구부리고 털을 곤두세운 대여섯 마리의 고양이가 분개한 눈초리를 던지는 가운데 「홍수 속의 다섯 사람」의 주인공은 큰 대접으로 우유를 한 그릇 처리하고, 나는 돈을 1파운드 꾸었다. 골드호크 거리에선 핀이 문을 열어 주고 자기가 자고 난 침대로 나를 곧장 인도해 주었다. 나는 다시 오랫동안 잠을 잤다.

---

* 돼지 귀로 비단 지갑을 만들 수는 없다는 속담이 있다.
** 영국제 고급 스포츠 카.

* * *

　잠을 깨어 보니 오후였다. 깨고 보니 마치 휴일은 지나
가고 할 일이 태산같이 쌓여 있을 때와 같이 찌뿌듯하고
우울한 느낌이었다. 나는 침대에서 나왔다. 비가 내리고
있었다. 잠시 동안 나는 이 현상을 응시하였다. 날씨의 변
화는 언제나 내게 불의의 습격과 같다. 조금이라도 날씨가
한쪽으로 기울어 있으면 그 반대되는 날씨가 어떤 것인지
를 상상할 수가 없는 것이다. 그래서 비라는 것은 완전히
잊어버리고 있었던 것이다. 나는 창문을 열었다. 그러고
나서 약 4분 동안 횡격막 호흡을 하였다. 횡격막 호흡이란
양쪽 손을 아래쪽 늑골에다가 대고 횡격막을 서서히 벌리
면서 폐를 최대한으로 넓히는 것이다. 보통 속도로 여덟을
세는 동안 숨을 죽이고 나서 나지막한 쉿 소리를 내면서
입으로 숨을 내뱉는다. 너무 오랫동안 하는 것은 현명하지
못하다. 의식을 잃게 되는 경우도 있기 때문이다. 나는 한
일본 사람에게서 횡격막 호흡법을 배웠는데 그는 그것이
자기 인생을 바꾸었다고 했다. 그것이 내 인생도 바꾸었다
고 할 수는 없지만 실천해 보아도 해로울 것은 없고 특히
나처럼 피암시성이 강한 사람에겐 유익하다고 권할 수 있
다. 나는 옷을 입고 나서 조심스레 얼굴을 문 밖에 내밀고
핀을 찾아보았다. 데이브와 마주치는 것은 서두르고 싶지
않았다. 마즈의 일로 그가 심한 소리를 하지는 않을까 은
근히 켕겼던 것이다. 핀은 왔다 갔다 하다가 내가 일어나
는 소리를 듣고 곧장 달려왔다. 나는 그에게 나가서 마즈

에게 먹일 말고기를 사다 주지 않겠느냐 청했는데, 알고 보니 이미 그렇게 해 놓았다. 핀은 개를 좋아하지 않지만 이해심이 많은 인간이다. 이어 그는 내게 한 뭉치의 편지를 건네 주었다. 지금 하고 있는 이야기의 관점에서 어느 정도 관련을 가지고 있는 유일한 편지는 633파운드 10실링짜리 수표가 들어 있는 한 통뿐이었다. 잠시 당황한 채 그 수표를 들여다보면서 도대체 누가 이런 기묘한 착오를 일으킨 것일까 하고 생각하였다. 이어 봉투에서 타이핑된 종이를 꺼내어 보았더니 다음과 같은 이름들이 적혀 있었다. 리틀 그레인지, 피터 오브 앨릭스, 헬 어데어, 대그넘, 세인트 크로스, 퀸즈 룩. 역사에 나오는 이름 같았다. 끄트머리에 새미는 이렇게 적어 놓고 있었다. "그걸 걸고 그걸 거저 주운 거요! 다음번엔 라이어버드에 걸도록." 나는 얼굴을 붉혔다. 내 얼굴이 붉어지는 것을 보자 핀은 방을 나가 버렸다. 아마 애너에게서 온 편지라고 생각한 것이리라. 그러나 애너에게서 온 편지는 없었다.

새미의 장한 행위 때문에 나는 마즈의 문제를 빨리 해결해야겠다는 초조감에 사로잡히게 되었다. 나는 곧장 거실로 들어갔다. 데이브는 타자기 앞에 앉아 있었고 핀은 생각에 잠긴 듯이 문에 기대어 서 있었다. 데이브는 대응물의 불균형에 관하여서 《정신(Mind)》*에 실을 논문을 쓰고 있었다. 그는 얼마 전부터 이 논문에 손대고 있었는데 집필을 할 때면 거울 앞에 앉아서 자기의 두 손과 거울에 비

* 영국의 철학 잡지.

친 얼굴을 번갈아 가면서 골똘히 바라보곤 하였다. 그는 몇 번인가 자기가 얻은 결론을 내게 설명해 주었는데, 나는 아직까지 그 문제를 파악조차 하지 못하고 있었다. 내가 들어가자 데이브는 타자 치던 손을 멈추더니 눈을 치켜뜨고 나를 바라보았다. 핀은 법정 뒤 구석에 자리 잡은 방청객처럼 슬그머니 앉았다. 양탄자 위에 누워 있던 마즈는 신이 나서 나를 반겼다. 마즈가 반기기를 끝내자 나는 서둘러 얘기를 꺼내었다.

"아마 서투른 생각이었을지도 몰라." 하고 나는 말했다. "그러나 문제는 어떻게 하면 좋을까 하는 것이야. 자네와 핀이 편지 쓰는 걸 도와주어야겠어."

데이브는 다리를 뻗었다. 서둘러서 얘기를 빼먹고 듣는 것은 그가 원치 않는 바라는 것을 나는 알 수 있었다. "자넨 솜씨가 서툴러, 제이크." 하고 그는 말했다.

이건 좀 박정하다는 생각이 들었다. "실제 문제로 들어가서," 하고 나는 말하였다. "우선 할 일은 마즈가 누구의 수중에 있고, 또 어떠한 목적으로 납치되었는가를 스타필드에게 알리는 일이야. 우리의 신원을 감추는 것은 부질없는 일인 것 같아. 우리가 조건을 제시하는 대로 새미는 어쨌든 추측을 할 테니까 말이야."

"그 답변으로," 하고 데이브는 말하였다. "이야기할 게 두 가지 있어. 첫째 '우리'란 말을 쓰는 게 나는 마땅치 않아. 나는 이 개를 훔쳐 내지 않았으니 말이네. 둘째로 이건 당연한 일이지만 핀과 나는 이미 스타필드에게 전화해 유괴자의 신원을 알렸어."

"왜?" 하고 나는 놀라서 물었다.

"왜냐하면," 하고 데이브가 말하였다. "이건 수준 낮은 협박범이라도 환히 알고 있는 일이겠지만 되도록 스타필드가 경찰에 신고하지 않도록 하는 것이 좋으니까 말이야. 우리가 알려 주었기 때문에 그가 경찰에 신고하지 않았다는 것은 자네가 아직도 붙잡히지 않았다는 걸로 알 수 있지. 온통 신문에 사진이 나고 싶어서 수고한 게 아닌가."

나는 앉았다. 내가 곤경에 처한 것을 데이브가 재미있어하는 것을 보고, 나의 어릿광대짓이 그에게까지 폐를 끼칠지도 모른다는 불안감은 사라졌다.

"걱정해 주어 고마우이." 하고 나는 냉랭하게 말하였다. "이렇게 미리 탄로를 시키면 마즈와 타이프 초고를 교환하는 제의를 새미에게 느닷없이 알리는 게 소용없다는 사실을 자네는 간과하고 있어. 지금쯤 새미는 그것을 수백 벌이나 사진으로 촬영해 놓았을지도 몰라."

"자네는 참 순진하군." 하고 데이브가 말하였다. "벌써 안 그래 놓았을 줄 아나? 스타필드 같은 친구에겐 타이피스트가 1,000명은 붙어 있어서 밤낮을 가리지 않고 일하고 있어. 1분도 안 되어 중요 서류의 부본을 작성시킬 수 있을걸."

"그가 얘기한 품으로 보아서는 그저 하나밖에 없었어. 적어도 오후 중엔 말이야," 하고 나는 말했다.

"알게 뭐야," 하고 데이브는 말했다. "좌우간 분명한 것은 눈을 가리고서도 경찰이 자네를 잡을 수 있었다는 것이야. 택시를 타는 게 좋지 않다는 것을 언제쯤이나 돼야 깨달을 심산인가?"

내가 그처럼 쉽사리 붙잡혔으리라고는 생각하지 않았지만 그 점은 그쯤 해 두었다. "그렇다면," 하고 나는 말하였다. "자네들의 선의에서 나온 행동의 결과 우리의 제의를 수정할 필요가 있네. 이제 제의할 것은 타이프 초고와 마즈를 맞바꾸는 게 아니라 그 적절한 사용료를 보증해 주는 증서와 맞바꾸는 거야."

"그건 정신 없는 소리야," 하고 데이브는 말했다. "그 문제를 충분히 숙고하지 않은 게 분명해." 그는 타자기를 옆으로 제쳐 놓으며 자기 앞 테이블 위를 비웠다.

"우리는 먼저 상황을 분석해야 해," 하고 그는 말했다. "두 항목으로 나누어 생각해 보세. 첫째, 자네의 힘이란 무엇인가? 둘째, 그것을 어떻게 활용할 것인가? 첫 번째 항목을 생각해 보기 전에 두 번째 항목을 생각하는 건 부질없는 일이야. 그렇지 않은가, 제이크? 논리적으로 생각해야 돼. 어때?"

"좋아." 하고 나는 말하였다. 소크라테스의 희생자들이 느꼈음에 틀림이 없을 그런 감정을 나는 느꼈다. 이 사나이를 서두르게 하는 것은 불가능한 일이었다.

"첫 번째 항목에서," 하고 데이브는 말했다. "나는 질문을 두 개로 나누기로 하겠네. 첫째, 이 스타필드는 얼마나 시급히 이 개를 필요로 하고 있는가. 둘째, 이 스타필드는 자네 번역과 관련해 어느 정도 법을 어겼는가. 자, 전자에 관해서 자네가 알고 있는 것을 들려주기로 할까?" 데이브는 나를 바라보면서, 내가 그 점에 대해서 특별한 지식이라도 가지고 있다는 듯한 투를 일부러 지어 보였다.

"모르겠는걸." 하고 나는 말했다.

"모르겠다?" 하고 자못 놀랍다는 투를 꾸미면서 데이브는 소리쳤다. "그렇다면 사실상 이 스타필드가 앞으로 몇 주일 혹은 몇 달 이내엔 개를 필요로 하지 않을지도 모른다는 거지? 그렇지 않으면 개를 정말로 사용할지의 여부도 아직 정하지 않고 있다는 거겠지?"

"갤럽 여론 조사를 보았는데, 대중은 동물 영화에 아주 물렸다는 거야." 하고 핀이 말하였다.

"좌우간," 하고 데이브가 말했다. "스타필드가 서두를 것인가는 분명치가 않아. 그리고 그동안 개를 자네에게 맡겨 두어도 상관이 없어. 그렇게 되면 스타필드가 얼마나 절약을 할 수 있는가 하는 걸 생각해 보게. 하루에 고기가 몇 파운드나 필요하다고 했지, 핀?"

"하루 1파운드 반이야." 핀이 말했다.

"일주일에 10파운드 반이군. 여분 같은 것은 생각지 않더라도 말이야." 하고 데이브가 말하였다.

우리는 모두 고개를 돌리고 그 거대한 육식 동물을 바라보았다. 그것은 곤히 잠들어 있었다.

"오늘은 2파운드 먹었어." 핀의 말이었다.

"그러나 적어도," 하고 나는 말하였다. "그는 이 개의 안전에 대해서 걱정은 할 거야. 성한 채로 돌려받기를 바랄걸."

데이브는 한심스럽다는 듯이 나를 쳐다보았다. "그를 놀라게 하기 위해서 대체 어떻게 할 셈인가?" 하고 그는 물었다. "꼬리를 자를 텐가? 설사 자네가 이마에 자네 성품을 적어 놓고 있는 위인이 아니라 하더라도, 새미는 자네가 큰 개는커녕 지렁이 한 마리도 해치지 않을 인물이라는 것쯤 잘 알고 있을 걸세."

이것은 사실이었다. 나도 이제는 내가 처음으로 꾀해 본 '공갈'이 잘 맞아떨어지지 않고 있다는 느낌을 갖기 시작하였다.

"그들이 개를 시급히 필요로 하고 있다는 것은 물론 있음 직한 일이야," 하고 데이브가 말하였다. "그러나 분명치는 않아. 전자에 관해선 그쯤 해 두세. 그러면 후자에 관한 진술을 들어 보기로 할까? 브르퇴유의 전 작품의 번역권을 자네가 개인적으로 가지고 있었나?"

"물론 그렇지는 않아," 하고 내가 말하였다. "개개 작품에 대해서 각각 출판사와 계약을 맺은 거야."

"저런!" 하고 데이브는 말했다. "그렇다면 누군가의 이익이 지금 위협을 받고 있다 해도 그건 출판사의 이익이지 자네의 이익은 아니야. 그러나 그 위협이 어떤 것인가를 알아보세. 위협이 되는 게 뭐야?"

나는 손가락으로 머리카락을 매만졌다. 내가 무슨 얘기를 하든 순진한 소리로 들릴 것이라는 느낌이 들었다.

"이봐, 데이브," 하고 나는 말했다. "지금껏 일어난 사태를 설명해 보면 이렇게 돼. 즉 그들이 내 번역을 훔쳐 내어 프링즈하임 씨에게 보여 주고 그 책을 대본으로 영화를 만들라고 설득하고 있는 거야."

"그건 틀림없어," 하고 데이브는 말했다. "그러나 아직까지는 이 번역을 달리 '이용'하지 않았단 말일세. 그리고 그것이 출판되었다면 그들도 서점에서 살 수가 있는 거야."

"그러나 출판되지 않았어," 하고 나는 말했다. "그리고 내 타이프 초고를 그들이 훔친 거야."

"큰 죄가 될 것 같진 않은데," 하고 데이브는 말했다. "어쨌든 지금까지는 저작권 침해가 있었던 것 같지 않아. 프랑스 말을 모르는 그 미국인이 자네 번역을 대충 훑어본다. ——그것뿐이야. 만약 그들이 영화를 만들기로 작정한다면 자세한 사항은 영화 판권을 소유하고 있는 사람과 교섭할 거야. 그건 아마 저자가 되겠지."

"그러나 어찌 되었든," 하고 나는 난폭하게 말하였다. "절도 행위가 있었잖아."

"그 점은 분명치가 못해." 하고 데이브가 말하였다. "도의적으로 보아선 그렇다 할 수 있지. 그러나 그것을 증명할 수 있을까? 자네 친구인 매지가 그것을 스타필드에게 건네준다. 자네가 달리 생각할 줄은 몰랐다고 스타필드가 말하겠지. 자네의 매지도 증인석에서 같은 소리를 할 게고 그 밖에도 자네를 얼마나 잘 알고 지냈는가를 피고 측 변호인이 유도하는 대로 자세히 얘기할 걸세."

이것은 나도 상상하고 있던 바였다. "알고 있어!" 나는 말하였다. "그래. 그래, 그래, 알았어."

"내가 요약해 볼까?" 하고 데이브는 말하였다.

"얘기해 봐!" 나는 쓰디쓰게 말하였다.

"그들이 개를 필요로 할 것 같지는 않아. 적어도 며칠 안으로는 말이야," 하고 데이브는 말하였다. "그 며칠이 지난 뒤에, 그 미국인이 책을 보고 난 뒤에, 그들은 타이프 초고를 정중히 자네에게 반환하고 개를 돌려달랄 거야. 만약 자네가 양도를 거절하면 그다음엔 경찰에 호소하겠지. 그럴 경우 자넨 무슨 죄로 그들을 고발할 텐가? 그 미국인은 그가 본 번역이 누구 것인지 알지도 못하고 개의치도 않을 거야. 자네가 문제를 억지로 끌고 가면 미궁에 빠지게 될 뿐이야. 명백한 것은 자네가 개를 훔쳤다는 것뿐이니 말일세."

"그러나." 하고 나는 말하였다. "자기들의 행동에 관해서 신문받는 것을 두려워하지 않는다면 어째서 그들은 여태까지 경찰에 알리지 않았을까? 그들이 경찰에 알렸다면 지금쯤은 우리도 그걸 알게 되었을 거라는 자네 생각이 옳다고 가정하고 말이야."

"그걸 터득 못 하겠나?" 냉소하면서 데이브가 말하였다. "그들이 자네를 그저 봐주고 있는 거야. 스타필드는 자넬 경찰에 넘기고 싶어 했을지도 몰라. 그러나 자네 친구 새디가 웃으며 좋은 사람이라고 말해서 여태껏 무사한 거야."

이 추측이 정확하기가 십상이라는 것을 곧 깨달았기 때문에 나는 더욱 화가 났다. "내가 바보라는 것을 본때 있게 보여 준 셈이군," 하고 내가 말하였다. "그건 그 정도로 해 두세. 나는 산보나 하려네."

"안 돼, 제이크," 하고 데이브가 말하였다. "우리는 아직 두 번째 항목을 토론하지 않았네."

"내게 흥정할 힘이 없다는 게 밝혀졌으니 그 힘을 어떻게 쓸 것이냐 하는 문제는 일어나지 않을 것 같은데." 하고 나는 말하였다.

"자네에게 흥정할 힘이 없다는 것은 결정적인 게 아니

야." 하고 데이브가 말하였다. "아무래도 있을 것 같지는 않지만 말이야. 그러나 자네는 개를 소유하고 있네. 그리고 그 개는 어떻게 할 셈인가? 스타필드에게 돌려주겠나?"

"천만에!" 나는 소리쳤다. "딴 도리가 있는 한 안 되지."

"자, 그러면 두 번째 것을 상의해 보세." 하고 데이브가 말했다. 그는 긴장을 풀고 생각에 잠긴 듯이 앉아 있었다. 재미있다는 듯 몹시 눈이 반짝이는 것을 제외한다면 마치 세미나라도 하고 있는 것 같았다.

"지금이라도 흥정을 하려면 못할 것은 없지." 하고 데이브는 말했다. 그는 여태까지 이 사건의 불리한 면만을 얘기하더니 이제 태도를 바꾸어 가장 유리한 면을 얘기하려 들었다. "그들이 당장 개를 필요로 하거나 혹은 그 개의 신변을 걱정해서 빨리 돌려받으려 자네에게 값을 제의해 올지도 모르는 일일세. 만약 그들이 죄가 될까 하는 문제를 조금이라도 걱정한다면 값을 부르는 게 상책이지. 그들이 걱정을 하느냐 하는 점은 미지의 요소에 걸려 있네. 다시 말하면, 매지의 태도와 심리 상태에 달려 있지."

이번엔 내가 데이브보다도 더 비관적이었다. "그건 가망이 없어!" 나는 외쳤다. "내가 바랐던 것은 그들이 그 타이프 초고를 사용하지 못하도록 하는 것뿐이었어. 법정에서 어떻게 말할까 하는 것을 궁리해 보는 편이 낫겠는데!"

"객쩍은 소리!" 데이브의 말이었다. "체면을 위해서라도 흥정을 해 보게. 스타필드의 스포츠맨 정신에 호소해 보는 것도 좋지 않을까." 나는 찔끔하였다. 그 이상 새미의 스포츠맨십에 신세를 지고 싶지가 않았다. "차라리 새디에게 교섭해 보겠어." 나는 말했다.

"그럼, 그녀에게 편지를 써," 하고 데이브가 말하였다. "같이 작성해 보세. 그러나 먼저 자네가 어떤 입장에서 쓸 것인가를 결정해야지. 피해자의 입장에서 쓰느냐, 그저 협박범의 입장에서 쓰느냐를 말이야. 그러나 잊지 말아야 할 게 있어," 하고 그는 덧붙였다. "우리의 홍정 상대가 누구인가 하는 것이지. 내 생각으로는 그들이 당장 개를 도로 갖고 싶다면 홍정이니 경찰이니 할 것 없이 개의 거처를 찾아내어 녀석을 잡으러 장정 네 사람을 차로 보낼 걸세."

순간 정문을 두드리는 천둥 같은 소리가 나서 우리는 얘기를 멈추었다. "경찰이야!" 핀의 말이었다. 나는 새미가 보낸 장정이기가 십상이라고 생각했다. 우리는 서로 얼굴을 바라보았다. 털을 쭈뼛 세워 가지고 마즈가 짖어 대었다. 노크는 계속되었다.

"없는 척해." 하고 핀이 속삭였다. 귀가 먹먹해질 만큼 크게 마즈가 두 번을 짖었다.

"다 틀렸어!" 데이브의 말이었다.

"가서 문 유리창으로 내다보세," 하고 내가 말하였다. "몇 사람이나 왔나."

나는 마즈를 위해 싸워 볼 각오였다. 물론 경관이 온 것이라면 별문제지만. 우리는 조용히 현관 쪽으로 걸어 나갔다. 데이브네 정문의 채색된 유리창 때문에 건너편에 있는 것이 톱니 모양으로 깔쭉깔쭉하게 보였다. 그곳엔 한 사람밖에 없는 것 같았다.

"나머지 녀석들은 층계에 숨어 있는 거야." 하고 핀이 말하였다.

"제기랄 것!" 하고 말하면서 나는 문을 열었다.

"도너휴 씨 앞으로 전보 두 장입니다." 하고 전보 배달 소년이 말하였다.

나는 전보를 받아 들었다. 소년은 층계를 내려가 사라졌다. 핀과 데이브는 웃고 있었으나 첫 번째 전보를 뜯을 때 나는 두려움으로 온몸이 떨렸다. 그 순간 모든 것이 불안했다. 나는 그것을 몇 번이고 읽어 보았다. 이어 나는 거실로 되돌아갔다. 이렇게 씌어 있었다. "중요 상의 건 있으니 곧 항공편으로 파리 프랑스 드 크레브 호텔로 오시오. 전액 이쪽이 부담. 30파운드 별도 송금. 매지." 나는 전보를 그들에게 건네 주었다. 또 한 장의 전보는 30파운드짜리 송금 수표였다.

우리는 모두 앉았다. "무엇 때문일까?" 데이브가 물었다.

"나도 전혀 짐작되는 바가 없는데." 하고 내가 말했다. 이번엔 매지가 대체 무얼 꾸미고 있단 말인가? 모든 게 아리송하고 먼 얘기인 것만 같았다. 30파운드만 제외하고. 이것만은 틀림없는 사실이었다. 그것은, 이튿날 아침에 발견해 모두가 꿈은 아니라는 것을 실감시켜 주는 물건과 같았다. 매지는 파리에서 무얼 하고 있는 것일까? 호기심이 열병처럼 피를 끓게 하였다. 즉각 열두어 가지의 가능성이 떠올랐으나 납득이 갈 만한 것은 하나도 없었다.

"물론 가 봐야지." 하고 나는 진지하게 두 사람에게 말하였다. 어느 관점으로 보아도 매지의 전보는 반가운 진전이었다. 나의 협박 계획에 넌더리가 난 것은 아니었다. 그러나 그것은 실망을 자아냈고 결국엔 부질없는 기계적인 것이 되고 말 것 같았다. 아마도 계획을 완전히 포기하는 게 상책일 것 같았다. 사소한 계기만으로도 나는 쉬이 파리로 갈 것이다. 애너가 그곳에 있으니 지금은 말할 것도 없다. 아니 애너가 그곳에 있을지도 모른다고 말하는 게 더 적절한 것이리라. 그러나 그렇지 않다. 애너는 그곳에 있을 것임에 틀림없다고 느꼈다. 내 마음속에 떠오르는 그 도시의 이미지는 애너를 안고 있었다. 이미 마음속으로는 애너와 함께 샹젤리제를 걷고 있었다. 그리고 우리 두 사람의 얼굴에는 영원의 도시 파리의 따뜻한 봄바람이 불어와 흩날리는 꽃잎처럼 닥쳐올 행운의 기약을 안겨 주는 것이었다.

"그러면 어린애 보는 것은 우리에게 맡길 참인가?" 데이브는 화를 내며 앞뒤가 맞지 않는 소리를 하였다. "도둑질과 공갈을 하고 나서 모든 게 혼란스러워지니까 자네는 파리로 떠나고, 도둑질한 물건은 우리에게 맡겨 놓아 경찰에게 들키도록 한다, 이 말이지?"

"모든 경비는 이쪽 부담이지." 핀의 말이었다.

"이봐," 하고 나는 말하였다. "오랫동안 지체하진 않을 거야. 필요할 경우엔 반나절 정도야. 매지가 바라는 게 무엇인가, 그것만 알면 그만이야. 이쪽에서 사고가 나면 전보를 치게. 몇 시간 안으로 돌아올 테니."

데이브는 조금 누그러졌다. "좀 늦출 수 없을까?" 하고 데이브는 말하였다.

"몹시 다급한 것 같은데," 하고 나는 받았다. "그리고 돈이 생길지도 몰라." 경비를 전액 그쪽에서 부담한다는 말이 그 점을 강력히 암시하고 있었다. 얼마를 더 상의하고 나서 그는 말하였다. "좋아. 보석금이라도 벌어 두는 게 좋을 걸세. 그러나 첫째, 편지를 어떻게 쓸 것인가를 결정해 놓아야지. 둘째로, 개를 먹일 돈과 위기에 대처할 돈을 주고 가야 돼."

"돈은 걱정할 게 없어," 하고 내가 말했다. 새미의 수표가 있으니 안심이었던 것이다.

그러자 어깨에 총알을 맞은 것처럼 무서운 생각이 나를 온통 어지럽게 하였다. 말할 것도 없이 새미는 마즈를 유괴한 장본인이 누구인가를 알게 되자마자 수표의 지불을 정지시켰을 것이었다. 나는 앉아 있던 의자에서 벌떡 일어섰다.

"이번엔 또 뭐야?" 하고 데이브가 물었다. "자넨 정말 내 신경을 건드려."

새미의 스포츠맨 정신은 어느 정도나 되는 것일까? 별 기대를 걸 수 없을 거라고 나는 확신하였다. 아니면 그것은 그의 노기의 정도에 달려 있는 것일까? 그의 거실 정경이 그전에 본 대로 머릿속에 떠올라 나는 신음 소리를 내었다. 그저 바랄 수 있는 것이라곤 수표 건을 그가 완전히 잊어버렸을지도 모른다는 것뿐이었다.

"전화로 직접 새미에게 얘기를 했어?"

"응, 물론 공중 전화로였지." 하고 데이브가 대답하였다.

"그리고 화를 내고 있던가?"

"굉장했어." 하고 데이브가 받았다.

"특별히 뭐 말한 것은 없었고?" 내가 물었다.

"그러고 보니 생각이 나는군," 하고 데이브가 대답하였다. "있지. 진작 얘기해 주려고 했었는데, 도너휴에게 전해 달라며 이렇게 말하더군. 여자는 양보하지만 현금은 자기가 갖겠다고."

울고 싶은 심사였다. 이렇게 되면 모든 것을 두 사람에게 털어놓지 않을 수 없었다. 나는 수표를 꺼내 가지고 왔다. 우리는 모두 수표를 들여다보았다. 사랑하는 사람의 시체를 보는 것 같았다. 이렇게 많은 액수의 수표는 본 적이 없다고 핀이 말하였다. 데이브조차도 놀라워하였다.

"이제 꼭 파리로 가야 돼!" 내가 말하였다. 세상 사람들이 내게 빚진 돈이 이렇게 많으니 즉각 과격한 행동을 해야만 하였다.

핀은 새미의 계산서를 살펴보고 있었다. "아직도 라이어 버드가 남아 있는걸. 그것까지 취소는 못 하지."

"아직 이긴 것도 아닌걸!" 하고 데이브가 말했다.

"자네들은 신문을 봐 주어," 하고 내가 말하였다. "은행에 예금해 둔 것이 60파운드가량 돼. 핀, 자넨 얼마나 걸 수 있겠나?"

"10파운드." 하고 핀이 받았다.

"그리고, 데이브, 자네는?" 내가 물었다.

"바보 짓 하지 마!" 데이브의 말이었다.

결국 세 사람이 50파운드를 모아 그것을 이 말에 걸기로 합의하였다. 633파운드 10실링을 잃었기 때문에 우리는 모두 다소간 정신이 어질어질하였다.

그 후 우리는 편지 건을 상의했다. 나는 교섭 상대를 새디로 정하자는 의견을 고수하였다. 데이브의 추측 때문에 나는 여전히 마음이 상했고 또 새디가 나를 좋아한다고 말했던 것이 생각나 약간 괴로웠다. 시간이 좀더 있었더라면 이것이 내 결단에 영향을 끼쳤는가 하는 것을 곰곰이 생각해 보았을 것이다. 그러나 동기의 분석을 즐기고 있을 때가 아니었다. 어떤 행동을 할 만한 상당한 이유가 있다면 부적당한 이유도 있을 수 있다고 해서 그 행동을 주저해서는 안 된다. 지금 망설일 처지는 아니라고 나는 단정하였다. 새디 쪽이 새미보다 똑똑하고 또 이 사건에 관한 한 새디가 괴수인 것도 사실이었다. 뿐만 아니라, 그녀는 벽에 걸린 커튼을 찢긴 바도 없었고, 거실이 뒤죽박죽이 된 일을 당한 바도 없었다. 새디가 아직도 나를 좋아할지 모른다는 것은 관계없는 일이었다. 여전히 나는 그것이 싫었고, 그저 한시바삐 떠나고만 싶었다.

결국 우리는 다음과 같은 합의를 보았다. 내가 서명을 하고서 데이브가 새디에게 편지를 쓰되, 마즈의 교환 조건으로서 이 번역 건에 관한 나의 지위를 정식으로 승인해 줄 것과 번역을 사용한 것에 대한 충분한 보상금을 요구하기로 한 것이다. 우리는 얼마 정도의 보상금을 요구할 것인가, 한참 동안 상의하였다. "자네가 노리는 것은 무엇인가?" 데이브의 말을 옮기면 이렇게 된다. "반환인가, 손해 배상인가, 그렇지 않으면 복수인가?" 아주 깨끗이 갈취 행위로 일관해서 우리가 마즈를 연금하고 있을 뿐 아니라 녀석의 건강이 나빠질지도 모른다는 것을 막연히 암시함으로써 빼낼 수 있다고 생각되는 한의 고액을 청구하여야 하며, 500파운드 정도가 어떨까 하는 것이 핀의 생각이었다. 데이브의 생각은 번역의 사전 열람 요금에 해당하는 액수만을 요구해야 한다는 것이었다. 이 금액이 얼마나 되는지는 모르겠고, 엄밀히 말하면 출판사에 빚지는 것이지 내게지는 것은 아니지만 현재로서는 나의 체면을 지키기 위해서 50파운드를 요구하는 게 좋겠다고 그는 말했다. 나로서는 정규 요금뿐 아니라 타이프 초고의 절취에 대한 보상금도 받아야 할 필요가 있다고 생각하였다. 그래서 적당히 200파운드가 어떨까 하고 제안했다.

마침내 우리는 100파운드로 낙착을 지었다. 너무 비굴한 것이 아닌가 하는 느낌이 들었다. 그러나 이젠 파리로 간다는 생각에 너무나 골똘해 있어서 아무것에나 동의하고 싶은 심정이었다. 나는 여러 장이나 되는 종이 아래쪽에 서명을 하였다. 모두가 의견 일치를 본 방침에 따라서 데이브가 초안을 작성한 뒤에 그것을 그중 한 장에 타이핑하기로 하였다. 데이브는 그 편지가 신뢰받을 수 있도록 하기 위해서 친밀감을 나타내는 말이나 내 독특한 말씨 같은 것을 덧붙일 테니 알려 달라고 했다. 그러나 나는 그 편지를 전혀 개성 없이 사무적으로 써야 한다고 고집하였다. 참 마음이 내키지 않은 채 나는 데이브에게 액면가 없는 백지 수표를 건네 주었다. 그리고 나이트 페리*를 잡으러 빅토리아 역으로 향하였다. 돈을 절약하기 위한 것이기도 하지만 항공 여행이 신경에 거슬리기 때문이기도 했다.

---

* 침대차에 탄 채로 런던과 파리 사이를 오갈 수 있는 배.

# 14장

내 보기에는 항해란 명상을 촉진하는 법이다. 엄밀히 말하면 나이트 페리를 우리가 흔히 알고 있는 항해라고 할수는 없었다. 기선 여행의 경험에서 불가결한 것은 냄새다. 그러나 나이트 페리의 특징 중 하나는 기선 특유의 근육 운동 감각과 기차 특유의 후각이 결합된 것을 경험하게된다는 점에 있다. 이러한 감각 전체의 혼란 상태 속에서나는 누운 채 휴고 생각을 하였다.

휴고와의 만남을 성공이라고 할 수는 없었다. 그러나 한편으로는 완전한 실패도 아닌 셈이었다. 나는 휴고가 알아두어야 할 일을 알려 주었고, 우리가 주고받은 말도 반드시 박정한 것은 아니었다. 우리 두 사람은 뜻하지 않은 일을 함께 겪기까지 하였고, 그 과정에 나는 적어도 수치스러운 짓은 하지 않았다. 어느 모로 보면 우리 두 사람은흉허물 없이 굴게 되었다고 할 수도 있었다. 그러나 화해하지 않은 채로도 흥허물 없이 굴 수는 있다. 휴고를 만난 후 줄곧 분주했기 때문에 내가 받은 인상을 곰곰이 생각해 볼 여유조차 없었다. 이제 나는 그것을 전부 모아서 하나하나 궁리해 보기 시작했다. 전(全) 러시아의 황제처럼 층층대 꼭대기에 서 있던 휴고의 최초의 모습이 생생하게 기억에 떠올랐다. 상하로 흔들리는 베개를 베고 누워 있으니 이제 그는 나에게 신비와 권력의 상징인 양 생각되었다. 아직도 우리 사이가 끝장이 난 것은 아니라는 것을 더욱 실감할 수 있었다. 나의 운명의 실밥이 그의 것과 섞여 짜여 어떠한 결과를 빚어내든 간에 엉킨 것은 여전히 풀어야 할 것이었다. 이 생각이 아주 간절하였기 때문에 파리로 가야 한다는 것, 그리하여 비록 하루 사이라도 그를 다시 만나 볼 가능성을 포기해야 한다는 것이 유감천만이었다.

우리의 만남으로도 전혀 분명해지지 않은 것, 그 점에서 실패였다고 말할 수 있는 것은 휴고가 나에 대해 현재 가진 감정이었다. 내게 까놓고 적의를 나타내지 않은 것은 사실이다. 그의 행동은 그저 예사로운 것이었다. 그러나 이것은 좋은 징조인 것인가, 혹은 궂은 징조인 것인가? 나는 휴고의 표정, 어조, 몸짓까지도 세밀하게 기억해 내고 그 이전의 기억과 비교해 보았으나 어떠한 결론에도 이르지 못하였다. 휴고가 어느 정도 내게 질려 있는가 하는 것은 두고 봐야 할 문제였다. 이에 나는 『말문을 막는 것』을 생각해 보았다. 그리고 새디와 새미가 밀담을 하기 위한 장소로 새디의 부엌 이외의 장소를 택했더라면 오죽이나 좋았을까 하고 생각하지 않을 수가 없었다. 제반 사정을 고려하여 본다면 책만 회수하고 정보를 듣지 않았던 편이 좋았을 것이라는 느낌이 들었다. 그랬다면 여태까지 겪어 온, 그리고 앞으로도 부닥치게 될 많은 수고를 덜 수가 있었을 것이었다. 휴고에 대한 나의 경고는 호의의 표시라는 것을 제외하고서는 별로 가치 있는 것이라고 생각할 수가 없기 때문이다. 책 그 자체로 말하면, 그것은 나와 휴고 사이의 개전(開戰)의 사유일 뿐만 아니라 관념의 별자리로 마음속에 비치어, 나로서는 이미 그것이 내 우주의 다른 부분과 관련이 없다고 허위 진술을 할 처지가 못 되었다. 나는 내가 이왕에 말한 것을 재고하지 않으면 안 된다. 그러나 지금에 와서는 어디서 그 책을 구할 수가 있단 말인가? 만약 아직도 장 피에르가 그것을 보관하고 있다면 그에게서 얻을 수 있겠다는 생각이 들었다. 책이 나왔을 때 나는 그에게 한 권을 증정하였고, 그는 그 책을 펼쳐 보지도 않았을 것이 틀림없다. 장 피에르 생각이 나자 뒤이어 파리 생각이 났다. 아름답고 잔인하고 부드럽고 마음을 설레게 하는 매혹적인 도시. 그런 생각을 하며 나는 잠이 들었고 또 애너의 꿈을 꾸었다.

떠나 있은 것이 얼마 되지 않은 경우라도 파리에 도착할 때마다 나는 언제나 마음이 쓰려 온다. 파리는 내가 언제고 기대를 안고 와서는 실망을 안고 떠나는 도시인 것이다. 나만이 물을 수가 있고, 또 파리만이 대답할 수 있는 그러한 질문이 있다. 이곳에서 몇 가지 배운 게 있는 것은 사실이다. 예컨대 나의 행복은 슬픈 얼굴을 하고 있고 너무나 슬퍼 보여 오랫동안 불행이라 잘못 알고 그것을 쫓아

보냈다는 것을. 그러나 파리는 나에게 여전히 미지의 조화이다. 파리는 내가 의인화할 수 있는 유일한 도시다. 런던은 너무나 잘 알고 있고 기타 도시는 별로 좋아하지 않는다. 나는 파리와 만난다. 마치 애인을 만나듯 간신히 아무 말 없이 만나서는 얘기 한마디 못 하고 마는 것이다. 파리여, 네가 하는 소리는 무엇인가? 파리여, 내가 사랑하는 말을 들려 다오. 그러나 대답은 없다. 허물어져 가는 담장으로부터 '파리'라는 슬픈 메아리가 들려올 뿐이다.

도착하였을 때 시급히 매지를 만나고 싶은 심사는 아니었다. 언제나 그렇듯이 마법에 홀리고 싶었다. 스스로 신성하다고 알려 주는 순간이 삶에서는 희귀한 법이다. 나중으로 미루더라도 '생각'이란 곧 하게 되는 것이다. 어떤 것인지는 모르지만 매지를 만나게 되면 또 부득이 '생각'을 하게 되리라. 센 강 쪽으로 발걸음을 옮길 때 한 가지 확신되는 게 있었다. 현상과 실재의 경계를 어디에 긋던 간에 내가 지금 경험하고 있는 것이 내게는 실재인 것이다. 매지를 만난다는 앞일은 촛불처럼 흐릿해졌다. 아침 이맘때는 신비로운 물줄기가 낡아 빠진 푸대 조각들에 인도되어 파리의 시궁창을 휘돌며 흘러갈 때였다.* 강 기슭을 따라 난 회색의 건물 정면엔 구름기 없는 광선이 명암을 또렷이 하고 가루설탕처럼 부드럽고 깊은 모습을 드러내 보였다. 더할 나위 없이 예민한 기억력으로도 세목을 잊어버리는 수가 있다. 높다란 정면을 덧문으로 가린 집들. 나

---

* 파리에서는 이른 아침에 물을 흘려보내서 도로 청소를 한다.

는 오랫동안 상체를 굽히고 퐁 뇌프* 아래 거울 같은 수면
을 들여다보았다. 그 원형의 아치는 물에 비친 그림자와
어울려 완전한 O 자를 이루고 있었고, 물에 비친 부분과
그렇지 않은 부분이 구별되지 않았다. 센 강은 이렇듯 거
울처럼 잔잔해서, 조류가 섞인 템스 강으로서는 거의 엄두
도 못낼 경지이다. 그러고 서서 나는 애너 생각을 하였다.
그녀 덕택에 나는 이 도시의 세목을 더욱 많이 잘 알게 되
었는데, 그것은 여러 해 동안 파리를 익혀 둔 후 처음으로
애너를 안내해 주었을 때의 일이었다.

마침내 아침이 먹고 싶어졌다. 나는 매지가 들어 있는
호텔 쪽으로 걸어가기 시작하였다. 그리고 도중에 오페라
극장에서 멀리 떨어지지 않은 카페에 자리를 잡고 앉았다.
이곳에서 나는 분주한 도시의 보다 세속적인 세목에 주의
하기 시작하였다. 한동안 그곳에 앉아 있다가 카페 옆 보
도에서 벌어지고 있는 소동에 시선이 갔다. 와이셔츠 바람
의 남자 대여섯이 무엇인가를 기다리듯 서성대고 있었다.
막연한 흥미를 느끼면서 나는 그들을 바라보았다. 그들이
카페 바로 옆의 서점에서 나온 것임을 곧 알 수 있었다.
대체 그들은 무엇을 기다리고 있는 것일까 하고 잠시 나는
궁금히 여겼다. 그들은 서성거리며 거리를 둘러보고 서점
안으로 들어갔다가 다시 나와서는 떠들썩하니 기다리는 것
이었다. 잠시 후 몸을 돌려 서점을 주시하려니 그 광경을
설명해 줌 직한 것이 눈에 띄었다. 한가운데의 쇼윈도는 텅

---

* 센 강에 걸려 있는 다리.

비어 있고 거기엔 큰 글씨로 '공쿠르 상'이라 적혀 있었다. 해마다 큼직한 문학상이 수여될 때면 유망한 후보작이라 생각되는 책을 낸 출판사는 발표 즉시 수상 작품의 신판을 큰 판형으로 낼 준비를 갖추고 기다린다. 이 작품은 수만 부씩 인쇄되어 서점으로 급송된다. 그래서 뉴스의 신선한 향기가 사라지기 전에 대중은 이 품질이 보증된 문학 작품을 마음껏 집어삼킬 수가 있는 것이다. 이런 행사에 대비하여 지적이란 자부심을 가지고 있는 모든 서점들은 제일 돋보이는 쇼윈도를 정리하고, 신문의 급보판*처럼 맹렬한 속도로 수상 작품이 도착했을 때 그것을 맞아들일 채비를 차리고 있게 된다.

나는 앉아서 커피를 마시며 이 광경을 바라보았다. 그리고 프랑스와 영국의 문학적 풍습의 차이를 곰곰이 생각해 보았다. 바로 그때 날카로운 브레이크 소리가 나더니 보도 옆에 트럭 한 대가 급히 와서 정거하였다. 와이셔츠 바람의 사나이들이 급히 모여들어 순식간에 한 줄로 서더니 손에서 손으로 책 뭉치를 빠른 속도로 던져서 건네었다. 서점 안으로는 다른 몇 사람들이 텅 빈 쇼윈도에 마분지로 만든 진열 상자를 올리고 있는 게 보였다. 곧이어 그곳에는 수상자의 이름만이 단조롭고 의기양양하게 자꾸만 쌓여서 구석구석에까지 꽉 차게 될 것이었다. 모든 것은 경찰의 단속 행위처럼 신속하고 정확하게 진행되었다. 나는 트럭이 비어 가는 것을 재미있어하며 바라보았다. 그사이 뒤

---

* 기사 마감 후에 들어온 중대 사건 기사를 윤전기를 세우고 찍은 판.

에선 윈도가 책으로 하얗게 되어 가고 있었다. 나는 몸을 돌려 그것을 살펴봤다. 내 눈에 띈 것은 나의 미소를 황급히 멈추게 했다.

윈도에는 온통 장 피에르 브르퇴유란 이름뿐이었다. 반복되는 외침 소리와도 같은 감정의 강세를 느끼며 나는 그것을 보았다. 그 아래론 '우리 승리자들, 우리 승리자들, 우리 승리자들'이라는 문구가 층층이 되풀이되어 있었다. 나는 의자에서 뛰쳐 일어났다. '공쿠르 상'이라고 적혀 있는 표지를 나는 다시 보았다. 의심할 여지가 없었다. 찻값을 치르고 윈도께로 가 섰다. 내 눈 아래로는 똑같은 것이 열 번, 백 번, 오백 번 반복되었다. '장 피에르 브르퇴유, 우리 승리자들.' 눈앞에선 산더미 같은 책의 높이가 자꾸 높아 갔다. 의견이 다른 소리는 하나도 없었다. 산은 높이 치솟아 봉우리를 이루었다. 그 꼭대기에 마지막 책이 보기 좋게 올려졌다. 점원들이 떼 지어 나오더니 바깥에서 그 모양을 바라보았다. 사람 이름과 책 이름이 내 눈앞에서 어른거렸다. 나는 외면하고 말았다.

그제야 비로소 나를 지배하고 있는 감정이 고뇌라는 것을 깨닫고 얼떨떨해졌다. 동시에 그것은 너무나 깊이 파고들어가서 처음엔 이해하기가 어려웠던 그러한 고뇌였다. 닥치는 대로 거닐면서 나는 이 문제를 정리하려고 하였다. 장 피에르가 공쿠르 상 수상자가 된 것을 알고 물론 나는 몹시 놀랐다. 공쿠르 상 심사위원회, 저 기라성같이 찬란한 이름의 주인공들도 때로는 실수를 할지 모른다. 그러나 형편없거나 터무니없는 과오를 범하지는 않을 것이다. 장 피에르에게 월계관을 씌운 것이 순간적인 광기의 소산이라고는 도저히 믿을 수가 없었다. 나는 아직 그 책을 읽어 보지 않았었다. 이제 남은 가능성, 뿐만 아니라 생각해 볼수록 단 하나밖에 남지 않은 가능성은 마침내 장 피에르가 훌륭한 소설을 써 냈다는 사실이었다.

나는 보도 한가운데서 꼼짝하지 않고 서 있었다. 왜 이것이 이처럼 견딜 수 없게 느껴지는 것일까? 장 피에르가 상을 탄 것이 어째서 내게 이처럼 큰 문제가 되는 것일까? 나는 카페로 돌아가 코냑을 주문하였다. 내가 샘을 낸다고 말하는 것은 너무나 단순한 논법이었다. 자연의 질서에 어떤 어처구니없는 전도가 일어났을 때 느껴 봄 직한 노여운 혐오감을 느꼈다. 자기가 자신만만해하는 지론을 느닷없이 침팬지가 상세하게 공박했을 때 느끼게 됨 직한 감정이었다. 장 피에르에 대해선 이미 내 나름으로 규정을 지은 바가 있었다. 그렇던 그가 은밀히 제 버릇을 고치고, 은밀히 문체를 연마하고 사상을 높이고, 감정을 순화하고 있었단 말인가? 이것은 정말 너무하였다. 상상 속에서 나는 있을 수 있는 모든 장점을 이미 그 책에 부여하고 있었다. 그리고 그렇게 하면 할수록 나는 분노가 뒤섞인 고뇌를 맛보게 되고 다른 모든 생각을 머릿속에서 쫓아내게 되었다. 나는 코냑 한 잔을 다시 주문하였다. 장 피에르에게는 유능한 작가로 남몰래 변신할 권리가 없는 것이다. 사기와 야바위에 당한 것 같은 느낌이었다. 여러 해 동안 이 사나이를 위해 일하였고 그의 잡동사니를 감미로운 영어로 고치기 위해서 나의 지식과 감수성을 온통 발휘하지 않았던가. 그런데 이제 나에겐 한마디 말도 없이 그가 유능한 작가로 신장 개업을 한 것이다. 통통한 손과 짤막한 백발의 장 피에르의 모습을 그려 보았다. 여러 해 동안 내가 알아 온 이 몰골에 어떻게 유능한 작가란 관념을 도입할 수 있단 말인가? 근본적인 분류 개념을 변경하는 것처럼 그것이 내 머리를 죄었다. 동업자라고 간주해 온 사나이가 알고 보니 실은 연적(戀敵)이었던 것이다. 한 가지만은 명백하였다. 장 피에르와의 거래에 이미 냉소적인 태도를 취할 수 없게 되었으니 그와의 거래는 이제 완전히 불가능해진 것이다. 내 작품은 안 쓰고 무엇 하러 그의 작품을 바꿔 써 주는 데 시간을 낭비해야 한단 말인가? 『우리 승리자들』은 이제 번역하지 않으리라. 결코, 결코, 결단코.

시계가 10시를 칠 때에야 비로소 매지 생각이 났다. 그녀의 호텔까지 택시를 타고 갔다. 가는 동안 노여움은 마음속에서 응결하여 일종의 무모한 활기가 되고, 그 때문에 근육이 굳고 머리가 곧추세워졌다. 여느 때 같으면 슬금슬금 기어 들어가듯 했을 것이지만 이번 프랭스 드 크레브 호텔에선 그러질 않았다. 나는 오연히 걸어 들어가서 접수 계원이나 사환들을 기 죽게 만들었다. 내 옷 팔꿈치에는 가죽을 대어 놓았지만 그들은 그것을 못 본 체할 필요가 없었다. 나는 그들이 정말 그것을 눈치 채지 못했다고 생각한다. 인간의 시선이 불꽃을 튀길 때 그 위력은 이렇게 굉장한 것이었다. 매지의 방으로 안내해 달라고 요구했다. 곧이어 나는 그녀의 방문 앞에 섰다. 문이 열렸다. 그리고 그녀가 장의자에 누워 있는 게 보였다. 내가 도착하리라는 것을 예상하고 조금 전에 꾸민 자세임이 분명하였다. 내가 들어선 뒤에 문이 슬며시 닫혔다. 왕자가 들어선 후에 닫히는 것 같았다. 나는 매지를 내려다보았다. 그녀를 만나는 것이 어느 때보다도 기뻤다. 내 시선 아래서 그녀의 위엄은 무너졌다. 나를 만나 그녀가 얼마나 감동하고 안도하고 또 즐거워하는가를 그 표정에서 역력히 엿볼 수 있었다. 나는 환성을 지르면서 그녀에게 덤벼들었다.

* * *

시간이 얼마쯤 지나자 얘기를 시작할 필요가 있었다. 들어갔을 때 매지가 더욱 변했다는 느낌이 들었지만 그러한 인상은 곧 마음속으로 가라앉았다. 이제 나는 앉아서 그녀가 콧등에 분칠을 하는 것을 세세히 바라보았다. 그녀가 입고 있는 옷은 전보다 훨씬 수수하고 훨씬 말쑥하고 굉장히 재단이 잘 되어 있었다. 그리고 머리 모양이 생판 달랐다. 굽이치는 영국식 파마는 간 곳이 없고 이제 머릿단이 쳉이 없는 물결 무늬 모자처럼 딱 맞았다. 그녀는 좀더 날씬해지고 멋있어진 것 같았다. 동작조차도 더욱 기품이 있어 보였다. 분명 누군가 새 사람이, 새미보다 더 능란한 친구가 매지를 관리하였던 것이다. 상대방이 자기를 원하고 있다는 것을 아는 여인 특유의 상냥하게 오만한 입을 다문 채 그녀는 곁눈질로 나를 바라보았다. 키스를 하려고 다가가자 외면을 하더니, 왕족다운 동작으로 향내가 풍기고 화장으로 발그레한 볼을 내밀었다. 이렇듯 빠르게 변모

하는 여인을 바라본다는 것은 맥 빠지는 일이다. 별이 움직이거나 세계가 회전하는 것을 보는 것 같은 느낌이다.

"매지. 정말 아름다워." 하고 나는 말하였다. 우리는 앉았다.

"제이크," 하고 매지는 말하였다. "당신을 만나게 돼서 얼마나 기쁜지 말로 다 할 수가 없어요. 정말이에요. 오랜만에, 사람다운 사람의 얼굴을 보는 건 당신이 처음이에요."

요즈음 어떤 얼굴을 한 족속들을 만났단 말인가 하고 나는 벌써 궁금히 여기고 있었다. 그러나 이것을 들을 시간은 앞으로 충분할 것이었다. 우리는 피차간에 얘기할 것이 참으로 많았다.

"어디서부터 꺼낼까요?" 내가 물었다.

"여보!" 하며 매지가 내 몸에 팔을 감았다. 우리는 얘기를 얼마 뒤로 미루었다.

"이봐요," 마침내 내가 입을 열었다. "우리 두 사람이 알고 있는 것, 우선 그것을 똑똑히 밝혀 두고 얘길 시작하지요. 가령 새미가 악한이란 사실 같은 것을."

"저, 새미 건은 정말 끔찍스러웠어요!" 매지가 말하였다.

"무슨 일이 있었소?" 내가 물었다.

매지가 얘기를 않으려는 것은 분명하였다. 얼버무릴 말을 찾고 있다는 것을 알 수 있었다. "새미는 당신이 이해할 수 없는 위인이에요," 하고 매지는 말하였다. "그는 머리가 뒤죽박죽이 된 불행한 족속이에요." 자기를 버린 사내를 두고 하는 여자들이 상투적으로 쓰는 어구다.

"그래서 내 번역을 그에게 선사하였던가요?" 내가 물었다.

"아, 그것 말이군요." 하고 매지는 말하였다. "그건 당신을 위해서였어요. 제이크." 눈을 커다랗게 뜨고 그녀는 내가 다가서지 못하게 하였다. "만약 그것이 소용에 닿는다면 새미가 당신을 도울 수 있다고 생각했던 거예요. 그런데 그가 그것을 가지고 있다는 걸 어떻게 알았죠?"

이에 나는 최근에 겪었던 일을 아주 교묘히 간추려서 들려주었다. 새미와 새디에 대한 대목에 매지가 증오감을 가지고 있음이 역력하였다.

"그런 사기꾼들이 어디 있담!" 그녀가 말하였다.

"하지만 새미의 계획은 당신도 알고 있었겠지요?" 하고 나는 물었다.

"이틀 전까지는 몰랐어요." 하고 매지는 말하였다.

이것은 분명 거짓말이었다. 내 타이프 초고를 새미에게 주었을 적에 매지는 그가 꾸미고 있던 일을 다소나마 알고 있었음에 틀림없기 때문이다. 그러나 그 당시엔 발탁될 문제의 여인이 새디가 아니라 자기 자신이라고 여겼던 것이리라. 처음에는 새미도 그렇게 생각했는지 몰랐다. 우리가 경마에 돈을 걸던 예의 오후에는 분명 그가 매지에게 진정으로 관심이 있는 듯한 태도를 보여 주었다. 새미의 머리가 뒤죽박죽이라는 것은 결국 그럴 법도 한 일이었다. 그가 과연 불행하냐 하는 것은 알 수도 없고 또 내가 알 바도 아니었다.

"자, 그러면 얘기를 들어 보기로 할까." 하고 나는 말하였다. "중요한 얘기란 건 무어요?"

"얘기하자면 길어요. 제이크." 하고 매지는 말하였다.

그녀는 내게 술을 한 잔을 따라 주고 나서 선 채로 찬찬히 나를 바라보았다. 자기의 힘을 의식하고 클레오파트라로 자처하는 여인의 초연하고 교만한 표정을 짓고 있었다. "돈벌이를 해 볼 의향은 없어요? 300파운드는 당장 받게 되고, 거기에 무기한으로 한 달에 150파운드씩인데."

이것을 고려해 보면서도 나는 새로운 역할을 맡게 된 매지에게 생각을 기울였다.

"다른 사정이 같다고 하면 대답은 긍정이지," 하고 나는 말하였다. "그러나 물주는 누구요?"

매지는 천천히 방 안을 질러갔다. 그녀의 연기 감각은 예민하여 분위기 전체를 감전시켰다. 그녀는 침착하게 몸을 돌리고는 나를 대하였다. 자기가 침착하게 몸을 돌리고 있다는 것을 자각하고 있는 사람의 침착함이었다.

"매지, 집어치워!" 하고 내가 말하였다. "그리고 털어놔 봐요. 적격 심사는 아니잖소."

"이런 사람이 있어요," 하고 조심스럽게 할 말을 골라 가면서 매지는 말하였다. "인도차이나에서 해운업인가 뭔가를 해서 큰돈을 벌었는데 그 돈을 들여서 영국과 프랑스가 합작하는 영화사를 만들 계획이래요. 아주 큰 기업이 될 거예요. 그걸 관리할 사람들이 인재를 찾고 있어요." 그러더니 그녀는 덧붙여 말하는 것이었다. "당연한 얘기지만 지금 얘기한 것은 밖에 얘기해선 안 되는 은밀한 얘기예요."

나는 눈을 동그랗게 뜨고 매지를 건너다보았다. 지난번에 만난 후로 그녀가 학교엘 다닌 것이 분명하였다. 그렇지 않다면, 어디서 '기업'이라든가 '은밀한'과 같은 말들을 배웠단 말인가?

"그거 아주 재미있는데," 하고 나는 말하였다. "인재를 스카우트하는 사람의 눈이 매지를 알맞게 발굴한 셈이겠군. 그러나 내 처지는 어떻게 되는 거요?"

"당신은," 하고 매지는 말했다. "각본가가 되는 거지요." 그녀는 자기 몫으로 한 잔을 따랐다. 타이밍이 완벽했다.

"이봐요, 매지," 나는 말하였다. "고마운 얘기요. 나를 위해서 이렇듯 힘써 준 것은 정말 고맙게 생각해요. 그러나 그런 일을 그냥 떠맡을 수는 없는 거요. 각본 쓰기란 고도로 전문적인 일이오. 미리 공부해 두지 않았으니 정신이 바로 박힌 사람치고 당신이 말한 금액을 치러 주지는 않을 거요. 어쨌거나," 하고 나는 말하였다. "내 취미에 맞는 일이라는 자신도 없고. 내게는 맞지 않아."

"제이크, 연기일랑 집어치워요." 매지가 말하였다.

내가 아까 한 말에 감정이 상했음이 분명하였다. "당신은 그 돈이 아쉬워 죽을 지경 아녜요? 그것을 손에 넣기 위해서 해야 할 일을 알려 드릴게요."

사실 내 마음이 동하지 않은 바는 아니었다. "한 잔만 더 주구려." 나는 말하였다. "그리고 나를 어떻게 끌어들일 작정인가를 얘기해 봐요."

"끌어들일 필요 없어요," 하고 매지는 말하였다. "당신은 장 피에르 때문에 아주 자연스럽게 들어오는 거죠."

"어럽쇼!" 나는 말하였다. "장 피에르는 또 어떤 관계가 있는 거요?" 그날 아침엔 아무래도 장 피에르에게 발목을 잡힌 것 같았다.

"그는 이사회 멤버예요." 하고 매지는 말했다. "아니, 모든 것의 서명이 끝나면 이사가 될 것이라는 게 더 바른 이야기지만요. 우리의 첫 작품이 무엇인지 한번 맞혀 봐요." 하고 얘기에 매듭을 지으려고 하는 사람과 같은 투로 그녀는 말하였다. "그의 최신작을 토대로 한 영국 영화예요."

나는 정나미가 떨어졌다. "『우리 승리자들』 말이오?" 하고 내가 물었다.

"그거예요." 하고 매지는 말하였다. "뭐라더라, 그 상 받은 거 말예요."

"나도 알아요, '공쿠르 상'이오. 이리로 오다가 서점에서 보았지."

"멋있는 영화가 될 거예요. 그렇죠?"

"글쎄, 나는 읽어 보질 않았어요." 앉은 채로 나는 양탄자를 내려다보았다. 울고 싶은 심정이었다. 이렇게 울고 싶은 것은 한동안 경험해 보지 못했던 감정이었다.

고개를 늘어뜨리고 앉아 있는 나를 매지가 지켜보았다. "웬일이에요?" 그녀가 물었다. "제이크, 어디 안 좋아요?"

"아무렇지도 않아요." 하고 나는 말하였다. "얘기 계속해 봐요."

"제이크," 하고 매지는 말하였다. "모든 게 멋지게 됐어요. 당신은 채 그것을 이해하지 못하고 있는 거예요. 얼즈코트 거리에선 생각조차 못했을 만큼 잘된 거예요. 글쎄, 장 피에르가 끼잖았어요! 아주 십상이지 뭐예요."

아주 십상인지는 모르지만, 십상이라는 건 나도 알 수 있었다. "매지," 하고 나는 말하였다. "난 각본가가 아니오. 영화엔 백지요."

"그까짓 건 문제 안 돼요. 상관없어요." 하고 매지는 말하였다.

"그게 바로 문제라는 생각이 들거든." 하고 나는 말하였다.

"아직 이해를 못 하셨군요." 하고 매지가 말하였다. "모두 결정된 거예요. 그 일은 당신이 맡는 거예요."

"이 일은 그럼 당신 권한에 속하나요?" 내가 물었다.

"무슨 뜻이죠?" 매지가 물었다.

"당신이 좋아하는 사람에게는 누구에게나 이 일자릴 줄 수 있느냐는 말이에요."

우리는 얼굴을 마주 바라보았다. "그렇군." 나는 의자 등에 몸을 기대었다. "한 잔 가득 채워 주지 않겠소?"

"제이크, 까다롭게 굴 것 없어요." 매지의 말이었다.

"일을 분명하게 하고 싶은 거요." 하고 나는 말하였다.

"내게 한직을 주려는 셈이군."

"무슨 뜻인지 잘은 모르지만," 하고 매지는 말했다. "아마 그런 것 같아요."

"한직이란 하는 일 없이 돈을 받는 거요." 하고 내가 말했다.

"그러나 당신이 항상 바라던 게 바로 그런 거 아니었나요?" 매지의 말이었다.

나는 호박색 술잔 밑을 들여다보았다. "아마 그랬을지도 모르지." 하고 나는 말하였다. 이것이 사실인지는 나로서도 확신할 수가 없었다. 사실 여부는 두고 보아야 할 일이었다.

"그러나저러나," 하고 매지는 말하였다. "아무 일도 안 하는 건 아닐 거예요. 할 일이 여러 가지 있을 테죠. 그 책의 번역 건도 있고. 어쨌든 간에 그 일을 맡게 되겠지요."

"그게 전혀 별개의 문제라는 건 잘 알고 있을 텐데." 하고 그녀에게 나는 말하였다.

"퍽 기쁠 거예요." 하고 매지가 말하였다. "마침내 그가 훌륭한 책을 써 냈으니. 굉장한 책이라고 다들 말하고 있어요. 그 무언가 하는 상을 받고 나서부터는 특히 그래요."

"난 앞으로 더 이상 장 피에르의 책은 번역하지 않을 거요." 하고 내가 말했다.

마치 내 머리가 돌아 버리기나 한 것처럼, 매지는 눈을 동그랗게 뜨고 나를 바라보았다.

"무슨 뜻으로 말하는 거죠?" 하고 그녀는 말했다. "얼즈 코트 거리에선 늘 투덜거렸잖아요? 그런 하잘것없는 책을 번역하느라고 시간을 허비하고 있다고."

"그건 사실이오." 하고 나는 그녀에게 말했다. "그러나 이곳에선 상황의 논리가 이상하게 돌아간단 말이오. 보다 나은 것을 번역한다고 해서 시간을 덜 허비하는 거라고 할 수는 없는 것이란 말이오."

나는 일어나서 창밖을 내다보러 갔다. 두꺼운 양탄자를 밟고 매지가 내 뒤를 따르는 소리가 들렸다.

"제이크," 하고 바로 내 귀 뒤에서 그녀가 말하였다.

"이러지 마세요. 일생일대의 기회예요. 처음엔 할 일이 별로 없을지도 모르지만 나중엔 사정이 달라질 거예요. 그리고 장 피에르에 관한 객쩍은 소린 집어치워요."

"당신은 이해가 안 갈 거요." 하고 나는 말하였다. 우리는 얼굴을 마주 대하였다.

잠시 동안의 침묵을 깨뜨리고 매지가 말했다. "당신 여자 친구는 할리우드로 갔어요."

나는 매지의 손을 잡았다. 맥이 빠지고 응답이 없는 손이었다. "그런 게 아냐." 하고 나는 말하였다. "말이 나온 김에 얘기지만, 애너를 내 여자 친구라고 부르지 말아 주었으면 해요. 우리는 몇 해 동안 만나지도 않은 사이요. 지난 주일에 딱 한 번 만난 것을 빼놓으면 말이오."

다소 의아스럽다는 듯이 매지는 "아!" 하고 탄성을 내었다.

"어쨌거나." 하고 나는 말을 이었다. "그녀는 할리우드로 가지 않았어요." 이렇게 말하고 나서 비로소 나는 그녀가 가지 않았다는 것을 절대적으로 확신하게 되었다. "그녀의 도미 여부를 정말로 알고 있는 건 아니겠지?" 나는 물었다.

"정확히 알진 못해요" 하고 매지는 말하였다. "그러나 갔다고들 해요. 그리고 누구나 갈 수만 있다면 가거든요." 나는 이런 세계를 경멸한다는 투의 몸짓을 하였다. 그러나 이미 내 감정을 너무나 많이 내색한 바 있기 때문에 화제를 바꾸려 하였다. "당신들의 그 회사는 벨파운더 사와는 어떤 관계를 갖게 되는 거요?" 하고 나는 물어 보았다.

"관계를 갖는다고요?" 매지의 말이었다. "그따윈 아예 지구상에서 싹 쓸어버릴 참이에요." 그녀는 냉혹한 만족감을 띤 투로 말하였다. 나는 어깨를 움찔했다.

"그게 당신에게 문제라도 되는 척하지 말아요." 하고 매지가 말하였다. "사실 당신 친구인 벨파운더에게 큰 서비스를 하게 되는 셈인걸요. 돈을 몽땅 털어 없애는 것처럼 그가 간절히 바라고 있는 것도 없으니깐요."

이 말에는 나도 깜짝 놀랐다. 매지가 싸돌아다니며 어울린 부류의 사람들 사이에서 휴고의 인품이 논의되었다는 것은 분명하였다. "내가 도와주지 않더라도 그까짓 것쯤은 그가 충분히 해치울 거요." 하고 외면하면서 나는 말하였다.

나는 일종의 혼란스러운 피로감을 느꼈다. 나는 거액의 돈을 주겠다는 제의를 받고 있었다. 그리고 내가 왜 그것을 거절하는지는 나도 확실히 알지 못했다. 나의 행동이 거절이었다고 친다면 말이다. 더욱 중요한 것은 내가 한 세계로 들어갈 수 있는 열쇠를 제의받고 있다는 점이었다. 그것은 돈이 쉽사리 벌리고 또 같은 분량의 노력으로 어마어마하게 풍부한 결과를 빚어낼 수 있는 세계로 통하는 열쇠였다. 마치 한 영역에서 다른 영역으로 중점을 옮기는 때와 마찬가지로. 나의 양심으로 말하면 몇 달만 지나면 이럭저럭 동화가 될 것이었다. 조만간 그 세계에서 남들과 마찬가지로 생활비를 벌게 되리라. 그저 모르는 체 눈을 감고 들어가기만 하면 되었다. 그러나 거기 들어가기가 어째서 이렇듯 어렵게 여겨지는 것일까? 나는 괴로웠다. 헛것을 위해서 알맹이를 팽개치는 듯한 느낌이었다. 내가 더 좋아한 것은 명확히 설명할 수 없는 공허였다.

매지는 점점 더 근심의 빛을 띠며 나를 지켜보았다.

"매지." 그저 무엇인가 얘기를 하기 위해서 나는 말하였다. "『목제 꾀꼬리』는 어떻게 되지요?"

"아, 그건 걱정할 것 없어요," 하고 매지는 말하였다. "새디 측에서 사람을 보내 장 피에르에게 접근해 왔어요. 그 건으로 말이죠. 하지만 그가 쫓아버렸어요. 그리고 지금은 우리 회사가 그의 전 작품의 영화 판권을 가지고 있어요."

시원한 일이었다. 나는 매지에게 미소를 보냈다. 그녀도 안도의 미소를 짓고 있었다. "그러니 새디와 새미는 다 틀렸군." 하고 내가 입을 열었다.

"다 틀렸죠." 하고 매지가 받았다.

내가 매지를 얼마나 측은히 여겼던가 하는 생각이 났다. 이어 매지는, 새미가 자기를 속이려 든다는 것을 알기도 전에 이미 새미를 속이려 들고 있었을지도 모른다는 생각이 퍼뜩 들었다. 적어도 프랭스 드 크레브 호텔에서 묵을 수 있는 처지가 되려면 시간이 걸리는 법이다. 일이 너무나 재미있어서 나는 웃음이 나왔다. 생각하면 할수록 웃음이 터져나와 나는 바닥에 주저앉지 않을 수가 없었다. 매지는 처음에는 나와 함께 웃다가 웃음을 그치고 "제이크!" 하고 날카롭게 불렀다. 나는 이전의 상태로 돌아갔다.

"그러면 결국 새미는 동물 영화를 만들 수밖에 없겠군." 하고 내가 말하였다.

"그건요," 하고 매지는 말하였다. "거기서도 새미는 강아지를 산 셈이죠.* 아니, 산 것은 강아지가 아니었지만."

---

* 강아지를 판다는 것은 싸구려를 속여서 비싼 값으로 판다는 숙어다.

"무슨 얘기요?" 내가 물었다.

"판타지필름 사가 새미를 속인 거죠." 하고 매지는 말하였다. "미스터 마즈가 몇 살이나 됐는지 알아요?"

슬픔의 손가락이 내 가슴을 쳤다. "몰라요," 하고 나는 말하였다. "몇 살인데?"

"열네 살. 다된 고물이에요. 지난번 영화도 겨우 찍은 거예요. 판타지필름에선 어쨌든 은퇴시킬 작정이었어요. 그때 새미가 관심을 보이기에 나이를 알리지 않고 팔아 버린 거지요. 새미는 그 개의 입 안을 살펴봤어야 해요."

"입 안을 살펴본댔자 개 나이는 알 수가 없소." 하고 나는 말하였다.

"그러니 그 점에서도 새미는 한 점 패한 거죠." 하고 매지는 말하였다.

나는 개의치 않았다. 나는 마즈를 생각하고 있었다. 마즈는 늙다리였다. 그는 이제 더는 일을 하지 않으리라. 큰물이 난 강물에서 헤엄을 친다든가, 높은 울타리를 기어오른다든가, 외진 곳에서 곰과 격투를 벌이는 일은 이제 더 하지 않으리라. 기운이 줄어 가고 있었고, 지혜도 별 도움이 되지 못하리라. 이 발견으로 내 슬픔의 고리는 완결되었다. 그와 함께 나의 결심도 굳어졌다.

"나는 그 일을 맡을 수 없소, 매지." 하고 나는 말하였다.

"당신은 제정신이 아녜요!" 하고 매지는 말하였다. "이유가 뭐예요, 제이크, 대체 이유가?"

"나도 확실히 모르겠소." 하고 나는 말하였다. "그저 내가 알고 있는 것은 그 일을 하게 되면 일신의 파멸이 온다

312

는 것뿐이오."

매지는 내게로 다가왔다. 그녀의 눈은 마노(瑪瑙)처럼 험악했다. "여긴 꿈나라가 아녜요, 제이크." 하고 그녀는 말하였다. "눈을 뜨는 게 좋을 거예요." 그러면서 내 입을 탁 쳤다. 느닷없이 한 대 얻어맞고 아파서 나는 약간 물러섰다. 우리는 잠시 그러고 서 있었다. 그녀는 나의 응시를 받고 있었고, 그러는 동안 그녀의 눈에는 눈물이 괴었다. 이어 나는 두 팔로 그녀를 안았다.

"제이크," 하고 내 어깨에다 입을 대고 그녀는 말하였다. "내 곁을 떠나지 말아요."

거의 안다시피 해서 그녀를 장의자께로 데리고 갔다. 침착하고 단호한 느낌이었다. 그녀 곁에 꿇어앉아 그녀의 손을 잡고 한 손으로는 머리를 쓰다듬었다. 그녀는 고개를 쳐드는 꽃 모양 내게로 얼굴을 돌렸다.

"제이크," 하며 그녀는 말하였다. "내 곁에 있어 주어야 해요. 이 모든 게 그걸 위한 것이에요. 그걸 모르겠어요?"

나는 고개를 끄덕였다. 그녀의 매끄러운 뒷머리를 스쳐 따뜻한 목께로 내 손을 얹어 놓았다.

"제이크, 뭐라고 얘기 좀 해 줘요." 매지의 말이었다.

"믿을 수가 없소." 하고 나는 말했다. 매지는 발사(發射)된 것이었다. 어떤 포물선을 그린 후에 지상으로 돌아올 것인가 나는 알 수 없었다. 그녀를 위해서 내가 해 줄 수 있는 일은 아무것도 없었다. "해 줄 수 있는 일이라곤 아무것도 없소." 하고 나는 말하였다.

"그저 곁에 있어 주기만 하면 돼요." 하고 그녀는 말하였다. "그게 제일이에요."

나는 고개를 흔들었다.

"이봐요, 매지." 나는 말하였다. "솔직하게 얘기하겠소. 아마 내가 이렇게 말할 수도 있을 거요. 당신을 퍽 좋아하기 때문에 당신이 스타가 되는 것을 도와주는 사나이와 동침하는 것을 도저히 방관할 수는 없노라고. 그러나 그렇게 말하는 건 진실이 아니오. 당신을 좀더 좋아한다면 바로 그러고도 싶을 거요. 그러나 사실은 내게도 내 인생이 있는 거요. 그리고 내 인생은 그쪽으로 놓여 있질 않소."

매지는 진짜 눈물이 글썽글썽한 채 나를 바라보았다. 그녀는 마지막 패를 내놓았다. "애너 때문이라면 조금도 내가 개의치 않는다는 건 잘 알고 있잖아요?" 하고 그녀는 말하였다. "사실 마음에 걸릴지도 모르죠. 그러나 그건 문제 될 것 없어요. 그저 내 곁에 있어만 주어요."

"소용없는 일이요, 매지." 이렇게 말하며 나는 일어섰다. 그 순간 매지에 대해 한량없는 애정을 느꼈다. 몇 분이 지난 후 나는 층계를 내려가고 있었다.

# 15장

　나는 거리를 가로질러 무의식적으로 강 쪽으로 걸어갔
다. 보도 위에서 사람들과 충돌하였고, 거의 차에 치일 뻔
한 것도 서너 번이나 됐다. 다리가 휘청거렸다. 센 강에
당도하자 나는 벤치에 걸터앉았다. 웃옷을 벗었다. 셔츠가
땀으로 흠뻑 젖어 있었다. 나는 셔츠의 단추를 풀고 손을
넣어 가슴과 겨드랑이를 더듬었다. 내가 한 짓이 무엇인지
는 분명치 않았으나 그것이 중요한 일이란 것만은 알고 있
었다. 바로 그땐 취중에 살인을 저지른 것 같은 느낌이었
다. 주위를 둘러보니 물이 잔잔해짐에 따라서 그림자가 하
늘거리기를 그치듯, 파리가 제 모습을 도로 찾고 마침내는
거울처럼 잠잠해졌다. 대체 내가 무슨 짓을 한 것인가?
　해고를 당하기까지 6개월이 걸린다고 가정하면, 1,200파
운드는 실히 될 금액을 거절한 것이다. 늘 궁상을 못 면하
는 세계에서 항시 돈을 향유할 수 있는 세계로 쉽사리 넘

어갈 수 있는 수단을 거절한 것이다. 무엇 때문에? 아무 이유 없이. 그 순간 나의 행동은 전혀 무의미한 것처럼 여겨졌다. 매지의 방 안에 있었을 땐 왜 그렇게 할 필요가 있는지 그 이유를 나 자신이 알고 있는 것 같았다. 그러나 이제는 그 이유가 무엇이었는지 도저히 생각해 낼 수가 없었다. 나는 앉았던 자리에서 일어나 철다리를 건너갔다. '학사원'의 시계가 12시 10분을 가리키고 있었다. 걸음을 옮김에 따라서 하나의 위대한 진리가 뚜렷해졌다. 세상에 돈처럼 중요한 것은 없다. 왜 나는 이것을 진작 깨닫지 못하였던 것인가? 꿈나라가 아니라고 매지가 말한 것은 옳은 소리였다. 필요한 것은 돈뿐이었다. 그런데 나는 그것을 거절해 버린 것이었다. 나는 유다가 된 것 같은 느낌이었다.

나는 걸음을 멈추고 파리를 바라보았다. 그 부드러운 색채가 나를 위해 깨어났다. 7월의 태양을 받아 선명하기는 하였지만 강렬하지는 않았다. 낚시꾼은 낚싯대를 드리우고 있었고 산책자들은 빈둥거리며 거닐고 있었다. 아래편 층대에선 개들이 짖고 있었다. 사람들이 센 강에서 헤엄을 치도록 개들을 꼬이고 있는 것이었다. 자기 개가 헤엄을 치는 광경은 얼마나 사람들을 신나게 하는 것인가! 초록색 나무 건너편에는 풀밭에서 몸을 일으키는 애인들처럼 노트르담의 탑들이 부드럽게 솟아올라 있었다. "파리!" 하고 나는 큰 소리로 불러 보았다. 다시 한 번 무엇인가가 내 손을 빠져나간 것이었다. 이번엔 그것이 무엇인지 나도 잘 알고 있었다. 돈. 현실의 핵심. 현실 거부야말로 유일한 죄악이다. 나는 몽상가였고 범죄자였다. 나는 두 손을 마

316

주 잡고 비틀었다.

센 강의 좌안(左岸)에 이르렀을 때 나는 미칠 듯이 술을 마시고 싶어졌다. 그와 동시에 가지고 있는 현금이 거의 없다는 것을 깨달았다. 떠날 즈음, 지난번 여행 때 남았던 얼마 안 되는 지폐를 호주머니에 처넣었을 뿐이었다. 그땐 매지에게 얼마쯤 빌릴 작정이었다. 그러나 심미적 감수성이 약간이라도 있는 사람이라면 방금 1,200파운드를 거절하고 나서 바로 또 5,000프랑을 그 사람에게 꿔 달랄 수는 없을 것이다. 그리고 어쨌든 그런 생각은 하지도 않았다. 나는 욕지거리를 하였다. 어떻게 하면 좋을까 하고 생각하면서 생 젤맹 거리까지 걸어갔다. 이어 똑같이 비용이 드는 제2의 욕구를 느끼게 되었다. 누군가 딴 사람에게 내 슬픔을 얘기하고 싶은 욕구였다. 이 두 가지 욕구를 수중의 돈과 저울질해 보고 또 두 가지를 서로 저울질해 보았다. 얘기하고 싶은 욕구가 훨씬 강렬하였다. 푸르 거리에 있는 우체국으로 가서 젤먼과 오피니에게 다음과 같은 전보를 쳤다. '최저 1,200파운드를 단호히 거절했음. 제이크.' 이어 랜블랑슈로 가서 페르노* 한 잔을 주문하였다. 가장 값싼 반주는 아니었으나 알코올 함유량은 가장 높은 것이다. 조금 기분이 좋아졌다.

나는 그곳에 오랫동안 앉아 있었다. 처음엔 연방 그 돈 생각만 하였다. 그 여러 가지 국면을 곰곰이 생각하여 보았다. 프랑으로 환산을 해 보았다. 달러로도 환산하여 보

---

* 포도주의 일종.

았다. 유럽의 한 수도로부터 다른 수도로 차례차례 옮겨 보았다. 고율의 이자로 욕심 많은 투자를 해 보았다. 샤토 포도주*나 그쪽 여인에게 그 돈을 풍덩풍덩 써 보았다. 최신형 애스턴 마틴을 사 보았다. 하이드 파크가 내려다보이는 아파트에 세들어, 비교적 덜 알려진 네덜란드의 위대한 화가의 작품으로 그것을 채워 보기도 하였다. 줄무늬 있는 소파에 누워도 보았다. 옆에는 연두색 전화가 놓여 있어 영화계의 거물들이 아첨과 애원과 찬송의 말을 줄기차게 전화로 퍼부어 왔다. 3대륙의 우상이 된 미녀 스타가 표범처럼 내 발밑에 웅크리고 앉았다가 샴페인을 또 따라 주기도 하였다. "H.K.에게서 온 거야." 하고 송화구를 손으로 막으며 그녀에게 속삭여 보기도 하였다. "정말 멋대가리 없는 친구야!" 탁자 위에 놓여 있는 난초를 그녀에게 던지기도 하였다. 그러면 그녀는 굴곡진 손으로 내 몸을 끌어안고 내 곁으로 바싹 드러눕는다. 한편, 나는 H.K.에게 이렇게 말한다. 지금은 회의 중이니 하루 이틀 안으로 비서에게 연락해 주면 면회 시간은 틀림없이 결정될 거요.

　이 일에 지쳐 버리자 나는 매지를 생각하기 시작하였다. 그리고 그녀를 프랭스 드 크레브에 들어앉힌 것이 과연 누구일까 하고 생각해 보았다. 보이지 않는 그의 존재가 줄곧 우리의 만남 배후에서 어른거리고 있었던 것이다. 인도차이나에 배라나 무어라나를 가지고 있었다는 작자일까? 나는 그를 그려 보았다. 백발이 된 육중한 위인으로 바람

---

* 프랑스 보르도 지방 샤토 농장에서 만든 우량 포도주.

에 부대끼고, 동양의 태양에 얼굴이 타고, 얼굴의 주름살에는 힘과 지성이 스며 있으며, 한창때 허다한 경험을 쌓은 늙은 프랑스인이었다. 나는 그가 좋아졌다. 그는 탐욕의 꿈이 미치지 못하리만큼 부자였다. 열렬히 돈을 쫓아다니면서 보낸 세월이 몇십 년을 헤아렸다. 그는 바라던 만큼의 돈을 모았다. 그는 그 돈을 사랑하였고, 그 돈과 아귀다툼을 하였고, 그 때문에 괴로워하였고, 또 남들을 괴롭혔다. 머리와 눈까지 황금으로 찰 만큼 거기에 묻혀서 살았다. 마침내는 돈에 지쳐 버려 한밑천 한밑천씩 그것을 팽개쳤다. 그러나 돈을 위해서 견딜 만큼 견딘 사람의 곁을 돈은 떠나지 않는 법이다. 그는 지쳐 빠지게 되어 마침내 승낙하였다. 마치 늙은 아내와 동거하듯이 그는 돈과 더불어 살았다. 맥 빠지고 무관심하게 되어 프랑스로 돌아왔다. 온갖 욕망을 충족시켰고 모든 충족이 한결같이 덧없음을 깨달은 사람이 갖게 되는 무관심이었다. 자기를 제외한 모든 관계자가 돈 냄새에 환장을 하는 현장에서 그는 냉연히 자기 영화 회사의 발족을 지켜보리라.

혹은 매지의 후원인은 야무진 영국 사람일지도 몰랐다. 영화 사업에 경험이 많은 중년의 사나이를 나는 머릿속에서 그려 보았다. 아마도 그는 자기의 예술적 재능을 영화산업의 사업면으로 돌린 실패한 영화감독이리라. 잃어버린 미의 환영을 돈벌이로 자위하겠지만 그 환영은 평생 동안 줄곧 그의 뇌리를 떠나지 않으리라. 그리하여 세트로 다가가서 타인들이 갖가지 문제들과 격투하는 것을 볼 때마다 그는 울화통이 터지리라. 왜냐하면 그 문제들은 스물다섯 살의 그를 황홀하게 하였고, 서른 살의 그에게 잠 못 이루는 밤을 안겨다 주었으며, 필경엔 그를 절망의 구렁텅이로 빠뜨리고 말았던 것이니까. 매지는 어디서 이 사나이를 만났단 말인가? 아마 영화 관계자의 파티에서였으리라. 여자들은 늘 지켜보는 것이 유일한 수라고 새미가 내게 경고해 주었을 때 그는 매지가 거기엘 자주 드나든다고 내게 일러 주었던 것이다.

어쩌면——마침내 신랄한 생각이 떠올랐다.——아마도 매지의 친구는 장 피에르 자신일지도 몰랐다. 이 생각엔 정이 뚝 떨어졌다. 그러나 결코 있을 수 없는 일은 아니었다. 몇 번인가 매지의 부탁을 받은 적이 있지만 그녀를 장 피에르에게 소개해 준 일은 없었다. 어떤 본능적인 경계심이 나로 하여금 두 사람을 어울리게 하는 일을 가로막았다. 프랑스 사람은 이를테면 '직책상' 낭만적이라고 생각하는 영국 여자들이 있다. 나는 매지가 바로 그런 여자의 하나가 아닐까 하고 생각하였던 것 같다. 그러나 매지는 내겐 아무 말도 없이 장 피에르에게 충분히 자기 소개를 할 수 있는 여인이었다. 아까 우리 두 사람이 얘기를 할 때, 매지가 그의 세례명을 아주 허물없이 익숙하게 입 밖에 낸 일이 생각났다. 그저 내게서 얻어들었거나, 혹은 새로운 환경에서 익힌 것인지도 모르지만, 사실 장 피에르를 자기의 도깨비 방망이로 삼았을 수도 있는 일이었다. 장 피에르가 여자를 잘 후리는 남자의 전형이라고 생각하지는 않지만 그러나 여자란 알 수 없는 것이다.

나는 이 생각을 좀더 오래 계속해 보았지만 결국은 그럴 법한 일이 못 된다고 치부하였다. 나의 세 가지 가설 중에서 가장 그럴 법한 것은 틀림없이 두 번째였다. 조금 후엔 아무래도 좋다는 느낌이 들었다. 첫 잔째의 페르노로 간이 커지고 두 잔째로는 더욱 그러했다. 나의 이성의 세계에 태양이 솟아올라 그 전에 무의미한 듯 보였던 결정으로 나를 막연히 몰아세웠던 것의 실제 모습을 극명하게 보여 주었다. 매지의 세계로 들어가서 매지의 놀음에 덩달아 들러리를 서고 싶지가 않았다고만 할 수는 없었다. 이미 나의 인생은 타협과 반쪽짜리 진리로 점철되어 있었다. 그것이 몇 개 더 늘어난다고 해도, 그냥 조심해서 갈 수가 있는 처지였다. 굽이치는 허위의 언덕길은 끊임없이 내 간담을 서늘케 하였으나, 나는 항용 그 길로 들어선다. 다시 양지쪽으로 빠져나갈 수가 있는 길지 않은 보도라고 여기는 탓이리라. 그러나 이것은 돌이킬 수 없을 정도의 치명적인 거짓말인지도 모른다. 매지가 내게 마련해 주었던 '사랑의 하수인'이란 역할이 내게는 탐탁하지 못하였다. 그러나 매지를 정말 좋아했고 또 상금도 딸려 있었으니 다른 곤란한 문제가 없었더라면 나는 그것을 맡을 수도 있었을 것이었다. 애너 때문이 아니란 것은 매지에게 얘기한 바 있었고, 사실 그렇기도 했다. 애너와의 관계가 장차 내게 어떤 일을 강요할 것이며, 또 강요하지 않을 것이냐 하는 것은 두고 보아야 알 일이었다. 정말이지 그 점에 관해선 숙명을 느꼈다. 온갖 장애를 극복하고 나를 자기 편으로 끌어당길 힘이 애너에게 있다면 그녀는 나를 끌어당길 만한 힘이 있는 것이고, 때가 오면 장애물은 극복될 것이었다. 한편 매

지는 불평을 토로할 처지가 못 되었다. 따라서 애너 때문
은 아니었다.

　그러면 대관절 무엇 때문이었냐고 스스로 자문해 보았을
때, 내 머릿속에서 당당한 모습으로 떠오른 것은 그날 아
침나절 일찍이 목도하였던 '공쿠르 상'이었다. 상 그 자체
로 말하면 그건 상표에 지나지 않았다. 문제는 장 피에르
가 해낸 일이었다. 아니 그것조차도 문제는 되지 않았다.
『우리 승리자들』이 설령 장 피에르의 딴 작품처럼 졸작이
라는 게 밝혀진다고 하더라도 이것 또한 대수로운 일은 아
니었다. 중요한 것은 나의 운명에 대해서 내가 가지고 있
던 환영, 하나의 명령처럼 나를 짓눌러 오는 그 운명의 환
영이었다. 각본을 쓰는 일이 내게 무슨 상관이 있단 말인
가? 내게는 맞지 않는 일이라고 매지에게 말했을 적에 나
는 내가 말하고 있는 바를 깊이 생각하지 않고 있었다. 그
러나 여전히 그것은 진실이었다. 내 일생의 볼일은 딴 곳
에 있었다. 나를 기다리고 있고 만약 내가 밟지 못한다면
영원히 사람의 발길을 모르고 말 그러한 길이 어디엔가 있
었다. 앞으로 얼마 동안이나 더 나는 꾸물거릴 것인가? 이
것만이 실체이고 나머지는 모두 마음을 산란케 하거나 속
이는 데만 능한 헛것에 지나지 않았다. 돈이 무어란 말인
가? 내게는 무(無)와 진배없는 것이었다. 그 환영의 빛을
받고 그것은 가을철의 나뭇잎처럼 시들어 버리고 그 황금
색은 갈색으로 변하여 어이없이 먼지로 화하고 만다. 이러
한 생각을 하자 나는 뻐근한 만족감을 느꼈다. 그와 동시
에 애너를 찾으러 나서기로 작정하였다.

그러나 당장 곤란한 일이 있었다. 즉 술값을 치를 만한 충분한 돈이 내게는 없었던 것이다. 이럭저럭 페르노를 넉 잔이나 마셔 400~500프랑은 치러야 할 계제였다. 팁을 치지 않는다 해도 50프랑쯤이 모자랐다. 주인에게 부탁해서 장 피에르에게 달아 놓도록 할까 어쩔까 하고 궁리해 보았다. 그는 랜블랑슈의 단골이다. 바로 그때 내 시야에 오래 전부터 아는 처지고 국제적으로 이름이 통하는 부랑자 한 사람이 나타났다. 그는 눈을 반짝이면서 내게로 덤벼 왔다. 몇 분 후에 나는 그에게서 1,000프랑짜리 지폐를 보기 좋게 털어 낼 수가 있었다. 내가 적어도 3개국의 수도에서 수백 잔이나 술을 사 주었던 일을 생각하면 수치감도 있고, 그로서도 마다할 수가 없었던 것이다. 나 때문에 주머니는 축이 갔지만 제법 사람 구실을 하게 된 셈이었다.

애너가 아직도 파리에 있다는 나의 확신은 따지고 보면 가당치가 않았다. 그러나 그 확신은 아주 굳었다. 해서 모퉁이를 돌자 나는 전화 있는 데로 다가갔다. 먼저 '클럽 데 푸'로 걸어 보았다. 화려하기는 하나 식자들이 모이는 클럽으로, 몇 해 전에 애너가 파리에서 데뷔한 곳이었다. 그러나 그녀의 소식을 알고 있는 사람은 아무도 없었다. 그녀가 근자에 파리에 있었다는 것은 알고 있으나 여전히 체류 중인지 혹은 어디 가면 만날 수 있는지 하는 것은 깜깜이었다. 이어 그녀를 만나 보았음 직한 사람들 여럿한테 전화를 걸어 보았으나 똑같은 대답이었다. 그중 한 사람만은 그녀가 그 전날 출항했다고 생각하고, 그건 혹시 에디트 피아프일지도 모르겠다고 대답을 하였다. 이어 호텔로 전화를 걸어 보았다. 제일 먼저 애너와 함께 묵은 일이 있는 호텔로 걸었다. 어쩌면 감상에 끌리어 그리로 정했을지도 모른다는 생각이 들었기 때문이다. 이어 애너가 알고 있다는 것이 확실한 호화로운 호텔로 걸어 보았다. 아늑함이 감상을 이겨 낸 경우나 혹은 감상이 역으로 작용할 경우를 생각해서였다. 모두 허사였다. 아무도 그녀를 본 사람이 없고, 또 어디 있는지도 알지 못하였다. 나는 단념하고 서글픈 마음으로 걷기 시작했다. 날씨는 무더웠다.

만약 애너가 파리에 있다면 지금쯤 무엇을 하고 있을까? 누군가와 함께 있을지도 몰랐다. 누군가와 함께 있다면 어쨌든 나는 다 틀렸다. 그녀가 혼자라는 가정 아래 시작하여야 했다. 가요계나 연예계 인사와 함께 있지 않다면 이곳에서 그녀는 혼자 무엇을 할 것인가? 내가 알고 있는 애너의 성격으로 보아 그 대답은 분명하였다. 자신이 아름답다고 여기는 어느 장소에 앉아서 명상에 잠겨 있을 것이었다. 그렇지 않으면 제5구나 제6구의 어딘가를 천천히 걷고 있으리라. 물론 몽마르트에 가 있을지도 몰랐다. 그러나 그녀는 늘 그곳의 돌층계에 대해서 불평을 털어놓지 않았던가. 혹은 페르 라셰즈*에 가 있을지도 몰랐다. 그러나 나는 죽음에 관해서 생각하고 싶지 않았다. 좌안의 성지(聖地)를 한 바퀴 돈다면 가능성은 희박했지만 혹 그녀를 만나게 될지도 몰랐다. 그렇지 않다면 취하는 일이 남아

---

* 파리의 묘지.

있었다. 나는 타르틴*을 한 덩어리 사 가지고 뤽상부르 공원으로 향했다.

곧장 메디치 샘〔泉〕으로 갔다. 그곳에는 아무도 없었다. 그러나 그곳의 영기(靈氣)에 매혹되어 떠나고 싶지가 않았다. 여러 해 전에 애너와 함께 파리에 머물던 무렵 우리는 매일같이 이곳을 찾아왔었다. 이제 조용히 그곳에 잠시 동안 서 있으니, 기다리기만 하면 애너가 반드시 찾아올 것임에 틀림없다는 생각을 금할 수가 없었다. 인적 드문 외진 곳에서 들리는 샘물 소리에는 무엇인가 마음을 끄는 것이 있었다. 아무도 지켜보는 사람이 없을 때 만물이 무엇을 하고 있는지를 그것은 속삭여 준다. 들리지 않는 소리를 듣는 것이다. 그것은 버클리**를 논박하는 것과 같다. 얼룩덜룩한 플라타너스가 그곳을 둘러싸고 있었다. 나는 천천히 다가갔다. 이제 초록색 층계를 흘러내리는 물은 말라서 볼 수 없었고, 높다란 바위 집이 겨우 물속에서 출렁이고 있었으며, 수면에는 나무 이파리 몇 개가 연잎처럼 떠 있었다. 층계 위로는 공작비둘기가 물을 듬뿍 마시려고 물속에 발을 들여놓고 있다. 그 위편에는 연인들이 꼼짝 않고 누워 있었다. 여인은 우아한 육체를 드러낸 채 수줍어하면서도 몸을 내맡긴 자세이고 사나이는 관능적이라고 하기엔 너무나 염려스러운 동작으로 여인의 머리를 괴고 있었다. 이렇듯 누운 채 그들은 빗자국이 나고 비바람에

---

* 버터(잼)을 바른 빵.
** 18세기 영국의 철학자.

바래고 비둘기똥으로 지저분해진 암록색의 외눈박이 거인 폴리페모스*의 응시를 받고 화석이 되어 꼼짝도 하지 않았다. 폴리페모스는 위편 바위에서 상체를 굽히고 그들을 내려다보고 있다. 나는 대리석의 항아리에 몸을 기댄 채 오랫동안 서서 여인의 넓적다리 곡선을 찬찬히 바라다보았다. 여인의 오른편 다리는 몸뚱이 아래로 깔려 있었고, 벌거숭이 왼편 다리는 뻗은 채로, 명상과 욕망을 거의 동시에 의식의 최고점으로까지 고양시키는 저 순수한 기복, 누워 있는 여인의 넓적다리 곡선을 그리고 있었다. 죄어지고 있으면서도 느슨히 거기 여인은 누워 있었다. 빼어난 알몸을 드러내고 있었고 눈을 감은 채로 아스라이 미소 짓고 있었다. 나는 오랫동안 기다렸다. 그러나 애너는 오지 않았다.

이어 파리에서 애너가 가장 좋아하였던 것들이나 장소가 내 마음속에 떠올랐다. 그녀는 '식물원'의 카멜레온을 좋아하였다. 다음으로 나는 카멜레온을 보러 갔다. 아주 천천히 그들은 우리께를 기어오르고 있었다. 거의 눈에 띄지 않을 정도의 동작으로 다른 가지를 잡으려 긴 손을 하나 뻗치며, 일변 이루 말할 수 없을 정도로 조심스레 긴 꼬리를 감았다 폈다 하는 것이었다. 사팔뜨기 눈을 한동안 동그랗게 뜨고 응시하다가 한쪽이 서서히 회전하여 다른 한쪽으로 향하였다. 썩 마음에 들었다. 거의 견딜 수 없으리

---

* 그리스 신화에 나오는 식인종 사이클롭스의 추장. 그에게 유폐당했던 오디세우스가 그의 눈을 멀게 한 후 탈출하였다.

만큼 서서히 다른 발을 움직이고 나서, 힘들이지 않고 부동 자세를 취하며 그들은 내게 일러 주는 것이었다. 이것이야말로 세상의 진짜 템포라고. 그들을 지켜보고 있노라니 나의 시간 감각은 무디어져 거의 정지 상태가 되었다. 너무도 장시간 그곳에 머물러 있은 셈이었다. 그곳에선 1초가 늘어져서 1분이 되었고 동작과 휴식이 거의 완전히 융화되어 있었다. 애너는 오지 않았다.

나는 급히 식물원을 떠나 강변으로 달려갔다. 다음엔 차례차례로 성당으로 뛰어 들어갔다. 생 쥘리앵, 생 스브랭, 생 제르맹, 그리고 생 쉴피스. 머리를 뒤로 젖히고 무엇인가 비원(悲願)을 가꾸고 있을 애너를 만나게 되지는 않을까 해서였다. 아무도 없었다. 성당들이 크나큰 배처럼 질리게 서 있는 노트르담 뒤쪽의 공원으로 가 보았다. 우리 둘이서 가끔 참새 모이를 던져 주었던 곳이다. 나는 우안(右岸)으로 건너가 그랑 팔레* 뒤편의 폭포가 있는 정원으로 가 보았다. 그곳은 밤새 문을 열어 두는 곳이다. 아무도 없었다. 다음에는 생 외스타슈 성당으로 가서 갖가지 모양의 두리기둥이 서 있는 사이를 배회하였다. 그 뒤엔 포기하고 말았다. 늦은 오후였다. '중앙 시장' 밖에서는 호스로 보도를 청소하고 있었다. 과일이라든가 채소 등속이 시궁창 속을 흘러 내려갔다. 나는 빵과 카망베르 치즈를 샀다. 집으로 가지고 갈 바게트 빵의 끝을 조금씩 뜯어 물고 있는 뚱뚱한 여인들 사이를 걸어갈 때 내 발은 무의식적으로 생

---

* 1900년 만국 박람회 때 세워진 건물.

제르맹 구(區)로 다시 나를 돌려보냈다. 걷다 보니 나는 여느 때와 달리 거리가 온통 삼색기로 장식되어 있음을 알게 되었다. 옆골목을 훑어보니 골목을 가로질러 기를 내건 줄이 집집으로 통해 있었다. 무슨 축제일이었다. 이어 그날이 7월 14일이라는 게 생각났다.*

리프 술집까지 가자 걸터앉고 싶은 생각이 났다. 그래서 자리를 잡고는 베르무트**를 주문하였다. 아침에 일어났던 일들이 벌써 아득히 먼 일처럼 여겨졌다. 그 뒤에 있었던 통찰의 순간도 똑같이 아득하게만 여겨졌다. 이제 그것과 관련해 느껴지는 것이라고는 일종의 막연한 둔통(鈍痛)뿐이었다. 그것은 예의 대금(大金)에 대한 애석함이었을지도 모르고, 어쩌면 그저 점심때 페르노를 과음한 탓이었는지도 몰랐다. 그러나 애너를 찾고 싶은 마음은 조금도 그 예기(銳氣)를 잃지 않고 있었다. 지금 이 순간 애너는 어디에 있단 말인가? 아마 채 8킬로미터도 떨어져 있지 않은 어느 호텔 방의 침대에 앉아서 반은 챙겨 넣은 트렁크를 바라보고 있을지도 몰랐다. 그녀가 고개를 숙이고 있는 그 슬픈 모습이 떠오르자 그 생각이 견딜 수 없도록 쓰렸다. 아니, 틀림없이 그녀는 지금 항해 중이고 미국을 온통 눈 속에 그리어 보며 난간에 기대어 있으리라. 어느 편이 더 불쾌한 것인지를 나는 딱 결정할 수가 없었다.

리프 술집에 앉아 있은 지 이삼 분밖에 되지 않았을 때

---

* 7월 14일은 프랑스대혁명을 기념하는 파리제 날이다.
** 약초로 맛을 좋게 한 포도주.

웨이터 하나가 "무슈 도나구." 하고 외치는 소리가 들렸다. 유럽 전역의 카페 테라스에서 내 이름을 불린 바 있었기 때문에 나는 이런 일에 익숙하였다. 나는 손을 흔들었다. 웨이터가 전보를 들고 다가왔다. 처음에는 당치 않게도 뉴욕에 있는 애너가 친 것임에 틀림없다는 생각이 들었다. 나는 전보를 잡았다. 영국에서 온 것이었다. 데이브가 친 것이었다. 그는 내가 리프 술집에 각별히 잘 들른다는 것을 알고 있었고, 혹 내게 닿을지도 모른다고 그리로 친 것이 분명하였다. 전보엔 이렇게 적혀 있었다. "걱정할 것 없음. 라이어버드 금일 20대 1로 우승."

14일의 흥분으로 파리는 설레기 시작하고 있었다. 나는 생 제르맹 거리를 걷기 시작하였다. 와이셔츠 바람이었다. 해가 기울어 저녁나절이 되었으나 아직도 굉장히 무더웠다. 천천히 걸으며 디드로*의 조각상을 지났다. 그는 아카시아나무 사이에 앉아서 납득이 가는 의심스러운 표정으로 카페 드 플뢰르 쪽을 바라보고 있었다. 수많은 인파가 거리를 오가고 소연한 목소리와 웃음소리가 치솟았다. 모든 파리 시민들이 밖으로 나와 있었다. 오데옹까지 이르고 보니, 카페들은 길 반쯤까지 자리를 넓혀 놓았고, 랑시앵 코메디 거리에서는 벌써부터 아코디언 소리에 맞추어 사람들이 춤을 추고 있었다. 그들의 머리 위로는 채색 램프를 달아맨 줄들이 저녁 햇볕 속에서 반짝이고 있었다. 나는 잠시 걸터앉아 구경을 하였다.

---

* 18세기의 계몽철학자. 『백과전서』의 편자.

나처럼 고독을 완상할 수 있는 사람들에게 나는 7월 14일을 혼자 파리에서 지내 보라고 권하고 싶다. 이날 이 도시는 그 어수선한 머리를 풀어헤친다. 그러면 한여름이 그것에 열기와 향수를 발라 주는 것이다. 파리에서는 남자라면 누구나 자기 여인이 있는 법이다. 그리고 사람들은 떼를 지어서 마치 휘황한 빛깔의 새 떼들이 날아가듯 왁자지껄 도시를 휩쓴다. 테이프가 퍼덕이고, 화포가 터지고, 비둘기 떼를 날리고, 코르크를 펑펑 터뜨리고 하는 가운데서 이 잔치를 즐기는 사람의 무리는 밤이 될수록 수효가 불어난다. 외따로 처져 있는 사람은 아무도 없다. 그리하여 마침내 도시 전체가 거대한 잔치판으로 변해 버리고 만다. 이 왁자지껄한 축제 속에 혼자 있어 본다는 것은 기묘한 경험이다. 나는 술을 삼가기로 작정하였다. 서너 잔 하고 나니, 감상적인 고적감에 빠져들면 초연한 태도를 망가뜨리게 될 것이라는 것을 알게 되었다. 이에 반해서 광기 어린 환락의 정경을 냉연히 그리고 차분히 구경만 한다는 것, 자기에게 말을 붙여 오는 여인을, 또는 고독의 적수들이 그 속으로 자기를 휩쓸어 넣으려고 하는 가지각색 테이프를 힘없는 미소를 머금고 물리치는 고독한 사나이가 되는 것이야말로 내가 그날 밤에 기대하였던 즐거움이었다. 좀처럼 만나 볼 수 없는 이러한 명상의 기회를, 찾아낼 수 없는 여인에 대한 처참한 그리움으로 망가뜨리고 싶지는 않았다.

이렇듯 적절한 각오를 하고 나서 나는 춤추는 사람들 사이를 조심스럽게 헤치면서 도팽 거리를 걷기 시작하였다.

나는 강을 옆에 끼고 싶었다. 강 쪽으로 가까이 감에 따라 군중의 수효는 불어나고 짙은 황혼의 대기 속을 날아다니는 박쥐처럼 그들의 말소리가 온통 펄럭거렸다. 어떤 기대감이 나를 엄습하였다. 발길이 저절로 밀려갔다. 나는 퐁뇌프 쪽으로 걸어 나갔다. 아직 어둡지는 않았으나 이미 투광 조명이 켜져 있었다. 생 자크의 종루가 양탄자의 탑처럼 금빛으로 솟아 있고 생 샤펠의 손가락과 같은 첨탑이 법원의 건물로부터 신비한 모습으로 솟아 있는데 그 위로는 이삭 모양의 꽃술이 뚜렷하게 보였다. 상공에는 에펠 탑이 회전 광선을 던지고 있었다. 아래편 베르 갈랑*에서는 고함 소리, 웃음소리, 강물에다 물건 던지는 소리가 떠들썩하였다. 나는 이 정경으로부터 고개를 돌렸다. 노트르담을 구경할 필요가 있었던 것이다. 도팽 광장을 지나서 생 미셸 다리에서 본토로 되돌아왔다. 내가 가장 사랑하는 것을 강 건너에서 보고 싶었던 것이다. 환락에 취한 사람들에 밀려서 나는 제방 쪽에 자리를 잡고 그 진주와 같은 탑을 바라보았다. 그 배후로는 어둠이 내리고 있었다. 스스로의 아름다움으로 해서 이 성당은 참 작아 보였다. 간혹 그런 여인이 있듯이 말이다. 나는 그쪽으로 나아갔다. 마침내 아래쪽 맑은 강물 위로 악마와 같은 노트르담이 비쳐 있는 게 보였다. 그곳에 그려져 있기는 하였으나 부동(不動)의 모습은 아니었고, 머리의 그림자로서 거울 속에 나타나는 두개골과 같았다. 아주 완만히 비친 그림자가 부

* 광장 이름.

풀어 올랐다간 깨어지고 스스로의 고요한 리듬에 열중한 채로 군중은 거들떠보지도 않았다. 이제 군중은 강 위에 놓인 모든 다리를 건너서 양쪽으로 흘러가고 있었다.

나는 난간에 기대어 있었다. 더위가 조금도 가시지 않은 채로 어둠이 밀려와 점점 푸른빛이 짙어 가더니 입자(粒子)가 되었다. 아코디언 악대를 태운 차가 한 대 지나고 그 뒤를 군중이 뛰면서 따르고 있었다. 종이 모자를 뒤집어쓴 사나이가 하나 달려오더니 내 얼굴에다 색종이 조각을 뿌렸다. 생 미셸 다리 위에서는 학생들이 노래를 부르고 있었다. 얼마 안 되는 수효의 사람들의 무리가 기를 앞세우고 행진해 왔다. 결국은 술을 마시게 되리라는 생각이 들기 시작했다. 고독이란 이렇듯 불안정한 것이다. 그때 갑자기 상공에서 쉿 하는 파열음이 들리고 이어 그 소리는 아주 미음(微音)으로 시들어 갔다. 나는 위를 쳐다보았다. 불꽃놀이가 시작된 것이었다. 성좌와 같은 첫 번째 불꽃이 천천히 내려오다 사라져 버리니 수천의 목청에선 아아 하는 환성이 터졌다. 누구나가 걸음을 멈췄다. 불꽃은 연이어 터졌다. 좀더 잘 보이는 곳을 찾아서 사람들이 강변으로 밀려감에 따라 군중이 점차로 뭉쳐지는 걸 볼 수 있었다. 나는 난간 쪽으로 납작하게 밀렸다.

나는 군중을 무서워한다. 벗어나고 싶었으나 이제 꼼짝할 수가 없었다. 나는 마음을 진정하고 불꽃놀이 구경을 시작했다. 참으로 멋있는 광경이었다. 불꽃은 외톨이로 오르기도 하고 한꺼번에 여럿이 오르기도 했다. 어떤 것은 귀가 먹먹할 정도의 작렬음과 함께 터져서는 조그마한 금빛 별의 비를 뿌려 놓았다. 또 어떤 것은 가느다란 한숨 소리를 내며 터져서는 거의 공중에서 정지한 채 큼직막한 가지각색 불꽃을 늘어놓고 마치 서로 묶여 있기나 한 것처럼 아주 서서히 내려왔다. 이어 대여섯 발의 불꽃이 올라서 일순 하늘 끝에서 끝까지 금가루와 낙화를 흩뿌린 듯하였고 그것은 육아실의 혼돈 상태를 방불케 하였다. 목이 뻣뻣해 왔다. 목을 부드럽게 비비고 머리를 여느 때와 같이 돌리고 나서 나는 주위의 군중을 한가로이 둘러보았다. 그때 나는 애녀를 보았다.

그녀는 강 건너편 프티 퐁 다리 구석, 물가로 통하는 층 층대 꼭대기에 서 있었다. 바로 머리 위에 가로등이 있어 그녀의 얼굴이 아주 똑똑히 보였다. 애녀라는 것은 의심할 여지가 없었다. 그녀를 바라보자 그녀의 얼굴은 그림 속의 성자의 얼굴 모양 갑자기 눈부시게 방긋거리는 얼굴이 되는 것 같았고 주위 수천 명의 얼굴은 어두워졌다. 어째서 곧 찾아내지를 못했는지 알 수가 없었다. 잠시 동안 마비된 듯 그녀를 찬찬히 바라보았다. 이어 억지로 길을 뚫고 나가려 해 보았다. 그러나 절대적으로 불가능한 일이었다. 군중이 가장 많이 붐비는 곳에 처박혀서 제방에 꼼짝없이 못 박혀 있는 셈이었기 때문이다. 잔뜩 찡겨 있는 사람 속에서 헤치고 나가기는커녕 몸을 돌릴 수조차 없었다. 고동치며 몸 밖으로 터져 나올 듯한 기세인 심장께를 나는 손으로 지그시 눌렀다. 눈길을 계속 애녀에게 붙박았다.

그녀가 혼자인지 궁금하였다. 알 수가 없었다. 몇 분 동안이나 그녀를 지켜보고 난 후에 나는 그녀가 혼자라고 단정했다. 그녀는 위를 쳐다보며 꼼짝 않고 서 있었다. 별나게 아름다운 불꽃이 이따금 깊은 환희의 속삭임을 군중 사이에서 불러일으켜도, 그녀는 주위에 둘러선 사람들과 기쁨을 나누기 위해 몸을 돌린다거나 하는 법이 없었다. 그녀가 혼자인 것은 분명하였다. 나는 날듯이 기뻤다. 그러나 군중이 흩어질 때 그녀를 놓치게 되지는 않을까 하고 나는 몹시 마음이 쓰였다. 그녀를 큰 소리로 불러 보고 싶었다. 그러나 주위의 수런거리는 소리는 너무나 크고 또 멀리까지 퍼져 있었기 때문에 불러 보았자 그녀 귀에는 들리지가 않았으리라. 나는 타는 듯한 눈길을 그녀에게 쏟으면서 있는 힘을 다하여 마음속으로 불러 보았다.

그러자 그녀가 움직이기 시작하였다. 강 건너 쪽의 군중은 이쪽처럼 붐비지 않았다. 그녀는 두 발짝을 떼어 놓더니 멈칫거렸다. 깜짝 놀란 채 나는 지켜보았다. 이어 그녀가 내 바로 맞은편의 강 변두릿길로 통하는 층계를 내려가기 시작하여 나는 안심이 되었다. 그러는 동안 그녀의 전신을 볼 수 있게 되었다. 긴 하늘빛 스커트에 흰 블라우스를 입고 있었다. 코트나 핸드백은 들고 있지 않았다. 정신이 나갈 정도로 동요되어서 나는 그녀의 이름을 불렀다. 그러나 그것은 폭풍 속에다 활을 내쏘는 것과 같았다. 수천 명 수만 명의 목소리가 내 외침을 뒤덮어 버렸다. 층층대는 불꽃놀이를 구경하기 위해 앉아 있거나 서 있는 사람들로 온통 뒤덮여 있었다. 그래서 애너는 조심스레 층층대를 내려가기가 퍽 어려웠다. 도중에 그녀는 멈춰 서서 내가 잘 알고 있는 그 말할 수 없이 우아하고 독특한 동작으

334

로 스커트를 앞으로 모으며 내려가기 시작했다.

강변 바로 옆에서 그녀는 빈자리를 찾더니 다리를 구부리고 앉았다. 이어 그녀는 다시 고개를 쳐들고 불꽃놀이를 구경했다. 강물은 밤하늘을 인 채 캄캄하고 잔잔하였다. 그것은 검은 거울과 같았고 거기 있는 모든 전등이 불빛의 기둥을 세우고 상공에서 터지는 불꽃이 이따금 금가루를 떨어뜨렸다. 대안(對岸)에 줄지어 있는 사람들이 또렷하게 비치고 있었다. 애너의 그림자는 꼼짝 않고 있었다. 강의 좌안은 그 지점에서 물이 도로의 제방까지 다가와 있었는데, 나는 그림자도 똑같이 또렷하게 비치어 있을까 하고 생각해 보았다. 나 자신이나 혹은 나의 그림자가 행여 애너의 주의를 끌게 되기를 기대하면서 손을 휘저어 보았다. 이어서 성냥갑을 끄집어내어 바싹 얼굴에 대고 한두 개비의 성냥을 그었다. 그러나 불빛이 휘황한 가운데서 내가 그은 성냥불은 아무런 주의도 끌지 못하였다. 애너는 계속 위를 쳐다보고 있었다. 내가 허둥지둥하며 손을 흔들고, 마치 우스꽝스러운 꼭두각시처럼 상체를 뒤흔들고 있는 동안 그녀는 마법에 홀린 공주 모양 조용히 앉아서 머리를 뒤로 젖히고 한 손으론 무릎을 안고 있었다. 한편, 하늘에선 별들이 연방 내려와 얼핏 그녀의 무릎으로 와 닿는 듯하였다. 이내 무엇인가가 난간 위로 떨어져 내려 내 손 곁에서 날카로운 소리를 내었다. 무의식적으로 나는 그것을 주워 들었다. 화포의 막대였다. 그것을 쳐들어 다음 별이 터지며 발하는 환한 빛 속에서 그 위에 적혀 있는 이름을 읽어 보았다. '벨파운더'였다.

일순 일종의 놀라움을 느끼며 그것을 들고 있었다. 그러고는 신중하게 겨눈 후 애너의 그림자에 명중하도록 그것을 물속에 던졌다. 동시에 손을 저으며 이름을 불러 보았다. 그림자는 흩어지고 두 다리 사이로 멀찌감치 거울같이 잔잔하던 수면이 뒤흔들렸다. 애너는 고개를 숙였다. 나는 그녀 쪽으로 몸을 굽혔고 자칫하면 강물 속에 거꾸로 처박힐 뻔하였다. 그녀는 화포 막대를 골똘히 바라보고 있었다. 그것은 이제 천천히 바다 쪽으로 움직이고 있었고 그렇게 함으로써 흐르는 물도 흠집 없는 그림자를 내비칠 수 있다는 사실을 뚜렷하게 증명했다. 이때 누군가가 내 뒤에서 "끝났다!" 하고 외쳤다. 등을 누르는 압박감이 풀리기 시작함을 감촉하였다.

그 자리에 그대로 서서 나는 애너가 어떻게 하는가를 지켜보았다. 대안의 사람들은 양쪽 다리의 층층대를 오르기 시작하였다. 애너는 천천히 일어나서 스커트를 털었다. 그녀는 허리를 굽히고 한쪽 발을 문질렀다. 이어 프티 퐁 쪽으로 물러가기 시작했다. 나도 같은 방향을 향해 허우적거렸다. 그녀가 층층대를 오르는 게 보였다. 그러고는 그녀를 놓치고 말았다. 나는 인파를 거슬러서 다리를 건넜다. 얘기 소리와 웃음소리가 센 바람처럼 일었다. 휘황한 불빛 아래서 사람들의 얼굴이 순간적으로 덤벼들고, 미소로 일그러졌다가는 급히 멀어져 갔다. 나는 건너편에 당도하여 생 미셸 다리 쪽으로 나아가기 시작하였다. 얼마쯤 앞에 관 모양의 금발이 보여 나는 그 뒤를 따랐다. 팔레 거리를 건너지를 때에 앞쪽 군중 틈에 있는 사람이 정말로 애너라는 것을 알 수 있었다. 아까처럼 초조하지는 않았다. 열심히 헤치고 가면 그녀를 붙잡을 수도 있었으리라. 그러나 인파가 우리를 데리고 가는 대로 맡겨 둔 채 조금 뜸해질 때까지 기다렸다. 이렇게 해서 우리는 '섬'의 끝까지 갔다.

애너는 퐁 뇌프를 건너 우안(右岸)으로 갔다. 해서 우리는 루브르 궁 곁의 보도로 갔는데, 그곳은 사람들이 훨씬 적었다. 우리가 퐁 데 자르에 모여 있는 군중을 지날 때쯤 그녀는 불과 50미터쯤 전방에 있었고, 투광 조명에 반짝이는 건물 전면에서 환하게 온몸이 드러났다. 발이 구두에 쩡기는 탓인지 조금 다리를 저는 게 보였다. 그럼에도 그녀는 힘차고 기백 있게 걸었다. 그러자 그녀가 목적 없이 걷고 있는 게 아니라는 생각이 처음으로 들었다. 이제 그녀를 쉽사리 붙잡을 수가 있을 것 같았다. 그러나 무엇인가가 나를 주춤하게 했다. 그녀가 어디로 가고 있는가를 보아 두는 것도 해롭진 않으리라. 그래서 계속해 뒤를 따라갔더니 퐁 르와얄께서 그녀는 길을 돌아 강 쪽을 뒤로하였다.

애너는 무엇을 보고 있는 것일까, 그 순간 그녀의 금발 머릿속을 채우고 있는 것은 무엇일까 하고 나는 생각해 보았다. 꿈꾸는 사람과 같은 걸음걸이로 그녀가 그 중심으로 걸음을 옮기고 있는 주위의 광경은 어떠한 슬픔의 영상 혹은 기대의 영상에 의해서 그녀의 머리에서부터 꺼져 가는 것일까? 혹 내 생각을 하고 있는 것일까? 내게 파리가 그녀 생각으로 차 있듯이 그녀에게도 파리는 내 생각으로 차 있는 것일까? 그렇다면 어떤 징조를 얻을 수 있지나 않을까 하고 어리석은 기대를 했기 때문에 나는 그녀에게 곧장 달려가지를 않았다. 애너와 내가 이전에 가끔 한 일은 밤에 튈르리 공원에 들르는 일이었다. 튈르리는 강기슭이나 콩코르드 광장이나 리볼리 거리로부터 들어가기에는 난공불락이지만 폴 들루레드 거리로부터 접근한다면 풀이 우거진 호와 나지막한 철책으로 방위되고 있을 뿐이다. 여느 때 밤에는 헌병들이 있는데, 그들의 소임은 이 공격받기 쉬운 지역을 순회하는 것이다. 그것은 마법의 정원 특유의 위험한 매력을 밤의 튈르리에게 갖추어 주는 위험이다. 그러나 오늘 밤엔 여느 때의 규칙이 해이됨 직하였다. 애너가 공원 쪽으로 돌아 서는 것을 보자 내 가슴은 뛰었다. 디도가 동굴 쪽으로 접근하는 것을 보았을 때의 아에네이아스의 심장과 마찬가지로.* 나는 걸음을 재촉하였다.

차도(車道)는 불빛으로 휘황하였다. 한쪽으로는 상상 속의 아치처럼 카루즐 개선문이 솟아 있는데, 그 허물없는 균형에 의해서 허공에 들떠 있었다. 그 뒤쪽으로는 루브르 궁전의 거대한 폭이 이 광경을 에워싸고 있었고, 조명을 받아 구석구석까지 밝혀지고 있었다. 맞은편에는 불가사의한 정원이 시작되고 있었다. 누런 가로등 아래서 잔디밭이 금속적인 초록색을 띠고 있었고, 꽃들은 제 빛깔을 수줍어하며 꽃잎을 벌리면서도 동시에 꼼짝 않는 꿈속의 꽃처럼

---

* 디도와 아에네이아스는 베르길리우스의 서사시 「아이네이스」에 나오는 인물이다.

잠자코만 있었다. 철책 저 건너편에는 정원이 나무 사이로 뻗어 있고 나무 건너에는 터지는 듯한 불꽃이 콩코르드 광장을 환히 드러내 주고 있었다. 그 너머 상공으로는 어둠을 배경으로 해서 좀 높은 지면에 개선문이 우뚝 솟아 있고, 아치 높이만 한 거대한 삼색기가 중앙 아치의 안쪽에서 펄럭거리고 있었다.

애너는 약간 다리를 절면서 이미 풀밭 위를 걷고 있었다. 그리고 머리에 월계관을 쓰고 대리석 궁둥이로 가지가지 우아한 불균형 자세를 지으면서 잔디밭 위에 서 있는 흰 석상들 사이를 지나가고 있었다. 그녀는 청동 표범이 서 있는 바로 뒤편의 철책에 이르렀다. 우리가 곧잘 뛰어넘고는 하였던 곳이다. 그녀는 잔디가 깔린 사면을 올라가 커다란 스커트를 들어 올렸다. 그때 나는 아주 가까이 있었기 때문에 그녀가 철책을 건너기 전 번득이는 긴 다리의 허벅지까지 볼 수 있었다. 내가 뛰어넘어 보니 그녀는 30보쯤 앞의 화단 사이를 걷고 있었다. 조금만 더 가면 잔디밭이 끝나고 수풀이 시작되었다. 이야기 속에 나오는 고독한 소녀처럼 그녀는 수풀을 배경으로 드러나 보였다. 이어 그녀는 걸음을 멈추었다. 나도 딱 섰다. 나는 이 순간의 황홀한 상태를 연장하고 싶었다.

애너는 허리를 구부리고 구두 한 짝을 벗었다. 이어 다른 쪽도 벗어 버렸다. 나는 덤불 그늘에 서서 그녀의 가련한 발을 측은히 여겼다. 참 딱도 하지, 왜 언제나 자기 발에 맞지 않는 작은 구두를 신는단 말인가? 꼼짝 않고 서서 그녀를 지켜볼 때 밤의 향기가 지면에서 솟아올라 내 둘레에서 구름처럼 소용돌이쳤다. 그녀는 하얀 발을 싸늘한 잔디에 비볐다. 그녀는 양말을 신지 않고 있었다. 이어 신발을 든 채 잔디밭 가장자리를 따라 걷기 시작했다. 밧줄에 묶여 끌려가는 사람처럼 나는 뒤따랐다. 이제 숲 속으로 들어가는 셈이었다. 수풀은 바로 우리의 면전에 펼쳐져 있었고 밤나무가 여러 줄로 꽉 들어서 있는데 그 나뭇잎은 불빛을 받고 선연히 드러나 보였다. 파리의 밤나무에 특유한 것처럼 보이는 조그만 잎사귀로, 선명하게 톱날 모양이지고 7월이면 벌써 모서리가 황갈색으로 변한다. 애너는 숲 속으로 걸어 들어갔다.

이제 잔디밭은 끝나고 발밑으로 부드러운 모래땅이 시작되었다. 애너는 일순의 주저도 없이 그 모래땅을 밟았다. 나도 그녀를 따라 캄캄한 어둠 속으로 들어갔다. 그녀는 가로수 길을 조금 가더니 다시 걸음을 멈추고는 주위의 수목을 둘러보았다. 이어 어떤 나무로 가서 그 뿌리께에 있는 움푹 들어간 곳에 신발을 팽개쳤다. 그 뒤로는 거침없이 걸어 나갔다. 이것이 나에게 큰 감동을 주었다. 나는 걸음을 멈추고 잠시 구두를 바라보다가 억제할 수 없는 충동에 이끌려 그것을 집어 들었다.

나는 주물 숭배자(fetishist)가 아니다. 그리고 언제라도 여자의 신발보다는 여자의 몸을 끌어안는 편을 택한다. 그럼에도 구두를 잡았더니 몸이 떨렸다. 이어 양손에 구두 한 짝씩을 들고 걸어 나갔다. 모래땅인 가로수 길이라 발소리가 나지 않았다. 구두를 집어 들기 위해 내가 걸음을 멈추었던 순간에 애너는 딴 가로수 길로 접어들었다. 수목

사이로 비스듬히 내 전방에서 그녀의 흰 블라우스가 희미한 빛깔의 기폭처럼 보였다. 우리 두 사람은 이제 숲 속 가장 수목이 우거진 곳에 와 있었다. 나는 서두르기 시작했다. 그녀는 이제 내 생각을 하면서 나를 맞아들일 태세를 갖추고 있었다. 오랜 추적 끝에 이제 나는 그것을 믿어 의심치 않았다. 이것은 랑데부였다. 그녀를 향한 간구가 마치 완력처럼 나를 끌고 나갔다. 우리의 포옹은 세월의 한 주기를 끝내고 황금 시대를 열리라. 강철이 자석에게로 끌려가듯 나는 앞으로 나아갔다.

나는 그녀를 따라붙어 팔을 벌렸다. "오, 내 사랑?" 하고 부드러운 목소리로 말하였다. 나를 대하려고 고개를 돌린 여인은 애너가 아니었다. 나는 상처를 받은 사나이처럼 비틀비틀 뒷걸음질 쳤다. 흰 블라우스가 나를 속인 것이었다. 잠시 우리는 서로 얼굴을 바라보았다. 이내 나는 외면하고 말았다. 나는 나무에 몸을 기대었다. 이어 좌우를 돌아보면서 가로수 길을 마구 내닫기 시작하였다. 애너가 어디 멀리 갔을 리는 없었다. 그러나 숲 속은 아주 캄캄하였다. 잠시 후에 정신을 차려 보니 죄 드 폼* 층층대 곁에 와 있었다. 철책 너머에는 콩코르드 광장의 타는 듯한 불빛이 환하였다. 그곳에선 음악 소리와 사람 목소리의 포효 속에서 수천 명이나 되는 사람들이 춤을 추고 있었다. 소음이 홀연 내게 들이닥쳤고, 나는 마치 누가 내 눈에 후춧가루라도 뿌린 듯 그것을 외면해 버리고 나무 밑으로 돌아왔다.

---

* 튈르리 공원 서북 끝에 있는 미술관.

나는 애너의 이름을 부르며 달렸다. 그러나 이제 숲 속은 갑작스레 석상과 연인들로 가득 차 있는 것 같았다. 모든 나무들은 속삭이는 한 쌍의 남녀로 꽃피우고 있었고 어떤 통로에서나 석상이 나를 비웃고 있었다. 날씬한 모습들이 가로수 길에서 어른거렸고 창백한 옆얼굴이 나무 사이로 새어 들어오는 불빛을 받고 있었다. 콩코르드 광장에서 들려오는 소음이 나무 꼭대기에서 메아리쳤다. 나무줄기에 부딪혀 어깨가 몹시 아팠다. 가로수를 따라 발걸음을 재촉하여 꼼짝 않고 있는 사람 쪽으로 가 보니 그것은 대리석의 눈으로 나를 대하는 것이었다. 나는 주위를 둘러보고 다시 불러 보았다. 그러나 내 목소리는 망토가 칼침을 받아들이듯 벨벳 같은 밤의 어둠 속에 흡수되고 말았다. 소용없는 일이었다. 애너가 수풀 저쪽으로 간 것이 아닌가 생각하면서 나는 중앙의 가로수 길을 가로질러 갔다. 한 사나이의 얼굴이 나를 노려보는가 싶더니 그만 나는 누군가의 발끝에 엎어지고 말았다. 길 잃은 개처럼 나는 한동안 이리 뛰고 저리 뛰었다.

기진맥진 절망 상태에서 마침내 걸음을 멈추었을 때 나는 아직도 내가 애너의 구두를 두 손에 들고 있음을 깨달았다. 나는 발걸음을 돌려 새로운 희망을 안은 채 우리 둘이 첫 번째 가로수 길로 접어들었던 장소를 향해 급히 되돌아갔다. 가로수 길은 서로 어슷비슷했기 때문에 그 장소를 정확히 알아맞히기가 어려웠다. 그럴듯한 장소를 찾아내었을 때 뿌리께가 움푹 파여 있었다. 더구나 애너가 구두를 벗어 놓았던 나무와는 너무나 달라 보였다. 우리 두 사람이 들어섰던 지점을 잘못 안 것이 틀림이 없다는 생각이 들기 시작하였다. 잔디밭께로 되돌아가서 다시 찾아보았지만 확실하지 않긴 매한가지였다. 얼마 뒤 나는 내가 할 수 있는 일이란 애너가 돌아오기를 바라며 기다려 보는 것밖에 없다고 마음먹었다. 나무에 몸을 기댄 채로 나는 그곳에 서 있었다. 어둠 속에서 짝을 지은 남녀가 여럿 속삭거리며 내 곁을 지나갔다. 때때로 나는 소리 높여 애너의 이름을 불렀다. 내 목소리는 점점 슬픈 가락을 띠어 갔다. 피로감을 느껴 나는 여전히 구두를 거머쥔 채로 나무뿌리께에 걸터앉았다. 무한한 시간이 흘러갔다. 그동안 몹시 슬픈 정적이 이슬처럼 내려왔다. 나는 소리쳐 부르는 것을 그만두고 조용히 기다렸다. 밤공기는 점점 차가워지고 있었다. 이젠 애너가 오지 않으리라는 것을 알았다.

마침내 나는 몸을 일으켜 저린 손발을 비볐다. 나는 튈르리 공원을 떠났다. 함부로 내던진 밤의 장난감이 온통 거리에 널려 있었다. 색종이의 바다 속을 헤쳐 나가며 지친 사람들이 집으로 향하고 있었다. 잔치는 끝났다. 나는 그 행렬 속에 끼어 들었다. 그들과 함께 센 강 쪽으로 걸어가면서 나는 혼자 생각하였다. 아마 이곳에서 멀리 떨어져 있지는 않겠지만 어느 거리를 걸으며 또 무슨 생각을 하며 맨발의 애너가 집으로 돌아가고 있는 것일까 하고.

# 16장




나는 해가 지기를 기다리고 있었다. 골드호크 거리로 돌아온 지도 이제 너댓새가 되었다. 벽 한가운데쯤에 있는 시렁의 긴 그림자를 던지며 햇볕이 아주 서서히 병원의 흰 벽 위를 이동했다. 그림자는 점점 길게 늘어지고, 그 그림자가 옮아감에 따라 내 머리는 베개 위에서 방향을 바꾸었다. 한낮에는 벽이 흰빛으로 눈부시게 반짝거렸으나 저녁 나절이 되자 반짝임이 가시고 마치 콘크리트 내부에서 반짝이듯 좀더 부드러운 빛이 되고 돌의 약간 울퉁불퉁한 면을 돋보이게 해 주었다. 이따금 새가 날아다녔다. 그러나 병원을 지나 딴 데로 날아가 어딘가의 나무 위에 내려앉을 실물의 새라기보다는 늘 줄에 매달린 장난감새처럼 보이는 것이었다. 병원 벽에는 자라는 것이라곤 아무것도 없었다. 때때로 나는 시렁 위에 초목이 자라나는 모습을 상상해 보려고 애를 썼다. 긴 손가락 모양의 잎사귀가 달린 축축한 식물이 벽의 틈서리에서부터 드리워지고 반점이 있는 꽃을 피우는 모양을 말이다. 그러나 실상 그곳엔 아무것도 없었고 상상 속에서조차 벽은 나를 거역하며 매끈매끈한 흰빛을 드러내고 있을 뿐이었다. 두 시간만 지나면 해는 지고 말 것이었다.

해가 지면 잠이 들지도 몰랐다. 나는 낮잠을 자는 법이 없다. 낮잠이라는 저주받은 선잠이 깨고 보면 절망적인 기분을 맛보게 된다. 태양은 낮잠을 너그럽게 보아주질 않는다. 틈만 있으면 눈꺼풀 속으로 파고 들어와 억지로 눈을 뜨게 한다. 창에 검은 커튼을 늘여 놓으면 숨이 막힐 지경으로 태양이 방을 포위공격하여 마침내 눈을 뜨고 비틀거리며 창으로 가서 커튼을 걷어치우고 저 무시무시한 광경, 즉 지금껏 자고 있던 방 바깥의 환한 대낮을 보게 된다. 낮잠을 자는 사람에겐 독특한 악몽이 따른다. 초조한 잔꿈이 짧고 불안한 무의식의 순간 속에 내던져져서, 마음의 표면을 헤치고 눈을 뜨게 하는 어떤 무서운 환영과 범벅이 된다. 낮잠에서 깨어나는 건 이렇듯 무덤 속에서 깨어나는 것과 같다. 주먹을 꽉 쥐고 사지를 빳빳이 벌린 채 눈을 뜨고는 어떤 참담함이 정체를 나타내길 기다리게 된다. 그러나 오랫동안 그것은 가슴을 짓눌러 숨을 막히게 하고 아무 소리도 내지 않는다.

나는 잠이 드는 게 두려웠다. 졸음이 올 때마다 몸을 움직여 보다 편안치 못한 자세를 취하였다. 이것은 어려운 일이 아니었다. 왜냐하면 나는 데이브의 간이침대에 누워 있었고, 그건 온갖 편안치 못함을 계속 드러내고 있었기

때문이다. 그것은 장방형의 튼튼한 막대에 올이 굵은 천이
늘어져 있고 W 모양의 받침대 네 개가 받치고 있는 침대
였다. 받침다리와 장방형이 이어진 부분에는 불룩한 매듭
이 붙어 있어 천을 받치고 있는 막대도 잘 맞도록 되어 있
었다. 이리저리 몸을 뒤척이면 이 매듭이 옆구리나 등에
배겨 왔다. 그래서 한동안 몸을 뒤틀고 누워 있으면 그사
이에 몽롱한 잠기운은 흩어지고 뻐근한 혼미 상태가 되고
마는데 이것이 무의식의 캄캄한 상태로 되지 않고 무한정
지속될 수 있다는 것을 나는 경험으로 알고 있었다. 베개
를 떠받치고 있는 것은 데이브의 배낭으로 편상화나 낡은
옷가지가 잔뜩 들어 있었지만, 그것들은 한번도 끄집어내
본 적이 없는 것들이었다. 그리고 때로는 베개가 미끄러져
나가 버려 나는 그냥 배낭을 베고 오래전의 땀 냄새를 흠
뻑 맡게 되는 것이었다. 나는 창을 볼 필요가 있었다. 아
직도 태양은 움직이고 있었다.

   마즈는 방 어딘가에 있었다. 그는 아주 오랫동안 꼼짝
않고 늘어져 있기 때문에 아마 어디로 도망간 모양이라 생
각하고 눈길을 이리저리 돌려 찾고 보면 아주 가까이에서
퍼진 채 나를 바라보고 있었다. 때로는 침대 위 내 곁에서
늘어지려고 했으나 난 그것을 허용하지 않았다. 녀석의 따
뜻한 털에는 잠을 재촉하는 향기가 있었다. 녀석이 마룻바
닥에서 기지개를 켜면, 나는 그의 목에다가 손을 드리워
준다. 얼마 후에는 지루한 듯이 방 안을 어슬렁거리다 저
쪽 한구석에서 투덜거리며 몸을 낮춘다. 또 얼마가 지나면
리놀륨을 발톱으로 긁는 소리가 들린다. 그는 다가와서 내

얼굴에 긴 코를 들이대고 고뇌의 표정을 지어 보이는데, 그것이 금방이라도 수성(獸性)을 초월한 듯하여 그 얼굴을 밀어젖히고 등의 털을 함부로 문질러 주면 마즈가 단지 개에 지나지 않는다는 것을 다시 확신하게 된다.

그가 운동을 못 하고 있다는 게 마음에 안쓰러웠다. 아침마다, 그리고 저녁마다 데이브가 셰퍼즈 부시 그린*까지 마즈를 데리고 나가기는 하는데, 데이브가 전하는 말을 들으면 집으로 돌아오는 시간이 될 때까지 녀석이 그곳에서 미친 듯이 뛰어다닌다는 것이었다. 그러나 이 정도로는 마즈 같은 큰 개에겐 충분한 운동이 못 되었다. 게다가 하루나 이틀이 지나면 데이브도 하계 학교에서 강의를 맡기로 되어 있어, 그렇게 되면 마즈에게 정신을 쓸 시간은 더욱 적어질 것이었다. 마즈는 불행한 것인가 하고 나는 생각해 보았다. 자기가 불행하다는 것을 알지 못한다 해도 그를 불행하다고 생각하는 것이 온당한 것인가 하고 나는 생각해 보았다. 언젠가 이 문제를 데이브에게 물어보아야겠다고 나는 마음먹었다.

데이브는 낮엔 가끔 집에 있어서 그가 타자 치는 소리가 아련히 들려오곤 하였다. 그러다가는 조용해진다. 점심때와 저녁때 그는 내게 식사를 날라다 주었다. 우리는 말을 건네지 않았다. 때때로 오후에 그는 문을 열고 잠시 동안 나를 바라보았다. 그의 모습이 망원경을 거꾸로 해서 바라볼 때처럼 보였다. 얼마가 지난 후에 나는 문이 닫히고 그

---

* 골드호크 거리에 이어진 거리. 광장이 있다.

가 가버렸다는 것을 기억해 낸다. 데이브는 이전에도 이렇게 나를 본 적이 있었다. 몸을 뒤척일 때마다 침대가 삐거덕거리고 흔들렸다. 나는 셔츠와 팬츠를 입고 있었고, 갠 날이었지만 담요를 두 장 덮고 있었다. 뼛속이 시렸다. 베개를 찾아 다시 배낭 위에 얹었다. 창에서 눈길을 돌렸다. 햇볕은 방 안으로 들어오지 않았으나 병원 벽에서 비치는 반사광으로 마치 공간에 특별한 차원이 첨가되기나 한 것처럼 모든 것이 별나게 선명히 드러나고 물체의 요철이 날카롭게 부각되어 견딜 수 없는 존재감을 느끼게 하였다. 나는 누운 채로 내 구두를 바라보기도 하고 핀은 도대체 어떻게 된 것인가 하고 궁금히 여기기도 했다.

나는 15일 아침에 파리에서 돌아왔다. 골드호크 거리에 들르니 데이브와 마즈가 있었다. 그리고, 데이브와 핀이 전날 저녁을 샌다운 파크*에서 지낸 얘기를 데이브에게서 들었다. 라이어버드가 그렇듯 어마어마한 비율로 이겨 우리에게 은혜를 베푼 곳이었다. 판돈은 경마장에 내놓았고, 상금을 받자마자 데이브는 핀의 몫을 그에게 넘겨주었다는 것이었다. 210파운드나 되었다. 주로 5파운드짜리 지폐로 받았기 때문에 핀은 호주머니란 호주머니에는 모두 골고루 그 돈을 쑤셔 넣었다. 위험한 낙하를 앞두고 낙하산을 여미는 사람처럼 핀은 말없이 그 일을 하였다. 그 뒤 그는 한동안 데이브의 손을 말없이 잡고 있다가 몸을 돌려 군중 속으로 사라졌다. 그날 밤 그는 골드호크 거리로 돌아오지

---

* 영국 설리주에 있는 경마장.

않았다. 나를 만나러 간 것이려니 하고 데이브는 생각하고 있다가 이튿날 아침 내가 돌아오자 핀을 찾아다니며 수소문을 했다. 그 후 핀은 다시 나타나질 않았다. 나는 아직 크게 걱정하진 않았다. 아마도 술타령을 하고 있으리라. 전에 한번 그가 사흘 동안이나 계속 술을 마시다가 기절해 구급차에 실려 집으로 옮겨진 적이 있음을 나는 알고 있었다. 그에게 무슨 큰일이 일어났다고는 생각되지 않았다. 그러나 어서 돌아오길 간절히 바라는 마음엔 변함이 없었다.

이곳에 돌아오자 나는 곧 클럽 데 푸에 있는 사람에게 편지를 내어 애너의 거처를 찾아서 알려 달라고 부탁하였다. 그러나 답장은 없었다. 휴고와도 연락을 취하려고 애써 보았으나 허사였다. 그의 아파트에선 응답이 없었고, 촬영소에선 시골에 가 있다는 대답뿐이었다. 데이브는 마즈 건으로 새디에게 보낸 편지의 사본을 내게 보였다. 그건 우호적인 상의와 협박이 능란하게 엇갈린 편지였다. 그러나 아직껏 새디에게서는 깜깜소식이었다. 장 피에르에겐 성공을 축하하는 편지를 보냈다. 그 뒤로는 줄곧 간이침대에 누워 있었다. 레프티와 만나기로 약속을 한 날이 왔다간 지나갔다. 그 후 그는 내게 두 번이나 전화를 걸어 왔다. 데이브는 내가 병이 났다고 그에게 일러 주었는데, 그건 거짓말이 아니었다고 생각한다.

병원의 벽은 이제 온통 그늘이 져 있었다. 창 꼭대기에는 황금색의 삼각형이 있을 뿐이었고 그곳에는 아직도 석양이 비치고 있는 것이 보였다. 데이브가 문을 열어 마즈를 불렀다. 저녁 산보를 예상한 마즈가 현관에서 춤을 추며 짖는 소리가 들렸다. 데이브가 마즈를 데리고 돌아올 때쯤 나는 잠들 생각을 하고 있을지도 모른다. 아니 어쩌면 그래도 아직 이를지 모른다. 따라서 밤이 시작되기 전까지는 자다 깨다 할지 모른다. 그것은 딱 질색이다. 나는 일어나서 침대를 정돈하고 조금이라도 잠에서 깨려 하였다. 천천히 다시 침대로 되들어가 진동이 멎을 때까지 꼼짝하지 않고 누워 있었다. 마즈가 돌아와서는 내 얼굴을 찬찬히 들여다보았다. 바깥에서 불안을 자아내는 신선함을 가지고 와 있었다. 젖은 코와 눈이 번뜩였다. 이마에 있는 연한 갈색 반점이 그에게 항상 무엇인가를 기대하고 있는 듯한 인상을 주었다. 그는 딱 한 번 짖었다. "조용히 해!" 하고 나는 명령하였다. 그 불온한 소리는 쭉 내 귓속에서 앵앵거리고 그사이 정적의 구조가 다시 조성되었다.

이튿날 아침, 나는 우체부 소리가 나기를 기다리고 있었다. 이것은 이제 매일같이 반복되는 나의 버릇이 되었다. 내 시계는 자고 있었지만 병원의 벽으로 시간을 알 수 있었다. 올 때가 거의 되었다. 시간이 다 되었다. 이어 층계를 오르는 우체부의 발소리가 들리고 편지함이 덜컥거리는 소리, 그리고 이내 쿵 하는 소리가 들렸다. 오늘 아침 편지가 많이 왔음에 틀림없다. 데이브가 현관으로 나가는 소리가 났다. 하루 중 이때야말로 현실감을 맛보는 유일한 순간이었다. 나는 기다렸다. 다시 정적이 흘렀다. 이제 데이브가 내 방문께로 다가오고 있었다. 그는 방 안을 들여다보았다.

"자네에겐 아무것도 온 게 없어, 제이크." 하고 그가 말하였다.

나는 고개를 끄덕이고 외면하였다. 데이브가 아직까지 문가에 서 있다는 걸 알 수 있었다. 마즈가 그의 곁으로 빠져서 현관으로 나갔다.

"제이크." 하고 데이브가 말하였다. "제발 일어나서 무언가 일을 해. 아무거라도 좋으니. 자네가 줄곧 거기 누워 있다는 걸 생각하면 온통 좀이 쑤셔 죽을 지경이야. 이렇게 안절부절못해서야 어디 철학을 할 수가 있나."

나는 아무 말도 하지 않았다.

데이브는 잠시 더 기다리고 있었다. 그러더니 말했다. "내 걱정은 하지 않아도 좋아, 제이크. 내가 뭐라고……. 그러나 자네 자신을 위해서 일어나야 해."

나는 눈을 감았다. 잠시 후에 문 닫히는 소리가 났다. 이어 데이브가 마즈를 데리고 외출하는 소리가 들렸다. 다시 시간이 흘러 마즈가 방으로 돌아와 있었다. 아마 데이브는 하계 학교로 간 것이리라. 집에 없었다. 나는 일어나기로 작정하였다.

처음엔 옷이 보이지 않았다. 방 안에는 서로 관련 없는 물건들이 함부로 뒤얽혀 있는 것 같았다. 정신을 차려 보니 무의식적으로 데이브의 배낭을 끄르고 있었다. 나는 그것을 걷어찼다. 방구석에 내 바지가 무더기 져 놓여 있는 게 눈에 띄었다. 마즈가 침상으로 사용하고 있었던 것이다. 짤막한 검정 털이 온통 들러붙어 있었다. 나는 그것을 털어 내고 바지를 입었다. 이어 창을 열어젖히고 호흡 운동을 조금 하였다. 무더위는 지나가고 여름 바람이 부는 상쾌한 날이었다. 나는 상반신을 내밀고 하늘을 올려다보았다. 병원 벽 꼭대기 위쪽을 멀리 쳐다보니 조그마한 조각구름이 재빨리 움직이며 혹은 흰빛을 혹은 푸른빛을 번갈아 보여 주었다. 마즈는 내 주위를 뛰어다니며 즐거운 콧소리를 내고 거친 발을 들어 내게 덤벼들었다. 뒷발로 곧추서면 마즈의 키는 거의 내 키와 맞먹었다. 물론 앞서도 얘기한 것처럼 내 키는 작은 편이지만. 나는 방 안을 약간 정돈하였다. 이어 웃옷을 찾아 마즈를 데리고 집을 나섰다.

골드호크 거리는 소름이 끼칠 정도로 끔찍했다. 자동차들이 오가며 끊임없이 날카로운 소음을 내고 있었고, 보도는 싸구려 사기그릇이나 통조림이 잔득 널려 있는 상점 진열장 앞에서 서로 밀치며 지나가는 사람들로 혼잡을 이루고 있었다. 마즈를 데리고 가까스로 셰퍼즈 부시 그린까지 가서 나무 밑 딱딱한 바닥에 자리 잡고 앉았다. 그 위엔 잔풀이 자라나려고 안간힘을 쓰다가 거의 기진해 있었다. 마즈는 여기저기 뛰어다니며 다른 개들과 어울려 놀았다. 자기가 나를 잊지 않고 있다는 것을 내게 보이기 위해서 그는 줄곧 내게로 돌아왔다 다시 가곤 하였다. 나는 셰퍼즈 부시 엠파이어의 상공을 유심히 바라보았다. 응결한 흰 구름의 무더기가 굉장한 속도로 지붕 너머로 굴러 내려갔다. 하늘 전체가 온통 거대하고 균형 잡힌 서두름을 띠고 있어 내 주변의 거리를 지나가는 사람들의 빠른 걸음걸이는 신경질적이고 하잘것없이 보였다. 나는 일어나 마즈의 호위를 받으며 그린 광장을 몇 바퀴가 돌았다. 이어 나는 녀석을 다시 아파트로 데리고 갔다. 그렇듯 왕래가 분주한

곳에서 그를 데리고 다닌다는 것이 몹시 불안스러웠고, 개줄을 가져오는 걸 잊어버렸기 때문이었다. 휴고의 아파트와 촬영소로 전화를 걸어 보았으나 그 전과 마찬가지로 아무런 보람도 없었다. 그 뒤 나는 다시 외출을 해서, 선술집 문이 열릴 때까지 혼자서 빙빙 걸어 다녔다.

데이브의 아파트로 돌아가다가 보니 나는 병원 앞을 지나고 있었다. 걸음을 멈추었다. 병원은 흰 콘크리트 건물로 네모진 창이 정연하게 달려 있었고 지붕은 평평했다. 지은 지 얼마 안 되는 건물로 건축 잡지에 사진이 난 적이 있었다. 옆으로 뻗은 소매 혹은 수랑(袖廊)이 중앙 건물로부터 여러 방향으로 삐져나와 있어 그 선의 단조함을 교묘히 감추고 있었다. 이 수랑에 둘러싸인 빈 터나 골짜기엔 정원을 만들어서 파릇파릇한 잔디나 어린 나무들을 심어 놓았다. 이 나무들은 언젠가는 거목이 되어 그 보존 문제를 두고 병원 관리 위원회가, 자연의 매력이 지닌 치료상의 이점을 주장하는 사람들과 아래층의 병실에 좀더 채광을 해야 할 필요성을 역설하는 사람들로 양분되어 끊임없는 토론을 벌이게 되리라. 나는 한동안 서서 중앙 입구 앞쪽의 네모진 앞마당으로 자동차가 들락날락하는 것을 지켜보았다. 이어 길을 가로질러 그 속으로 들어가 일자리가 없느냐고 물어봤다.

# 17장

 

 

내가 얼마나 쉽사리 고용되었는가 하는 것을 돌이켜 보면 정말 놀랄 만했다. 아무런 질문도 없었고, 증명서를 제시하라는 요구도 없었다. 아마도 내가 믿음직스럽게 보였던 것이리라. 그때까진 취직을 하려고 힘써 본 적이 단 한 번도 없었다. 취직이란, 내 친구들이 때때로 하는 노릇인데, 그것은 언제나 더디고 성가신 교섭 내지는 음모로조차 여겨졌다. 내가 구직을 위해 노력할 엄두를 안 낸 것은 내 기질 탓도 있으려니와 주로 내 친구들의 실패를 목도하였기 때문이었다. 그저 일자리를 얻을 수 없겠느냐고 물으러 가서 바로 일자리를 얻을 수도 있다는 것을 나는 미처 생각해 본 적이 없었다. 내가 정상적인 심리 상태였다면 그러한 시도도 꾀하지 않았을 것이다. 이 점에 관해서 다음과 같이 지적해 줄 사람도 있을 것인데, 그것은 아주 이치에 맞는 소리다. 즉 내가 쉽사리 얻어 걸린 일자리는 숙련을 요하지 않을 뿐 아니라 인기가 없는 직업의 부류에 속하기 때문에 지원자가 한심할 정도로 부족하여, 완전한 신체 장애자 이외엔 누구나 당장 취직을 할 수 있는 것이고, 한편 내 친구들이 좀처럼 얻지 못한 자리는 고급 관리이거나 런던 일간 신문의 칼럼니스트이거나 혹은 영국 문화 진흥회의 역원(役員), 대학의 특별 연구원, 혹은 B.B.C.의 간부이리라고. 그건 사실이다. 그럼에도 우리의 얘기가 당도했던 이 시점에서 나는 감동을 받았다. 취직을 했다는 사실뿐만 아니라 내가 맡은 일을 척척 수행할 수 있었다는 사실 때문이었다.

나는 이른바 잡역부였다. 근무 시간은 오전 8시에서 오후 6시까지로, 45분간의 점심시간이 있었고, 일주일에 하루는 쉬었다. 내가 배속된 병동은 머리 부상을 전문적으로 취급하는 곳으로서, 각 병동을 부유한 독지가(篤志家)의 이름을 따서 부르는 그 병원의 습관에 따라 '코렐리 병동'이라 불리고 있었다. 코렐리 씨는 시칠리아 태생의 비누 제조업자였는데, 한번은 그 아들이 억스브리지 거리에서 취중에 란치아*를 운전하다가 두개골이 골절되는 부상을 입었다. 아들의 부상이 회복되자 코렐리 영감은 분수에 맞는 선심을 크게 썼고, 그렇게 해서 내가 일하기 시작한 지 나흘이 된 그 병동의 이름이 정해지게 된 것이었다.

내가 맡은 일은 간단했다. 오전 8시에 출근하여 긴 자루가 달린 걸레와 양동이를 들고 복도 세 개와 계단 두 개를

---

* 이탈리아제 소형 스포츠카.

청소하였다. 그 표면은 청소하기가 쉬웠고 비누질을 조금만 하면 괄목하리만큼 빛깔을 바꿀 수가 있었다. 그다음 업무는 환자들의 아침 식기를 씻는 것이었는데, 그때쯤엔 병동 취사장에 설거지거리가 산더미처럼 쌓인 채 나를 기다리고 있었다. 코렐리 병동엔 복도가 세 개 있었고, 1층의 것은 코렐리 1호, 2층에 있는 두 개는 코렐리 2호 및 코렐리 3호라 부르고 있었다. 병동 취사장은 코렐리 3호에 있었고, 내 활동의 중심이 된 곳은 이곳 그리고 취사장 바로 옆의 비좁은 방으로, 그곳에 나는 상의를 걸어 놓았고 틈이 나면 그곳으로 물러나 신문을 읽었다. 식기 설거지를 끝내면 흔히 '수랑 취사장'이라 부르는 본부 취사장으로 밀크 통조림을 가지러 가서, 그것을 손수레에 싣고 되돌아와서는 직원 전용 엘리베이터로 코렐리 3호까지 날라다 준다. 내게는 이 일이 퍽 재미있었다. 수랑 취사장까지 가려면 기묘한 이름이 붙은 다른 병동의 복도를 여러 개 지나서 상당히 오랫동안 걷지 않으면 안 되었다. 빠른 걸음으로 걸어갈 때 흰옷을 걸친 낯선 사람들을 지나치게 되는데, 그들은 그들의 일을 나는 내 일을 맡고 있었다. 그럴 때면 내가 무슨 중대한 임무라도 맡은 것 같은 느낌이 들곤 하였다. 코렐리 병동으로 돌아오면 임상적으로 중요하다 할 수 있는 일을 떠맡게 된다. 즉 커다란 전기 스토브에 밀크를 데워서 손잡이가 달린 잔 속에 붓는 일이었다. 간호사들이 밀크를 허용받은 환자에게 가져다줄 잔이었다. 그다음엔 빵을 썰어 버터를 바르고 이어 우유 잔과 스튜 냄비를 씻고 취사장 소제를 하였다.

아직도 동료나 윗사람들에게 적지 않이 마음이 쓰였고, 눈 밖에 나지 않으려고 몹시 애를 썼다. 간호사들과는 대뜸 친해질 수가 있었다. 이들은 대개 아일랜드 처녀들로, 결혼이라는 고정관념을 사상이라고 한다면 별문제지만, 머릿속에 사상이라고는 아무것도 없었다. 그들은 이튿째 되는 날부터 나를 '제이키'라 부르며 귀여워 놀리는 듯 횡포하게 대우하였다. 그들 중 나를 진지하게 남성으로 생각하는 사람이 아무도 없다는 흥미로운 사실을 알게 되었다. 우리는 아주 사이좋게 지냈지만 내가 독특한 기품을 발산했기 때문에 그들 편에서 바싹 달려들지는 않았다. 무언가 막연한 본능이 내가 지식인임을 그들에게 경고한 것인지도 몰랐다. 조금 다른 투이긴 했지만 병동 간호부장과도 잘 지낸 셈이었다. 병동 간호부장은 아주 당당한 위인이었고, 나이도 지긋한 데다가 근엄했으며 자기의 위신을 몹시 존중하였기 때문에. 마찰이 일어난 가능성은 우리 둘 사이에 가로놓인 사회적 신분의 차이로 인해 제거되었다. 나도 하나의 인간이라고 하는 나의 자부에 그녀는 전혀 관심을 기울이지 않았기 때문에 나의 개성이 그녀의 감정을 상하게 하는 법은 없었다. 내가 제기한 유일한 문제는 내 몫의 일을 잘하여 방해되는 일이 없게 하는 것이었다. 그 점은 잘 이행하였기 때문에 그녀는 나를 묵살함으로써 승인을 표명하였다. 다만 매일 처음 만나게 될 때는 예외여서 그때 복도에서 마주치면 그녀는 약간 표정을 굳힌 채 살짝 고개를 돌리는 것이었다. 좀 막연하게 지었더라면 미소가 되었을지도 모를 표정이었다.

병동 간호부장 이상의 병원 직제의 성층권까지에는 내 시선이 미치지도 못하였다. 나의 대인 관계가 가장 불안했던 것은 내가 속해 있던 변변치 않은 소사회의 중간층 안에서였다. 병동 간호부장 밑에는 코렐리 병동의 한 방에 하나씩 배치된 세 사람의 책임자가 있었고, 내가 직접 명령을 하달받는 것은 이들을 통해서였다. 이미 상당한 고령에 달한 이 여인들의 인생은 참혹하였다. 한편에는 병동 간호부장이 있어 그칠 사이 없이 전제군주처럼 이들을 다루었고 다른 한편에는 평간호원들이 있어 이들 책임자들이 자기네 위신을 회복하기 위해서 아랫사람들에게 가해야 한다고 생각하고 있던 고통에 대해서 끊임없이 은밀한 조소로 앙갚음을 하였던 것이다. 이들 책임자들은 나를 이해하지 못하였다. 그들은 내가 자기네를 끽소리 못하게 하려 하고 있다고 의심하였다. 그 까닭은 내가 그들의 적수인 평간호사들과 친밀할 뿐 아니라, 이 병원에서 접촉하는 다른 누구보다도 그들이 내 본성을 잘 알아차렸기 때문이었다. 나는 그들의 신경에 거슬리는 문제를 제공하고 있었다. 그리고 그곳에서 관련을 가진 여성들 가운데 오직 그들에게만 틀림없는 한 남성으로 존재한 셈이었다. 우리 사이엔 전류가 흐르고 있었고, 그들은 늘 시선을 피하였다. 그들이 내게 명령을 내릴 적엔 안 그래도 높은 목청이 다시 반 음쯤 올라가는 것이었다.

나는 특히 코렐리 3호의 책임자가 좋았다. 이곳은 나와 가장 관련이 많은 병실이었는데, 그녀는 피딩엄 부장이라 불리었고 평간호사 사이에선 '더 피드'로 통했다. 더 피드는 쉰 살은 넉넉히 되었다. 어쩌면 그 이상이었을지도 모르고 긴 백발의 머릿단을 검게 염색하기 시작한 지도 여러 해가 된 성싶었다. 말다툼 및 남의 흠을 찾는 탐구벽으로 날카로워진 그녀의 목소리와 시선은 내가 취사장에서 일할 때면 끊임없이 내 뒤를 따랐다. 그녀는 나를 비난하려고 안달하고 있었고 이것이 우리 사이에 굴레를 만들어 놓았다. 그녀를 기쁘게 해 주기 위해서, 가령 꽃을 사다 준다든지 무슨 특별한 수를 써 보고도 싶었으나 그녀가 나를 아주 진지하게 받아들이고 있었기 때문에 이것을 무례한 행위라고 해석해서 그 때문에 나를 미워할 수도 있다는 것을 나는 알고 있었다. 그녀의 생존 양식이 지닌 슬픈 수수께끼에 대해서 나는 공포와도 흡사한 경의를 느꼈다. 그 밖에 병원에 근무하는 사람 중 내가 얼굴을 보게 되는 사람으론 스티치란 위인이 있었다. 그는 병원에서 기거하는 수위장으로, 미련한 데다가 나를 정색하고 미워하였다. 그 외에 머리가 좀 모자라는 병동 심부름꾼 여인들이 한둘 있었다.

매일 점심때가 되면 수랑 매점에서 샌드위치를 사 가지고 마즈를 데리러 데이브의 아파트로 갔다. 그럴 때 가끔 데이브의 모습을 볼 수가 있었는데, 그의 얼굴에는 내가 취직을 했다는 얘기를 처음으로 들려주었을 때 나타난 놀라움의 기색이 아직도 완전히 가시지 않고 있었다. 그래서 나는 설사 모든 것이 데이브에게 충격을 주기 위한 것에 지나지 않는다 할지라도 그것으로 충분히 보람이 있다고 스스로 다짐하였다. 그 뒤 마즈를 데리고 돌아와 코렐리 병동 밖의 정원에 앉아서 샌드위치를 먹었다. 이 정원은 길고 반반한 잔디밭으로 되어 있었고 벚나무가 두 줄로 심겨 있었다. 그것이 벚나무라는 것을 안 것은 봄이 되면 정원이 어떻게 보이는가 하는 것을 늘 간호사들이 큰 소리로 떠들어 대었기 때문이다. 내가 나무 밑에 앉아 있노라면 마즈는 내 곁에서 뛰어다니며, 차례차례 이 나무 저 나무에 주의를 기울이는 것이었다. 그러면 코렐리 병동의 젊은 간호사들이 몰려와서 님프처럼 나를 둘러싸고는 웃으며 나무 밑에 책상다리를 하고 앉은 현인 같다고 내게 말하였다. 그들은 마즈에게 탄복하며 어루만져 주고, 마즈를 정원 안으로 데리고 오는 것을 금지하고 싶어 하는 스티치에게 나를 변호해 주곤 하였다. 이러한 점심때가 나는 즐거웠다.

　가까스로 환자들을 볼 수가 있는 것은 오후가 되어서였다. 그것도 오후 느지막해서였다. 나는 하루 종일 이때를 기다렸다. 내가 환자들로부터 떨어진 거리에 비례하여 병원의 현실감이 점점 감소하였다. 환자들이 중추였고 나머지 모든 것은 말초적이었다. 코렐리 병동의 환자는 모두 남자들이었고, 또 모두들 머리 쪽에 입은 타격에서 유래한 가지가지 증상을 보여 주고 있었다. 어떤 환자들은 뇌진탕으로 두개골 골절을 수반한 경우가 있는가 하면 그렇지 않은 경우도 있었고 또 어떤 이들은 훨씬 불가해한 중증 환자였다. 그들은 흰 붕대를 터번처럼 두르고 누운 채 두통 때문에 눈을 가늘게 뜨고 내가 바닥을 걸레질하는 것을 지켜보았다. 인도인들이 신성한 동물에 대해서 느낄 법한,

연민과 외경이 뒤섞인 감정을 나는 그들에게 가졌다. 그들에게 애기가 하고 싶어 한두 번 말을 건네었으나 그때마다 간호부장이 와서 못 하게 하였다. 잡역부가 환자들에게 말을 건다는 것은 온당치 못한 일로 여겨졌던 것이다.

환자들에게 둘러싸여 있던 영묘한 분위기를 가일층 조장한 것은 다음과 같은 사실이었다. 즉 진종일 그들 가까이에 있었지만 내가 그들을 목격하는 것은 그들이 병자의 위엄을 갖추고 있을 때뿐이라는 사실이다. 그들은 아무것도 하지 않고 외로이 누워서 조용히 고통과 상종했다. 혹은 세수나 식사를 할 때 도움을 받기도 하고 침대용 변기를 사용하기도 했으며, 빡빡 깎인 머리에서 더러운 고름투성이의 붕대를 떼어 받기도 했는데 내가 그것을 알게 되는 것은 간접적인 추측에 의해서였다. 즉 지저분해진 접시나 기타의 훨씬 향기롭지 못한 물건을 통해서 알게 되는 것인데, 이러한 것들은 보다 직접적으로 내가 떠맡게 된 일과에 속하고 있었다. 간호사나 의사들이 성직자와 같은 그들의 일에 종사하고 있을 때면 방문은 경건하게 잠기고 출입금지 팻말이 꽂혔다. 이따금씩, 자기 침대에서 혹은 자기 침대로 환자 한 사람이 이동용 침대에 실려 밀려 가는 것을 복도에서 마주칠 때도 있었다. 그리고 고무가 장애물에 맞부딪치는 큰 소리를 내며 이동용 침대 바퀴의 둔중한 덜커덩 소리가 들려올 적마다 나는 있던 자리에서 뛰어나와, 아마 새로 들어왔을 환자의 모습을 구경하려고 하였다. 그의 얼굴과 막 붕대를 감은 머리는 아직 생생하게 바깥세상으로부터의 놀라움을 전하고 있어 결국 모든 환자들이 나와 똑같은 남자라는 사실을 확인시켜 주었다.

병실 청소를 끝내면 짬이 생기는데, 그동안 나는 간신히 앉을 수 있을 뿐인 비좁은 내 방으로 물러가 희미한 전등불 아래서 석간을 읽고는 하였다. 그 방에는 창이 없었고 사방 벽에는 사람들의 상의가 못에 걸려 있었기 때문에 흡사 양복장 속에 들어앉은 것 같은 느낌이 들었다. 이 점은 별로 개의치를 않았다. 어릴 적부터 나는 양복장 속에서 독특한 매력을 발견하곤 했기 때문이다. 정신분석학자는 틀림없이 그 이유를 잘 알고 있을 테지만. 그러나 흐릿한 전등만은 싫었다. 그래 이틀째 되던 날 내 돈으로 훨씬 밝은 전구를 사다 끼웠다. 그러나 사흘째 되던 날 스티치에게 그것을 압수당하여 다시 흐릿한 전구로 바꿔 끼우게 됐다. 그렇게 거기 앉아서 나는 《이브닝 스탠더드》를 정독하였다. 신문을 읽고 알게 되는 외계의 풍문은 마치 멀리서 들려오는 소음과 같았고 혹은 시간적으로나 공간적으로나 아득히 먼 싸움터의 소음과도 같았다. 레프티의 이름이 빈번히 오르내렸다. 한번은 사설 전체가 그에게 충당되어 있었는데, 그가 사회에 중대한 위협이 되는 인물이라는 것과 경멸할 가치조차 없는 하찮은 가두 선동가라는 것을 동시에 암시하는 말로 씌어 있었다. 알고 보니, 하루 이틀 안으로 서부 런던에서 '독립사회당'이 주관하는 대집회가 열리기로 되어 있었다. 그러고 보면 편집인이 무관심과 강경책이 묘하게 범벅이 된 사설로써 귀족 계급에 대처를 호소한 것은 이 때문이었다. 호머 K.프링즈하임은 런던에서 가진 기자 회견 석상에서 영미 양국의 영화사는 서로 배울

점이 많다고 언명하고 이탈리아의 리비에라 지방으로 출발하였다. 다른 이름들도 찾아보았으나 보이지 않았다.

하루 중에서 이때가 또 내게는 즐거운 시간이었다. 이맘때가 되면 상당한 피로감과 함께, 그때까지 거의 느껴 보지 못했던 감정, 즉 무엇인가 일을 하였다는 느낌을 가질수가 있었다. 지금까지 해 온 지적 노동은 내게 무엇인가일을 했다는 성취감을 안겨다 주는 법이 없었다. 해 놓은일을 돌이켜 보면 빈 조개껍데기 안을 들여다보는 것 같았다. 그러나 그것이 지적 노동 자체의 성질에서 오는 것인지, 혹은 내가 무능해서 그런 것인지는 아직껏 판가름하지못하고 있다. 이 노동이 포용하고 있는 어떠한 사상을 더이상 생생히 느끼지 못한다면 그건 기껏해야 무미건조할뿐이고, 최악의 경우엔 구린내가 나게 마련이다. 혹은 아직도 그런 느낌을 가지고 있다면 그것을 통해 노동은 속절없는 현재의 공허한 사상에 감염된다. 하지만 만약 현재의사상이 만만치 않은 것이라면 이러한 공허성은 면제받을수도 있는 것이리라. 칸트가 '코페르니쿠스적인 사고의 전향'을 착상했을 때 그는 "그러나 이것은 아무것도 아니다, 아무것도 아니다."라고 때때로 자신에게 일렀을까? 그랬으리라고 나는 믿고 싶다.

나는 주말까지 기다렸다가 다시 한 번 휴고에게 연락을취해 볼 작정이었다. 며칠 동안 데이브의 간이침대에 누워있는 사이 내게서 떠나갔던 나의 숙명감이 이제 내게로 되돌아왔다. 그게 어떠한 신이든 간에 나와 휴고가 깊은 관계를 갖도록 정했을 적에 그것을 미완의 상태로 얼버무려

놓았을 리가 없다고 확신하였다. 이 문제에 관해 당장은 마음의 동요를 느끼지 않아도 되었다. 그보다는 프랑스에서 올 편지가 궁금하였고, 또 핀의 일이 제일 궁금하였다. 아직껏 그에게선 아무 소식도 없었다. 데이브는 조사를 해 봐야 한다고 했으나 이것은 불가능한 일이었다. 수소문하고 조사할 곳이 전혀 없다는 단순한 이유 때문이었다. 우리가 알고 있는 한, 핀은 우리 두 사람밖에는 달리 런던에 친구가 없었다. 그의 거처에 관해선 어렴풋한 짐작조차 할 수가 없을 지경이었다. 데이브는 경찰에 가 보라고 했으나 나는 반대였다. 만약 핀이 어딘가에서 죽도록 마신다면 그 것은 핀이 알아서 할 일이었고, 그대로 내버려 두는 게 내가 마지막으로 할 수 있는 슬픈 우정 행위가 될 것이었다. 그래도 여전히 걱정은 되었다. 해서 그즈음 나는 핀 생각을 많이 하였다.

주체스러운 또 하나의 미결 문제는 마즈에 관한 것이었다. 문득문득 이 문제가 걱정되었다. 아직도 새디와 새미 편에선 기척이 없었고 그들의 침묵은 내 신경에 거슬리기 시작하였다. 때로는 직접 새디를 찾아가서 결판을 내고 싶은 마음도 들었다. 하지만 이것도 나는 겁이 났다. 내심으로 새디를 겁내고 있었기 때문이기도 한데 특히 내 잘못을 인정하고 나니 더욱 그러하였다. 또 한 가지는 마즈를 넘겨주고 싶지가 않았기 때문이다. 늙은 마즈를 딴 사람에게, 즉 새미의 손아귀에 빠뜨리고 싶지가 않았다. 이용 가치가 사라진 생명은, 설사 그것이 인간의 생명이라 하더라도 거들떠보지 않을 위인이란 생각이 들었기 때문이다. 따라서 나는 잠자코 기다리기만 하였다.

하룬가 이틀 후의 늦은 오후였다. 약 30분 후면 나의 하루 일이 끝날 터였다. 각별히 부지런하게 굴었기 때문에 일은 사실상 끝난 거나 진배없었으나, 설혹 할 일이 없더라도 6시를 치기 전에는 건물을 나설 수가 없었다. 이삼 분 내로 걸레질을 하러 취사장에 가야겠다고 생각하고 있었다. 취사장 바닥의 걸레질은 많이 하면 할수록 좋았지만 당장 서두르고 싶지는 않았다. 몹시 피곤하였다. 이 걸레질이, 다른 점에선 매력적인 이 직업의 중요한 결점이란 것이 분명해지고 있었다. 그만큼 고된 일이었다. 장차 언젠가는, 이곳에서든 딴 곳에서든, 반나절 근무만 해야겠다고 작정하였다. 그러면 나머지 반나절 동안에는 글을 쓸 수가 있을 것이었다. 육체 노동으로 반나절을 보내는 것은 나머지 반나절을 지적 노동으로 보내는 사람의 신경을 안정시켜 줄지도 모른다는 생각이 들었다. 어째서 이런 생활 양식을 진작 생각해 내지 못했는지 그 까닭을 알 수가 없었다. 그런 생활을 한다면 매일처럼 뭔가 일을 하는 셈이고, 따라서 장기간에 걸친 불모의 시간에 소용 닿지 않는다는, 커져만 가는 의식을 영원히 내게서 몰아낼 수가 있을 것이었다. 그러나 이 모든 것은 장차의 일이었다. 당장에 가지고 있던 생각이라면 그저 내 일을 계속하고 나의 운명이 나를 붙들기를 기다리겠다는 것뿐이었다. 운명이 나를 붙잡으리라는 것, 그것을 나는 확신하였다. 그러나 전등불이 너무 흐렸기 때문에 일어선 채로 할 일 없이 《이브닝 스탠더드》의 페이지를 넘기고 있을 때 나는 전혀 깨닫지를 못하고 있었다. 바로 그 순간에 운명이 나를 따라잡으려고 얼마나 빨리 뒤쫓아 오고 있었는지를. ──신문을 보니, 그날 일찍 레프티의 대집회가 개최되었고 상당한 혼란이 일어나 결국엔 경찰이 개입하게 되었다고 했다. 기마 경찰이 군중을 제지하고 있는 사진이 몇 개 실려 있었다. 누군가가 마그네슘탄을 던져 두 사람의 여인이 기절하였다. 레프티의 연설은 좌익계 각 조직 간의 제휴 방법에 관한 것이었는데, 내가 알고 있는 한에서는 무해하고 따분한 말로 가득 찬 것이었다. 그 밖에 레프티가 이끄는 당의 일원인 저명한 노동조합 지도자가 연설을 하였고 당원은 아니지만 뛰어난 미모의 여성 국회의원이 또한 연설을 하였다.

이것을 들춰 보고 있을 때에 중앙 복도로 통하는 자동식 문이 열리는 소리가 나며 이어 침대 바퀴의 덜커덩 소리가 들렸다. 새 환자가 들어오고 있었다. 비좁은 방의 유리문 너머로 더 피드가 지나가는 게 보였다. 이어 그녀의 검은 신발 뒤꿈치가 병동 복도에서 멀어져 가는 소리가 났다. 나는 문을 반쯤 열어 놓은 채 바로 안쪽에 서 있었다. 스티치가 이동용 침대를 밀고서 내 쪽으로 가까이 왔다. 침대에는 한 사람이 엎어져 있었는데, 그 위로 붉은 담요를 씌워 놓고 있었다. 스티치는 나와 시선이 마주치자 노한 듯이 고개를 홱 돌리며, 내가 얼쩡거리며 구경할 게 무어냐는 투였다. 침대에 환자를 태우고 복도를 지나갈 때 병원 직원은 얘기를 해서는 안 된다는 불문율에 따라 그는 내게 아무 얘기도 하지 않았다. 그러나 그의 눈은 참으로 많은 것을 얘기하고 있었다. 나는 아주 오만한 태도로 그를 바라다보았다. 그러고 나서 눈을 내리뜨고 바로 내 앞을 지나가고 있는 침대에 엎드린 사나이의 얼굴을 보았다. 침대에 실린 사내는 휴고였다.

얼굴은 죽은 사람처럼 창백하고 눈은 감겨 있었다. 시커멓게 더러운 붕대가 머리를 감고 있었다. 나는 빳빳이 서 있었다. 침대가 지나가 버렸다. 비좁은 방으로 되돌아가 문을 닫고 거기에 몸을 기대섰다. 나는 착잡한 감회에 잠겼다. 당장에 느낀 감정은 죄악감이었다. 부친의 망령과 마주친 햄릿과 같았다. 휴고가 맞아 넘어진 것은 내가 소홀히 한 탓이라는 기묘한 느낌이 들었다. 동시에 휴고를 찾는 일을 그만두자마자 그가 머리를 얻어맞고 내게로 오게 된 것을 생각하니 이내 일종의 만족감을 맛보게 되기도 했다. 촬영소에서 그가 내게 취한 예사로운 태도를 나는 아직도 분하게 여기고 있었던 것이다. 그러나 이 생각을 하자마자 자책감에 휩쓸리고 말았다. 휴고의 부상이 얼마나 심각한 것인가 하는 의문 이외엔 아무 생각도 없었다. 나는 복도로 나섰다.

휴고의 입원실은 복도 맨 끝의 독방으로 정해졌다. 더피드가 나오더니 돌아오는 게 보였다. 나는 그녀를 따라 수술실로 들어갔다.

"그 덩치 큰 남자는 어떻게 된 겁니까?" 하고 나는 물어보았다. "중상인가요?" 이러한 질문은 뭐 부자연스러운 것도 아니었다. 새 환자가 병동으로 들어올 적마다 나는 이런 질문을 하였던 것이다.

"그 전에도 이 방엔 들어오지 말라고 했잖아요." 하고 더 피드는 말하였다. 그녀는 내 이름을 부르는 법이 없었다.

"미안합니다." 하고 나는 말하였다. "지금 나가는 참입니다. 그런데 상처가 심한가요?"

"제발 맡은 일이나 하세요." 하고 더 피드는 말하였다. "스티치에게 얘기해서 일거리를 더 맡기도록 해야겠어요." 나는 나오려고 하였다. 반쯤 문을 나서자 그녀가 말했다. "그 집회에서 벽돌을 머리에 맞았어요. 뇌진탕입니다. 닷새쯤 이곳에 입원할 거예요."

"고맙습니다!" 하고 말한 뒤 물고기처럼 미끄러지듯 빠져나왔다. 큰 양보가 이루어진 셈이었다.

나는 취사장으로 가서 바닥을 걸레질하기 시작하였다. 스티치가 들러 이것저것 얘기했지만 내 귀엔 거의 들리지가 않았다. 어떻게 하면 좋을까 하고 나는 궁리하였다. 어떻게든지 휴고를 만나 보아야 했다. 우리 두 사람이 가까이 있으면서도 얘기를 나누는 건 거의 불가능한 환경 속에 있다는 것은 정말 얄궂은 운명의 장난이었다. 어떠한 의사 소통도 완전히 금하는 그런 관계 속에 우리는 놓여 있었다. 나는 많은 가능성을 생각해 보았다. 재수 없게도 그 이튿날은 당번이 아니었다. 따라서 정상적인 직무 수행중에 휴고를 만나 보려면 다음 다음 날 오후 그의 방을 청소하게 될 때까지 기다리지 않으면 안 되었다. 그때에도 기껏 15분 정도밖에는 같이 있을 수가 없었다. 어찌 되었든 그토록 오랫동안 기다릴 수는 없었다. 부상이 가벼운 것이라면 곧 그가 퇴원을 하게 될지도 몰랐다. 그러나 그 점을 치지도외한다고 하더라도 그토록 오래 기다려야 한다는 것은 생각만 해도 견딜 수가 없었다. 휴고가 내게로 온 이상 한시바삐 만나야 했다. 그러자 더욱 곤란한 점이 머릿속에 떠올랐다. 즉 휴고가 의식을 잃고 있는 것이 아닌가 하는 생각이 들었던 것이다.

찬장 밑으로 사납게 걸레를 갖다 대며 나는 혼자 욕지거리를 하였다. 당번 날짜를 바꾸거나 혹은 어찌 됐든 내일 일을 하기로 자청을 해서 오전 중 휴고의 병실로 살며시 들어가 보는 것이 과연 가능할 것인가 하고 생각하였다. 간호사나 의사들이 끊임없이 얼쩡거리고 있으니 그건 몹시 어려운 일일 것이다. 설사 내일 근무를 자청한다 하더라도 허락을 받을 수 있을까? 이 문제는 스티치에게 조회가 갈 것이고 그는 내가 그걸 희망하고 있다는 것을 눈치 채고는 안 된다고 딱 잡아떼리라. 조금만 더 시간 여유가 있다면 녀석을 속여서 그 벌로 내게 내일 일을 떠맡기도록 할 방법을 궁리해 낼 수가 있을지도 몰랐다. 그러나 이제 때가 늦었다. 이렇게 생각을 하고 있는데 간호사 하나가 들어왔다. 그녀는 가장 아일랜드인 티가 나는 간호사로, 그녀의 목소리를 들으면 늘 핀 생각이 나고는 하였다. "그 덩치 큰 사나이는 좀 어떻소?" 하고 나는 물어보았다. "먹을 것을 달라고 아우성이에요!" 하고 간호사가 말하였다.

이 말을 듣고 나는 할 일을 작정하였다. 사실 가능한 일은 한 가지밖에 없었다. 한밤중에 병원으로 돌아오는 것이었다. 이 생각은 몹시 매력적이면서도 동시에 내게 종교적 공포심을 일으켰다. 때때로 상상해 보려고 애쓴 적은 있으나 나는 그때껏 그 병원을 밤중에 구경한 적은 없었다. 그 상상 속의 정적과 적요의 공포감에다가 그러한 시각에 내가 그곳에 들어간다는 것은 일종의 신성모독이 아닌가 하는 느낌이 추가되었다. 만약 들키는 마당에는 당장 총알을 맞게 될 것에 틀림없다고 생각되었다. 용서가 있을 리 없었다. 그러나 와 보아야 했다. 휴고가 가까이에 있다는 사실은 내 마음속에 이미 회오리바람을 일으키고 있었고, 그것을 가라앉히려면 휴고가 눈앞에 있어야만 했다. 꼭 그를 만나 보아야만 했다.

재빨리 생각을 기울이며 나는 걸레를 챙겨 넣고 흰 작업복을 벗었다. 6시가 지났다. 한시바삐 상세한 계획을 꾸며 내지 않으면 안 되었다. 어떤 준비가 필요하다면 당장 해 두어야 했기 때문이다. 어떻게 해서 병원으로 들어올 것인가? 건물을 머릿속에 그려 보았다. 난공불락의 요새라는 느낌이 들었다. 중앙의 정문은 밤새 열린 채이지만 환하게 밝혀져 있었다. 데이브의 아파트로 향할 때마다 늘 이곳을 통과하였기 때문에 나는 그것을 알고 있었다. 야간 근무에선 수위가 틀림없이 지키고 있을 것이고 나를 멈춰 세우고는 용건을 묻게 되리라. 대답할 거짓말을 여러 가지로 궁리해 보았으나 아무도 나를 뒤따라오지 않고 선뜻 입장이 허용될 만한 그럴듯한 거짓말은 생각나지 않았다. 한편 뒷문이 있어서 이것은 코렐리 1호에서 석탄과 자전거가 보관되어 있는 마당으로 통하였다. 여느 때 나는 이곳으로 출입하였다. 그러나 스티치에게 들은 바로 이 뒷문이 10시에 잠긴다는 것을 나는 알고 있었다. 그리고 이 건물에 다른 문이 있다손 치더라도 틀림없이 10시 규정이 적용될 것이었다. 물론 위급 환자를 수용하는 '사고 병동'의 출입구는 늘 열려 있으리라. 그러나 이곳도 단단히 수비가 되어 있을 것이니 들키지 않고 몰래 들어갈 가망은 거의 없는 셈이었다. 한번 그르치면 치명적이었다. 유일한 가능성은 유리창으로 넘어 들어가는 것이었다. 그리고 그렇게 하려면 어떤 유리창으로 들어갈 것인가를 결정하고 당장 가서 열어 놓아야 했다.

나는 상의를 입고 중앙 층계를 천천히 내려가기 시작하였다. 머릿속이 뒤죽박죽이었다. 자전거를 놓아 두는 마당을 향한 건물의 측면에는 전등이 있어 밤새도록 켜져 있었다. 이 마당 쪽에서 들어간다고 정한다면 거리에서 역력히 보이리라. '수랑'의 가장자리는 가로등 불빛이 비치는 범위에까지 뻗쳐 있고, 중앙의 분관에는 따로 전등이 달려 있어서 이것이 중앙 마당을 에워싸고 있었다. '수랑' 정원이 남게 되는 셈인데, 이곳은 캄캄하였다. 이 정원 쪽으로 난 유리창의 대개는 입원실의 창이었다. 이 유리창으로 들어간다는 것은 불가능한 일이었다. 왜냐하면 지금 그중의 하나가 열려 있다는 것을 확인하러 갈 용기는 있었지만 새벽 2시에 다시 들어가서 소심한 입원 환자의 고함 소리에 쫓기는 모험을 할 만한 용기는 없었기 때문이다. 그러나 달리 또 가능성이 있었다. 가령 코렐리 1호의 식기실 창이 있었다. 하지만 이것은 코렐리 1호의 당직 간호사의 눈에 띄기가 쉬웠다. 간호부장실이 식기실 바로 이웃이기 때문이었다. 정원에서 병동의 투약실로 통하는 다른 유리창에도 이러한 난점이 있었다. 내가 유일하게 기대를 건 장소는 '수랑' 가운데서 이름은 붙어 있지 않으나 공중용인 장소, 즉 '수랑 취사장' 언저리였다. 취사장이나 그 근처에 밤새 누군가가 있으리라는 것은 사실이었으나 이 근방에는 휴대품 보관소나 저장실이 많아 대낮에도 으슥하고 한산해 보였다. 또 그 유리창은 정원 끝에 위치하고 있어 제일 캄캄한 곳인 성싶었다.

층계 아래까지 이르자 나는 아주 대범한 태도로 수랑 취사장 쪽으로 돌아갔다. 무슨 일을 꾀하고 있을 때 내 표정이 아마도 여느 때와 다를 바가 없을 거라는 생각은 좀처럼 하기 힘들다. 내가 생각하고 있는 것이 분명 표정에 나타나 있으리라는 생각이 들어 복도에서 누구를 스치게 되면 감출 길 없는 이 얼굴을 반대 방향으로 돌렸다. 나는 단호한 태도로 취사장 문을 지나갔다. 그 문의 상반부는 투명한 유리로 되어 있어 곁눈질로 보니, 안에서 몇 사람이 움직이고 있었다. 거기서 두 번짼가 세 번째 되는 문을 골라잡고 재빨리 안으로 들어갔다. 기억에 틀림은 없었다. 그것은 저장실로, 사방 벽에는 철제 침대 뼈대가 열 겹으로 세워져 있었다. 나는 조용히 문을 닫고 저장실 가운데에 있는 통로로 나아갔다. 네모진 정원이 양지와 응달로 또렷이 보이고 줄지어 선 벚나무도 보였다. 코렐리 병동 측면의 그림자가 잔디밭에 또렷하게 늘어져서 그곳을 두 개의 대조적인 초록색 세모꼴로 나눠 놓고 있었다. 잠시 밖을 내다보며 서 있었다. 이어 유리창의 빗장을 벗겼다.

그것은 젖혀서 여는 간단한 창문으로 창틀 한가운데에 걸쇠가 달려 있고 바닥에 구멍 뚫린 빗장이 있어, 이것이 여닫는 것을 조절하게 되어 있었다. 나는 못을 떼어 걸쇠를 벗기고 창을 너덧 센티미터쯤 열어 놓고 걸쇠가 바깥 유리 쪽으로 나도록 하였다. 창이 닫혀 있지 않은 것처럼 보여도 안 되겠고, 또 여차하면 바깥에서 열 수 있다는 확신도 가야 안심이 되었던 것이다. 두 가지 조건이 다 충족되어 있다는 것을 확인하는 데 몇 분이 걸렸다. 그러고 나서 줄지어 서 있는 나무와 관련시켜 창의 위치를 주의 깊게 알아 두었다. 그 일이 끝나자 문가에 귀를 기울이고 서서 마침내 복도에 아무도 없다는 것을 확인하였다. 밖으로 나와서 문을 닫고 코렐리 병동으로 되돌아갔다. 나를 본 사람은 없었다. 잠시 후 나는 건물을 나섰다.

# 18장

　그 뒤에 우선 독한 술을 마셨다. 행진하는 병정처럼 심장이 뛰었다. 천상 나는 음모에는 가담하지 못할 성싶었다. 이어 아파트로 돌아가 마즈를 데리고 나왔다. 마즈를 데리고 버스로 반즈*까지 가 '레드 라이언'에서 맥주와 샌드위치를 들었다. 그러고 나서 햇볕이 쇠할 때까지 반즈 커먼 광장을 마즈와 함께 산책하였다. 골드호크 거리에 돌아왔을 땐 거의 어두워져 있었다. 나는 마즈를 아파트에 남겨 두었다. 데이브는 기척도 없었다. 어느 모임에 나간 것이리라. 이어 해머스미스 쪽으로 지향 없이 걸어갔다. 그저 시간이 빨리 가기를 바랐다. 술집들이 막 문을 닫고 있었다. 해서 최후의 10분 동안에 나는 한껏 위스키를 마셨다. 거의 강 근처까지 걸어갔다. 그동안 딱히 뭐 생각하

---

* 설리주 북단. 해머스미스의 이웃 지역.

고 있었던 것은 없었으나, 휴고 생각으로 딴 정신은 없었다. 마치 내가 붙들려 매여 있는 밧줄 한쪽 끝을 휴고가 거대한 새처럼 내려 덮치고 있는 것과도 같았다. 임박한 상면을 예상하더라도 즐거운 줄은 몰랐다. 그저 불가피한 운명의 내습에 일종의 맹목적인 만족감을 느꼈을 뿐이었다.

내 시계를 보았다. 자정이 이미 지났고, 나는 해머스미스 다리 위에 서 있었다. 마즈를 개집에서 해방시켰던 곳에서 얼마 떨어져 있지 않은 곳이었다. 상류 쪽으로 눈을 돌려 북안에 옹기종기 서 있는 건물 가운데서 무언극 극장이 자리 잡고 있는 장소를 찾아내려 하였다. 그러나 어두워서 보이지를 않았다. 그러자 병원으로 돌아가는 게 너무 늦어지지 않았을까 하는 공포감에 사로잡혔다. 황급히 걸어가 해머스미스 거리에서 택시를 잡아 타고 골드호크 거리로 돌아갔다. 그러나 아직 시간이 일렀다. 몇 번인가 거리를 왔다 갔다 하면서 병원 앞을 지났다. 아직 1시도 안 되었다. 2시나 되어서야 들어가리라고 작정한 터였다. 병원에서 멀찌감치 떨어진 곳으로 향했으나 어쩐지 다시 병원으로 돌아오게 되고는 하였다. 스스로에게 사소한 일을 과하지 않으면 안 되었다. 이번엔 돌아오기 전에 '세븐 스타즈'께까지 걸어가리라. 이번엔 담배 한 대를 다 태울 때까지 철교 밑에 서 있어 보리라. 나는 괴로웠다.

1시 20분쯤 되자 나는 더 견뎌 낼 수가 없었다. 나는 들어가기로 결심했다. 그러나 막상 가까이 가 보니 근처가 온통 남의 이목에 노출되어 있는 것 같았다. 가로등이 휘황하게 번쩍이고 건물은 온통 불빛에 싸여 있는 것 같았다. 가까이 가 보니 현관에 사람들이 서 있는 게 보였다. 층계의 창에도 모두 전등이 켜져 있고 몇 군데는 병동에까지도 불이 켜져 있었다. 야간 조명이 이 정도라는 것은 전혀 예상 밖의 일이었다. 수랑 정원은 과연 어둠에 싸여 있었다. 그리고 시선이 미치는 한 코렐리 병동엔 불이 켜져 있지 않았다. 딱 하나가 흐릿하게 비치고 있었는데 틀림없이 그것은 당직 간호사실에서 새어 나오는 불빛이었다. 그러나 수랑 정원에 이르자면 폭넓은 자갈길을 횡단하고, 앞마당의 양편으로 병원 한쪽 끝에서 저쪽 끝까지 나 있는 잔디밭을 건너가야 했다. 그리고 그 근방은 지칠 줄을 모르는 가로등이 환하게 비춰 주고 있었다. 쇠사슬을 이어 놓은 말뚝들이 자갈길과 거리를 구분짓고 있었다. 어둠은 아주 멀리 떨어져 있는 것 같았다.

나는 정문에서 될수록 먼 지점을 골라잡고 주의 깊게 거리 양측을 살펴보았다. 사람은 없었다. 나는 급히 달려 나가 쇠사슬을 뛰어넘고 곧장 자갈길을 가로질러 중앙 잔디밭을 비스듬히 횡단했다. 가뿐하게 달려 발가락이 땅에 닿지 않을 지경이었다. 순식간에 수랑 정원의 캄캄한 곳에 이르렀다. 나는 달리기를 멈추고 숨을 돌리기 위해 풀밭 위에 꼼짝 않고 섰다. 뒤를 돌아다보았다. 아무도 없었다. 크나큰 정적이 나를 에워싸고 있었다. 코렐리 병동을 올려다보았다. 2층에 예의 전등이 켜져 있을 뿐이었다. 지날 때 벚나무를 하나 하나 만져 보며 풀밭을 걷기 시작하였다. 가로등의 휘황한 불빛을 벗어나고 보니 몹시 환한 밤이란 것이 생각났다. 길에서 보면 정원은 아주 캄캄해 보였지만 막상 정원 안으로 들어와 보니 어둠은 짙지를 않고 흐릿하게 퍼져 있을 뿐이었다. 조용히 걸어가노라니 창문에서 내려다보면 내 모습이 또렷하게 보일 것이란 느낌이 들었다. 위쪽에서 나를 몰아세우는 소리가 금방 들릴 것 같았다. 그러나 말을 거는 사람은 아무도 없었다.

바깥쪽에서 보니 모든 게 달라 보였다. 해서 한참만에야 저장실의 유리창을 알아맞힐 수가 있었다. 그것을 찾아내고 보니 지면에서 굉장히 높이 떨어져 있어 놀라지 않을 수 없었다. 나는 숨을 죽이고 조용히 유리창을 잡아당겼다. 걸리지도 않고 소리 없이 열렸기 때문에 나는 마음이 놓였다. 주위를 둘러보았다. 정원은 인기척 없이 까딱 않고 있었고, 벚나무들은 그림 속의 춤꾼처럼 꼼짝 않고 내쪽을 향해 있었다. 아직도 거리에는 사람의 모습이라곤 보이지 않았다. 나는 젖혀 여는 유리창을 활짝 열고 양쪽으로 난 강철 창틀에 손가락을 꽉 굽혀 대었다. 그러나 창의 밑바닥께는 너무 높아 무릎을 댈 수가 없었다. 바깥쪽으로는 창턱이 없었다. 나는 물러섰다. 소리가 날까 두려워 뛰어오르는 것을 주저하였다. 그때 거리에서 발소리가 가까워 오는 것을 들은 것 같은 느낌이 들었다. 번개처럼 한 손을 창구에 대고 뛰어올랐다. 강철 창틀 끝이 엉덩이에 걸렸으나 다음 순간 안쪽 창턱에 비껴 앉아 양쪽 다리를 잡아당기고 있었다. 다음 나는 저장실 바닥에 꼼짝 않고 서 있었다. 주위의 정적을 방금 내가 큰 소음으로 흔들어 놓은 것 같았다. 그러나 정적은 계속되었다.

나는 창을 잡아당겼으나 아까처럼 걸쇠는 잠그지 않았

다. 그리고 양쪽에 마주 서 있는 철제 침대 뼈대를 눈으로 보기보다는 손으로 더듬어 가며 방 중앙으로 나아갔다. 이곳은 정말로 칠흑같이 어두워서 짙은 어둠이 눈알을 뒤덮고 있는 것 같았다. 나는 더듬어서 문의 손잡이를 찾고 잠시 귀를 기울인 후 복도로 발짝을 내디디었다. 휘황한 불빛과 흰 벽이 문 사이로 밀려와 눈이 부셨다. 어둠 속에서 열려 있던 동공이 이 불빛의 쇄도로 움츠려졌다. 나는 눈을 감쌌다. 이어 코렐리 병동 쪽으로 몸을 돌려 고무가 깔려 있는 바닥에 둔중한 발소리를 내었다. 이곳에서는 몸을 숨긴다는 것이 불가능하였다. 아무도 만나게 되지 않도록 그저 신의 배려에 희망을 걸어 두는 수밖에 없었다.

　병원에는 인기척이 없었으나 이상스레 생기가 있었다. 잠자는 짐승처럼 그것이 목구멍 소리를 내고 속삭이는 것이 들렸다. 때때로 이를테면 정적의 물결이 밀려오는 경우에조차 그 속에서 그 심장이 고동치고 있음을 엿볼 수 있었다. 수랑 취사장을 지날 땐 외면을 하였다. 만약에 누군가의 시선과 마주치게 되면 나의 죄악감이 얼굴에 완연하게 나타나서 제풀에 '부끄럽지도 않으냐!'라고 외치지나 않을까 두려웠기 때문이다. 나는 중앙 층계에 이르렀다. 층계는 반짝거리고 있었고 인기척이 없었고 또 광대하였다. 내 연약한 발소리가 메아리쳐 저 꼭대기 계정(階井)에까지 가 닿았다. 올려다보니 장방형의 난간이 겹겹으로 보이다가 몇 층 위에서 거의 점처럼 조그맣게 보였다. 이제 머릿속엔 아무런 생각도 떠오르지 않았고 휴고에 관한 가장 막연한 생각조차 염두에 없었다. 만약 누군가가 나를 멈춰 세웠다면 나는 천치처럼 알 수 없는 말을 이것저것 떠벌렸을 것이다. 나는 코렐리 3호실의 문께까지 왔다.

여기서 나는 멈춰 섰다. 야간에 병동이 어떤 방식으로 조직되어 있는지 나는 확실히 모르고 있었다. 병동에 간호사가 자고 있다면 아마 아래층에서일 것이었다. 아마 코렐리 3호실에는 당직 간호사를 제외하고선 환자들밖에 없을 것이었다. 그리고 이 엉뚱한 모험을 계획하기 전부터도 그 간호사는 보고서를 통해 일종의 밤의 여신으로, 즉 피딩엄의 지옥판으로 내 머릿속에 그려져 있었다. 이제 문에 손을 대고 그녀 생각을 하니 시빌*의 동굴로 다가가는 탄원자처럼 발작적으로 몸이 떨리기 시작하였다. 나는 소리 나지 않게 문을 열고 눈에 익은 병동 복도로 들어섰다.

복도는 전등 한두 개가 비추고 있었지만 환자실은 모두 캄캄하였다. 취사장과 투약실도 역시 캄캄했지만 당직 간호사실만은 예외여서 상반부가 흰 서리 무늬의 판유리로 되어 있는 문을 통해 불빛이 새어 나오고 있었다. 당직 간호사가 이 반투명의 매체를 통해서 내가 지나는 것을 보게 되지나 않을까 겁이 났다. 보통 인간의 눈치 빠름뿐만 아니라 어쩌면 초자연적인 능력을 그녀가 갖추고 있을지도 모른다는 생각이 들었기 때문이다. 그래서 복도의 첫 부분은 포복으로 지나갔다. 그녀의 문 앞을 실히 지났을 때 나는 몸을 일으켜 미끄러지듯이 나아갔다. 걸으면서도 내게서는 아무 소리도 나지 않았다. 무시무시한 정적이 나를

---

* 신을 섬겨 그 힘으로 예언을 하거나 신탁을 전하던 무녀.

집어삼키고 있었다. 이제 휴고의 병실 문 앞에 와 섰다. 나는 손잡이를 쥐었다. 그것은 비스듬한 강철 빗장으로 되어 있었고 문을 열자면 손아귀로 꽉 뒤덮고 세차면서도 부드럽게 그것을 내리눌러야 했다. 충분히 내린 후 문을 밀었다. 그것은 꿈속의 문처럼 살며시 열렸고 마치 내 생각에 굴복한 것 같았다. 다른 한 손으로 안쪽 손잡이를 잡았다. 문을 단단히 닫은 후 손잡이를 놓았다. 아무 소리도 나지 않았다.

나는 어둠침침한 속에 있었다. 이 문에는 사람 키만 한 곳에 대충 40~50제곱센티미터쯤 되는 네모진 창이 뚫려 있어 그곳으로 복도의 불빛이 들어왔다. 모포의 붉은빛이 눈에 뜨이고 높은 침대 위에는 웅크리고 있는 형상이 보였다. 주의 본능이 한쪽 무릎을 꿇게 하였다. 그러자 그 형상이 움직이며 휴고의 목소리가 날카롭게 났다. "누구요?"

"쉬," 하고 나서 나는 덧붙였다. "제이크 도너휴요."

잠시 침묵이 흘렀다. 이어 휴고가 말하였다. "세상에!"

나는 밝은 곳을 피하고 싶었다. 몸을 돌려 앉은 자세를 취하고 궁둥이를 붙인 채 휴고의 침대 밑으로 밀고 나갔다. 휴고가 입원하던 전날 오후에 나는 이 병실 바닥을 말끔히 청소하였다. 해서 미끄럼을 타듯 잽싸게 미끄러져 나갔다. 맞은편 침대 옆에서 벽에 기대어 앉아 무릎을 세웠다. 완전히 마음이 놓였다.

휴고의 눈이 어둠 속에서 나를 찾아내었다. 나는 고개를 갸우뚱하고 미소를 지었다.

"이건 놀랐는데!" 하고 휴고는 말하였다. "잠이 들었댔어요."

"그렇게 큰 소리 내지 말아요." 하고 나는 그에게 말했다. "그렇지 않으면 당직 간호사한테 들켜요."

그는 목소리를 낮추어 속삭였다. "이렇게 뒤쫓지 말았으면 좋겠는데!"

이 말엔 애가 탔다. "뒤쫓고 있는 게 아니오!" 하고 나는 속삭이는 소리로 대답했다. "난 이곳에서 일하고 있소. 이리로 실려 올 줄은 정말 몰랐는걸요."

"예서 일한다고요?" 휴고가 물었다. "무슨 일을 하고 있소?"

"잡역부요."

"저런!" 휴고의 말이었다. "그렇다손 치더라도 내일까지 기다리면 될 거 아니오?"

"주간 근무 시간 중엔 만나기가 힘들거든요." 하고 내가 받았다.

"그렇다면 지금은 근무 중이 아니군요?" 휴고가 물었다.

"그렇소."

"그렇다면 나를 뒤쫓고 있는 게 아니오?"

"제기랄!" 하고 나는 그를 보고 말했다. "이봐요, 휴고, 하고 싶은 얘기가 많아요."

"하지만 이번엔 도망칠 수가 없겠지요?" 하고 그가 말하였다.

그는 침대로 쑥 들어가 버렸다. 한동안 우리는 상대방의 눈을 볼 수 없을 때 그러듯이 서로의 얼굴을 바라보았다.

"그렇게 걱정되는 게 뭐요?" 휴고가 물었다. "촬영소에서도 그걸 느꼈지만. 몇 해 동안 나를 만나려 하지 않다가 갑자기 미친 듯이 이렇게 내 뒤를 쫓아다니다니."

모든 것을 사실대로 말해야 한다는 느낌이 들었다. "새디와 애너를 만나 보고 형의 생각이 난 거요." 내가 받았다.

휴고가 말미잘처럼 오므라드는 것이 보였다. "어떻게 해서 그들을 다시 만나게 됐소?" 그는 신중한 목소리로 물었다.

극도로 진실을 대야 한다는 느낌이 들었다. "신세 지고 있던 집 여자에게 쫓겨나 애너를 찾았더니 새디에게 가 보라더군요."

휴고의 몸이 떨리는 게 보였다. "새디가 뭐 내 얘기 안 합디까?" 그는 물었다.

"뭐, 별로 없던걸요," 하고 나는 처음으로 거짓말을 하였다. "그러나 애너에게선 소식을 좀 들었소." 화제를 애너에게로 돌리고 싶었다.

"그래요?" 하고 휴고는 말하였다. "노형을 만나 보았다고 애너가 그럽디다. 언젠가 밤중에 극장에 들렀다고요? 가 버렸다는 얘기를 애너에게서 들었을 땐 섭섭했지요. 그땐 별로 나를 만나고 싶어 하지 않았지요, 아마?"

이 점은 상세하게 얘기해 줄 수가 도저히 없었다. "만나기가 두려웠던 거요, 휴고," 하고 나는 말했다.

"이해가 안 가는데요, 제이크." 하며 휴고가 말하였다. "나를 두려워하다니, 이해가 안 되는군요. 그전에 형이 그렇듯 싹 자취를 감춘 걸 도저히 이해할 수가 없었소. 그땐 퍽 얘기를 나누고 싶었거든요. 형과 토론하듯 얘기할 만한 상대가 없었소. 노형의 그 물건에 대해 토론했으면 좋았을 텐데 말이오."

"무슨 물건 말이오?" 내가 물었다.

"그 책 말이오." 하고 휴고가 말하였다. "언제 책이 나왔는지 잊어버렸지만 분명 형이 배터시에서 자취를 감추고 난 뒤의 일일 거요. 그러지만 않았다면 우리는 그 책 얘기를 했을 텐데. 책 얘기 한 기억은 없거든요."

취중의 위기를 진정시킬 때 하듯이 나는 고개를 뒤로 젖힌 뒤 벽에다 대고 세게 밀었다.

"『말문을 막는 것』 말이오?" 내가 물었다.

"네, 바로 그거요." 하고 휴고가 대답하였다.

"물론 몹시 난해한 부분도 있긴 했어요. 대체 그런 사상은 어디에서 구한 거요?"

"형에게서요, 휴고." 하고 힘없이 내가 받았다. "물론 우리가 토론했던 것을 얼마쯤 다루기도 했다는 건 알 수 있었지요. 그러나 전혀 다르게 보이던데요."

"알고 있소!" 내가 말했다.

"훨씬 훌륭하더란 말이오." 휴고는 말했다. "그때 정말로 무슨 얘기를 했는지 생각이 안 나지만, 어쨌든 지리멸렬한 논지였지요, 아마. 하지만 그 책은 아주 명쾌했어요. 많은 것을 배웠어요."

나는 눈을 동그랗게 뜨고 휴고를 바라보았다. 붕대가 감긴 그의 머리는 창에서 새어 나오는 불빛을 받고 검게 그늘져 있었다. 해서 그의 표정은 보이지가 않았다. "그 책 때문에 퍽 부끄러웠소, 휴고." 하고 나는 말하였다.

"자기가 쓴 것은 언제나 그렇다고 생각하는데." 하고 휴고는 말하였다. "나는 무얼 써 보겠다는 용기를 영 가져 보질 못했어요. 어쨌든 돈은 좀 벌었겠지요. 잘 팔렸던가요?"

"별로 안 팔렸소." 하고 나는 말하였다. 나를 놀리고 있는 것이 아닌가 하고 잠시 생각하였다. 그러나 그럴 수가 없었다. 휴고는 사람을 놀리지 못하는 위인이었다.

"너무 고답적이었던 게지요," 하고 휴고가 말하였다. "대중은 처음 독창적인 것을 보았을 때 좋아하질 않거든요. 그 때문에 낙망은 하지 않았겠지요. 또 대화록을 쓰고는 있소?"

"아뇨!" 하고 말하고 나서 산란한 마음을 가라앉히는 사이 대화가 끊어지지 않도록 나는 덧붙였다. "근래 그 책을 다시 훑어보고 한두 가지 사상을 발전시켜 볼까 생각해 보았지만, 그 책을 입수할 수가 없었소."

"저런! 내가 빌려 줄 수가 있었는데." 하고 휴고가 말하였다. "책상 서랍에 한 권 넣어 두고 틈틈이 보고 있어요. 그러면 우리가 주고받았던 얘기가 생각나지요. 그땐 정말 재미있었지. 그 후 내 머리는 아주 시들어 버렸다오."

"지난 주일 밤에 형의 아파트엘 들렀어요. '술집에 갔음'이란 쪽지가 있어서 형을 찾아 술집들을 한 바퀴 돌았었지요."

"그럼 멀리까진 안 갔겠구려. 난 '킹 라드'에 있었으니까." 하고 휴고는 말하였다.

"난 동쪽으로 갔었지요. 그날 밤에 레프티 토드를 만났어요."

"물론 레프티의 일은 잘 알고 있겠지요?" 하고 휴고가

384

말하였다. "벽돌을 맞기 전이지만 오늘 집회에서 그를 보았어요."

"그건 그렇고, 머리 상처는 어때요?" 내가 물었다.

"대단찮아요." 하고 휴고는 말하였다. "그저 두통이 심할 뿐이오. 형이 아니었더라면 지금 자는 중에 한참 날뛰고 있을 참이죠. 하지만 제이크, 그때 감쪽같이 사라진 까닭은 아직 들려주지 않았잖소? 내 편에서 뭐 감정이라도 상하게 했던 건가요?"

"아니오." 하고 나는 참을성 있게 말했다. "내 편에서 형의 감정을 상하게 할 짓을 한 거죠. 그러나 지금 와서 보니 오해였소. 그 얘긴 그만둡시다."

휴고는 나를 찬찬히 바라보았다. 두툼하게 감아 놓은 붕대 때문에 그의 머리가 굉장히 커 보였다. "형의 문제점은 타인에게서 지나치게 감동받는다는 점이오." 하고 휴고는 말하였다. "내게서도 지나치게 감동을 받은 거요."

나는 놀랐다. "사실 나는 감동을 받았어요. 하지만 형이 그걸 알고 있을 줄은 몰랐소."

"누구나 자기의 길을 가야 하는 법이죠, 제이크." 하고 휴고는 말하였다. "만사가 형이 생각하듯이 그렇게 중요하지는 않아요."

나는 휴고에 대해 화가 치밀었다. "무슨 말인지 모르겠소." 하고 나는 말하였다. "형이 해머스미스에 있던 그 극장에 그렇듯 수고를 아끼지 않았을 땐 무엇인가 퍽 중요하다고 생각했을 게 아니오?" 그의 입에서 애너 얘기가 나오길 나는 바랐다.

"아, 그건……." 하고 말하더니 휴고는 잠시 동안 잠자코 있었다. "그저 애너를 기쁘게 해 주기 위해서 한 거요. 어리석은 일이었지."

나는 숨을 죽였다. 내가 간절히 듣고 싶었던 상세한 고백을 그로 하여금 실토케 하자면 세심한 주의를 하지 않으면 안 되었다. 천천히 숨을 들이마시며 휴고의 생각을 냄새 맡을 수가 있었다.

"그렇다면 결국은 그녀를 기쁘게 할 수가 없었다는 얘기군요." 하고 나는 살살 꾀듯이 말하였다.

"정말로 기쁘게 했었지요. 아무렴, 기쁘게 해 줬고말고요." 하고 휴고는 말하였다. "하지만 그게 무슨 소용이 있단 말이오? 거짓이란 아무 소용 없는 거요. 그게 정말 거짓이었다는 건 아니지만. 뭐니 뭐니 해도 우리는 사정을 이해했던 거요. 그래도 그것은 일종의 거짓이었소."

이 점은 얼마간 이해가 가지 않았다. "그렇다면, 그녀는 진정으로 그 일에 흥미가 없었다, 그저 그 일에 갇혀 있는 셈이었다, 그런 말인가요?" 내가 물었다.

"아니, 그녀 편에서 제대로 흥미를 가졌지요. 그런데 내 편에선 흥미가 없었단 말이오. 그러더니 그녀는 그따위 동양의 잡동사니를 소개하려 했죠. 어디서 배워 온 건지!"

"형에게서 배운 게 아니오?" 나는 속삭이듯 하는 소리에 한껏 가시를 넣어서 말했다.

"무슨 소리!" 하고 휴고가 말하였다. "혹 내게서 어떤 막연한 관념을 우연히 입수하게 됐는지도 모르죠. 그러나 그것을 보태고 보태어서 그 모양이 된 건 아니오."

"모든 게 그 지경이었다면 무엇 하러 무언극엔 출연했단 말이오?" 나는 물어보았다.

"건 옳은 얘기요. 출연하지 말았어야 할 건데," 하고 휴고는 말하였다. "그러나 그녀를 기쁘게 해 주기 위해 한 거요.—뭐니 뭐니 해도 그녀가 무엇인가를 만들어 내는 것같이 보였으니까요."

"그건 그렇죠." 하고 나는 말하였다. "그녀는 창의력이 있어요."

"당신들은 둘 다 창의력이 있소. 형과 애너 말이오." 하고 휴고가 말하였다.

"그건 또 무슨 소리요?" 하고 나는 물었다.

"그저 금세 그런 생각이 났을 뿐이오." 하고 말하더니 "나는 여태껏 무얼 만들어 본 일이 없소." 하고 휴고는 덧붙였다.

"극장은 왜 없애 버렸소?" 내가 물었다.

"내가 없앤 게 아니오. 애너가 없앴지," 하고 휴고는 말하였다. "갑작스레 부질없는 일이란 생각이 들어 팽개치고 나가 버린 거요."

"형도 딱하게 됐군요! 그래서 독립사회당에 그 장소를 주어 버렸군요."

"독립사회당은 당장 당사를 구해야 할 판이고 해서 그 장소를 주는 게 좋겠다고 생각한 거죠."

나는 휴고가 안됐다는 생각이 들었다. 극장의 생명이었던 존재가 떠나 버린 후 그가 홀로 그곳에 서 있는 모습을 그려 보았다. "형이 정치적 견해를 가지고 있는 줄은 몰랐

어요. 우리가 만나지 않게 되고부터 그걸 발전시킨 셈이군
요." 하고 나는 말하였다.

"실상 정치적 견해 같은 것은 없어요." 하고 휴고는 말
하였다. "그러나 레프티의 사상은 온당하다고 생각해요."
휴고가 쓰는 말로 이것은 굉장한 찬사였다.

"그럼 그에게 어떤 영향력을 끼치고 있는 건가요?" 내가
물었다.

"천만에!" 휴고가 말하였다. "그럴 힘이 어디 있겠소?
그저 자금을 보태 주는 거지. 내가 할 수 있는 일은 그뿐
이오."

"'로켓' 공장은 아직 경기가 좋겠지요?" 하고 나는 말하
였다. "파리 시 당국이 단골이던데."

"아, 공장을 팔아치웠어요. 알고 있을 테지만."

"금시초문인데요," 하고 나는 말하였다. "왜 그랬지요?"

"난 개인 기업엔 찬성하지 않소," 하고 휴고는 말하였
다. "적어도 생각만은 그렇게 하고 있는 것이지. 이런 등
속의 일엔 이해가 더딘 편이오. 한 사업에 대해 의문이 간
다면 깨끗이 치워 버려야 할 것 아니겠소. 공장을 가지고
있으면 그저 돈을 벌지 않을 수가 없었소. 그리고 돈벌이
는 내가 원하는 바가 아니오. 나는 그저 가뿐하게 여행이
나 하고 싶었소. 그러지 않고는 아무것도 이해하지 못하고
마니까요."

"나는 언제나 가뿐히 여행을 해 왔소." 하고 나는 말하였
다. "그러나 내가 무얼 이해하는 데 도움이 된 것 같지는 않
은걸. 그건 그렇고, 영화 쪽은 어때요? 변화가 있었는지?"

"영화에서도 역시 발을 빼고 있는 중이오." 하고 휴고는 말하였다. "영국과 프랑스가 합작한 새로운 회사가 생겨 그것이 바운티 벨파운더를 인계받고 있는 참이지요. 인제 안녕이오."

"알겠어요." 나는 감동되었다. "하지만, 형은 여전히 부자인 셈이죠, 휴고." 하고 나는 덧붙여 말했다.

"그런 것 같아요." 하고 휴고는 말하였다. "그런 건 생각하고 싶지가 않아요. 돈은 어떻게 처리를 해 버릴 참이오. 레프티에게 성큼 집어 줄 작정이오. 뭣하면 형에게도 얼마 드리지요."

"형은 정말 별난 사람이오." 하고 나는 말했다. "어떻게 갑작스레 재산을 버릴 생각이 난 거요?"

"갑작스러운 게 아니지요." 하고 휴고는 말했다. "지금껏 비겁했고 어리둥절했었달 뿐이지요. 나로서도 간과할 수 없을 만큼 내 생활을 엉망진창이 되어 버렸소. 그렇지 않았던들 결단을 내리지 못했을 거요."

나는 애너 생각을 하였다. "쭉 불행했던 셈인가요?"

"물론 그랬지요." 하고 휴고는 말했다. "거의 발광 직전이었으니까요. 그러나 그렇다고 해서 그렇듯 형편없이 처신할 구실은 못 되는 거죠. 그리고 참, 형이 웰벡 거리에 전화를 걸었던 날 중간에 끊어 버려서 미안하오. 형 목소리를 듣고서는 어안이 벙벙했던 거요. 너무나 부끄러워서 끊어 버렸던 거죠."

나는 무슨 소린지 알 수가 없었다.

"무엇이 그리 부끄러웠단 말이오?" 내가 물었다.

"그래요, 내가 했던 일 또 하려고 했던 일이 모두 부끄러웠던 거요." 하고 휴고는 말하였다. "나를 너무 높이 평가하고 있어요, 제이크. 형은 감상주의자요."

"쉿!" 하고 나는 날카롭게 말하였다. 우리 두 사람 모두 입을 다물었다.

복도에서 발소리가 났다. 내가 어디에 있는가를 깨닫고 몸서리가 쳐졌다. 가벼운 걸음소리는 가까워지고 있었다. 얘기를 주고받는 사이 격해져서 누군가가 우리 목소리를 들은 것을 모르고 있었으리라. 문께에서 보이지 않도록 나는 소리 내지 않고 침대 모서리로 몸을 기댔다. 당직 간호사가 그저 순회하는 것으로서, 우리 목소리는 들리지 않은 것인지도 몰랐다. 발짝은 휴고의 방문 밖에서 딱 멈추었고 네모진 창이 어두워졌다. 나는 얼굴을 붉은 모포에 파묻고 숨을 죽였다. 혹시 휴고가 당직 간호사에게 나를 일러바치지나 않을까 하는 생각이 갑자기 들었다. 순간 충분히 그럴 수 있을 것 같은 느낌이 들었다. 그러나 휴고는 뻣뻣이 누운 채로 깊은 숨을 내쉬고 있었다. 이내 얼굴은 물러가고 발짝 소리는 서서히 이웃 병실로 옮아갔다. 나는 맥이 빠졌다. 여전히 침대에 기댄 채 휴고를 올려다보았다. 그 사이 내 생각들이 다시 모여들었다.

나는 낚시에 걸린 큰 고기를 이리저리 놀리고 있는 것 같은 느낌이 들었다. 휴고는 이야기를 좋아하는 성미다. 이제 문제는 요령 있게 말문을 열게 하는 데 있었다. 그러면 모든 것을 털어놓게 되리라.

나는 나지막하게 속삭여 침묵을 깨뜨렸다. "애너는 노래를 집어치웠지요."

휴고는 잠시 동안 잠자코 있다가 멋쩍게 말하였다. "애너는 그걸로 좋아요."

수를 잘못 썼구나 하는 느낌이 들었다. 나는 좀더 단도직입적인 수를 써 보았다. "휴고," 하고 나는 말하였다. "형이 전화를 걸고 내가 전화를 받았을 때 부끄럽게 여겼다는 건 대관절 무어요?"

휴고는 주저하였다. 붕대를 매만지며 나를 건너다보는 것이 보였다. "난 그녀에게 형편없이 굴었지요." 하고 그는 말하였다.

"어떻게?" 내 존재를 최소한으로 줄이려고 나는 조그맣게 물어보았다. 휴고에게 독백을 시키고 싶었다. 애너가 도망치는 모습이 떠올랐다.

"형편없이 짓궂게 따라다녔지요." 하고 휴고가 말하였다.

"그녀는 형을 사랑했던가요?" 하고 나는 중얼거렸다. 내 주위의 공기 전체가 진동하고 있었다.

"아니요." 하고 휴고는 말하였다. "그건 가망이 없었소. 알고 있겠지만, 그녀는 형에게 열을 내고 있다는 생각이 가끔 들었지요."

조그만 짐승이 잠이 들 때처럼 온몸의 근육이 하나하나 풀어지는 듯한 느낌이었다. 나는 다리를 뻗었다. 잠시 그가 불러일으킨 영상을 골똘히 생각하며 나는 휴고가 측은하게 느껴졌다. 그러나 생각을 기울일 계제가 아니었다. 사실을 파악해야 하였다. 이론은 뒤로 미루어도 좋았다. 그 당장의 나의 기분은 과학적이라 할 수 있었다. "어떻게 해서 그러한 생각이 들었소?" 하고 나는 물었다. "그녀가 내게 열을 내었다고 하니 말이오."

"그녀는 형 얘기를 많이 했지요." 하고 휴고는 말했다. "그리고 형 얘기를 많이 묻습디다."

"참 지겨웠겠군요." 하고 나는 말하였다. 그리고 혼자 미소를 지었다. 내 편에서 관심을 가지고 있는 여자가 자기의 관심거리만을——그리고 그 관심거리가 내가 아닐 때——자꾸 묻는 것처럼 울화통이 터지는 일은 다시없다.

"나는 기꺼이 그녀에게 도움이 되어 주었지요." 하고 휴고는 말하였다. 보기 흉할 정도로 초라한 태도였다.

휴고는 과연 내게 솔직하게 대하고 있는 것일까? 나는 느닷없이 의심스러워졌다. "언제쯤 다시 그녀를 만날 셈이오?" 하고 내가 물었다. "정말 그녀는 외유할 셈인가요?"

"모르겠소," 하고 휴고가 말했다. "그녀의 계획이 무엇인지도 정말 모르고 있어요. 이를테면 그녀는 날씨 같아요. 새디 일은 아무도 모르죠."

"애너 얘기겠지요. 건 그래요." 하고 내가 받았다.

"새디 말이오!" 하고 휴고는 말했다.

숲 속에서 메아리치는 각적(角笛) 소리처럼 두 여인의 이름이 울려 퍼졌다. 머릿속에 있던 한 구조가 갑작스레 망가져 산산조각이 되고 그 조각이 새처럼 내 둘레를 날고 있었다.

한쪽 무릎을 대고 일어서서 내 얼굴을 휴고의 얼굴 가까이로 바싹 갖다 대었다. "방금 우리가 얘기한 것은 대체 누구 얘기였소?" 나는 그에게 물었다.

"물론, 새디요." 하고 휴고가 받았다. "새디가 아니면 누구란 말이오?"

내 손은 모포를 움켜쥐었다. 이미 내 생각은 반대 방향으로 향하고 있었고 내게 전혀 딴판인 정경을 보여 주고 있었다. "휴고." 하고 나는 말하였다. "이게 절대적으로 확실하다 할 수 있겠죠?"

"조용히!" 하고 휴고는 말하였다. "거의 고함치다시피 하고 있잖소?"

"형이 사랑하고 있는 사람은 대체 누구요?" 하고 나는 물었다. "두 사람 가운데서 누구란 말이오?"

"새디요." 하고 휴고가 받았다.

"틀림없소?" 나는 물었다.

"내, 원 참! 그걸 모르겠소? 그녀 때문에 1년도 더 고통을 받아 온 셈인데! 하지만 노형도 알고 있을 줄 알았는데……."

"그녀에게 들었지요." 하고 나는 말하였다. "그녀에게서 듣긴 했어요! 그러나 물론 곧이는 안 들었지요." 나는 다시 바닥에 주저앉아서 두 손으로 머리를 잡고는 흔들었다.

"'물론'이라니요?" 하고 휴고는 말하였다. "결국은 내가 접근치 못하도록 그녀가 형을 끌어들인 게 아니오? 형은 나와 버리고 말았지만!" 그는 쓰디쓴 어조로 말하였다.

"그녀는 날 가두어 버렸어요." 하고 나는 말하였다. "그건 견딜 수가 없었어요."

"나를 가두어 준다면 얼마나 좋을까요!" 휴고가 받았다.

"난 그녀의 말을 곧이들을 수가 없었어요. 도저히!"

"내가 형편없이 굴었다고 그럽디까?" 휴고가 말하였다. "글쎄요, 노형이 들이닥칠지도 모른다고 막연하게 얘기합디다."

"고마운 여자요," 하고 휴고는 말하였다. "그 이상의 얘기는 하지 않았다면 말이오. 난 미치광이처럼 굴었어요. 한 번은 밤중에 거처엘 난입했고 또 한 번은 그녀가 촬영소에 있을 때 들어가서 편지를 뒤지고 물건을 가지고 나온 적도 있고. 완전히 그녀에게 미쳐 있었어요. 근 1년간 생활은 완전히 엉망이었지요. 모든 것에서 발을 빼고 새 출발을 해야 된다는 건 그 때문이오."

"그러나 휴고, 그건 있을 수 없는 일이오!" 나는 말하였다. "노형이 새디를 사랑할 리가 없어요!"

"어째서요?" 휴고가 물었다. 그는 성이 나 있었다.

나는 앞뒤가 맞지 않는 모순을 느꼈다. 말로써 표현할 수는 없지만, 휴고가 새디를 사랑할 리가 없다는 생각이 온통 막연하게 떠올랐고 일변 휴고가 새디를 사랑하고 있다는 사실을 응시하면서도 무의미한 소리밖에 지껄일 수가 없었다. '그녀는 사랑에 값할 만한 주제가 못 된다.'라는 말이 입 안에서 뱅뱅 돌았으나 입 밖에 내지는 않았다. 그것은 어쨌든 이유가 못 되었다.

"하지만 노형은 애너를 알고 있잖았어요? 애너를 아는 처지에 어떻게 새디를 더 좋아할 수가 있단 말이오?" 내가 말하였다.

"한 가지 이유를 밝히지요." 이렇게 말하는 휴고의 목소리에는 성난 기가 엿보였다. "새디 쪽이 훨씬 더 총명하단 말이오!"

우리 사이에 무서운 그 무엇이 터지고 있는 듯한 혼란스러운 느낌이 들었다. 휴고도 그것을 알아차리고 곧 덧붙였다. "제이크. 노형은 바보요. 사람은 그 누구든 사랑할 수가 있고 또 마음에 드는 것도 사람에 따라 다르잖소?"

우리는 입을 다물었다. 나는 여전히 모포를 움켜쥐고 있었고 휴고는 침대에서 반쯤 일어나 앉아 있었다. 그의 다리가 내 손 바로 곁에 있어 뻣뻣함을 알 수 있었다.

"아무래도 이해가 안 가는걸요." 하고 마침내 내가 입을 열었다. "그런 일이 불가능하다는 게 아니라. 매사가 반대쪽을 가리키고 있었단 말이오. '무언극 극장'에 대해선 왜 그렇듯 열심이었단 말이오?"

"그건 얘기하잖았소." 하고 휴고는 말하였다. "애너를 기쁘게 하기 위해서였지."

"그러나 도대체 왜?" 나는 이 생각과 겨루었다.

"글쎄, 모르겠소." 하고 휴고는 성마른 어조로 말하였다. "아마 그러지를 말아야 했을지도 모르지요. 이렇게 양보를 해 보았자 아무 소용이 없어. 그저 거짓말을 하게 될 뿐이지요."

그의 말이 멍하니 내 마음속으로 스며 들어왔다. 이어 홀연히 나는 진실을 깨달았다. 나는 일어섰다. 그리고 말하였다. "애너가 형을 사랑하고 있군요."

"물론이오," 하고 휴고는 말하였다. "내가 새디에게 미쳐 있는 것처럼 그녀는 내게 미쳐 있소. 그러나 이런 건 모두 알고 있는 줄 알았는데요. 제이크?"

"알고 있었지요," 하고 나는 말했다. "이것저것 모두. 그저 매사를 거꾸로 알고 있었단 말이오!"

나는 문께로 걸어가 조그만 창 너머로 밖을 내다보았다. 맞은편에 줄지어 있는 흰 문과 붉은 바닥이 보였다. 나는 휴고에게로 몸을 돌려 처음으로 그의 얼굴을 뚜렷하게 보았다. 아직도 그는 창백하였다. 붕대 밑으로 걱정스러운 듯이 나를 쳐다보는 그의 얼굴은 주름이 져 있고 또 골똘하였다. 그는 렘브란트처럼 보였다.

나는 방 반대쪽으로 돌아갔다. 그의 얼굴이 잘 보이지 않기를 바랐던 것이다. "난 이렇게 된 것인 줄은 몰랐었죠. 알고 있었다면 여태까지의 행동도 달랐을 거요."

도대체 어떤 방식으로 달랐을 것인가 하는 것을 그 당장은 생각할 수가 없었다. 내가 알고 있었던 것은 과거, 현재 그리고 미래를 온통 뒤바꿔 착란시키는 쓰라림뿐이었다. 휴고는 나를 빤히 쳐다보고 있었다. 내 얼굴은 그에게로 향해 있었으나 눈길은 딴 데를 보고 있었다. 만약, 그가 내 표정에서 진실을 읽어 낼 수 있었다면 그건 다행한 일이었다. 나로서는 진실을 알아낼 때까지는 오랜 시간이 걸리리라는 걸 알고 있었다.

"애너 얘기를 무엇이든 좀 들려줄 수 없겠소?" 내가 말하였다. "그저 생각나는 것을 아무거나 얘기해 봐요. 무슨 얘기든지 들으면 조금이라도 더 이해가 될 것 같아요."

"글쎄, 무슨 얘기를 해야 할까." 하고 휴고는 말하였다. "난 이 모든 일이 가슴 아플 뿐이오, 제이크. 하지만 인생이란 이런 게 아니오? 나는 새디를 사랑하고 있고, 새디는 노형을 마음에 두고 있고. 그런가 하면, 형은 애너를 사랑하고 그 애너는 나를 마음에 두고 있고…… 온통 꼬여 있잖소?"

"자, 휴고, 애너 얘기를 들려줘요. 이 모든 게 언제부터 비롯된 것인지를……"

"오래전 일이오." 하고 휴고는 말하였다. "새디를 통해 우연히 애너를 알게 된 거요. 그랬더니 그녀가 첫눈에 혹해 버린 거지…… 애너가 말이오."

"이름에 신경 쓸 것 없어요!" 하고 나는 말했다. "이제부터는 틀릴 리 없으니깐."

"처음엔 나를 쫓아다녔지요," 하고 휴고는 말하였다. "딴 일은 모두 팽개치고 그저 나를 쫓아다녔단 말이오. 런던을 떠나서 호텔에 묵어 보아도 소용이 없었어요. 하루나 이틀이 지나면 그녀가 나타났으니깐. 난 미칠 지경이었어요."

"곧이들리질 않는데요," 하고 나는 휴고에게 말하였다. "노형이 꾸며 댄 얘기라는 게 아니라, 그저 좀처럼 곧이들리질 않는단 말이오."

"한번 믿어 보려고 해 봐요." 하고 휴고는 말하였다. 이 환장한 광란의 여인 속에서 나는 내가 알고 있었던 애너의 모습을 찾아보려고 안간힘을 썼다. 어머니와 같이 부드럽고 공평한 태도로 언제나 자기를 따르는 축들의 주장을 교묘히 조정하는, 냉연히 상냥한 애너의 모습을—나는 마음이 아팠다.

"'처음엔'이라고 했지요? 그다음엔 어떻게 됐어요?" 나는 물었다.

"그다음엔 별일이 없었어요," 하고 휴고는 말하였다. "그녀는 내게 수백 통의 편지를 보냈어요. 멋있는 편지였죠. 지금 얼마쯤 간수하고 있는 게 있어요. 그후 그녀는 좀 정신을 차리게 되었고 해서 나도 가끔 그녀를 만났지요." 나는 찔끔하였다. "그녀를 만나는 것이 재미있었어요. 새디 얘기를 할 수가 있었으니까."

"가엾은 애너!" 내가 말하였다.

"알고 있어요," 하고 휴고는 말하였다. "나는 양편 모두에게 심했지요. 그러나 이제 발을 빼고 있어요. 노형도 발을 빼는 게 좋을 거요." 그는 덧붙였다.

"무슨 말인지는 모르겠지만 절대로 발을 뺄 수는 없어요!" 내가 받았다.

"해결될 수 없는 상황이라는 것이 있는 법이오," 하고 휴고는 말하였다. "그런 것은 그저 버릴 수밖에 없소. 형의 문제점은, 제이크, 모든 것을 동정적으로 이해하려고 한다는 점이오. 안 되는 일이오. 그저 횡수(橫手)로 나가 보는 거요. 진리란 그저 횡수에 있는 거요."

"진리 같은 건 아무래도 좋아요!" 나는 그를 보고 말하였다. 머리가 뒤숭숭하고 어지러웠다.

"이상한데." 하고 나는 말하였다. 방금 들은 얘기를 간추리고 있었다. "극장은 노형의 착상이라고 믿어 의심하지 않았어요. 노형다운 일인 것처럼 보였던 거요. '행위는 거짓말을 하지 않는다. 말은 언제나 거짓말을 한다.' 그러나 이제 와 보니 모든 것은 환각이었어요."

"'나다운 일'이란 게 무슨 뜻인지를 모르겠소," 하고 휴고가 말하였다. "극장은 모두 애너의 착상이었어요. 난 그저 한몫 끼었을 뿐이고. 애너는 그 분야에 어떤 일반론을 가지고 있었지만 나는 그걸 제대로 이해하지 못했습니다."

"그건 노형의 생각 바로 그것이었어요." 하고 나는 말하였다. "애너의 마음속에 비쳤던 노형 자신이었던 거요. 예의 그 대화록이 내 마음속에 비쳤던 형 자신이었듯이 말이오."

"글쎄, 그런 영상이 있는 줄은 모르겠는데요." 하고 휴고는 말하였다. "중요한 것은 누구나 자기가 할 수 있는 일을 해야 한다는 점이오. 그걸로 족해요."

"형이 할 수 있는 게 무어요?" 나는 물어 보았다. 휴고는 잠시 동안 아무 말이 없었다. "내 손으로 다소 복잡한 물건을 만드는 일이오." 하고 그는 말하였다.

"그것뿐이오?"

"그래요." 휴고가 받았다. 우리는 다시 입을 다물고 있었다.

"그래 실지로 무얼 할 생각이오?" 내가 물었다.

"시계 제작공이 되어 볼 작정이오." 하고 휴고는 대답하였다.

"무어라고요?"

"시계 제작공 말이오. 물론 여러 해가 걸릴 거요. 그러나 이미 노팅엄에 있는 명장에게 견습 예약을 해 두었어요."

"어디라고요?"

"노팅엄이오. 뭐 어떻소."

"나쁠 건 없겠지요." 하고 나는 말하였다. "하지만 무엇 때문에 그러는 거요? 무엇 때문에 하필 시계 제작공이 된

단 말이오?"

"이야기하지 않았소?" 하고 휴고는 받았다. "그런 일에
솜씨가 있어요. 내가 폭죽을 잘 만들었다는 건 기억하고
있겠지요? 하지만 폭죽이란 부질없는 것이란 말이오."

"그럼 시계는 부질없는 게 아니란 말이오?"

"그렇지 않지. 옛날부터 있어 온 생업이오. 제빵업처럼."

나는 그늘져서 침침한 휴고의 얼굴을 찬찬히 들여다보았
다. 변함없이 일종의 순진의 가면이 뒤덮여 있었다. "돌았
어요." 하고 나는 말하였다.

"제이크, 어째서 그런 소리를 하는 거요?" 휴고가 말하
였다. "누구나 생업을 가져야 하지 않소? 형의 생업은 글
을 쓰는 일이고. 난 생업을 시계 만드는 일과 고치는 일로
정하려는 거요. 기술이 있어야 되지만……."

"그럼 진리는 어찌 되는 거요?" 나는 퉁명스럽게 물었
다. "신의 탐구는 어떻게 되는 거요?"

"그 이상 무얼 바란다는 말이오?" 휴고가 받았다. "신은
곧 일이오. 신은 세목이오. 모두 손 닿는 곳에 가까이 있
는 거요." 그는 팔을 뻗쳐 침대 곁의 탁자 위에 놓여 있는
컵을 잡았다. 문에서 흘러 들어오는 불빛이 컵 위에서 반
짝이고 있었다. 내가 어둠 속에서 휴고의 안광이 나타내고
있는 바를 파악하려 할 때, 그 안광에서 회답의 번쩍임을
찾을 수 있을 것 같았다.

"알겠어요," 하고 나는 말하였다. "됐어요, 됐어요, 알
겠어요."

"형은 언제나 무엇을 기대하고 있단 말이오, 제이크."

하고 휴고는 말했다.

"아마 그럴 거요." 하고 말했다. 이 대화는 이제 내게 무거운 짐과 같은 느낌이 들었다. 나는 나가기로 결심하였다. 나는 일어섰다. "지금 머리는 어때요?" 나는 휴고에게 물어보았다.

"좀 나은 편이오." 하고 그는 말하였다. "노형 덕택으로 잊어버리고 있었지요. 얼마 동안이나 입원을 시켜 놓을 것 같습니까?"

"닷새는 걸린다고 간호부장이 그럽디다."

"아이구! 큰일인걸. 할 일이 한두 가지가 아닌데."

"아마 그보다는 일찍이 퇴원하게 될 거요." 하고 나는 말하였다. 나는 관심이 없었다. 어딘가에 조용히 앉아 휴고에게서 들은 얘기를 되씹고 싶었다. "난 가겠소." 하고 내가 말하였다.

"나를 두고 혼자만 가지 말아요!" 이렇게 말하고 나서 휴고는 침대에서 내려오기 시작하였다.

나는 아연하였다. 나는 그를 붙잡고 제자리로 밀기 시작하였다. 병원의 윤리가 이미 내 속에 깊이 배어 있었다. 환자란 지시대로 따라야 하는 법이고 자유로이 행동해서는 안 되는 것이다. "빨리 제자리로 돌아가요!" 나는 속삭이는 소리지만 크게 말하였다.

우리는 잠시 동안 겨루었다. 이내 휴고는 맥이 빠져 발을 침대에 묻었다.

"제발 좀 봐줘요, 제이크," 하고 그는 말하였다. "지금 빠져나가도록 도와주지 않는다면 며칠 안으로 나갈 수가 없소. 이런 곳이 어떤지는 잘 알지 않소? 옷을 홀랑 걷어가기 때문에 꼼짝할 수가 없단 말이오. 대체 내 옷은 어디있는 거요?"

"이 복도 끝에 있는 라커에 있소." 하고 나는 미련하게도 대답을 해 주었다.

"부탁해요. 내게 좀 가져다주어요." 하고 휴고는 말하였다. "그리고 출구를 가르쳐 주어요."

"몸을 움직이는 건 아직 무리요." 하고 나는 말하였다. "몸을 움직이는 건 위험하다고 간호부장이 그러던데."

"그건 형이 방금 꾸며 댄 얘기요." 하고 휴고는 말하였다. "실상 나는 까딱없어요. 나도 그걸 알고 노형도 그걸 알고 있어요. 나는 이곳을 벗어나야만 해요. 내일 꼭 해야 할 시급한 일이 있소. 여기 갇혀 있게 되면 큰일이오. 자 내 옷을 갖다 주시오."

휴고는 이제 느닷없이 위엄 있는 태도로 말하고 있었다. 내심으로 내가 복종하려 하고 있음을 알고 나는 고통스러웠다. 거기 거역하며 나는 대답하였다. "휴고, 나는 여기서 일하는 몸이오. 이런 짓을 한다면 쫓겨날 거요."

"노형이 지금 여기 있다는 걸 누가 알고 있소?" 휴고가 물었다.

"물론 아무도 모르오."

"그렇담 나를 도와준 게 노형이라는 걸 아무도 모를 거 아니오?"

"나가다가 잡힐 거요." 하고 나는 말하였다.

"노형은 안 와도 좋아요." 하고 휴고가 말했다.

"나도 함께 나가야 돼요." 하고 나는 말했다. "혼자서는 길을 못 찾을 거요." 나는 진정 휴고를 저주하였다. 그를 위해 모험을 하고 싶지는 않았다. 그럼에도 이제 모험을 하게 되리라는 것을 나는 알고 있었다.

"제이크, 나를 위해 수고 좀 해 주어요." 하고 휴고는 말하였다. "시급한 일이 아니라면 이런 부탁은 하지 않을 거요."

"제기랄!" 하고 나는 말했다.

나는 문께로 가서 내 시계를 보았다. 4시가 갓 지난 터였다. 하려면 당장 해야 했다. 나는 밤기운이 드리운 휴고의 얼굴을 쳐다보았다. 그가 원하는 바라면 무엇이라도 들어주리라는 걸 나는 알고 있었다. 들어주어야 했다. "제기랄 것!" 하고 다시 내뱉곤 문 손잡이를 잡았다. 나는 소리 나지 않게 문을 열고 반쯤 열어 두었다. 잠시 동안 복도에 서서 불빛에 눈을 익혔다. 이어 나는 조용히 걷기 시작하였다. 라커실은 한 방 건너서 당직 간호사실과 이웃하고 있었는데, 내 편에 가까운 쪽에 있었다. 거기에 들어 있는 라커는 코렐리 3호 병동의 환자 번호와 1대 1로 맞추어져 있었고 라커는 각각 특정한 침대에 할당되어 있었다. 일단 방 안으로 들어서기만 한다면 휴고의 옷을 찾아내기는 어렵지 않을 것이었다. 그러나 물론 방이 잠겨 있을지도 몰랐다. 내심으로는 간절히 그것을 바라고 있었다. 내 손이 라커실의 손잡이에 닿자 '제발 잠겨 있기를!' 하고 마음속으로 빌었다. 잠겨 있지 않았다. 문이 소리 없이 열렸다. 어두컴컴한 속에 선 채 나는 재빨리 속셈을 하여 보았다.

휴고에게로 되돌아가 문이 잠겨 있다고 말해 버릴까. ──잠겨 있을 수도 있는 일이었다. 정말 그럴 수도 있는 일이었다. 이것을 유혹이라고 치부할까 말까 작정을 못한 채 나는 이 생각과 더불어 안간힘을 썼다. 병원에 대한 의무감을 불러일으키려고도 해 보았으나 그러한 원병을 청하기엔 이미 때가 늦어 있었다. 병원에 대한 의무나 제약에 좇아서 행동을 하려 했다면 4분 전에 그랬어야 할 것이었다. 이제 나는 휴고의 원조에 착수하고 있었다. 휴고에게 서약한 몸이었다. 그에게 거짓말을 한다면 그것은 배신 행위이리라. 나는 열쇠 꾸러미에 손을 대었다.

라커를 열고 거기 들어 있는 것을 하나하나 소리 나지 않게 탁자 위에 옮겨 놓았다. 휴고의 낡은 바둑판 무늬 셔츠, 더 한층 낡아 빠진 코르덴 바지, 비누 냄새가 나는 새 스포츠 상의, 예이거 모직 천의 셔츠와 팬츠, 구멍이 숭숭 뚫려 있는 양말, 그리고 더러운 편상화──휴고의 호주머니에 든 게 짤랑거리는 소릴 냈다. 나는 숨을 죽이고 짐을 들기 시작하였다. 옷을 한아름 팔에 안고 그 위에 신발까지 얹자 앞을 내다볼 수가 없었다. 이어 정신을 차려 보니 라커 문을 열어 둔 채였고 열쇠 꾸러미는 라커에 매달려 있었다. 나는 짐을 하나하나 탁자 위에 다시 내려놓고 나서 라커 문을 닫고 열쇠를 서랍 속에 챙겼다. 그것이 문제가 되는 것은 아니었다. 라커 짐의 도난과 거의 동시에 휴고의 실종이 곧 발각될 것이기 때문이었다. 그러나 나는 단정한 것이 좋다. 이어서 나는 짐을 다시 안고 발을 질질 끌며 문께로 나아갔다. 걸어가는 사이 만약에 휴고의 편상화가 바닥으로 떨어질 경우에 들릴 소리의 그 청각적인 이미지가 염두에서 떠나지 않았다. 그러나 불운은 일어나지 않았다. 미끄러지듯 복도를 가는 동안 누군가가 내 등에 경기관총을 겨누고 있는 듯한 느낌은 어쩔 수 없었다. 휴고의 병실 문은 반쯤 열린 채로 있었다. 나는 살며시 들어가서 옷 뭉치를 침대 위에 내려놓았다. 쿵 하는 소리가 가볍게 났다.

휴고는 일어나서 본때 없는 흰 잠옷을 걸친 채 손톱을 깨물며 창가에 서 있었다.

"멋지군요!" 그는 말했다. 내가 다시 문을 소리 없이 닫는 사이 그는 기뻐 날뛰면서 자기 옷을 움켜잡았다.

"빨리 빨리!" 나는 말했다. "도망치려면 얼른 나갑시다." 그 순간처럼 휴고에 대해 동정과 배려를 느끼지 못한 적은 없었다. 옷을 입으면서 그가 연방 머리를 만져 보는 것을 알아챘다. 이 엉뚱한 행동이 정말 그의 병세에 큰 화를 미치는 것은 아닐까, 하고 나는 멍하니 생각하였다. 그러나 이러한 가능성에는 이미 흥미가 없었다. 토론할 시간은 끝났으니 토론의 초점으로서도 흥미가 없었고 또 휴고의 안녕을 위한 요소로서도 흥미가 없었다. 후자에 관해서 내가 갖게 되었을지도 모르는 관심은 나 자신에 관한 보다 사무치는 걱정 때문에 완전히 가시고 없었던 것이다. 병원을 배반하는 위치로 나를 몰아세운 휴고에게 나는 분노를 느꼈다. 과연 들키지 않고 우리 둘이 도망칠 수 있을까 할 정도로 몹시 걱정스러웠다. 만약 잡히는 날에는 어떻게 될 것인가에도 공포를 느꼈고, 그 점에 관한 내 생각이 막연함에 따라서 더욱 그 공포는 커져 갔다. 나는 몸을 떨었다.

휴고가 채비를 마쳤다. 그는 부질없이 잠자리를 정돈하고 있었다. "내버려 둬요!" 나는 한껏 거칠게 내뱉었다. "이봐요," 하고 나는 휴고에게 일렀다. "우린 당직 간호사실 앞을 지나가야 돼요. 문에 유리가 달려 있으니 얼마쯤은 기어가야 될 거요. 구두는 벗는 게 좋고. 보아 하니 소리깨나 날 것 같으니 말이오. 나를 따라오고 나 하는 대로 해요. 얘기는 말고. 제발 부탁이지만, 주머니에서 뭐가 떨어지지 않도록 해요. 알겠소?" 휴고는 고개를 끄덕였다. 눈을 동그랗게 뜨고 있었고 얼굴은 천진하게 빛나고 있었다. 나는 노기를 띠고 그를 바라보았다. 그러고는 문밖으로 머리를 내밀었다.

당직 간호사의 인기척은 없었고, 아무 소리도 들려오지 않았다. 내가 살며시 나가니 곰 같은 소리를 내며 휴고가 뒤따라왔다. 콧소리와 발소리가 뒤섞인 소리였다. 나는 뒤를 향해 상을 찡그리고 입에다 손가락을 갖다 대었다. 휴고는 열심히 고개를 끄덕거렸다. 당직 간호사실에는 아직도 불이 켜져 있었고, 가까이 가니 방 안을 거니는 소리가 났다. 유리의 위치보다 실히 낮게 몸을 굽히고 재빨리 지나갔다. 이어 휴고가 궁금하여 뒤를 돌아보았다. 그는 망설이고 있었다. 보아 하니 양손에 하나씩 들고 있는 구두를 어떻게 해야 할지 몰라 쩔쩔매고 있었다. 우리는 사이를 두고 서로 노려보았다. 어쩌면 좋겠느냐는 투의 몸짓을 그는 해 보였다. 그의 난경은 내 알 바 아니라는 투의 손짓으로 화답해 주고 나는 병동 문께로 걸어 나갔다. 그러고는 다시 돌아보았다. 하마터면 웃음이 터져 나올 뻔했다. 휴고는 편상화의 앞가죽을 이 사이에 물고 엉금엉금 복도를 기어 오고 있었다. 궁둥이가 산 모양 붕긋하게 공중으로 솟아 있었다. 이 반원형의 표면은 당직 간호사의 시야 속으로 튀어나와 있을 것이 틀림없었기 때문에 그 동작이 그녀의 주의를 끌지나 않을까 생각하며 나는 걱정스레 바라다보았다. 그러나 아무 일도 없었고 휴고는 문가에서 내게 합류하였다. 침이 구두 속으로 떨어지고 있었다. 나는 그에게 고개를 흔들어 보이고 함께 코렐리 3호를 나섰다.

이제 몸을 숨길 곳이라곤 없었고 그저 요행을 바라는 수밖에 없었다. 우리는 중앙 층계를 내려갔다. 붕대로 관을 해 쓴 휴고──보기에 야단스러웠다. 병원은 고요히 주변에 펼쳐져 있었고 휘황한 전등이 온통 불빛을 우리에게 집중시키고 있었다. 그것은 우리를 지켜보는 거대한 눈알 같았고, 그 눈동자 한가운데로 우리는 걸어가고 있었다. 우리를 책하며 정지를 명령하는 외침 소리가 저 꼭대기 층에서부터 메아리쳐 오는 것은 아닌가 하고 조마조마하였다. 그러나 그것은 들려오지 않았다. 층계를 뒤로하고 수랑 취사장에 접근하고 있었다. 취사장이 캄캄한 것을 보고 나는 기뻤다. 그곳엔 아무도 없을 터였다. 이제 곧 자유의 몸이 되는 것이었다. 벌써부터 나의 가슴은 성공의 기쁨으로 울렁거렸고 내 생각은 승리의 날개를 키우고 있었다. 거뜬히 해치운 것이었다! 이제 몇 발짝만 더 가면 저장실 입구였다. 나는 휴고를 돌아다보았다.

바로 그때 약 15미터 전방의 복도 굽이에 사람의 모습이 나타났다. 하늘색 실내복을 입은 스티치였다. 우리 세 사람은 모두 딱 멈춰 섰다. 스티치는 우리를 지켜보고 우리는 스티치를 지켜보았다. 이어 스티치의 입이 벌어지려는 게 보였다.

"빨리, 이쪽이오!" 나는 큰 소리로 휴고에게 말하였다. 몇 시간 만에 처음으로 큰 소리를 낸 셈이었다. 이 말은 묘하게 울려 퍼졌다. 나는 저장실 문으로 뛰어들어 휴고를 안으로 들이밀었다.

"창을 타 넘어요!" 하고 나는 뒤에서 소리쳤다. 휴고가 앞쪽에서 머뭇거리는 소리가 들리고 스티치의 발걸음이 복도를 휘젓는 소리가 났다. 나는 저장실 문을 쾅 닫았다. 창 쪽으로 몸을 돌리다가 홀연 영감이 떠올라 한쪽에 겹으로 세워 둔 침대틀을 붙잡고는 그것을 방 가운데로 세차게 잡아당겼다. 그것이 움직이며 수직이 되고, 비틀거리고, 이어 안쪽으로 넘어지기 시작하는 것을 감촉할 수가 있었다. 나는 반대편으로 뛰어들어 순식간에 그쪽에 선 침대틀도 똑같이 자빠뜨렸다. 두 벌의 트럼프가 맞부딪히듯, 그리고 최후의 심판날과 같은 소음을 내며 양쪽에 세워 둔 침대틀 더미가 문 앞으로 함부로 겹쳐진 채 어울려 있었다. 저편에서 스티치가 욕설을 퍼붓는 소리가 났다. 나는 휴고의 뒤를 쫓았다.

휴고는 창을 활짝 열어 놓은 채로 두었다. 나는 니진스키*처럼 창을 타 넘고 휴고에게 가 부딪혔다. 그는 잔디밭

---

* 러시아의 무용가.

위에서 깡충깡충 뛰고 있었다.

"구두! 구두!" 하고 휴고는 괴로운 소리를 질렀다. 창을 타 넘어 올 때 구두를 안에다 두고 온 것이 분명했다.

"그까짓 구두 걱정은 말고, 뛰어요!" 하고 내가 일렀다. 뒤에서는 금속성의 소음이 울려 퍼졌다. 스티치가 문을 열려고 하나 장애물로 쌓아 둔 침대틀이 말을 안 듣는 것이었다. 머리를 뒤로 젖히고 나는 달렸다. 희뿌연 새벽빛 속에서 정원이 선연히 모습을 드러내고 있는 것을 보고 놀랐다. 벚나무 사이로 달리고 있을 때 누군가가 위층 창에서 우리에게 총질을 했다고 하더라도 나는 놀라지 않았을 것이다.

잔디밭과 자갈길을 가로지르고 쇠사슬을 타 넘은 뒤 우리는 골드호크 거리 쪽으로 보도를 달려갔다. 휴고의 붕대가 풀려 마치 삼각기처럼 뒤에서 펄럭였다. 모퉁이를 돌기 전에 나는 뒤를 돌아다보았다. 추적해 오는 낌새는 없었다. 우리는 속도를 늦추었다.

"지금 머리는 어때요?" 하고 나는 휴고에게 말하였다. 시속 30킬로미터는 실히 되는 속도를 내었음이 틀림없었다.

"말씀이 아냐!" 하고 휴고가 받았다. 그는 담장에 기대었다. "젠장, 제이크," 하고 그가 말하였다. "구두를 집어 오도록 내버려 둬도 되는 걸 가지고. 특제요, 오스트리아에서 산 거란 말이오."

"오늘 중으로 의사에게 보이는 게 좋을 거요," 하고 나는 휴고에게 말하였다. "이 이상 내 양심에 걸릴 일이 없었으면 싶은 거요."

"구시가에 있는 아는 친구에게 보일 참이오," 하고 휴고
가 말하였다. 우리는 셰퍼즈 부시 쪽으로 천천히 걸음을
옮겼다.

급속도로 날이 환해지고 있었다. 틀림없이 5시는 지났을
것이다. 셰퍼즈 부시 그린에 당도했을 땐 안개 너머로 해
가 비치고 있었다. 주위엔 아무도 없었다. 딱 한 번 우리
는 걸음을 멈추고 휴고의 붕대를 감았다. 이어 말없이 빈
들빈들 걸어갔다. 숭숭 뚫린 양말 구멍으로 삐져나온 휴고
의 큼직한 마당발을 보자 나는 애너 생각을 하지 않을 수
가 없었다. 그와 함께 느닷없이 휴고에 대해 동정과 분노
가 뒤섞인 감정이 이는 것을 금할 수가 없었다. 이 친구
때문에 얼마나 고생을 한 것인가! 그러나 따지고 보면 그
렇게밖에는 될 수가 없는 일이기도 했다.

"덕택에 일자리를 잃었소." 하고 나는 그에게 말하였다.

"노형인 줄 모를지도 몰라요." 하고 휴고가 말하였다.

"틀림없이 알 거요." 하고 나는 말했다. "우리를 본 녀
석은 코렐리 병동에 근무하고 있소. 내 적수요."

"미안하오." 하고 휴고는 말했다.

우리는 홀랜드 파크 가로를 걷고 있었다. 완전히 밝아졌
고 안개도 걷혔다. 지붕으로 막 올라선 태양은 우리의 그
림자를 또렷하게 마련해 주었다. 우리는 사람들이 잠들어
있는 창을 지나갔다. 런던은 아직 잠에서 깨어나지 않았
다. 이어 노동자를 위한 새벽 할인 버스가 한두 대 지나갔
다. 그러나 우리는 여전히 걸었다. 휴고는 고개를 숙이고
손톱을 깨물며 망연히 보도를 내려다보았다. 그림이나 죽

은 사람을 보듯이 나는 그를 차근차근히 뜯어보았다. 그지
없이 멀면서도 동시에 전에 없이, 또 앞으로 그럴 성싶지
않을 정도로 가까운 사람이라는 묘한 기분이 들었다. 얘기
는 하고 싶지 않았다. 그래서 우리는 오랫동안 말없이 걸
어갔다.

"노팅엄에는 언제쯤 갈 거요?" 마침내 내가 입을 열었다.

"아," 하고 고개를 들며 휴고는 막연하게 말하였다. "하
루나 이틀 후쯤이라 마음먹고 있지만. 이쪽 일을 끝내기에
달렸죠."

나는 한숨을 쉬었다. "그쪽에 유할 곳은 있나요?"

"아직 없어요." 하고 휴고는 말하였다. 나는 다시 한숨
을 쉬었다.

그러자 이것이 우리의 대화의 마지막이며 서로 작별을
고하기가 썩 어렵게 되어 가고 있다는 생각이 우리 두 사
람에게 동시에 들었다.

"반 크라운만 꾸어 줘요. 제이크." 하고 휴고가 말하였
다. 나는 그것을 건네주었다. 우리는 여전히 걸어가고 있
었다.

"실례지만 난 부지런히 가야겠소." 하고 휴고가 말하였다.

"좋아요." 하고 나는 받았다.

"빠져나오는 걸 도와줘서 정말 고맙소." 하고 그는 말
했다.

"천만에." 하고 내가 말하였다.

그는 내게서 빠져나가고 싶어 했다. 나도 또한 그에게서
빠져나오고 싶었다. 서로 적당한 말을 생각하느라고 잠시

침묵이 흘렀다. 둘 다 그 말을 찾지 못하였다. 순간 우리의 눈이 마주쳤다. 그러자 휴고가 느닷없이 말하였다. "부지런히 가 봐야겠소. 미안하오."

그는 아주 빠른 걸음으로 걷기 시작하더니 캠프든 힐 거리로 돌아갔다. 나는 보통 걸음걸이로 그 뒤를 따랐다. 그는 앞으로 나아갔다. 뒤따라서 나도 거리를 걸어갔다. 그는 셰필드 테라스로 꼬부라졌다. 내가 길모퉁이를 돌았을 적엔 30미터쯤 앞서 있었다. 그가 혼튼 거리로 꼬부라졌다. 나는 똑같은 걸음걸이로 갔다. 글로스터 거리로 들어서는 모퉁이에 이르렀을 때 그의 모습은 보이지 않았다.

# 19장

켄징턴을 걸어갈 때쯤 하루가 시작되었다. 아무것도 할 일이 없었다. 상점 진열창을 들여다보면서 빈들빈들 걸어갔다. 라이언즈로 들어가 아침을 먹었다. 굉장히 오랫동안 먹었다. 이어서 다시 거닐기 시작하였다. 얼즈코트 거리를 걸어가다 매지가 살고 있던 집 앞에 잠시 멈춰 서 있었다. 유리창의 커튼이 바뀌어 있었다. 모든 것이 달라 보였다. 과연 그 집인가 의심이 갔다. 나는 계속 나아갔다. 얼즈코트 역 근방에서 차 한 잔을 마셨다. 데이브에게 전화나 걸까 생각해 보았으나 딱히 얘기할 게 생각나지 않았다.

오전도 반쯤 기울었다. 병원에선 사람들이 코렐리 3호 취사장에서 식기를 닦고 있으리라. 나는 꽃가게로 들어가 터무니없이 큰 장미 꽃다발을 피딩엄 양에게 보내 달라고 일렀다. 편지나 전갈을 함께 보내진 않았다. 누가 보낸 것인가를 그녀는 대뜸 알아차릴 것이었다. 마침내 술집이 문을 열었다. 나는 한잔했다. 결국 데이브에게 얘기할 것이 있다는 게 생각났다. 핀에게서 소식이 있었는지 물어보는 일이었다. 골드호크 거리의 번호로 전화를 걸었으나 응답이 없었다. 핀이 있었으면 싶은 마음이 간절해져서 억지로 주의를 딴 곳으로 돌려야만 했다. 술을 몇 잔 더 들이켰다. 시간은 아주 더디게 갔다.

그동안 처음엔 특정한 일을 생각하지 않았다. 생각할 일이 너무나 많아 갈피를 못 잡을 지경이었다. 나는 그저 조용히 자리 잡고 앉아 마음속에서 생각이 제물에 형성되도록 내버려 두었다. 어둠 속에서 내 주의력이 미치지 않은 채 또 내 도움도 받지 않고 크나큰 형상이 움직이고 있음을 느낄 수가 있었다. 이윽고 내가 위치한 장소를 서서히 깨닫게 되었다. 애너에 대한 나의 기억은 완전히 변형되었다. 하나하나의 기억에 새로운 차원이 도입된 것이었다. 애너가 휴고를 만나서, 휴고의 정떨어지는 말투로 하면, 첫눈에 그에게 혹해 버린 것이 정확하게 언제인가 하는 것을 나는 휴고에게 물어보지 못하였다. 그러나 휴고가 새디와 알고 지낸 것은 퍽 오래전 일이기 때문에 휴고가 애너를 알게 된 것은 나와 애너가 교제한 기간의 후기, 그러니까 우리가 오랫동안 서로 만나지 않게 되기 이전의 시기와 겹칠지도 몰랐다. 이러한 생각을 하자 내가 가지고 있던 애너의 모든 영상이 오염된 것같이 느껴졌다. 그리고 내가 가지고 있던 모든 기억의 영상이 마치 피를 흘리는 조상(彫像)처럼 바뀌는 걸 감지할 수 있었다.

애너의 영상은 이제 내게 없었다. 그녀는 마술사가 데려

온 망령처럼 사라졌다. 그러나 암만 해도 그녀의 존재는 마음속에 남아 있었고 그전보다도 더 실체감 있게 느껴졌다. 이제 처음으로 애너가 내 일부로서가 아니라 별개의 인간으로 존재하게 된 것 같은 느낌이었다. 이것을 경험하는 것은 무척 쓰라린 일이었다. 그러나 그녀가 있는 곳으로 눈길을 고정하려고 할 때 나는 먼저 그녀를 향해 첫걸음을 내디디는 듯한 느낌이 들었다. 결국 그것은 사랑을 가장한 것이었을 터이다. 애너는 새로이 습득해야 할 존재였다. 대체 우리는 언제나 인간을 알게 될 것인가? 앎이 불가능하다는 것을 깨닫고 알려는 욕망을 버리고 마침내는 그 필요조차 느끼지 않게 될 때 아마 그때에야 비로소 가능한 것이리라. 그러나 그때 성취한 것은 이미 앎이 아니다. 일종의 공존에 지나지 않는다. 그리고 또 가장한 사랑에 지나지 않는 것이다.

나는 휴고 생각을 하기 시작하였다. 그는 내 마음속에 크나큰 한 채의 돌기둥처럼 솟아 있었다. 유사 이전의 인간이 영원히 수수께끼로 남아 있을 어떤 인간의 목적을 위해서 다듬지도 않은 채 생짜로 세워 둔 그 크나큰 돌기둥 말이다. 그의 그답지 않은 타인적 속성은 그 자신 속에서 구할 것이 아니라 나나 애너에게서 구해야 마땅할 것이다. 그러나 이 속에서조차 그는 자기가 만든 자기의 모습을 전혀 알아보지 못하였다. 그는 자기 권리를 주장하지도 않고 책망하지도 않는 위인이다. 왜 나는 그를 뒤쫓았던가? 그는 내게 일러 줄 아무것도 가지고 있지 않았다. 그를 만나 본 것만으로 충분했다. 그는 암호요 징후요 기적이었다.

그러나 이런 생각을 하자마자 다시 그를 알고 싶은 마음이 간절해지기 시작했다. 노팅엄에 있는 조그마하고 적막한 일터에서 그가 커다란 손에 시계를 들고 있는 모습을 그려 보았다. 조그마한 시계의 부단한 움직임이, 그리고 그 시계의 보석이 눈에 선하였다. 휴고와의 사이는 정말 끝장 났단 말인가?

나는 술집을 나섰다. 풀럼 거리의 어딘가였다. 보도의 가장자리 돌께서 조용히 기다리고 있으려니 택시가 가까이 오는 게 보였다. 그것을 불렀다. "홀본 육교."라고 나는 운전수에게 일렀다. 나는 자리에 기댔다. 그러고 있으려니 내게 불가피하다고 여겨지는 행동은 이것을 마지막으로 오 랫동안 일어나지 않을 것이라는 느낌이 들었다. 사랑하는 도시 런던이 친숙하면서도 거의 보이지 않게 나는 듯이 스쳐 갔다. 사우스 켄징턴츠, 나이츠브리지, 하이드 파크 코너. 의문을 일으키는 법도 없고 이유도 묻지 않는 행동은 이것이 마지막이었다. 이제부턴 길고 괴로운 반성의 시기가 시작되리라. 물에 빠진 사람은 최후의 순간에 홀연 자기의 전 생애를 떠올린다지만 마치 그것처럼 런던이 내 앞을 스쳐 갔다. 피커딜리, 샤프스베리 거리, 뉴 옥스퍼드 거리, 하이 홀본.

나는 운전수에게 요금을 치렀다. 오후의 한창때였다. 육교 위에 서서 틈서리 같은 패링던 거리를 내려다보았다. 비둘기 한 마리가 날개를 한가로이 움직이며 그곳에서 날아올랐다. 남쪽 세인트 브라이즈 성당의 첨탑 쪽으로 그것이 날아가는 것을 지켜보았다. 뒷덜미에 햇볕이 따뜻했다.

나는 빈둥거렸다. 나의 최후의 연기를 조금만 더 계속하고 싶었다. 고통의 예감이 나로 하여금 지체하게 하였다. 그것은 연극이 끝난 뒤에 오는 고통으로, 그땐 이미 시체가 무대에서 내려지고 트럼펫은 침묵하고 우리가 꾸민 결말을 조소하듯 몇 번이고 밝을 공허한 하루가 동트는 것이다. 나는 층계에 발을 올려놓았다.

긴 층계였다. 중간쯤 올라갔을 때 나는 걸음을 멈추고 찌르레기 소리라도 들릴까 하고 귀를 기울였다. 그러나 아무 소리도 들리지 않았다. 찌르레기가 노래하고 지저귀는 것은 저녁나절이다. 휴고가 그곳에 있을 것인가는 자문조차 하지 않았다. 꼭대기에서 두 번째 층계참에 당도하자 멈춰 서서 숨을 쉬었다. 문은 닫혀 있었다. 문께로 가서 노크를 했다. 대답은 없었다. 다시 크게 노크를 했다. 근처는 아주 조용하였다. 이어 문을 열어 보았다. 문은 열렸다. 나는 들어섰다.

휴고의 거실로 들어서자 갑자기 사나운 돌풍이 일었다. 방은 온통 소용돌이치며 수많은 조각으로 분해되었다. 엉겁결에 나는 문을 꽉 잡았다. 그리고 보았다. 새들이 한방 가득 차 있었다. 처음 날아오를 때 창을 찾지 못한 서너 마리의 찌르레기가 벽이나 창유리에 몸을 부딪혀 가며 미친 듯 푸드득거리며 날고 있었다. 이어 출구를 찾아내고는 날아가 버렸다. 나는 주위를 둘러보았다. 휴고의 아파트는 이미 사람이 사는 집이라기보다도 날짐승의 사육장 같았다. 흰 새똥이 양탄자에 어지럽게 널려 있고 열린 창문을 통해 빗물이 들이쳐 벽에 진한 얼룩을 그려 놓고 있었다.

한동안 휴고가 살지 않았던 것처럼 보였다. 나는 침실로 걸어 들어갔다. 침대는 벌거숭이였다. 양복장도 텅 비어 있었다. 한동안 이 현상을 골똘히 생각해 보았다. 이어 아까의 그 방으로 되돌아가 전화통을 들었다. 휴고가 저쪽에서 받을 것 같은 묘한 환상이 들었다. 그러나 전화는 통하지 않는 것 같았다. 이어 나는 장의자에 걸터앉았다. 무얼 기다리고 있는 것도 아니었다. 얼마가 지났다. 구시가의 어디에선가 시계 소리가 났다. 이어 다른 시계들이 따라 울리는 소리가 났다. 나는 그것을 세어 보려 하지 않았다.

멍청하니 방 안을 두리번거리던 내 시선이 휴고의 책상에 가 멎었다. 한동안 그것을 바라보았다. 이어 몸을 일으키고 가까이 갔다. 꼭대기 서랍을 열어 보았다. 서랍 속에는 《말문을 막는 것》 한 권이 빈 서류철 더미 속에 반쯤 묻혀 있었다. 나는 그것을 끄집어내었다. 빈 페이지 첫 장에는 대문자로 휴고의 이름이 적혀 있었다. 나는 책장을 넘겼다. 휴고는 여기저기 밑줄을 쳐 놓았고 여백에는 십자표, 의문부호들을 적어 놓았다. 한 군데엔 연필로 'J에게 물어볼 것'이라고 적혀 있었다. 이것을 보자 가슴이 아팠다. 나는 책을 덮어 그것을 호주머니에 집어넣었다. 딴 서랍 속에 든 다른 물건들을 훑어본 뒤에 책상 뚜껑을 열어 보았다. 편지나 서류 등속이 꽉 차 있었다. 빠른 동작으로 그것을 젖히기 시작하였다. 상자와 정리함을 더 뒤지니 서류가 바닥으로 와락 쏟아져 내렸다. 내가 구하는 것은 볼 수가 없었다. 오래 묵은 편지, 계산서, 끝이 뭉툭해진 연필, 봉랍(封蠟), 성냥갑, 가지각색의 종이 집게, 반쯤밖에 붙어 있지 않은 우표첩, 못 쓰게 된 우표 등이 내 손가락 사이로 빠져나갔다. 한 조그만 서랍 속에는 재수 없게 생긴 물건들이 모여 있었다. 그것이 '벨파운더 가정용 폭약'임을 알 수 있었으나 우리를 영화 촬영소에서 해방시켜 주었던 것보다는 약간 작았다. 또 한 서랍에는 진주 목걸이가 들어 있었다. 아마도 새디에게 주려고 일껏 산 선물이겠으나 이제 그녀의 손으로 넘어가는 일은 없을 것이었다. 아니 어쩌면 새디가 반환한 것으로, 어느 아침나절 등기소포로 되돌아왔으나 휴고가 그것을 풀어 볼 엄두가 안 났기 때문에 하고한날 그곳에 방치해 둔 것인지도 몰랐다. 그러나 내가 구하는 것은 볼 수가 없었다.

나는 걸터앉아 백지 한 장을 집었다. 나는 휴고에게 편지를 쓰고 싶었다. 휴고의 펜과 잉크를 집었다. 찌르레기 한 마리가 창으로 날아 들어왔다가 나를 보더니 다시 날아갔다. 난간께서 부드럽게 지저귀는 소리가 났다. 나는 그 위의 푸른 하늘을 올려다보았다. '휴고' 하고 나는 종이 위에 적었다. 그다음 더 적을 말이 생각나지 않았다. '노팅엄의 주소를 알려 주시오.' 하고 적을까 생각했으나 이것은 너무나 어설프고 일반적일 것 같아 적지 않았다. 필경엔 그저 곡선을 하나 긋고 그 밑에 내 이름을 적고 팅검 부인네 가게 주소를 적어 두었다. 그 쪽지를 봉투 속에 집어넣어 책장 위에 올려놓은 뒤 떠날 준비를 하였다. 뒤돌아보는데 책장 뒤 벽면에 있는 것이 눈에 띄었다. 그것은 초록색 금고의 문이었다.

나는 걸음을 멈추고 책장을 벽에서 조금 내밀었다. 금고 문을 당겼으나 그것은 잠겨 있었다. 나는 생각에 잠긴 채 서서 그것을 바라보았다. 그러자 내가 해야 될 일이 뚜렷해졌다. 책상 쪽으로 되돌아가 서랍에서 '벨파운더 가정용 폭약'을 하나 집었다. 위력이 얼마나 될 것인가 생각하면서 이 소형 폭발물을 만지작거렸다. 호주머니 속에 손을 넣어 성냥을 찾으면서도 초연한 태도로 이것을 생각하였다. 폭약은 원추형이었다. 금고 문에 손길을 대고 원추의 꼭지를 맞추어 넣을 만한 틈서리를 찾아 보았으나 온통 주교(主教)의 손처럼 고르고 매끄러웠다. 돌쩌귀조차도 안쪽으로 붙어 있었다. 틈서리는커녕 폭약을 세워 볼 만한 융기(隆起) 부분조차 없었다. 마지막으로 나는 휴고의 책상에서 접착 테이프를 가져와 금고 문께의 가장 허약함 직한 곳에 폭약을 붙여 놓았다. 폭죽의 파란 종이처럼 원추의 뭉툭한 쪽에 무명 도화선이 삐져나와 있었다. 성냥을 켜서 도화선 끝에 불을 붙이고 방 건너편으로 물러섰다. 나는 주의 깊게 지켜보았다. 갑자기 벽이 송두리째 무너져 나뭇조각이나 회반죽 더미로 산산조각이 나고, 탁 트인 하늘과 세인트 폴 성당이 보이게 되었다 하더라도 나는 별반 놀라거나 동요하지 않았으리라.

섬광이 번뜩이고 날카로운 소리가 났다. 나는 눈을 감았다. 연기가 방 안에 하나 가득 차고 한 떼의 찌르레기가 난간 밑에서 날아올랐다. 눈을 뜨니 유황 연기 사이로 금고 문이 활짝 열린 채, 돌쩌귀 하나에 매달려 바닥 쪽으로 늘어져 있는 게 보였다. 그 밖에 다른 손상은 없었다. 나는 걸어가 금고 안을 들여다보았다. 금고 안은 두 칸으로 나뉘어 있었다. 아래 칸에는 1파운드짜리와 5파운드짜리를 각각 묶어 둔 돈뭉치가 있었다. 위칸에서는 내가 찾던 것이 보였다.

편지 두 묶음이 있었다. 나는 그것을 끄집어내었다. 조그만 묶음은 단정하고 수줍은 글씨체로 쓰인 것인데, 나는 그것이 새디의 필적임을 알 수 있었다. 또 한 뭉치는 훨씬 컸다. 트럼프를 튀기듯이 나는 그 묶음을 젖혔다. 모두 애너에게서 온 편지였다. '멋있는 편지'라고 휴고가 불렀던 것이었다. 그것을 움켜쥐고 있으니 죄악감과 절망감이 마음속에서 승강이하는 것이었다. 나는 장의자에 걸터앉았다. 이제 내가 상상조차 못하였던 것을 실지로 보려는 것이다. 첫째 봉투를 뽑아냈다.

바로 그때 삐걱 하고 브레이크 거는 소리와 함께 바깥 거리에서 차가 정거하는 소리가 들려왔다. 나는 멈칫거렸다. 얼굴을 붉히고 몸을 떨었다. 나는 일어나 의자 위로 올라가 창밖으로 고개를 내밀었다. 편지는 손에 쥔 채였다. 문밖에 트럭이 한 대 정거하고 있었다. 잠시 지켜보았으나 아무도 나오는 사람이 없어 다시 내려왔다. 나는 봉투를 바라보았다. 그러는 동안 캄캄한 수풀과 거기엘 맨발로 걸어 들어가고 있는 애너의 모습이 환상처럼 선하게 보였다. 내 손가락이 봉투 속의 편지를 만지작거렸다. 편지는 여러 장으로 되어 있었다. 그것을 펼치기 시작하였다. 그때 자동차 소리가 났다. 점점 커져 가는 소리와 함께 가까이 오더니 정거하였다. 스스로에게 욕지거리를 하며 나는 빳빳하게 서 있었다. 다시 의자 위로 올라갔다. 저 아

래로 휴고의 검정색 앨비스가 보였다. 트럭 바로 뒤의 노
상에 대여 있었다. 기쁨도 아니고 두려움도 아니고 그것이
뒤범벅이 된 감정으로 가슴을 두근거리며 차를 지켜보았
다. 몸이 떨렸다. 이제 곧 휴고가 보이리라.

　누군가 차에서 내리는 사람이 있었다. 그러나 휴고는 아
니었다. 잠시 나는 빤히 내다보았다. 이어 레프티의 금발
과 홀쭉한 모습을 알아볼 수 있었다. 창가를 손으로 잡고
입을 딱 벌린 채 지켜보았다. 레프티는 보도에 서서 방금
트럭에서 내린 두 사람과 상의를 하고 있었다. 쨍쨍한 태
양이 보도 위에 그들의 그림자를 기다랗게 늘이고 있었다.
앨비스의 방풍 유리 너머로 '신독립사회당'이란 글씨가 보
였다. 나는 상황을 알 수 있었다. 의자에서 뛰어내렸다.
무너져 가는 산허리에서 발 디딜 곳을 찾는 사람처럼 빙빙
돌며 방을 둘러보았다. 휴고에게 적어 놓았던 쪽지를 후닥
닥 집어서 호주머니에 처넣었다. 잠시 동안 마비된 채 서
있었다. 그러자 층계 저 아래서 발소리가 들려왔다. 나는
현장을 살펴보았다. 샅샅이 뒤집어 놓은 책상과 홀딱 까진
금고. 여전히 손에 들고 있던 편지 묶음을 바라보고, 펼쳐
보려 하던 한 통은 원 묶음 속에 도로 꽂았다. 1초쯤 더 들
고 있다가 묶음을 호주머니 속에 넣으려고 해 보았다. 그
러나 불가능했다. 손이 얼얼하였다. 도로 편지 묶음을 금
고 속에다 처넣었다. 이어 1파운드짜리 지폐 뭉치 중 제일
두둑한 놈을 골라 상의 안주머니에 쑤셔 넣었다. "이런 건
혁명으로도 손에 넣을 수 없는 거지!" 하고 나는 외쳤다.
그리고 문 쪽으로 나아갔다.

세 발짝을 크게 떼어 층계참을 가로질렀다. 휴고의 부엌으로 들어설 때 층계 위에서 레프티의 목소리가 들렸다. 나는 부엌 창문을 열고 평지붕 위로 뛰어내렸다. 의연한 발걸음으로 평지붕을 횡단하였다. 이웃한 사무소 건물의 채광창이 여름 오후의 창공을 향해 활짝 열려 있었다. 몸을 굽혀 그중 하나를 뚫고 나가니 인기척 없는 층계참이었다. 나는 층계를 내려갔다. 일이 분 후엔 문을 나와 옆골목으로 빠졌다. 걸어서 한길까지 되돌아가 길을 횡단했다. 태연히 휴고네 집 맞은편 도로를 지나 가니 그들은 이미 르누아르 그림을 내오고 있었다.

# 20장

마즈는 나를 보고 아주 좋아하였다. 그는 하루 종일 갇혀 있었던 것이다. 나는 그에게 먹이를 주고, 남은 고기를 싸 두었다. 이어 내 옷가지를 가방 속에 챙겼다. 현관에는 내게 온 서너 통의 편지와 소포가 하나 있었다. 뜯어 보지도 않고 그대로 가방 속에 쑤셔 넣었다. 후대에 감사한다는 쪽지를 데이브에게 적어 놓고 마즈와 함께 집을 나섰다.

우리는 88번 버스를 탔다. 마즈가 탔다고 차장이 한참을 투덜거렸다. 우리는 위층 제일 앞자리에 자리를 잡았다. 불과 얼마 전에 애너 생각을 하며 앉았던 바로 그 자리. 그때 나는 버스를 내려 애너을 찾아 헤매지 않으면 안 되었다. 이제 옥스퍼드 거리의 인파를 내려다보며 마즈의 머리를 쓰다듬고 있으려니 행복도 아니고 불행도 아니고 그저 유리 속에 갇힌 사람처럼 꿈속 같은 느낌이 들었다. 갖가지 사건들은 인파 모양 지나가고 그 개개의 모습을 볼 수 있는 것은 그저 순간에 지나지 않는다. 절박한 것은 영원히 절박한 것이 아니며 그저 일시적으로 그럴 뿐이다. 온갖 일과 사랑, 부(富)와 명성의 추구, 진리의 탐구도 인생 그 자체도 지나가 버리고는 무가 되는 순간으로 형성되어 있을 뿐이다. 그러나 과거와 미래 속에 우리의 불안정한 주소를 마련하는 저 불가사의한 생명력으로 해서 우리는 이 허무의 구렁 속을 전진해 간다. 이것이 우리의 인생이다. 하나의 정신이 부단히 죽어 가는 시간, 잃어버린 의미, 다시 잡을 수 없는 순간, 잊어버린 얼굴을 묵상하며 그 위에서 배회하다가 마침내 우리의 모든 순간을 끝내 버리는 마지막 단절의 시간이 찾아들어 이 정신은 그것이 생겨났던 허공 속으로 다시 가라앉는 것이다.

이렇게 나는 명상하였다. 버스에서 내리고 싶은 마음은 없었다. 그러나 옥스퍼드 광장에 당도하자 나는 몸을 일으켜 마즈를 끌고 층계를 내렸다. 퇴근 시간이었다. 바로 뒤에 개를 데리고 군중 속을 헤치며 방향을 바꾸어 래스본 플레이스로 갔다. 소호는 무덥고 먼지투성이였으며, 오후 특유의 나태하고 무감각한 기운이 감돌고 있었다. 사람들이 옹기종기 서서 문 열기를 기다리고 있었다. 어느 위편 방에선 누군가가 피아노를 치고 있었다. 누군가가 그 가락을 듣고 휘파람을 맞추어 불면서 멀리 사라져 갔다. 나는 샬럿 거리를 걸어갔다. 더위 때문인지 혹은 불안 때문인지 눈앞의 풍경이 흔들리며 반짝반짝 빛났다. 쫓기는 사람처럼 나는 걸음을 재촉하였다.

담배 연기의 소용돌이 속에서 팅컴 부인의 목소리가 들

려왔다. 그녀는 나를 기다리고 있었던 것같이 보였다. 그러나 그러고 보면 그녀는 언제나 나를 기다리고 있었다. 나는 조그만 탁자 옆에 앉았다.

"어머나, 오랜만이우!" 하고 팅크 부인은 말했다.

"정말 오랜만입니다." 하고 내가 말했다.

마즈는 가까이 있는 한두 마리의 고양이에다 코를 대고 신중하게 흥흥 냄새를 맡았다. 고양이들은 마즈에게 익숙해진 듯 우아한 얼굴을 돌리고서 눈을 껌벅거렸다. 팅컴 부인의 등 뒤에서 그들은 층층으로 차례차례 몸을 일으켰다. 연기 속으로 보이는 고양이 눈은 마치 안개 속의 종착역 전등과도 같았다. 마즈는 내 곁에 누웠다.

나는 다리를 뻗었다. "한잔 안 주시겠어요?" 나는 팅컴 부인에게 말하였다. "술집이 문 열 시간이 돼 가는데요."

"위스키 소다?" 하고 그녀가 받았다. 카운터 밑에서 잔 부딪히는 소리, 위스키가 꼴딱꼴딱 흘러나오는 소리, 소다 거품이 오르는 소리가 차례로 들렸다. 팅컴 부인이 그것을 내게 건네주었다. 나는 고개를 뒤로 젖히고 두 눈을 감았다. 아주 멀리에서 마치 별세계의 소리처럼 라디오가 속삭이고 있었다. 소호의 저녁나절의 소음이 문간을 통해 들려왔다. 마즈가 내 발에 몸을 기대는 것이 감촉되었다. 나는 위스키를 두 모금 마셨다. 그것은 금으로 된 액체처럼 내 몸을 돌고, 나는 가능성에 대한 일종의 전율을 거의 육체적으로 실감하였다. 눈을 떠 보니 팅컴 부인이 나를 보고 있었다. 카운터 위에 놓여 있는 어떤 물건 위에 손을 얹고서. 내 원고가 들어 있는 보따리임을 알 수 있었다. 그쪽으로 손을 뻗치니 그녀는 말없이 건네주었다.

나는 탁자 위에 보따리를 놓았다. 이어 데이브네 집에서 가져온 조그만 편지 뭉치를 가방에서 끄집어내었다. 그 속에 새디에게서 온 편지가 한 통 있는 것을 보고 옆으로 젖혀 놓았다.

"편지를 보아도 괜찮겠지요?" 나는 팅컴 부인에게 말했다.

"마음대로 하시구려." 하고 팅크 부인이 말했다. "나는 얘기책을 보아야겠어. 한창 신나는 장면이라우."

새디의 편지를 먼저 뜯어 보고 싶지는 않았다. 그래서 런던 소인이 찍혀 있는, 못 보던 글씨가 쓰인 편지를 집어서 뜯어 보았다. 레프티에게서 온 것이었다. 몇 번 거푸 읽고 미소를 지었다. 레프티의 편지투는 품위가 있었고 얼마쯤 수식적이어서 콜론, 세미콜론, 괄호 등을 쓰고 있었다. 허두에는 템스 강가에서 우리가 함께 지냈던 밤의 일을 적고 있었다. 자기에게는 그것이 한여름 밤의 꿈이었다고 말하고 자기가 바보 노릇이나 하지 않았기를 바란다고 적고 있었다. 장황하게 떠들어 댄 것을 기억하고 있는 모양이었다. 이어서 내가 병이 났다는 얘길 듣고 유감스럽게 여기는 터라고 적고 있었다. 몸이 회복되거든 자기를 방문해 달라는 뜻도 적어 놓았다. 내게 무슨 정치적인 일을 할 의향이 있다면 물론 기쁘게 생각하는 바이지만 어쨌든 방문해 달라는 것, 뭐니 뭐니 해도 인생이란 정치 문제만은 아니지 않느냐고 적고 있었다. 나는 이 편지에서 좋은 인상을 받았다. 마지막 감개를 레프티가 정말로 품고 있는가 하는 점은 의문이 갔지만 이 사나이와는 상대를 해야겠다고 느꼈다.

레프티의 편지를 호주머니에 집어넣고 다음은 소포 쪽으로 주의를 돌렸다. 프랑스에서 온 것임은 이미 곁눈질로 알아차리고 있던 터였다. 나는 그것을 뜯기 시작하였다. 장 피에르에게서 온 것으로, 『우리 승리자들』이 한 권 들어 있고, 거기엔 장 피에르의 술술 쓴 필적으로 극히 프랑스인다운 헌사가 적혀 있었다. 나는 약간의 감동을 느끼면서 책을 들여다보았다. 이어 포켓나이프를 꺼내어 처음 몇 페이지를 뜯었다. 부지중에 나는 5페이지까지 읽었다. 놀라운 인상을 받았다. 그전부터도 장 피에르는 솜씨 있는 스토리 텔러였다. 그러나 이번 것은 솜씨만이 아니라는 것을 나는 직감하였다. 문체는 엄격해졌고 자신만만한 태도에다가 템포는 느리고도 육중하였다. 변화가 일어난 것이었다. 소설 읽기에 착수하는 것은 문을 열고 안개 긴 풍경을 바라보는 거나 마찬가지다. 아직 잘 보이지는 않지만 흙 냄새를 맡을 수가 있고 바람이 부는 것을 감촉할 수가 있다. 『우리 승리자들』의 첫 장부터 나는 바람이 불어오는 것을 감촉할 수 있었다. 그것은 세차고 또한 청신한 맛이 있었다. '여기까진 제법인걸.' 하고 나는 혼잣소리를 하였다. 분명히 변화가 일어난 것이었다. 그것이 무슨 변화인가를 판단하는 것은 훨씬 뒤의 일이었다. 나는 표지에 적혀 있는 장 피에르의 이름을 보았다.──결국 우리 두 사람이 경쟁자의 입장이 되었다는 것을 처음으로 실감하였다. 이런 생각을 하고 있다는 것에 정신이 들자 나는 고개를 저으며 책을 젖혀 놓았다.

　다음엔 못 보던 글씨체로, 아일랜드의 소인이 찍혀 있는 편지를 골라잡았다. 겉봉을 뜯었다. 속엔 짤막하고 거의 알아볼 수가 없는 필체의 사연들이 있었다. 한참 시간이 걸려서야 비로소 핀에게서 온 편지임을 깨달았다. 간신히 서명한 글씨를 판독했을 때 나는 슬프고도 놀랐다. 기묘한 일이지만 핀에게서 편지를 받아 본 적이 없었다. 떨어져 있을 때면, 전화나 전보로 연락을 취하는 것이 예사였다. 사실 내 친구 중에는 핀이 글씨를 쓸 줄 모른다고 주장한 축들도 있었다. 핀의 편지는 다음과 같은 내용이었다.

제이크

얼굴도 못 보고 떠나와서 미안하네. 자넨 파리에 가 있을 때의 일이었으니까. 그 돈이 생겼기 때문에 고향으로 돌아올 때가 되었다고 생각한 거야. 그전부터는 돌아올 생각을 했다는 것은 알고 있을 거야. 앞으론 더블린에 있을 것이고 '펄 바'에 물어보면 날 찾을 수 있어. 편지도 그 쪽에서 내게 전해 줄 거야. 아직 거처를 정하지 못한 채야. 아일랜드에 들르게 되면 만나게 되기를 바라네. 데이브에게도 안부를.

P. 오피니


편지를 보고 아주 당황하여 나는 팅컴 부인에게 큰 소리로 외쳤다. "핀이 아일랜드로 돌아갔어요!"

"알고 있다우." 하고 팅크 부인은 말하였다.

"알고 있다구요?" 하고 나는 소리쳤다. "어떻게요?"

"내게 얘길 했다우." 하고 팅컴 부인은 말했다.

핀이 팅컴 부인과 흉허물 없이 터놓고 지냈구나 하는 생각이 처음으로 마음속에 떠올랐지만 이내 있을 수 있는 일에서 있음 직한 일로 여겨졌다. "떠나기 직전에 얘기하던가요?" 하고 나는 물어보았다.

"그랬다우." 하고 팅크 부인은 말했다. "하지만 그 전에도 얘기했다우. 돌아가고 싶다는 얘기는 당신한테도 했을 텐데?"

"지금 생각나니 말이지만, 그러긴 했어요." 하고 나는 말하였다. "그러나 곧이듣지를 않았지요." 이 말에는 무엇인가 많이 들어 본 가락이 있었다. "나는 멍청이에요." 하고 나는 말하였다. 팅컴 부인은 이 말을 반박하지 않았다.

"가야 할 뭐 특별한 이유라도 있었던가요?" 나는 물었다. 핀에 관한 일을 팅컴 부인에게 물어보지 않을 수 없다는 것이 괴롭기도 하고 화가 나기도 했다. 그러나 알아볼 필요가 있었다. 그녀의 늙수그레하고 평온한 얼굴을 바라보았다. 그녀는 담배 연기를 동그랗게 내뿜고 있었다. 그녀가 아무것도 가르쳐 주지 않으리란 것을 나는 알고 있었다.

"그저 돌아가고 싶었던 걸 거요," 하고 팅컴 부인은 말하였다. "그곳에 만나 보고 싶은 사람도 있었던 게고. 또 종교 문제가 있고." 하며 그녀는 모호하게 덧붙였다.

나는 탁자를 내려다보았다. 이마에 부드러운 압박감이 감촉되었다. 그것은 팅컴 부인과 대여섯 마리 고양이의 눈길이었다. 나는 부끄러웠다. 핀과 떨어지게 되었다는 것, 핀에 대해서 그렇듯 아는 바가 적었다는 것, 사물을 있는 그대로 보지 못하고 내 좋을 대로만 생각했다는 것이 온통 부끄러웠다. "결국 그는 가 버렸군." 하고 나는 말하였다.

"더블린에 가면 만날 수 있어요." 하고 팅컴 부인은 말하였다.

나는 이것을 상상해 보려 하였다. 핀이 집에 있고 내가 방문객인 장면을—나는 고개를 저었다. "그럴 수 없어요." 하고 나는 말했다. 팅컴 부인이 이해하리라는 것을 나는 알고 있었다.

"때가 되면 무엇을 하고 싶지 않은지도 잘 모르게 되는 법이라우." 하고 팅컴 부인은 말했다. 속 깊은 충고일 수도 있고 무의미할 수도 있는, 그녀가 의견을 말할 때 특유의 모호한 어조였다. 나는 잽싸게 그녀를 바라보았다. 라디오는 계속 소곤거리는 소리를 냈고, 담배 연기는 우리 사이를 베일처럼 부동하면서 문간에서 들어오는 여름 공기를 타고 아주 천천히 그 층(層)의 자리를 바꾸어 갔다. 그녀는 나를 향해 눈을 꿈벅거렸다. 그녀의 눈동자가 가늘게 수직으로 찢어진 듯이 보였다.

"글쎄요, 두고 봅시다." 하고 나는 그녀에게 말하였다.

"지금 그 말은 언제든지 제격이우, 그렇지요?" 하고 팅컴 부인은 말하였다.

드디어 나는 새디의 편지를 집었다. 나는 그것에 몹시 마음이 쓰였다. 틀림없이 불쾌한 말이 적혀 있으리란 느낌이 들었다. 발목께서 마즈가 수런대며 내 구두에 코를 대고 흥흥 냄새를 맡았다. 나는 봉투를 뜯었다. 동봉된 다른 두 개를 젖혀 놓고 향수 냄새가 풍기는 긴 종잇장을 펼쳤다. 좌우에 크게 여백을 남겨 놓고 새디는 우아한 글씨로 시원스레 적고 있었다. 그녀의 편지는 다음과 같았다.

사랑하는 제이크

그 가엾은 개 얘기지만──진작 편지를 못해 드려 날 지독하다고 생각할 거예요. 실은 당신 편지가 정말 어마어마한 팬레터 더미에 뒤섞이고 만 거예요. (정말 골치예요! 그 따윌 정말 들여다보아야 하는 건지 모르겠어요. 그저 보기만 해도 약간 자신이 으쓱해지는 것 같아요. ──버르장머리가 없어지는 것도 같지만. 설혹 여가가 있더라도 읽고 싶은 생각은 없어요. 내 비서가 분류를 할 뿐이에요. 저능의 찬성파, 저능의 반대파, 괴짜, 전문 직업인, 지성인, 종교 관계자, 하는 식으로요. 게다가 청혼을 하는 사람까지 있지요!) 실은 당신 편지의 어투 때문에 약간 기분이 상했었어요. 물론 당신이 손수 쓴 것이 아니란 것을 깨닫게 되기전의 얘기지만요. (정말 손수 쓰셨어요?)

자, 그러면 개에 관해서 말할게요. 실은 S와 나는 당장할 일이 태산 같아 그 개와 승강이할 수가 없군요. (동물영화가 얼마나 성가신 것인지 짐작도 못 하실 거예요. 트위드 천으로 된 옷을 걸친 정말 견딜 수 없는 사람들이 들이닥쳐 세트 언저리에서 어슬렁거리고──다음엔 '동물애호연맹'이 촬영 기록 조수로 위장한 스파이를 보내고.) 당신이 원하신담 그 개를 갖도록 하는 것이 제일 간단하다는 게 S의 생각이에요. 즉 당연한 얘기지만, 당신이 사 주길 기대하는 거죠. (장사꾼처럼 굴어서 미안해요. 하지만 생활비도 있고 지금처럼 생활하고 있는 탓도 있고, 게다가 저들이 가난뱅이를 만들기 위해서 고안해 낸 소득세도 있고 하니 어찌 돈을 소홀히 할 수 있겠어요? 그러나저러나 아시겠지만 그 개는 내 것이 아니라 S 것이에요. 난 그저 대필을 하고 있을 뿐이에요.) 700파운드만 낸다면 양편이 밑지는 법 없이 피장파장이죠. 영화 판권, 출판 판권, 광고권 등속을 모두 포함해서요. (이 일에 얼마나 많은 권리가 있는지 짐작 못 할 거예요. 견권(犬權)처럼 대단한 것도 없어요!) 말할 것도 없이 그 값이면 당신은 횡재하는 거예요! 하지만 실은 S가 싸게 샀기 때문에 우리는 그저 본전만 찾으려는 거죠. 사고 싶은 마음이 있다면 내 변호사와 연락해 보세요. ──잊어버리지만 않는다면 그의 명함을 동봉하겠어요. 살 의향이 없더라도 좌우간 접촉을 해서 개의 반환 건을 타협 지으세요. 직접 상의를 못 해 미안해요. 도미 준비 때문에 엄청나게 바쁘거든요. 참, 개를 살 작정이 되거든 광고 일을 하는 것을 잊지 마세요. 이름은 잊었지만 개 비스킷 회사에서 온 편지도 '함께' 넣어요. 그 사람들은 사진 같은 것들을 이용하고 싶어 하더군요. 그들이 얼마를 부르든 그 배액을 요구하세요.

심한 난필을 용서해요. 그전에 만나서 즐거웠어요. 야단법석이 끝나거든 다시 만나요. 언제가 될지는 모르지만. 아마 일이 년쯤 뒤의 일이겠지요. 언제나 소중히 기억하고 있겠어요. 내내.

새디

추신── S는 어떤 여인에게서 빌린 당신의 타이프 초고를 가지고 있다나 봐요. 개 건으로 들를 때 받을 수 있도록 내 변호사에게 맡겨 둘게요.

이 편지를 보고는 한량없이 기뻤다. 그 온후함과 간교함 가운데서 어느 것이 더 내 마음에 들었는지는 모르겠다. 내가 미욱하게도 마즈를 사기가 십상이라고 새디가 생각했음은 의심할 여지가 없었다. 내가 마즈의 나이에 관한 비밀을 알고 있는가의 여부를 그녀는 아마도 확실히 몰랐으리라. 매사에 정통해 있는 자기 주변 인사 중에는 값을 더 많이 낼 구매자가 있을 것 같지 않다고 생각하였음에 틀림이 없었다. 해서 그녀는 내게 치를 능력이 있을 것 같은, 아니 기꺼이 치르려는 액수에 해당하는 최대한의 금액을 요구한 것이었다. 그리고 그녀는 내가 그 액수를 벌충할 수 있는 방법을 서둘러 가르쳐 주었다. 그리고 최후의 구절은 분명 그녀의 심장에서 나온 진심의 소리였다. 아니 심장이라고 할 수가 없다면 그녀가 심장 대신에 가지고 있는, 냉담하긴 하나 예민한 기관(器官)에서 나온 소리였다.
나는 함께 들어 있는 두 개의 물건을 보았다. 하나는 새디의 변호사의 명함으로 나는 그것을 호주머니 속에 넣어 두었다. 또 하나는 개 비스킷 회사에서 보낸 편지였다. 한번 훑어보고 나서 찢어 버렸다. "너의 공적 생애는 끝났다!"라고 나는 마즈에게 말하였다. 이어 휴고의 금고에서 빼내 왔던 지폐 뭉치를 상의에서 꺼냈다. 나는 그것을 세어 보았다. 팅컴 부인은 흥미가 있는 듯이 지켜보았으나 아무것도 묻지 않았다. 그것은 더도 덜도 아닌 꼭 100파운드였다. 다시 묶어서 집어넣었다.

"편지지와 봉투 좀 살 수 있을까요?" 나는 팅컴 부인에게 물었다.

그녀는 그것을 내게 건네주었다. "거저 드리는 거라우," 하고 그녀는 말하였다. "아무래도 팔리지 않을 물건이거든." 오래되고 먼지가 묻어 누렇게 뜬 물건이었다. 편지지의 표지 안쪽에 간단히 계산을 하였다. 라이어버드에 걸어서 받은 상금은 600파운드였다. 여기에다 휴고의 100파운드와 은행에 예금해 둔 것을 보태면 내가 융통할 수 있는 액수는 약 760파운드였다. 나는 한동안 이 숫자를 바라보았다. 망설임보다도 슬픈 감정이었다. 물론 마즈는 사 두어야 했다. 어떻게 할까, 자문해 볼 필요도 없었고 까닭을 알아볼 필요도 없었다. 그것은 천명이었고 그렇게 하지 않는다는 것은 자신이 멍청이란 것을 증명할 뿐이었다. 새디와 흥정을 하겠다는 생각도 나지 않았다. 상황의 공식성이 내게 선택의 여지를 남겨 주지 않았다. 아무 소리 않고 값을 치르지 않으면 안 되었다. 운명과 흥정을 벌일 때가 아니었다. 모든 것이 해결되었을 때 새디에게 짤막한 편지나 쓴다는 즐거움으로 만족할 뿐이었다. 새디는 이 편지를 팬레터 속에 두고 잊어버린 체할 수는 없으리라. 이렇게 생각하자 새디가 마음에 걸린다는 것을 깨달았다. 우리가 다시 만나게 되리라는 건 의심할 여지가 없었다. 하지만 그것은 미래의 일이었다. 미래——홀연 그것이 내 눈앞에 나타났다. 멀리 보이는 구릉 지대. 나는 눈을 감았다. 새디는 오랫동안 견디어 내리라. 여자를 오랫동안 견디어 내게

하는 것은 총명뿐이다. 새디에게는 그것이 있었다. 휴고가
옳았던 것이다.

나는 수표에 액수를 적었다. 생각해 보니 이제 내 소유
로 남아 있는 금액이라고는 이 책의 허두에서 내가 얼즈코
트 거리를 떠날 때 지니고 있던 정도밖에 되지 않았다. 한
숨이 절로 나왔다. 순간 내가 쉽사리 수중에 넣을 수도 있
었던 대금의 환영이 내 주위에서 회오리처럼 솟구쳐 마침
내 5파운드 지폐의 눈보라 속에서 나는 눈앞이 캄캄해졌
다. 그러나 눈보라는 멎었다. 그리고 내가 크게 후회하지
않고 있음을 깨달았다. 깊은 물속에서 조용히 헤엄치는 물
고기처럼, 안전하게 떠받쳐 주는 내 인생이란 압력을 나는
온몸으로 감촉하였다. 보잘것없고 명예도 없고 목적도 없
어 보이지만 분명 나 자신의 것인 인생. 나는 새디의 변호
사에게 보낼 편지를 끝냈다. 그리고 내 타이프 초고를 팅컴
부인 전교(轉交)로 내게 부쳐 달라고 부탁하였다. 원하는
즉시 그걸로 돈을 마련할 수가 있었다. 이제 번역은 더 하
지 않으리라. 나는 원고 보따리를 끄르기 시작하였다.

나는 탁자 위에 그것을 펼쳐 놓았다. 손을 대니 내 손은
수맥을 찾는 사람의 손처럼 마구 떨려 왔다. 원고에 눈길
을 돌리며 나는 내가 해 놓은 일에 놀라움을 금하지 못하
였다. 장시가 한편, 장편 소설의 단편(斷片) 그리고 많은
수효의 기묘한 단편이 있었다. 아주 오래전에 쓴 것 같은
느낌이 들었다. 평범한 작품이라는 건 알 수 있었다. 그러
나 동시에, 이를테면 바로 이것들을 통해서, 더 잘 써 낼
수 있을 거라는 가능성을 보았다. ──그리고 이 가능성은

그전보다도 더욱 깊숙이 나를 팽개치고 더욱 높이 끌어올리는 힘처럼 내게 현존하고 있었다. 나는 휴고가 가지고 있던 『말문을 막는 것』을 끄집어내었다. 그것을 보니 즐거웠다. 이것 또한 시작에 지나지 않았다. 그날은 세계가 시작되는 첫날이었다. 행복을 능가하며, 여자들이 남자 마음속에 당겨 놓아 그의 기골을 타락시키고 마는 저 허름한 행복에의 욕구를 능가하는, 그러한 힘이 내게 충일하였다. 때는 첫째 날 아침이었다.

몸을 뻗치고 하품을 하니까 마즈도 사지를 떨면서 하품을 하였다. 나는 팔을 펼치고 팅컴 부인에게 미소를 지어 보였다. 그녀도 체셔 고양이*처럼 연기 너머로 미소 지었다. 그러나 세계를 끌어안으려 전신을 뻗치고 있으려니 머릿속에서 이상한 속삭임이 계속되고 있었다. 마치 내가 잘 아는 누군가가 내 귀에다 대고 속삭이는 것도 같았고, 어쩌면 또 내가 사랑하고 있는 누군가가 비밀을 토로하는 것도 같았다. 귀를 기울이듯 나는 천천히 몸을 긴장시켰다.

"당신 친구가 라디오에 나왔네요." 하고 팅컴 부인이 말하였다.

"누군데요?" 내가 물었다.

"퀜틴이란 이름인데." 하고 팅컴 부인은 말하였다. 그녀는 내게 《라디오 타임스》를 건네주었다. 페이지를 뒤지는데 그녀가 갑자기 라디오를 한껏 크게 틀어 놓았다.

---

* 루이스 캐럴의 동화 『이상한 나라의 앨리스』에 나오는 희죽희죽 웃는 고양이.

내 몸을 휩쓰는 파도와 같이 애너의 목소리가 들려왔다.

그녀는 프랑스의 옛 사랑 노래를 부르고 있었다. 그녀의 발성으로 황금색으로 빛을 내며 가사가 천천히 흘러나왔다. 가사는 공중에서 재주를 넘고 떨어져 내려왔다. 그 허스키의 휘황한 황금빛이 가게를 가득 채우고 고양이를 표범으로, 팅컴 부인을 늙은 키르케*로 변모시켰다. 나는 꼼짝 않고 앉아서, 라디오 위에 손을 얹은 채 비스듬히 앉아 있는 팅컴 부인의 눈을 지켜보았다. 오랜만에 듣는 애너의 노래였다. 귀를 기울이고 있으려니 애너의 모습이 떠올랐다. 관 모양의 머릿단 속에 희끗희끗한 백발이 떠올랐다. 노래가 끝났다. "꺼 버려 주세요!" 하고 나는 말하였다. 그 이상 견딜 수가 없었던 것이다.

가게 안이 갑자기 조용해졌다. 팅컴 부인이 라디오를 아주 꺼 버린 것이었다. 팅컴 부인네 가게에 들르기 시작한 후 처음으로 짐승의 숨소리를 들을 수 있었다.

걱정스레 《라디오 타임스》의 페이지를 넘겨서 겨우 해당 기사를 찾아냈다.

'애너 퀜틴, 파리 클럽 데 푸로부터의 중계, '샹송이란 무엇인가'란 제목의 10회에 걸친 방송 시리즈 제1회.'

이렇게 적혀 있었다. 나는 온통 태양처럼 전신에 스며드는 그러한 미소를 지었다.

"거봐요." 하고 팅컴 부인이 말하였다.

---

* 『오디세이아』에 나오는 마녀. 마법의 술을 먹여 오디세우스의 부하를 돼지로 둔갑시켰다 한다.

"그래요." 하고 나는 받았다. 그녀가 한 말의 진의가 무엇일까 나는 생각하였다. 우린 서로 마주 보았다.

"팅크 부인," 하고 나는 말했다. "알려드릴 게 있어요."

"무언데?"

"취직을 하려고 해요." 하고 나는 말하였다.

그녀가 놀라는 표정이 되리라는 건 기대하지 않았고 사실 그녀는 놀라는 기색이 없었다. "무슨 일을 할 수가 있어요?" 팅컴 부인이 물었다.

"병원의 일자리를 구하는 거지요," 하고 나는 말하였다. "그런 일은 할 수가 있어요."

나는 기질이 극히 보수적이다.

"그러나 무엇보다 거처를 구해야지요." 하고 나는 말하였다.

"바깥 게시판을 보우," 하고 팅컴 부인은 말했다. "혹 방을 세놓는 광고가 있을지도 몰라요. 잊어버렸지만."

나는 일어나서 밖으로 나갔다. 마즈가 한가로이 따라와 내 다리에 넌지시 기대고는 뒤쫓을 만한 기동성 있는 고양이는 없을까 하고 거리를 찬찬히 살폈다. 나는 게시판을 살펴봤다. 다소 서투른 글씨가 씌어 있는 엽서가 다닥다닥 붙어 있었다. 요금을 내고 일주일씩 꽂아 두는 것이었다. 딴 것보다 산뜻한 한 장이 눈에 띄었다. 햄프스테드 히스 근처에 있는 어느 1층 방 광고로 '까다로운 조건 없음'이란 단서가 붙어 있었다. 이것은 분명 여자를 가리키는 것이었다. 개까지 포함하는 확대 해석을 할 수 있을까 하고 나는 생각하였다.

"어떤 사람이 붙였는가요?" 나는 팅컴 부인에게 물어보았다.

"좀 괴짜 남자였다우," 하고 팅컴 부인은 말하였다. "잘은 모르는 사람이오."

"어떻게 생겼던가요?" 내가 물었다.

"키가 큰 편이었다우." 하고 팅컴 부인이 받았다.

그 사람의 어디가 괴팍한가를 알아내자면 천상 햄프스테드까지 가 보는 수밖에 없다는 걸 알았다. "뭐 특별히 말릴 만한 건 없는가요?"

"그런 건 전혀 없어요." 하고 팅컴 부인은 말했다. "직접 가서 방 구경을 해 보우."

"오늘 밤에 가 보겠어요." 하고 나는 말했다.

"침대가 없어 곤란하면 돌아와 예서 묵어도 좋아요." 하고 팅컴 부인은 말하였다.

이것은 굉장한 양보였다. "고맙습니다, 팅컴 부인." 하고 나는 말하였다. "하지만 잘 데가 어디 있어요?"

"카운터 뒤에 침대를 놓아 드리지," 하고 팅컴 부인은 말하였다. "매기와 새끼 고양이들은 뒷방으로 몰아넣고."

"매기와 새끼들은 어떻게 지내요?" 나는 정중하게 물었다.

"와 보시우." 하고 그녀는 말하였다.

성지(聖地)에 발을 내디디는 것 같은 기분으로 나는 카운터 뒤로 돌아 갔다. 팅컴 부인의 발밑 한구석 마분지 문방구 상자 속에, 줄무늬가 진 배때기에 새끼 네 마리를 거느리고 매기가 누워 있었다. 새끼 고양이들이 어미의 털속으로 파고들려 안간힘을 쓰는 사이 매기는 눈을 껌벅거리고 하품을 하며 외면을 하였다. 나는 바라보았다. 더 면밀히 바라보았다. 그리고 큰 소리를 질렀다.

"거봐요." 하고 팅컴 부인이 말하였다. 나는 무릎을 꿇고 고양이 새끼를 하나씩 들어 올렸다. 그들의 몸집은 공처럼 둥글었다. 거의 들리지 않게 조그만 소리로 울었다. 그중 한 마리는 얼룩 고양이였고 또 한 마리는 흰 바탕의 얼룩 고양이였다. 나머지 두 마리는 완전한 샴 고양이인 것 같았다. 나는 그 두 마리의 반점과 구부러진 꼬리와 사팔뜨기의 영악스러운 파란 눈을 살펴보았다. 그놈들은 벌써부터 딴 두 마리보다도 한결 더 쉰 목소리로 우는 것 같았다.

"그러고 보니 매기도 드디어 일을 해냈군!" 하고 나는 말했다. 마즈는 내 팔 밑으로 머리를 들이밀고 생색 쓰듯 새끼 짐승에다 대고 흥흥 냄새를 맡았다. 나는 그들을 상자 속에 다시 넣어 두었다.

"정말 알다가도 모를 일이라우." 하고 팅컴 부인이 말하였다. "어째 모두 얼룩이에 반 샴 고양이 튀기가 되지 않고 두 마리는 샴 고양이 순종, 그리고 나머지 두 마린 전혀 딴판이 됐는지."

"그거야, 본시 그런 거죠. 이유야 간단하지요." 하고 나는 말하였다.

"어째 그렇지요?" 팅컴 부인이 말했다.

"그거야 그저," 하고 말하다가 나는 말이 막혔다. 어떻게 해서 그리 되는지 나도 알 수 없었다. 내가 웃었더니 팅컴 부인도 따라 웃었다.

"그 까닭은 모르겠어요." 하고 나는 말했다. "그저 이 세상의 불가사의 중 하나라고 할까요."

# 작품 해설

## 작가와 문학관

작가 아이리스 머독(Iris Murdoch)은 1919년 더블린에서 영국인과 아일랜드인 사이에 태어나 런던에서 성장, 옥스퍼드와 케임브리지에서 철학과 고전을 공부하였다. 제2차 세계대전 중에 동원되어 재무성에서 공직에 종사하였고, 그후 국제연합 국제부흥기관의 요원으로 런던, 벨기에, 오스트리아 등을 전전하며 근무하였다. 1948년에서 1963년까지는 세인트 앤즈 칼리지의 철학 담당 펠로우로 있었다. 1956년에 비평가이자 옥스퍼드 대학교 교수였던 존 베일리와 결혼했으며 1980년대에는 부부가 함께 한국을 방문한 바도 있다.

그녀의 최초의 저작은 1953년에 간행된 『사르트르—낭만적 합리주의자』인데 이 책은 영국에서 간행된 최초의 사르트르 연구서이기도 하다. 이듬해인 1954년에 처녀작 『그물을 헤치고』를 발표한 이후『종』,『모래성』,『잘려진 머리』 등 도합 26권의 소설을 발표했다. 1978년엔『바다, 바다』로 부커 상을 수상하였다. 그러나 만년에 치매 증세를 보였는데 진행 속도가 빨라서 마지막 소설인『잭슨의 딜레마』가 출간되어 손에 쥐어 주었을 때는 그것이 무엇인지 전혀 알지 못하더라는 딱한 일화를 남겨 놓고 1999년에 세상을 떴다. 남편 존 베일리가 쓴 회상록『아이리스』가 영화화되어 우리나라에서도 개봉된 바 있다. 연하이자 말더듬이인 남편이 희화화되었다는 느낌도 없지 않지만 주디 덴치가 주연한 이 영화는 상당한 호평을 받았다.

머독은 또「선의 지고성(至高性)」이란 철학 논문도 발표한 바 있다. 1967년에 강의한 것을 간행한 이 철학 에세이는「완성이란 이념」,「신과 선에 관하여」란 다른 에세이와 함께 단행본으로 출간되었다. 예술, 도덕, 현실의 성질, 진실, 자유, 그리고 선 사이의 관계에 대한 탐구가 머독의 철학적 관심사인데 그녀의 소설도 이러한 철학적 관심을 확대하고 부연한 것이라고 지적하는 견해가 많다. 실존주의의 자아 중심적 현실관과 대조적으로 그녀의 소설에서 현실은 개인이 타인의 존재와 타인의 경험의 타당성을 승인함으로써 비로소 파악되는 것으로 그려져 있다. 개인은 본질적으로 사랑을 통해서 자유를 획득한다. 사랑은 개인들로 하여금 타인과 떨어져 있음을 이해하게 하는 힘이라는 것이다. 머독의 소설에서 사회는 각자가 우연한 사건과 인물들에 대해 반응함으로서 자신의 도덕적 정체성을 형성하는 풍요하고 모호하며 복잡한 환경으로 제시된다. 또 사사로운 인간 관계의 상호 작용이 희극의 풍요한 원인이자 원천이 되어 있다. 희극적 비전, 견고한 서사, 능란한 구성과 인물 묘사, 도덕 문제에 대한 끈질긴 관심과 정신적 경험의 중요성에 대한 긍정이 머독을 영국 사회 소설의 전통 속에 자리 잡아주면서 일급의 현대 영국 작가로 올려놓고 있다는 것이 비평적 정설이다.

철학도 출신의 작가가 쓴 소설이란 말을 들으면 독자들은 곧 난삽한 관념 소설이나 사변적 수기를 연상하기가 쉽다. 그러나 다행히도 또 신통하게도 머독은 이러한 우울한 예상을 뒤엎어 준다. 그런데 이러한 기대 배반 혹은 예상 뒤집기는 머독의 첫 저서에 이미 예고되었다고 할 수 있다. 참여 문학의 이론가이며 작가인 사르트르와 그의 철학 사상, 작품을 정치하게 파헤치는 이 책에서 머독은 『구토』를 사르트르의 철학적 신화라고 높이 평가하면서도 "인간의 가치를 탐구하는 데 있어 사르트르는 인간 관계의 복잡성을 끈기 있게 해명하는 방법을 택하지 않고 자기 자신이 경험한 패배와 상실의 고뇌에 의존하고 있다."라고 비판하고 있다. 살아있는 인간 관계를 등한히 한 우수한 소설을 상상할 수가 없었던 것이다.

사르트르의 참여 이론을 비판하고 있는 이 책의 마지막 장에서도 머독은 극작가로서의 사르트르를 인정하는 대신에 소설가로서의 사르트르는 몹시 인색하게 규정하고 있다. 사르트르는 이른바 '상황극'을 주장했다. 상황극이란 작중 인물이 각자 하나의 쟁점을 구현하는 극을 말한다. 문학도 이 새 연극과 마찬가지로 도덕적이고 문제적이어야

한다고 사르트르는 주장한다. 그러나 쟁점에 대한 관심은
극작가에게는 적절할지언정 소설가에겐 적합하지 못하다는
것이 머독의 생각이었다. 소설을 상황극에 맞추어 본뜨려
는 사르트르의 욕구는 인간보다 쟁점에 주요 관심을 경주
하는 사르트르의 합리주의의 징후이며 합리주의자는 극작
가는 될 수 있을지언정 훌륭한 작가인 경우는 드물다고 설
파한다. 따라서 사르트르는 소설가이기보다도 천생의 극작
가라고 규정하면서 그를 버나드 쇼와 비교하고 있다.

소설은 분석의 예술이기보다 이미지의 예술이라고 강조
하고 인간 관계의 복잡성에 대한 관심과 탐구에 주의를 환
기한 머독은 과연 작품 속에서 소설가의 주요 기능을 자각
적으로 살리고 있다. 그렇다고 낡은 서사 방식에 고색 창
연하게 의지하고 있지는 않다. 머독은 처녀작을 프랑스의
시인이자 작가인 레몽 크노(Raymond Queneau)에게 바치고
있는데 이 사실은 초현실주의 문하생 노릇을 한 적이 있으
며 철학을 공부했고 구어(口語) 채용에 열의를 보여 주고
운문 소설을 시도하기도 한 프랑스 문인에게 많은 것을 빚
지고 있음을 시사한다. 소설가의 특권인 허구 조성에 마음
껏 재능을 발휘하면서 평범한 일상의 저변에서 놀라운 국
면을 찾아내고 세계와 인생의 근본 의문으로 우리를 부단
히 끌고 간다는 점에서 머독은 새로운 경지를 보여 주고
있는 셈이다.

### 자기 발견에 이르는 길
이 작품의 주인공 제임스(제이크) 도너휴는 작가를 지망

하는 싸구려 문인이다. 프랑스 통속 소설을 번역하며 호구를 하던 그가 프랑스에서 돌아오자마자 그때까지 동거하고 있던 맥덜린에게서 쫓겨나는 것으로 얘기는 시작된다. 제이크는 잘나가는 영화배우 새디의 호위를 겸해서 그녀의 아파트에 동거하기로 한다. 그러나 새디에게 치근대는 사내가 과거 자신과 사상적 토론을 벌였던 휴고임을 알고 놀란다. 휴고는 부친의 군수 공장과 막대한 유산을 상속받았으나 군수 공장을 폭죽 공장으로 바꿔서 크게 돈을 버는 한편 영화 제작에도 손을 댄다. 제이크가 감기약 실험의 대상자로 입원해서 소설을 쓰고 있다가 알게 된 사람이 이 휴고였다. 제이크는 휴고의 화술과 인품과 사상에 매혹되었고 두 사람은 때로 밤을 새워 가며 토론을 벌였다. 퇴원 후 제이크는 휴고와 나눈 대화를 자료로 해서 『말문을 막는 것』이란 대화체의 책을 써서 출판한다. 내용은 많이 바뀌었지만 휴고의 사전 양해를 얻지 않았던 제이크는 이를 괴로워하고 휴고를 피하게 된다. 『말문을 막는 것』은 실패작으로 그치고 작가적 야망이 좌절된 제이크는 휴고를 피해 파리로 건너갔던 것이다.

한편 휴고는 새디의 언니인 가수 애너나 독립사회당의 당수인 사회주의자 레프티 토드에게 경제적 지원을 해 주고 있었다. 제이크는 애너를 사랑하고 있었지만 애너는 파리로 건너갔다. 맥덜린이 제이크를 위해서 영화 회사 각본가 자리를 소개해 주었을 때 제이크는 혹 애너를 만날 수 있을까 하고 파리로 갔으나 만나지 못하고 맥덜린의 취직 알선과 구애도 거절한 채 런던으로 돌아와 버린다. 그때 자기가 늘 작품을 번역해 오던 프랑스 통속 작가가 새 작품으로 공쿠르 상을 받게 된 것을 보고 크게 자극을 받는다. 진정한 작가가 되어야 한다는 자기 발견에 이른 것이다. 런던으로 돌아온 그는 친구인 철학도 데이브의 말을 듣고 병원의 잡역부로 취직한다. 그런데 레프티의 연설회장에서 부상한 휴고가 그 병원에 입원함으로서 제이크는 많은 충격적인 사실을 알게 된다. 애너가 휴고를 사랑하고 휴고가 새디를 사랑한다는 사실, 그리고 『말문을 막는 것』에 대해서 휴고가 괘씸하게 생각하기는커녕 그 독자였다는 사실은 제이크를 놀라게 한다. 새디는 미국행을 결정하고 휴고는 전 재산을 레프티의 정치 운동에 기증한 후 시계 제작공이 되겠다고 한다. 제이크는 한밤중에 휴고를 병원에서 탈출시키고 다른 병원에서 일할 결심을 한다.

언뜻 평범하고 무사해 보이는 일상 세계의 저변에서 작가는 풍요한 또 하나의 낯선 세계를 펼쳐 보인다. 주인공은 연달아 사건과 모험의 소용돌이에 휩쓸리는데 머독은 현대의 런던과 파리를 무대로 해서 피카레스크 소설에서와 같은 다채로운 모험을 보여 준다. 마즈의 납치, 휴고와의 해후, 연설회에서의 충돌, 혁명기념일의 파리, 심야의 병원 탈주 등 작가가 보여 주는 경묘한 모험의 국면은 다양하고 독자의 의표를 찌른다. 다채로운 것은 외부적인 사건에 국한되지 않는다. 주인공이 당초 생각했던 것과는 딴판으로 네 사람의 사랑은 엉뚱하게 방향 지어져 있다. 제이크 자신은 애너를, 애너는 휴고를, 휴고는 새디를, 새디는 제이크를 사랑하는 네 사람의 사랑의 숨바꼭질은 머독이 말하는 인간 관계의 복잡성을 보여 주는 것이지만 그것을 다루는 작가의 솜씨는 경묘하면서도 능란하다. 이 작품은 고전적인 의미에서 희극이지만 작품의 주조음은 유머러스한 페이소스이다.

표제인 '그물을 헤치고'의 출처인 『말문을 막는 것』은 철학도 머독의 면모를 진하게 풍기고 있는데 인간의 실재는 개념이나 그것을 전달하는 언어 활동으로는 포착할 수 없으며, 오직 행위를 통해서만 인간의 존재를 확인하고 그 진실에 접할 수 있다는 인식을 담고 있다. 그러나 여기 토로된 사상은 언어의 무력성이나 작위성, 현상과 본질, 보편과 특수 등 광범위한 것으로서 멀리는 유명론(唯名論) 논쟁으로부터 가까이는 로캉탱의 고뇌에 이르기까지 유럽 정신이 항시 부대끼고 씨름해 온 영구 과제이기도 하다. 이런 부분이 사변으로 떨어지지 않고 작품 플롯 속에 잘 용해되어 있다는 점에서 우리는 머독의 작가적 역량을 재확인하게 된다.

보헤미안적인 삶을 사는 제이크나 핀, 파격적인 휴고, 과격파 레프티, 희화화된 데이브, 도통한 듯한 팅컴 부인, 반속과 통속의 애너와 새디 등 모든 작중 인물들이 신선하고도 핍진하게 그려져 있다. 문체는 경묘하면서도 정치한데 그 속을 깔끔한 서정이 줄기차게 흐르고 있다. 제이크가 파리로 가서 도시와 문답하는 장면이나 맥덜린의 봉을 놓고 상상의 날개를 펴는 장면 등은 발랄하고 세련된 시정(詩情)을 얻으며 일품의 산문시로 승화되어 있다. 독자들은 진정한 작가를 지향하게 된 제이크나 시계

제작공으로 자족하겠다는 휴고를 다시 대하고 싶은 심정이
될 것이다.

여담이지만 작중 인물인 휴고는 철학자 비트겐슈타인을
모델로 했다는 지적을 받아 왔다. 사실 여러 가지 면에서
휴고는 비트겐슈타인을 연상케 하는 바가 있다. 오스트리
아 산업계 거물의 아들로 태어나 부유한 환경에서 성장한
점, 1911년에 영국에 건너와 러셀 아래서 철학 공부를 했으
나 제1차 세계대전 중 오스트리아 군으로 복무한 후 톨스
토이의 영향을 받아 소박한 금욕주의 생활에 헌신한 점,
재산을 형제 및 친척들에게 양도한 후 철학을 포기한 점,
그 후 초등학교 교사, 건축사, 수도원 정원사로 일했다는
점은 휴고의 이력과 비슷하다. 1920년 후반에 슈릭을 비롯
한 빈 서클 구성원들이 비트겐슈타인을 찾아내어 다시 철
학으로 돌아가게 되고 1939년엔 G. E. 무어의 후임으로 케
임브리지 대학교 철학 교수 직을 승계하게 되었으나 취임
직전 제2차 세계대전이 발발하자 병원의 잡역부가 되었고
의약 연구소에서 일하기도 했다. 이후 전쟁이 끝나기 전에
케임브리지로 돌아갔으나 연구에 전념하기 위해 1947년에
정식으로 사임한다. 전립선 암을 앓던 비트겐슈타인은
1951년에 사망한다. 이처럼 전기적 사실들이 일치할 뿐만
아니라 현대 분석 철학의 원조라는 그의 두 저서 『논리 철
학 논고』와 『철학적 탐구』의 경구적 문체가 『말문을 막는
것』에 그대로 반영되어 있다. 독립사회당 당수인 레프티
토드(Lefty Todd)의 '레프티'는 물론 고유명사이나 좌익이란
뜻이 있음도 유념해 두는 것이 좋다. 소설 속에 비트겐슈

타인이 어떻게 나타나는가 하는 문학 외적 호기심을 충족
할 수 있는 것도 이 소설의 매력 중 하나일 것이다.

2008년 봄

유종호

# 작가 연보

1919년        아일랜드의 수도 더블린에서 출생. 부친은 면양 치는 가문 출신의 공무원이었고 모친은 훈련받은 가수였음. 어려서 부모와 함께 런던으로 이주.

1932년        브리스틀 소재 기숙학교 배드민튼 스쿨(Badminton School) 재학. 그 후 옥스퍼드 서머빌 칼리지(Somerville College)에서 고전과 철학을, 캠브리지 뉴덤 칼리지에서 대학원생으로 철학을 공부. 이때 비트겐슈타인의 강의를 많이 들었음.

1948년        옥스퍼드 세인트 앤즈 칼리지(St Anne's College)에서 펠로우(fellow) 직을 맡음.

1953년        영어로 된 최초의 사르트르 연구서 『사르트르—낭만적 합리주의자』 출간.

| 1954년 | 첫 번째 소설 『그물을 헤치고(*Under the Net*)』 출간 |
| 1956년 | 옥스퍼드 대학교 교수이자 비평가인 존 베일리(John Bailey)와 결혼. |
| 1956년 | 『매혹자를 피해서(*The Flight from the Enchanter*)』 출간. |
| 1957년 | 『모래성(*The Sandcastle*)』 출간. |
| 1958년 | 『종(*The Bell*)』 출간. |
| 1961년 | 『잘려진 머리(*A Severed Head*)』 출간. |
| 1962년 | 『비공식의 장미(*The Unofficial Rose*)』 출간. |
| 1963년 | 『일각수(*The Unicorn*)』 출간. |
| 1964년 | 『이탈리아인 가정부(*The Italian Girl*)』 출간. |
| 1965년 | 『빨강과 초록(*The Red and The Green*)』 출간. |
| 1966년 | 『천사의 시간(*The Time of the Angels*)』 출간. |
| 1968년 | 『나이스 앤 굿(*The Nice and the Good*)』 출간. |
| 1969년 | 『브루노의 방(*Bruno's Room*)』 출간. 『이성과 감성』 개작. |
| 1970년 | 철학 에세이 『선의 지고성(*The Sovereignty of the Good*)』 출간. |
| 1970년 | 『꽤 명예로운 패배(*A Fairly Honourable Defeat*)』 출간. |
| 1971년 | 『우연의 인간(*An Accidental Man*)』 출간. |
| 1973년 | 『검은 왕자(*The Black Prince*)』 출간. |
| 1974년 | 『성과 속의 사랑 기계(*The Sacred and Profane Love Machine*)』 출간. |

| 1975년 | 『어린이(*A Word Child*)』 출간. |
| 1976년 | 『헨리와 케이토(*Henry and Cato*)』 출간. |
| 1977년 | 철학 에세이 『불과 해(*The Fire and the Sun*)』 출간. |
| 1978년 | 『바다, 바다(*The Sea, the Sea*)』 출간. 부커 상 수상. |
| 1980년 | 『수녀와 병사(*Nuns and Soldiers*)』 출간. |
| 1983년 | 『철학자의 제자(*The Philosopher's Pupil*)』 출간. |
| 1985년 | 『훌륭한 견습생(*The Good Apprentice*)』 출간. |
| 1987년 | 『책과 우애(*The Book and the Brotherhood*)』 출간. |
| 1989년 | 『유성에의 전언(*The Message to the Planet*)』 출간. |
| 1927년 | 채프먼 편집, 『왓슨 가 사람들』 출판. |
| 1993년 | 『초록 기사(*The Green Knight*)』 출간. |
| 1995년 | 『잭슨의 딜레마(*Jackson's Dilemma*)』 출간. |
| 1995년 | 알츠하이머 병의 초기 증상이 나타남. |
| 1997년 | 철학 에세이 『실존주의자와 신비가』 출간. |
| 1999년 | 단편집 『특별한 것(*Something Special*)』 재판 출간. |
| 1999년 | 영국 옥스퍼드셔에서 별세. |

세계문학전집 **178**

# 그물을 헤치고

1판 1쇄 펴냄  2008년 5월 8일
1판 19쇄 펴냄  2023년 6월 8일

지은이  아이리스 머독
옮긴이  유종호
발행인  박근섭, 박상준
펴낸곳  (주)민음사

출판등록  1966. 5. 19. (제 16-490호)
서울특별시 강남구 도산대로1길 62(신사동) 강남출판문화센터 5층 (우편번호 06027)
대표전화 02-515-2000  팩시밀리 02-515-2007
www.minumsa.com

ISBN 978-89-374-6178-1 04800
ISBN 978-89-374-6000-5 (세트)

* 잘못 만들어진 책은 구입처에서 교환해 드립니다.

# 세계문학전집 목록

세계문학전집은 계속 간행됩니다.